有爱的青春陪伴者

如果能重返十七岁

钟不渝 著

江苏凤凰文艺出版社

图书在版编目（CIP）数据

如果能重返十七岁 / 钟不渝著. -- 南京：江苏凤凰文艺出版社, 2024. 10. -- ISBN 978-7-5594-8932-6

Ⅰ. I247.5

中国国家版本馆CIP数据核字第20242JD504号

如果能重返十七岁

钟不渝 著

责任编辑	王昕宁
特约编辑	雪 人　听 听
责任校对	言 一
出版发行	江苏凤凰文艺出版社
	南京市中央路165号，邮编：210009
网　　址	http://www.jswenyi.com
印　　刷	长沙鸿发印务实业有限公司
开　　本	880mm×1230mm　1/32
印　　张	11
字　　数	468千字
版　　次	2024年10月第1版
印　　次	2024年10月第1次印刷
书　　号	ISBN 978-7-5594-8932-6
定　　价	42.80元

江苏凤凰文艺版图书凡印刷、装订错误，可向出版社调换，联系电话025-83280257

目·录
Contents

第一章 ... 001
重返十七岁

第二章 ... 023
飞鸟遇神

第三章 ... 061
十七岁时,有人跟我说

第四章 ... 082
月亮奔我而来

第五章 ... 104
在你眼中,我是谁

第六章 ... 135
我要站到你在的未来

第七章 ... 170
你曾是少年

目·录

Contents

第八章 ... 194
喜欢你，只喜欢你

第九章 ... 210
爱是世间最好的相逢

第十章 ... 231
在我眼中，你是不同

番外一 ... 255
他是我人生的童话

番外二 ... 287
贺迟晏的九年

番外三 ... 298
假如我们拥有无尽夏

番外四 ... 319
有你在的未来

番外五 ... 342
爸爸的三行情书

第一章 重返十七岁

1

漫长的假期结束,9月初的宁宜市仍旧暑气难消。

略显老旧的玻璃窗半开,自附中高一楼走廊传来的喧闹声和窗外的蝉鸣混杂着,落入办公室里一对师生的耳中。

江岁宜捏着学习委员统计的各科未交作业名单,叹了一口气,望向身边站着的女生。

"吴媛媛,能跟老师说说,为什么有两门课作业没交吗?"

扎着马尾辫的女生面色局促,自知理亏,眼睛紧紧地盯着地面,一声不吭。

江岁宜自认为语气还算温和,继续问道:"是发生了什么事耽误了,还是作业太多写不完?"

吴媛媛咬着嘴唇,手指拨弄了下校服衣摆,纠结地开口:"我有点事,来不及写完作业了。"

江岁宜:"什么事?"

吴媛媛又不说话了。

这像挤牙膏一样的问答让新手班主任江岁宜倍感心塞。

新老师嘛,总归是要当班主任历劫的。

附中是江岁宜的母校,从这个角度说,她不仅是老师,还是学生的学姐。

"没关系的,吴媛媛,"江岁宜用一支圆珠笔抵住额头,无奈地说,"说出来我们才好解决问题,我不是要苛责你,认识到错误牢记改正就好。只是现在才正式开学没多久……"

"江老师!"吴媛媛打断她的话,突如其来地鞠了个躬,闷闷地说,"对不起。其实我是去看演唱会了,没有规划好自己的时间,所以作业才没写完,以后再也不会了。"

见吴媛媛越说越愧疚,脸颊涨得通红,眸子渐渐染上水雾,江岁宜只好说:"你能认识到错误就好,赶紧回去把作业补上,和相应的老师认错吧。"

是什么演唱会,要赶在开学季?想了一下过度追星的危害,江岁宜忍不住提醒道:"老师不反对你有喜欢的歌手,谁还没有欣赏的人呢?但是这种事一定要注意限度,你是高中生了,不能打乱自己学习生活的节奏。"

怕自己的说教意味太重引起反作用,江岁宜讲完后还故作调侃地说:"所以让你冒着写不完作业的风险也要去听演出的是哪位歌手?我倒是要去认识一下这位从'作业君'手上'横刀夺爱'的牛人。"

"我保证没有下次。"吴媛媛听到后面忍不住笑了,"江老师,您可能也认识吧,他叫贺迟……"

"咚咚咚——"办公室的门被卡着节奏点敲了三下,不疾不徐。

吴媛媛话说到一半,条件反射性地停下并回头。

现在是大课间,这间办公室只有江岁宜一个老师在,她因为坐着,视线被遮挡,看不到来人,只当来者是哪个学生,也没在意。

"什么?"

"贺迟——晏……"

吴媛媛的眼神突然变得惊恐,一只手重重地拍上了江岁宜的办公桌,说到第二个字时声音便已经走调,语气中带着不可思议。

"哦,是他啊。"那的确是认识。其实这位高中校友留给江岁宜的印象实在不深,毕竟不是一个班的。

只是附中作为省内名校,虽培养出不少行业精英,却鲜出过娱乐圈明星,更别提还是红到顶流这种程度,大街小巷随处可见他的广告代言。

实在让人印象深刻。

"不是吧,江老师……"吴媛媛声音颤到发抖。

江岁宜刚想开口说"我认识也没什么奇怪的吧",就听见门口传来一声"报告"。

……这个声音,不像是一个高中生的。

声音不轻不重,吐字清晰,带着点哑意,低沉却温柔。

很好听的青年男声。

江岁宜先将疑惑放在一旁,应了声:"进来吧。"

吴媛媛后退两小步,眼神直愣愣地看着来人越走越近,喃喃地说道:"我在做梦吧……"

江岁宜的视角里逐渐出现一双长腿,紧接着是蓝白校服的衣摆一角,再然后是宽阔的肩,最后目光落在那张脸上。

他的脚步最终停在江岁宜的办公桌前,友好地弯了下腰,微扬嘴角:"江老师,您好,我是新来的插班生,贺迟晏。"

江岁宜一时震惊到无话。

贺迟晏的身后不远不近地跟着一名扛着机器的摄影师,此刻真实地记录下了她手足无措的一幕。

"江老师?"

江岁宜缓过神来,开口:"你好,我是八班的班主任,江岁宜。接下来的一个月,你都将在八班度过,欢迎你的加入。"

吴媛媛的嘴巴张成了"O"形,此时她的脑子"嗡嗡"作响,里面满是疑惑和震惊。

这番客气的开场白是江岁宜早就准备好的。

宁宜大学附属中学高一(8)班,被选为了拍摄明星校园体验式励志真人秀的录制点。

这档名为《重返十七岁》的校园综艺,自官宣以来就备受瞩目,江岁宜早就被打了招呼要做好准备。

八班内部已经安装了好几个摄像头。一开始学生们还不适应,现在倒是个个在镜头前放飞自我了。

只是综艺嘉宾迟迟未宣布,具体的拍摄日期也没个确切。

江岁宜没想到,到八班来录制综艺的,是贺迟晏。

要不怎么说红气养人呢。贺迟晏穿着一身再普通不过的蓝白校服,笔挺地站在那里时,却好像和他们不在一个世界。

眉眼清隽,鼻梁高挺,下颌线利落,身姿颀长,把简单的衣服穿得如此好看。

江岁宜想不通,这样的人在高中时,为什么一点都不出名?

以至于后来他出道一跃成顶流,被爆出是附中学生时,江岁宜才在年级毕业合照中找到这么个人。

"这是我的证件。"贺迟晏递来一个小本本,手指冷白修长,尺骨突出。

江岁宜故作云淡风轻地接过,却不小心忽略了指尖相碰间对方一闪而过的停滞。

她打开证件,里面贴着张贺迟晏的二寸照片,下面清楚地写着班级以及班主任姓名。

"已经确认了。"她把证件合上,还了回去。

《重返十七岁》采用的是录播和直播相结合的方式。全天录制,真实地记录明星在校园的生活,作息与高中生完全相同。这个节目规则设置的确大胆。

实时记录明星第一次进校园的反应,自然是在直播。

此时直播弹幕已然沸腾。

△这是校草吧?这一定是校草吧!

△贺迟晏明明可以靠颜值吃饭,却偏偏要靠才华……

△竟然是附中!!!我要去重新读书,别拦着我!

△贺迟晏就是附中毕业的啊!这真的是重返他的十七岁,点题了呀!

△其他嘉宾都在教学楼里乱窜,只有贺迟晏直奔目标,看出他对附中很熟悉了。

△对不起,但是,有没有人觉得老师很漂亮啊?还有旁边那个女同学。附中招人不仅看成绩,还看颜值的吗?

△女同学是贺迟晏的粉丝吧,这表情,哈哈哈哈哈。

△老师这么年轻的吗?

△校服贺……我圆满了,谢谢。

镜头里,贺迟晏单肩背着黑色书包,专注地看向他的班主任老师,主动道歉:"对不起,江老师,我迟到了,违反了校纪校规,就按附中的规矩罚吧。"

他那双眼睛生得极好,偏狭长,眼尾微微垂下,盯人时显得温柔又多情。

江岁宜也不是第一次遇见迟到的学生,但大多绞尽脑汁编造一眼就能被看穿的借口。这般直白诚恳、单刀直入地认错,倒叫她不知怎么罚了。

况且他也不是真正的高中生,他是个大明星。

他还是她曾经的高中同学。

真苍了天了。幸好人家肯定是不记得她这号人,否则怪尴尬的。

江岁宜思考了下,说:"接下来一周的广播体操,都由你领操吧。"

正好八班没人愿意领这活儿。

贺迟晏笑了笑:"好,谢谢江老师手下留情。"

△等等,广播体操怎么做来着?现在更新到哪套广播体操了?

△贺迟晏做广播体操,想象不到画面,谢谢老师为我圆梦。

△我恨贺迟晏是歌手,不是演员……好想将他打包送到校园剧组去!

江岁宜垂眸盖上笔帽,站起身来:"行,那现在你跟着我到班上去吧。"说完后,想起来还有个人在这儿愣着,又扭头,"吴媛媛,你也快回去补作业。"

吴媛媛眼神涣散,得了吩咐才如梦初醒一般,赶紧点头:"好的老师,我、我、我马上回去就补。"

江岁宜这才想起来,引得吴媛媛没做完作业的罪魁祸首就是贺迟晏。

这都什么事啊……她用一言难尽的眼神打量了下贺迟晏。

"江老师,怎么了吗?"他好脾气地问。

江岁宜刚想摇头说没事,一瞥却看到了他的头发。坐着的时候,由于他太高,她还没看见,这发色……

"贺同学,学校是不允许染发的。"江岁宜靠近,指着他挑染的蓝色头发。

贺迟晏怔了下,骨节分明的手指下意识地抓了下背包肩带,他应:"好,我想办法。"

这么好说话?江岁宜狐疑地看了他一眼。

吴媛媛忍不住开口:"老师,这是他为了演唱会染的,昨天演唱会才结束,应该是还没来得及……"

贺迟晏看了眼吴媛媛,再次认错:"是我没来得及处理,我一定想办法。"

△哈哈哈哈哈!女同学果然是粉丝,连这都知道。同样是粉丝,为什么不是

我和贺迟晏当同学?

△贺迟晏一天连续违纪两次,他该列入班主任的黑名单了!

江岁宜能说什么?她不能。

她点点头表示理解:"染回来就好。行了,咱们去班上吧。"

江岁宜和贺迟晏一左一右地走出办公室,巨大的身高差暴露无遗。

为了对上贺迟晏垂落的视线,她还得仰着头,惹得她不禁怀疑——自己有这么矮吗?

大课间已经快结束,零零散散的学生从操场勾肩搭背地走回来。江岁宜领着人穿过回廊,迎面撞上了李老师。

"哎,小江,去班上?"

李老师是江岁宜读书时候的语文老师,她是李老师的课代表,现在她们成了同事。李老师对她这位曾经的得意门生,不可谓不极尽照顾。

"对。"江岁宜解释,"来了个插班生。"

李凤霞闻言打量了贺迟晏两眼,抬手扶了扶眼镜架,刚想说"看着有点眼熟",就听见他开口打招呼:"您好,李老师,好久不见。"

江岁宜和李凤霞同时震惊地抬眼。

"你是……"李凤霞教过太多届学生,记不清学生再正常不过。

贺迟晏温和地笑了下,说:"我是附中2016届十九班毕业生。"

李凤霞想起来了,她当时带了一文一理两个班的语文。

她伸出手指点了点:"哦,你跟小江是一届的!你是那个……那个——"

"我是贺迟晏。"

李凤霞:"对对对,作文写得可糟糕的那个。"

煽情片段画风突变,江岁宜拼命忍住上扬的嘴角,却还是漏出一丝笑声。

△贺迟晏风评被害。

△哈哈哈哈,作文写得可糟糕那个,是要笑死谁啊?

△老师您太实诚了,这是写得有多差才能让您印象这么深刻呀。

△重点难道不是,小江老师和贺迟晏是同届同学吗?他俩认识吧,刚才是不是在装不熟?

△我也觉得是他们在装不熟。贺迟晏见到小江老师,很笃定地就喊出了称呼,甚至没有礼貌地询问一下,这肯定是认识。

贺迟晏唇边笑意浅淡,温润的低音清晰入耳,勾得人心颤,他承认:"您记得没错,是我。"

似有些无奈。

李凤霞拍了拍他的手臂,乐了:"你变化挺大的!现在是做什么工作?等等,小江刚说你是插班生?"

她这个年纪,自然是不了解新兴的娱乐圈,更不知道自己的学生成了大明星。

江岁宜简短地解释了下,李凤霞似懂非懂地点头。

"'重返十七岁'是吧?小贺啊,再来一次你可得把握好机会,跟着小江老

005

师好好学学怎么写作文。"

李凤霞回忆了一下，想起什么似的又说："我记得当年，你每回考完试都会被叫来我这里看小江的作文卷子。别的不说，小江作文写得是真好。"

江岁宜始料未及地看向贺迟晏，她敏锐地捕捉到男人的笑容顿了下。

贺迟晏的视线直白地落在她身上，没有惊讶，没有审视，也不带目的性。

他噙着笑意，目光专注，很自然地说道："江老师亲自教，当然得好好学。"

2

还未上课，高一（8）班里闹声如沸，刚运动完大汗淋漓的学生们随意拿着课本来扇风。

"来了——"吴媛媛从办公室出来，就一路奔着回班，上气不接下气地叫道。

"什么来了？"离得近的人听见这没头没脑的话，好奇地问。

吴媛媛跑到座位，抓起桌上的水杯，猛灌了两口冷水。由于动作太迅疾，她不幸被呛到，止不住地咳了好一阵。

好不容易停下来，她把水杯"欻"的一声扣在桌上，指着教室里分散四处的固定摄像机，又说了句："来了。"

"什么来了啊？你说清楚——"

也有人回味过来，来了精神："录节目的来了？那个《重返十七岁》？"

吴媛媛狂点头。

"这么快！"那人大吼一声，"是谁，是谁？是哪个明星？"

教室里不少人注意到这个消息，响起一阵七嘴八舌的猜测。

"网上都搜不到消息，应该是个'糊咖'吧——"

"糊咖"贺迟晏此时正亦步亦趋地跟在江岁宜身边。直播已经结束，现在是录播拍摄。

江岁宜刚从李老师那里知道了顶流"秘事"，贺迟晏又知道了她是同级校友，现在气氛有点尴尬。

"江老师，"贺迟晏看着沿途的班牌，眼尾轻扬，主动开口，"附中的班级布局好像变了。"

"你都……毕业七年了，附中自然是该有些变化的。"

江岁宜不知道对他讲话该露出什么表情。

这太奇怪了。

可能还是因为她年轻，道行还不够深。

不然为什么其他老师一点反应都没有。

"也是。"贺迟晏并不太在意地从班牌上挪开视线，又问，"江老师原来是哪个班的？"

那语气就像是若无其事地随口一问。

江岁宜想，果然是不记得了，看了她那么多次作文也是白看。她回答："四班。"

贺迟晏声音温和："文科重点班，江老师很优秀。"

江岁宜不自在地轻咳了一声。

如果从这个角度看，贺迟晏在的理科十九班也是重点班，谁更优秀还说不准。也不知道最后他怎么去当明星了。

不过好像也很正常，有颜值、有才华，成为歌手应是理所当然。

"你谬赞了。到了。"她停在外廊尽头的一个班级门口，指着里面说，"你跟我一块儿进去吧。"

江岁宜踏入班级，向门外招了招手。

这一瞬间，所有学生都像被噤了声，心有灵犀地停下手中的动作，默契地抬头。

身穿蓝白校服的青年终于在学生面前露出了全貌。他微微倾了倾身体，微笑着打招呼："你们好，我是……"

"啊！"一阵狂热的欢呼，阻挡了贺迟晏自我介绍的言语。

"贺迟晏！"有人倒吸一口凉气。

"大明星！"有人直呼厉害。

"学长！"还有人语气突然变得亲切。

"吴媛媛，你没骗人啊！我以为你追星追到出现幻觉了。"

吴媛媛被后桌晃得眼泪都快飙出来了，她在江岁宜的办公室那会儿就已经眩晕，好不容易缓了一点过来，这下又受刺激了。

这到底是梦，还是现实？

她要崩溃了。

江岁宜做了一个"停"的手势，走到讲台上堪堪镇住了这混乱的场面。

"接下来的一个月，有一位'新同学'陪伴我们度过，大家掌声欢迎'新同学'介绍一下自己。"

迎接新同学的，是经久不息、滔滔不绝的掌声。

"大家好，我是贺迟晏，是你们的新同学，也是你们曾经的学长。很高兴这一次有机会重回附中，和你们见面。"

"哇——"男生们是惯会起哄的，他们见女生们不好意思，便心领神会地瞎叫。

贺迟晏只是淡淡地笑笑，看向江岁宜，语气平静："江老师，我坐哪个位置？"

教室里只有两个空位，一个是吴媛媛同桌，一个是靠后门口的最后一排。

江岁宜感到头疼，她略微犹豫了下，指着吴媛媛旁边那个位置说："在那儿。"

贺迟晏点了下头，正要往那边走，江岁宜拉住了他的袖子。

他回头，注视着捏着自己校服的白皙的手，眸色深了几分："怎么了？"

江岁宜说："放好东西，跟我出来，有几句话要说。"

他无比平和地点了点头。江岁宜莫名地觉得自己有点欺负他。

不，是错觉，看学生都对他死心塌地成什么样了。

得好好教育才行。

贺迟晏把书包放在座位上，然后牢记江岁宜的吩咐，跟着她出了教室。

从高一楼的外廊上眺望，能看见附中长长的一条梧桐林荫大道，枝叶繁茂，绿荫浓密。

跟拍摄像不远不近地跟着，江岁宜前去商讨了一番，争得了几分钟的自由谈话时间。

气氛似乎有些严肃，贺迟晏不明所以地轻声询问："发生什么事了？"

江岁宜说："你在办公室见到的那个女孩，现在是你同桌。"

"认出来了。"

"她喜欢你。"

贺迟晏一怔。

这话似乎有歧义，江岁宜赶紧解释："她是你的粉丝。"

这并不难看出。

贺迟晏神色恢复，沉默了一段时间，然后说："你的意思是，我会给她造成麻烦。"

虽然差不多是这个意思，但是这话说出来，让人听了有点难受。这好像也怪不到他头上去。

"你不要多想。"江岁宜抬眸和他对视，"我让你坐在她旁边，是想让她'脱敏'，也是想让她认识到偶像真正的榜样作用。"

贺迟晏看着江岁宜的眼睛。

"你会做照亮别人的一束光，"江岁宜不太自在地偏头去看梧桐大道，问，"对吧？"

"这么相信我，"贺迟晏笑了，"那我尽量不辜负江老师的信任。"

"其实，抛掉明星光环，我只是个普通人，"他直勾勾地看着她说，"跟江老师做的事情比起来，我根本不值一提。"

怎么突然互相吹捧起来了？

江岁宜没接话，想了想，转移话题："你演唱会的时间，为什么要定在昨天？"

虽然哪天都可以，但昨天又不是休息日。这得耽误多少学生党、工作党的时间。

贺迟晏安静了几秒，似乎在思考。

"因为——"

漫长悠然的上课预备铃声响起，江岁宜也没管问题的答案，挥了挥手："快回去上课，下节应该是数学课。"

贺迟晏被她赶回班级，径直走向座位，掏出课本，神色自若地坐着。

吴媛媛在他旁边压根不敢重重呼吸，一双眼睛要瞥不瞥地打转，脖子都不敢多扭。

她竟然和偶像成了同桌！

趁着数学老师还没过来，前桌的黑皮男生回过头，似乎想说什么："哎——"

贺迟晏把书翻了两页，抬眸看了他一眼，温和地说："叫我名字就好。"

那男生明显没了顾忌，龇着牙问："'江仙女'刚刚和你说了什么呀？"

这称呼……贺迟晏微微挑眉："谁？"

那男生嘻嘻哈哈笑了几声："说岔了，是江老师，江老师。"

贺迟晏敛眸，不自禁地笑了，语气克制平静："没关系，其实还挺贴切。"

给老师起外号几乎是每个人学生时代必做的事情。根据外号的形容，大致能判断这位老师的人格魅力。

他脑海里浮现出江岁宜的模样。

她今天穿了一身白裙，黑色长发披在身后，脸小又棱角分明，皮肤白皙又通透，像花枝纤细却筋骨韧的茉莉。

有种温柔、平和却坚韧的美。

这个外号很衬她。

那男生像获得多大肯定似的，坦然地说："是吧，我也觉得！其实大家私底下都这么叫。你说对吧，吴媛媛？"

吴媛媛全身血液都在燃烧，她磕巴着应："对……"

数学老师右手臂夹着书，左手捧着泡着茶的玻璃杯，悠哉地进了教室。

贺迟晏看着又一张熟悉的面孔，掩下诧异。

思及江岁宜的话，他想了想，转头问同桌："吴媛媛同学，请问数学的进度现在到哪儿了？"

吴媛媛惊得手一抖，黑笔重重地在本子上划下一道。

贺迟晏主动跟她说话了！还精准地叫出了她的名字！

她的一颗心"扑通扑通"几欲蹦出来。她紧抿着唇，翻开数学课本的某一页，指着章节名："这儿。"

贺迟晏瞥了眼："谢谢。"

"不、不用谢。"

他笑："以后很多事还要麻烦你，你不要这么紧张，好好听课吧。"

吴媛媛几乎喜极而泣："我一定好好听！"

数学老师名叫彭健，身材圆润，看着就很平易近人。

凑巧的是，他是贺迟晏当年的班主任。

大概是跟拍摄像在贺迟晏身边，彭健一眼就看见他，幽默道："咱班啥时候多出一位大帅哥？"

底下有同学回："刚才多出来的。"

彭健把教科书从腋下抽出来，不疾不徐地打开，头也没抬地说："虽然我'网速'不行，但还是上网的，你说是吧，贺迟晏？"

学生们笑成一片。

"笑什么笑。"彭健从粉笔盒里挑出一支新的，掐了前面的头，说，"你们多向学长学习，他可是我带过的最努力的学生。"

3

江岁宜回了办公室以后开始批改作业。

改完以后，她想了想，拿起手机搜索"贺迟晏"。

说来让人不信，她作为高中校友，竟对人家一无所知，还要靠搜索引擎才能知道对方毕业后的发展状况。

大学……咦,竟然和她的大学离得很近,也是一所很好的学校。

所以后来他怎么去当歌手了?

网络上什么爆料都有,有说是因为大学专业不太好,有说是因为被经纪人一眼相中,也有说是因为音乐天赋卓绝。

她摁灭手机。

其实以往听说同学成了大明星都没有实感,现在却有点了。

她想,人类本质果然还是八卦。

所以这样一个人,到底是怎么在附中被埋没的?她百思不得其解。

"小江!"

江岁宜循声抬头,只见主任拎着个保温杯,站到她工位前面,敲了敲玻璃:"想什么呢,这么出神?"

"没什么。"她站起来,"您有事找我?"

主任点点头,说:"那个综艺的事。"

江岁宜:"您说。"

"是这样。"主任拧开保温杯,优哉游哉地晃着,"节目组的意思是,今天给明星插班生安排一入学考试。我们这边得出一个老师监考、现场改卷和公布分数,这段是会播出的。"

江岁宜瞬间领会到了:"您的意思是,让我去?"

主任将目光落在江岁宜身上,女孩气质温婉,知性又大方。

他笑着点点头:"是这样,你的形象呢,比较适合出镜。"

江岁宜无奈地沉默,接着回道:"好的。"微笑着接下加班任务。

领导都说到这份上了,她怎么拒绝。

不过入学考试……这些明星都离开校园多久了?还让人家考试,这不是为难人家……

中午,蝉鸣声撕心裂肺。

江岁宜结束午睡,抻了抻身体,打了个哈欠,抱着一沓卷子赶往活动教室。

活动教室里,五张桌椅排成一排。

嘉宾们被节日组从午休的宿舍中拎起来,送往这里考试。

贺迟晏左手撑着太阳穴假寐,右手转着支黑笔,那笔和有了魂一样,灵活地在指尖转换。

"小贺!小贺!"

贺迟晏睁开眼,叫他的是歌手宋敏英,乐坛大前辈,他们合作过不少次。

他停住笔,身体朝宋敏英那边靠了靠,问:"怎么了?"

"听说宁宜附中是你母校?"

贺迟晏点点头。

宋敏英狡黠地眨眨眼睛,这动作放在四十多岁的女人身上还显得有几分灵动可爱:"那……你对待会儿的入学考有什么看法?"

另外三位明星也都眼巴巴地看过来。

贺迟晏喝了口水,缓缓靠在椅背上,正经地说:"大概,会把人脑细胞耗光。"

众人一脸惊恐。

他倏地笑了:"开玩笑。"

如果他们真是高中生,那的确会被耗光。可惜,这是个娱乐综艺节目,哪能让明星真去做高考题。

"监考老师什么时候来啊?"

话音刚落,活动教室的门就被缓缓推开,一袭白裙的江岁宜进入五人视野。

贺迟晏手中的笔"啪"的一声掉在了桌上。

江岁宜一进门,就被一众摄像师和摄影机晃了眼,幸好她心理素质强。

"你们好,我是监考官,现在分发试卷,考试时间为半小时。"江岁宜瞧了眼教室后面的钟,掐着点说。

她走到每个嘉宾面前,挨个发放试卷。

这五个明星,她竟然眼熟四个。

贺迟晏自然不必说。

宋敏英,国民女歌手,她爸是宋敏英的骨灰级粉丝,连带着她也跟着耳濡目染。其他两位演员,她看电视剧时经常看到。另一位看起来挺潮,她没什么印象。

见江岁宜走到面前时,宋敏英调侃道:"这年头监考老师颜值都这么高啦?我有种饭碗不保的感觉。是不是,小贺?"

江岁宜突然觉得自己心理素质还是不够强,至少现在她有种想捂脸的冲动。

贺迟晏看她耳尖蹿上薄红,眉间染上笑意:"我认同您的前半句话。至于后半句,您多虑了。"

江岁宜惊诧地看了他一眼。

怕他再说出什么来,她清了清嗓子,开口说:"考试开始,过程中不允许交头接耳等作弊行为。"

贺迟晏不紧不慢地拾起那支掉落的笔,摊开卷子,写上自己的名字。

江岁宜坐在讲台上,底下五个人的神情尽收眼底。

两位演员已经开始用眼神交流;潮男口中念念有词,像在做法事;宋敏英眉头紧蹙,看起来写得艰难。

哎,这些大明星考起试来,和普通学生没什么区别嘛。

直到江岁宜的目光落在贺迟晏的身上。

他微微弯着腰,左手撑着下巴,右手像在卷子上漂移,几乎不用思考就能得出答案。

有点像电影里的镜头。

炽烈的午后,玻璃窗外阳光挥洒,尘埃追逐跳跃在它爱慕的人身上,梧桐树影摇曳,年少的人在完成一份答卷。

那身蓝白校服,像是能带领人穿越的时光机。

一瞬青春。

江岁宜低头看自己手中的卷子。题目出得很基础，只涉及语数外三门，随便拉一个她班上的学生来，都会做得很优秀。

唯一有点意思的是主观题：用两句话总结从前的青春和现在经历的"青春"。

一大半时间过去，底下讨论的声音逐渐变大，江岁宜"喀喀——"两声用作提醒。接收到她的信号后，几人终于收敛了几分。

可是没几分钟，旧态复萌。

江岁宜走下讲台，在五人面前徘徊，看着他们欲动不动的样子，她觉得有点好笑。

到贺迟晏身边时，他停笔抬头，那双多情勾人的眸子一弯："江老师，我写完了，可以提前交卷吗？"

江岁宜还没说什么，其他嘉宾却都怒了。

"贺迟晏，说好的患难与共呢？"

"小贺，你这不地道啊。"

"把卷子和我的换换吧。"

江岁宜压制住笑意，问："确定要交？"

贺迟晏的视线扫过其他嘉宾，他略微停顿了下，说："那先不交了，给他们点面子。"

他语气坦然，这话听起来一点都不让人不高兴。

实在忍不住，江岁宜笑了。她刻意塑造的严肃形象崩盘。

镜头里，她脊背挺直，脖颈修长，侧脸白净，即使和一众明星在一块儿，也不显得失色。

很快便到了交卷时间，江岁宜一个个地收。

其他人交卷都是恋恋不舍，只有贺迟晏主动递过来，一副求表扬的纯情样。

宋敏英的视线无声无息地在他们俩之间扫了扫，问："哎，难道小贺和老师认识？"

这是怎么看出来的？

江岁宜愣住，神情有些不自在，解释了句："是校友。"想了想应该要撇清关系，于是补充，"但是不太熟。"

贺迟晏敛眸，平淡地"嗯"了声，听不出情绪。

宋敏英拉长声音"哦——"了句，嘱咐："老师可不能看在关系上，给小贺走后门，咱们节目主打的就是公平公正！"

江岁宜笑："那当然。"

她收齐卷子，回到讲台上，拿起红笔开始批改。

这什么跟什么呀？江岁宜瞪圆了眼睛。

古诗文默写——

两个黄鹂鸣翠柳，不还我钱你是狗。

十年生死两茫茫，喜羊羊与灰太狼。

自己丢脸，造福综艺。
为了节目效果，他们可真是拼了。
江岁宜哭笑不得地改下去，主观题更是脑洞和笑点百出。
一个摄像师扛着摄像机在她背后拍着，她为了形象，还不能笑出声。
讲台下，众人也议论纷纷。
"老师手下留情，能不能及格就在你一念之间。"
"表情莫名严肃，是我的答案太离谱了吗？"
宋敏英用笔戳了戳贺迟晏："你们俩真不熟啊？"
他歪头，若有所思地应了声。
宋敏英毕竟岁数阅历在这儿，一双眼睛毒得很："我看不像。"
贺迟晏的食指骨节在木桌上轻轻叩了叩，平静道："您想多了，的确如小江老师所说。"
他微仰着头，露出锋利的下颌线，视线落在台上那人身上，声音却低沉下来，似在喃喃："只是校友。"
改到贺迟晏这份试卷时，江岁宜终于体会到了当老师的欣慰。
钩和不要钱似的，在卷子上倾泻而出。
没给附中丢人，江岁宜心想。
他在娱乐圈里，应该算少见的真学霸吧。
他的字，挺有特点，有些潦草，但笔锋遒劲，力透纸背。
江岁宜没来由地觉得这字体有点眼熟，但一时又记不起在哪儿看过。
看到主观题时，她有点怔。
李老师不是说贺迟晏作文写得可差劲了吗？她觉得，这评价应该夸张了，可能没到这种程度。
——用两句话总结从前的青春和现在经历的"青春"。

　　我给从前的青春一句无法传达的嘱咐，也给现在的经历一句有可能的祝福。我嘱咐十七岁的自己，万事落空也没关系；我祝福一个月后的自己，希望你的青春得偿所愿。

"好了，"江岁宜将试卷立起来抖了抖，"现在开始公布成绩。"
此起彼伏的哀号声响起。
江岁宜不为所动，露出一个标准微笑："从最后一名开始。"
…………
其余人全部公布完，只剩下这没有悬念的名次了。
江岁宜微微起身，望向那人："第一名，贺迟晏，满分。"
他似乎有些意外。

"牛啊，兄弟，直接考了我的双倍。"
"快去拿卷子呀！我要观摩观摩！"
贺迟晏眨眨眼，喉结动了动，想说什么又没说，最后笑着"嗯"了声。
江岁宜尽量让自己的表情显得正经而严肃："恭喜你，继续努力。"
和她四目相对，贺迟晏不紧不慢地说："很荣幸，在江老师手上拿到了满分试卷。"

他眼睫漆黑，看起来温顺又真诚。
江岁宜有点招架不住："是你自己厉害。"
贺迟晏表情未变地从她手上接过试卷，然后回到了位置上。
"给我看看，给我看看！"
"江老师是不是念着校友情谊，给你小子走后门了？"
然而他们看完以后，只能服气。
"为什么同样是毕业多年，只有你这么厉害？"
"这玩意儿难道不是早该忘了吗？"
宋敏英指着那道主观题，有些讶异："小贺，这两句话内涵过于丰富哦。"
贺迟晏似乎出神了片刻，但只淡淡地笑笑："随便写写。"
江岁宜也觉得，这两句话可解释的范围太广了，就是不知道播出后网友怎么解读。
主观题嘛，就是送分题。大家都是满分，她没道理不给贺迟晏满分呀。
节目组的制作人远远地朝她颔了颔首，她收到暗示，于是清了清嗓子，宣布："根据节目组制定的规则，这次考试的第一名，有一个福利——"
江岁宜深谙综艺吊人胃口之道，故意停顿在重点时刻。
"是什么？是什么？"
"可以多放一天假？还是少做一门课的作业？"
贺迟晏盯着她，轻轻挑着眉，笑得温和平静，不显山不露水。
那双眼睛漆黑深沉，引人沉溺，此刻似乎含着一点点期待。
唉，她突然觉得自己是个坏人。
"福利就是，作为代表，当着全校师生的面儿，下周一在国旗下发言。"
"噗——"
"哈哈哈哈哈哈！幸好我不是第一名！"
"这是粉丝福利吧，哈哈哈！"
贺迟晏顿了一下，颇为无奈地笑。
"好。"他说。
"到时候，还请江老师帮我改改稿子。"

4
窗外太阳西沉，晚自习上课铃声响彻校园。
附中的晚自习实行自主管理，向来没有老师看着，只设置答疑组留在办公室。

江岁宜收拾好东西，打算去班上瞄一眼就走。

结果走到教室前，乍一眼看没什么异常。

再一眼……大明星人呢？

节目组应该是早就料到了这儿会有一个冲突点，班上竟然还有位摄像大哥在。

江岁宜沉默着和他对视了一会儿，最终还是妥协了。

她走到吴媛媛身边，轻轻敲了敲吴媛媛的桌子，问："你同桌人呢？"

吴媛媛摇摇头，一脸蒙："我不知道。"

很好，看出来综艺的戏剧性了。

"他什么时候不见踪影的？"

吴媛媛说："刚在食堂还看见他和其他几位新同学一起吃饭，然后……没回来。"

江岁宜并不想管这档子事，毕竟又不是真的高中生。但是，按照节目组的规则，她还不得不管。

行吧，她去找其他几位明星嘉宾问问。

"江老师，"吴媛媛欲言又止，踌躇片刻后说，"贺迟晏……同学应该在彭老师那里拿到了出校的请假条。"

江岁宜没回话。

吴媛媛瞄了她一眼，又说："这样应该是合规的。"

江岁宜脑袋里缓缓冒出一个问号。

出校，请假条，彭老师。

每一个词她都认识，组合到一起就让人不解了。

算了，既然合规，就不用她管了。

她在心里叹了口气，说："我知道了，你好好上晚自习。"

车缓缓穿过梧桐大道，树叶被风晃得"沙沙"作响，偶尔有几声细碎的蝉鸣。

至附中南门时，江岁宜没想到在这儿撞见贺迟晏。

他和保安处的叔叔似乎聊得高兴，江岁宜没出声，等校门打开。

"江老师！"

江岁宜按住方向盘的手一顿，转头。

贺迟晏走过来，弯腰对上车窗内的眼睛，说："我能跟着你出去吗？"

江岁宜怀疑自己听错了，下意识地出声："啊？"

他解释说："可能是因为早上的直播，校门口围了些人，我不太方便直接出去。"

哦，也是。

"那你……"

江岁宜话没说完，贺迟晏又问："江老师，我能坐副驾驶吗？"

那你是非要出去不可吗？

这让她怎么回答，她只能说可以。

贺迟晏和跟拍的摄像师沟通了两句，拿了手持摄像机后从另一侧上车，系好安全带。

他脱了校服外套，露出里面的黑T恤，再将黑色鸭舌帽扣在头上，然后歪头问："江老师，你刚想说什么？"

"没什么……"坐都坐上来了，她难道还能把他赶下去不成？

伸缩门缓缓打开，江岁宜启动车子，一出去，果然看见外面围了三三两两带着设备的人群。

他们大概也没想到贺迟晏会以这种方式出校，所以竟然很顺利。

"你去哪儿？"出了校门立马就是一个红绿灯，江岁宜把车停下，转头问他。

贺迟晏将目光从她扶着方向盘的手上挪开，说："理发店。"

原来如此。

"其实可以不必那么急。"江岁宜说，"马上就是周末放假，你可以那时候再把头发染回来。"

"嗯。"贺迟晏嘴角微微弯着，"只是不想给江老师留下不好的印象。"

江岁宜轻轻咳了咳："职业需求，我理解的。"

她想了想，又问："怎么去找彭老师要请假条？"

而不是来找她。

"想明天给江老师一个惊喜。"贺迟晏目光停留在她的脸颊上，无奈地笑笑，"但好像失败了。"

温润低沉的声音淬入耳膜，江岁宜莫名心一颤。

"那要是没有我，你打算怎么出来？"她镇定地问。

"大概……"贺迟晏看着红灯渐入倒数，说，"翻墙吧。刚才我差不多已经说服了那位门卫叔叔。"

江岁宜心说那自己不是还阻止了一出好戏。

这事放在综艺里应该能引发很高的讨论度吧。

"绿灯了。"他提醒。

"哦哦。"江岁宜回神，又突然想起来一个关键点，"可是这附近没有理发店。"

贺迟晏询问："我记得，附中对面有一家？"

"关门了。"江岁宜和他视线对上，解释道，"现在那个店面是一家书店。"

贺迟晏愣了下，扶额："那江老师有什么推荐的店吗？"

这下轮到江岁宜愣住。她从小到大都没对头发做过什么大的加工，去理发店也只是剪短。

"你看……"江岁宜迟疑地开口，"我家小区门口的那个怎么样？"

老天爷，她在说什么鬼话。

明星做一次头发，价格和成果跟她门口那个根本不是一个级别的好吧？

"不然你上网搜搜……"

"就那儿吧。"贺迟晏并不在意，"还要麻烦江老师带路。"

江岁宜如今还和父母住在一起，她家是老小区，这一片住的都是退休的老教师及其子女。

她家住得离附中并不远,她平常也不会开车上班,只是怕忘了驾驶技巧,偶尔开一开。

谁知,今天就刚好撞上了这事。

车停好后,江岁宜拦住欲开门的贺迟晏,皱眉道:"你不戴个口罩?"

他怔了一下:"这片区域,应该没什么人能认出我。"

江岁宜心道:你恐怕对你的人气有什么误解。

江岁宜从包里找出塑封的口罩,不由分说地塞到他手里:"还是注意点。"

贺迟晏手心颤了颤,塑料包装被他捏得发出"沙沙"声:"好。"

那口罩应该是买东西送的,被江岁宜胡乱塞到了包里,如今贺迟晏戴上,她才发现口罩上的图案……这么萌。

粉色为底,一只哆啦A梦跃然而上。

江岁宜看了两眼,忍不住弯了眸。

"很奇怪吗?"他拉下镜子,打量了自己。

"没有,很可爱。"江岁宜说完才发现不太对劲,"不是,我的意思是,这下应该没人能认出你了。"

"嗯。"

理发店里没什么顾客,染着黄毛的店主听着店内音乐,懒洋洋地歪在门口处的转椅上。

察觉到他们进来,他眼睛一抬,问:"谁要理发?"

江岁宜指了指贺迟晏说:"他。"

店主看着他,眼神逐渐怪异:"怎么个说法?"

贺迟晏摘了那顶鸭舌帽,道:"染黑。"

江岁宜见一切都安排好了,于是说:"你认得回去的路吗?"

如果认得,她就可以麻溜地告别走人了。

贺迟晏语气带上了抱歉的意味,说:"对不起,我可能不知道怎么回去。能不能麻烦你等等,送我一下?"

听起来有点可怜。

江岁宜不知道为什么,脑袋一发热就同意了。

她坐在等待区,思及前后这一连串的事情,心里一阵后悔。

她为什么,要让自己加班?

江岁宜百无聊赖地刷着手机,猝不及防听见店主问:"帅哥,你不摘口罩吗?"

她赶紧打断:"他生病了,会传染,摘不了。"

店主:"你这个口罩……还挺特别的,女朋友送的吧?"

你话不要这么多好吗?专心理发行不行?江岁宜腹诽。

贺迟晏笑笑没说话。

也是。如果说不是,店主又要问是谁送的,后面又能牵扯出一大堆问题,还不如让它断在这里。

江岁宜继续刷手机。

也不知道是不是今天搜索了贺迟晏的缘故,她不管打开哪个软件,都能看到这个名字。

大数据真的很可怕。

她刷到一个视频,手指顿了顿。是今天上午节目的直播。

直播里,嘉宾们在校门外接到了节目组递来的学生证,大概是工作失误,贺迟晏的被弄丢了。

难怪他会迟到。

江岁宜接着往下看。节目组最终找到证件给他,他一边说没关系一边打开看自己的信息,却不知看到了什么,目光倏然顿住。

该怎么形容他的表情——茫然、惊诧和不知所措。

弹幕都在问怎么了?

贺迟晏摇摇头,释然一笑,说自己的证件照拍得不像他,有点意外。

他走进校门,表情未变,脚步却越来越快,越来越快,最终直接朝着高一楼奔跑了起来,几乎没有任何停顿和犹豫。

他知道自己的目的地在哪儿。

长长的梧桐大道上,树荫蔽日,穿着校服裹着青春的少年,伴着簌簌的风声,单肩背着包在林荫道上迫切地狂奔。

像一个电影的长镜头。

一个摄像师已经在林荫道尽头等着,而另一个摄像师在后面跟不上他的步伐,一直在喊:"等等!慢一点!"

贺迟晏却没有停下来,只半转身子回过头来,比了一个示意跟上来的手势,随即只留下带着风的背影。

到她办公室门外时,他微微踌躇,轻轻喘了一会儿气后,才郑重地叩响门,喊了声:"报告!"

放奔跑那一段的时候,弹幕满屏。

△求求了,我要在正片里看见这一段。

△跑起来的少年有光啊!好帅啊!

△这段让我想起一句话:去见想见的人,得用跑的。

△哈哈哈,前面的,虽然但是,贺迟晏是去见班主任的。

原来以上帝视角看是这样的。

江岁宜已经不记得她在办公室里看见贺迟晏的那一刻是什么感受了。但是重新看直播,她觉得她的心态是完全不一样的。

看着直播里的自己,她好像在看另一个人,很陌生的感觉。

原来她刚见他的时候,这么冷淡呀。

江岁宜把进度条拉了回去,又看了一遍那个奔跑的镜头。

店里的音乐不知道什么时候已经切了,歌词正唱着:

"这一刻,我奋不顾身奔向你,像飞鸟拥抱神明。"

正出着神，耳朵突然又听见店主的声音："帅哥，我怎么觉得你长得有点像贺迟晏啊？就那个大明星！现在放的这首歌就是他的！"

不是吧。戴这么少女心的口罩，你也能认出来啊？

相比于江岁宜，贺迟晏显得淡定多了，他头都没抬一下，语气平静："是吗？我不认识他。"

"不好意思啊帅哥，我女朋友是他粉丝，"店主叹了口气，手上动作未停，悲伤道，"她所有电子产品的壁纸都是这个歌手，我现在可能看谁都像他。"

"没关系。"贺迟晏大方谅解。

要不是知道他是本人，江岁宜都快被他这副样子骗过去了。

他怎么能说假话都这么一本正经的？

"还别说啊，我这个'情敌'创作的歌都还不错。"店主继续着手上的操作，"我女朋友眼光还是很好的。"

江岁宜无语，你这分明就是爱屋及乌！

店内歌曲继续播着，店主时不时跟着哼两句，然后又问："是不是还挺好听的？"

江岁宜觉得自己听过这首歌，还不止一次，因为旋律非常熟悉。只是她从来没注意过歌手是贺迟晏。

他唱歌时的声音和讲话时不太一样。低，沉，甚至很欲。

到达情感冲突最激烈的那一句时，高音戛然而止，翻涌而出的情绪热潮卷入留出的空白中。

江岁宜不由得点点头，对他的话表示赞同。

从镜子里看见了她的动作，他笑着说："你看，你女朋友也喜欢。"末了，还对着手底下的人感叹了一句，"马上这个世界又要多出一位把贺迟晏当情敌的男人，我又多了一个同伴。"

江岁宜觉得又好气又好笑。

她恶趣味地想象着店主知道真相后的样子。

"那不一定，"一直没发表观点的贺迟晏突然出声，盯着镜子里的江岁宜说，"他可能没这么大魅力。"

店主笑："帅哥你是太有自信，还是对大明星太没信心啊？"

"都不是。"他敛眸，呢喃道，"如果他有让她喜欢的能力……"就好了。

后面半句话他没说完。

江岁宜没想那么多，纯粹觉得他在自嘲娱乐。

等待间，电话铃声响起，江岁宜看了下来电显示，颇有些头疼地说："我去外面接电话。"

要说新手老师最头疼的事，接学生家长来电肯定算其中之一，尤其是开学没多久，却已经打了多次电话的家长。

江岁宜走出理发店，察觉音乐仍然很大声，于是又沿着街边，边走边接通。

"喂，吴媛媛妈妈，有什么事情吗？"

作为才从象牙塔里毕业的老师,她其实不擅于处理和家长打交道的事,但因为工作性质,无法避免。

"是这样的,江老师。"吴媛媛妈妈的声音听起来严肃又冷静,特别像刻板印象里的女教导主任,让人有种即将要挨骂的错觉。

"吴媛媛昨天下晚自习回到家的时间,比平常晚了十五分钟。"她说,"今天我越想越不对劲,想来问问老师是怎么回事。"

江岁宜无奈,附中老师又不看守晚自习,她怎么知道?

可这次,她还偏偏知道。

因为吴媛媛去看贺迟晏的演唱会了。她以身体不适为由,申请了免晚自习,转道就去了体育馆。

"是这样的,吴媛媛妈妈。"江岁宜犹豫该不该和对方说实话。

从接手这个班开始,历经军训和衔接课,吴媛媛在她印象里都是很乖巧的女孩。

可吴媛媛的母亲……不过短短几次电话联系,江岁宜就察觉到,对方是个控制欲极强的人。

街边路灯从梧桐枝叶缝隙间照射下来,在地面留下或浓或淡的光斑。江岁宜盯着亮影,在心里叹了口气,说:"我……"

"江老师,我只要你给我个准话。"吴媛媛妈妈有些粗暴地打断她,"她是不是在学校里谈恋爱了?"

……啊?江岁宜松一口气的同时,又有点哭笑不得:"您怎么会这么想?"

"我看了她的日记本,里面多次提到了那个男生人称'他'。"吴媛媛妈妈不悦道,"比如,我想再努力一点去见他这种话。"

这话里的"他",应该指的就是贺迟晏吧?

这乌龙闹的。

江岁宜说:"我理解您对孩子的关心。但是据我所知,媛媛并没有像您所猜测的那样,她在学校向来表现很好。"

吴媛媛妈妈似乎还是心有疑虑,又拉着江岁宜说了一大段对于孩子行为的分析,最后终于在连番安抚下,丢下一句"她在学校有任何风吹草动,都要告诉我"匆匆挂掉电话。

江岁宜一看通话时间,四十分钟。

众所周知,老师是没有下班时间的,他们必须及时回复家长消息,否则就是不负责任。

她慢慢往回走,思索着明天还是得找吴媛媛好好聊一聊。

回到理发店,店主又歪在进门处的转椅上,大明星却已经不见踪影了。

江岁宜指着贺迟晏原来坐的位置,问:"他人呢?"

"走了。"

"走了?"江岁宜嘴角抽搐了下,皱眉问,"怎么走的?"

店主撩了把头发,一副善解人意的样子:"我用手机帮他叫了个网约车。"

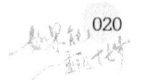

对呀，她怎么没想到。在这儿等了这么久，不是纯属浪费时间嘛。

"染发的钱，再加上打车的钱，一共……"店主飞快地敲了下计算器，得出结果后将数字展示给她，扬着微笑说，"微信，还是支付宝？现金也可以。"

江岁宜无语，原来重点在这儿呢。难怪要让她在这儿等着。

一个大明星，竟然让她一个打工人付款。

江岁宜憋屈地付了钱，正准备离开，店主又叫住她："哎，你男朋友给你留了话！"

一张普普通通的折叠好的 A4 白纸，蓝色圆珠笔好看地写道：

现金没带够，手机被节目组没收了，下晚自习后才能拿到，麻烦江老师加下我微信，以便还钱。请务必加我，否则我良心不安。

——贺

下面是一串字母和数字。

还没燃起来的火，一下就被浇灭了。

行吧，原谅他了。

店内音乐的歌单应该循环了一遍，当熟悉的旋律又响起时，江岁宜停下脚步，转身问店主："这是贺迟晏的哪首歌？"

他露出一个"你看，我就知道"的表情："我就猜到，你刚才当着男朋友的面不好意思问。"

江岁宜腹诽：你都在瞎猜些什么。

"算了……"

店主摆摆手，大发慈悲地说："我明白的。

"名字叫，《飞鸟遇神》。"

"师傅，麻烦绕到另一边。"网约车司机按照指示，转了个弯。

附中晚自习已经结束，走读生纷纷离校，但校门口围着的人只多不少。

兜兜转转，翻墙还是唯一选择。

外校人很难知道，有一条小路直通附中操场边的围栏。

夜晚的学校很静。操场边缘没有灯，贺迟晏从包里摸出手机，开机，打开手电筒。

节目组没收手机是真的，但他出校，没理由不还给他。

至于为什么隐瞒实情——

贺迟晏刷新了下微信，依旧没收到新的好友申请。

没关系，不着急。

他把书包往墙那边一扔，手掌干脆地搭在半身高的石台上，落地一撑，便跃上去了。

动作毫不拖泥带水，一气呵成，像做过无数次。

他跳下来，躬身拾起落在草地上的包，拍了拍上面的灰，往宿舍楼那边走。

"不回来？我知道了，我会和小妹说的。"

"你们总是这样，我习惯了，没什么好失望的。"

这个声音……

贺迟晏挑了挑眉，向声源处看去，恰好与挂掉电话同时转身的人对视上。

黑皮前桌，或者应该称之为班长。

附中是不让学生带手机进校的，当然，是明面上。

贺迟晏面不改色地走近："怎么不回宿舍打？"

何徐行像见了鬼似的愣了片刻，才说："宿舍里装了摄像头，不太方便。"

贺迟晏点点头表示理解："一起回去？"

何徐行见他没问起刚才那通电话，心里松了口气，又恢复了白日里那副嬉皮笑脸的样子："行啊哥。"

摄像大哥在宿舍楼前终于等到迟迟未归的人，拍到贺迟晏和舍友"相亲相爱"的画面后，也就可以收工了。

《重返十七岁》主打真实校园生活，明星全封闭、全时段在校，作业、考试都要跟着高中生一起写。

毕业多年的明星，交不上作业、考不了及格，为高中生活抓耳挠腮的场面，恰恰是观众们所喜闻乐见的。

何徐行把剩余的作业写了，转头看见贺迟晏撑着额转笔发呆，于是他捧着书过去体贴地问："哥，你作业没写完吧？我可以借你——"

声音戛然而止。

贺迟晏没在做作业，他的手机置于桌上，此刻正放着广播体操视频，走近方可听见有节奏感的口令：

"第三套全国中学生广播体操，《舞动青春》，现在开始——"

何徐行惊："哥，你看这个做什么？"

"仙女指派的，我领广播操，这不得好好复习？"

贺迟晏抬头，往椅背一靠，指着屏幕看向何徐行："作业写完了，这个没学完，教教我？"

第二章 飞鸟遇神

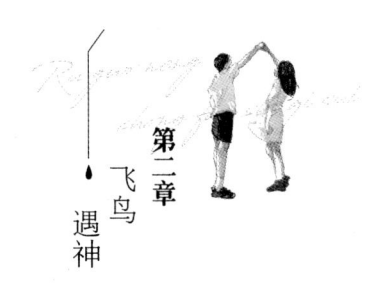

1

9月的夜晚还算透亮。

附中的住校生很少。即使家离得不远,更多同学也是选择在校门口的小区租房子,由家长陪读。

这间宿舍,本来只有何徐行一个人住。

十点半,宿舍熄了灯后,何徐行看着对面床上在夜色中显出的模糊轮廓,小声感叹了句:"哥,我知道你为什么只是歌手,而不是那种唱跳型'爱豆'了。"

半空传来简短而低沉的回复:"你说说。"

何徐行:"吴媛媛看到你跳舞,估计都会直接脱粉。"

贺迟晏沉默。

何徐行赶紧找补道:"但是当纯歌手也很好啊。'爱豆'不能谈恋爱的,歌手可以。"

贺迟晏:"你哪儿听来的乱七八糟的道理?"

"吴媛媛是我后桌啊,平常会听她提。"何徐行顿了顿,一言难尽地说,"其实吧,吴媛媛是你的……妈粉,她还挺希望你获得幸福的。"

什么东西?再说一遍?

贺迟晏回忆了下他的同桌,文文静静的姑娘,坐他旁边动都不敢多动。

"哥,你不要有太大负担,我刚才说脱粉是随便说说,她才不会呢。"何徐行碎碎念。

"而且我觉得啊,经过一个晚上的刻苦练习,明天领操你一定可以的!"

微信消息提示音突然响起。

贺迟晏缓缓坐起，月色中依稀可见他宽薄挺拔的身影。

他点开消息通知，少顷后轻微喘息问："做广播体操的时候，你们江老师会来看吗？"

"当然会了。"何徐行笑了一声，"仙女很负责任的，有时候还陪我们跑跑步。"

"嗯。"

对面传来的声音大了些，何徐行探头一看，人已经不在床上了："哥，你下床干什么？"

宿舍门被打开，走廊的灯光沿着缝隙透了进来。

贺迟晏的声音低低传过来："我想了想，觉得应该再努力一下，争取尽量不被脱粉。"

"啊？"

"我去外面吹吹风，顺便再练一练，你先睡吧。"

江岁宜到家时，父母正坐在客厅看电视。

电视剧正片结束，片尾曲响起，江岁宜一边换鞋一边听，好像是宋敏英的歌。

老江头也没转，调侃道："哟，今天又被哪个家长找了？劫历得怎么样？"

颇有些看热闹不嫌事大的意思。

幼稚的老男孩。

江岁宜突然就不想告诉他，他喜欢的宋敏英现在就在附中录节目。

她边走边说："被雷劫劈得外焦里嫩，现在急需好好洗个澡。"

老江笑道："年轻人，你还得再修炼修炼。"

江岁宜洗完澡出来，逃过父母盘问细节，却没逃过在网上冲浪的朋友们的消息轰炸。

综艺直播里她和贺迟晏同框的画面被截出来，一堆人发来问号。

江岁宜改完教案，做完 PPT，抽空回复了几个关系熟悉的。

回老家当老师的大学室友：我的天，贺迟晏为什么不来我们学校录节目？

江岁宜：可能因为，我们学校是他母校。

室友：我看直播里说你俩同级，既然是同级校友，你们应该认识吧？有这层关系你怎么不早说呀！我抢他演唱会门票秒没，我都伤心死了。

江岁宜：……说来让人不信，但我高中确实没听说过他这号人。

室友：怎么可能！

室友：你们高中的人都双目失明了吗？

室友：他居然不配留有姓名！

是啊，怎么可能。但这就是事实。

坦白讲，江岁宜觉得贺迟晏这个人不太上镜。至少，她觉得他本人比在大屏幕上的代言公式照好看。

江岁宜想了想，在回复完高中同班好友的消息以后，又多问了句：高中时，你听说过贺迟晏吗？他很有名吗？

李梦言：没有啊，他理科的吧，和我们班隔那么远，没什么交集。

李梦言：等等，我突然想起来了！高三时，你每天看的报纸不就是他发的吗？但是高一高二完全没听说过他。

李梦言：他变化挺大的，哈哈哈哈，高中时候都没看出来他这么帅。

发……报纸？江岁宜想起来了。

电子化时代到来，更多人选择通过网络获取信息，但附中仍鼓励学生进行纸质阅读。

宁宜附中订阅了所有市面上能买到的报纸，早晨会送到保安室，每个年级由专门的同学负责领取，然后随意分发一份到各班以供学生查看。

因为是趁着早操这个时间发，所以这名同学不用做广播体操。

高三时，江岁宜有段时间左腿骨折，早操只能待在班上，看报纸是她唯一的乐趣。

可是，那个发报纸的同学，次次都把他们班放在最后一个，攥着仅剩的最后一份报纸。

终于有一次，在男生把报纸放在讲台，准备离去时，江岁宜叫住他："哎，同学你等等！"

男生的脚步几乎在她出声的片刻就停了下来，好像就等着这一刻一样，毫不犹豫地转身。

江岁宜拄着拐杖一瘸一拐地走到他面前，温和地说："同学，能不能和你商量个事儿？"

男生特别瘦，头发很长，但又没超过附中规定的限度，再加上一副极为普通的黑框眼镜遮了半张脸，让人看不清他的神色。

他轻轻地"嗯"了一声。

江岁宜说："你能不能，以后第一个来我们班发呀？我想把这些报纸都浏览一下，我保证看得很快，不会耽误你发下面的班级。"

报纸的种类很多，《新华日报》《宁宜晨报》《现代快报》……质量参差不齐。每次他们班都拿到最后一份，没有选择的余地。

男生静静地瞧了她半晌，大概出于对她半残状态的同情，最终点头应了一声。

江岁宜弯眸："谢谢你啊同学。"

他顿了两秒，摇摇头没说话。

江岁宜心想这人也太内敛了，像棵被圈地保护的百年老树，旁人都走不进他的世界。

在无言沉默的几秒内，他又准备转身离开。

大概是从小受当老师的父母的影响，江岁宜偏偏就爱管得宽，她拉住男生的袖口："你等等！"

视角盲区，贺迟晏搭在校服裤子边的手蜷缩了两下，他偏了半个头，江岁宜看不清表情，但是想来是在问还有什么事。

江岁宜将拐杖搭在墙上,从外套口袋里掏出几颗软糖,递过去:"算是贿赂,你以后可以跟我多说点话呀。"

男生一怔。

在她强烈的动作暗示下,他慢慢摊开手掌,于是几颗糖簌簌落下。

像是通往神秘世界的一列火车,满载着心照不宣的少年心事。

后来他真的每次都第一个来到他们班,捧着一大摞新鲜出炉的报纸。

他来了以后,径直走向她的位置,将不同类型的各挑一份出来,摊开在她面前。

在她认真浏览的时候,他就一动不动地站在旁边,颇有种督促的意味。她怕他等得急,只能一目十行看得飞快。

有时看到有趣的,江岁宜还会故意念给他听,希望他能笑一笑。

但他笑点真的很高,最多扯一扯嘴角,再想要多一点就没有了。

不久后,江岁宜已经能正常下楼活动了,于是最后一次,她对他说:"麻烦你这么久,辛苦你了,以后就不用先送到我们班了,我可以下楼做操了。"

他愣了片刻,说:"知道了。"

江岁宜还特地去小卖部买了一整袋糖,塞到他手上,眼神清澈明亮:"但是同学,我有句很喜欢的话要送给你。"

"出自贾平凹先生的《自在独行》:内向而不呆滞,寂静而有力量。平波水面,狂澜暗藏。"她笑了下接着说,"你是有力量的人,希望你有一天也能自在独行,成为别人的一束光,加油呀!"

原来他是贺迟晏呀。当时都没问问他叫什么名字。

江岁宜盯着李梦言最后那句"变化挺大",心想这还真不是一般的大,都天差地别了。

她完全无法想象,当时那样沉默的人,会变成熠熠发光的大明星。

真的就像她说的那样,做了很多人的一束光。

他能成为现在这样,也很好。

江岁宜还有点欣慰的感觉。

从理发店带回来的那张写了字的 A4 纸落在手边,江岁宜拾起,盯着上面的字迹看了半天,还是没看出来熟悉在哪儿。

"良心不安"这四个字特地被放大,怕她看不见似的。

江岁宜很轻地叹了口气,妥协地点击微信的添加好友,照着他的指示输入。

不想,好友申请秒通过。

江岁宜疑惑了一下,这个点,附中宿舍应该熄灯了吧,还在玩手机呢。

贺迟晏发:江老师。

江岁宜:还不睡?

贺迟晏:还完钱才能睡,否则良心不安,睡不着。

行吧。

江岁宜在聊天框输入了一个数字,想了想,又给他抹了个零。

对方发来一个转账。

江岁宜接收以后突觉不对：你好像手滑多打了一个零。

她把钱转回去，贺迟晏又发：没有。

贺迟晏：算是贿赂，江老师以后多照顾我点。

……啊？

江岁宜：不行，这是违规的。

贺迟晏：不照顾也行，就当我……

请江老师吃糖吧。

2

晨读时间是早上七点十分到七点五十分，但老师往往需要提前到校做准备。

今天是英语早读，但英语老师打来电话，说有事会晚点到，请江岁宜帮忙看一会儿班。

反正第一节刚好是她的语文课，江岁宜等晨读结束后就可以直接上课。

她到班里比较早，从前门进班时，看到几个学生围在一张桌子前叽叽喳喳，摄像大哥在旁边尽职尽责地充当背景板。

江岁宜悄无声息地走近，几个男生丝毫没有意识到。

"哥！晏哥！你是来救我命的！"

卷子和练习册在他们手中传递，速度快到只留下几道残影。

贺迟晏用余光瞥不远处的身影，翻开英语书，一本正经地提醒道："我要早读了。"

"你放心，早读前我肯定能结束！"埋头苦写的男生不忘补充，"完形填空，我会挑几个写不一样的答案，放心，我技巧高超，从来没被老师抓到过。"

江岁宜捧着书，微微弯下腰，悠悠地在他背后问："是吗？"

他毫不在意地回答："那可不是，我经验这么——"

空气突然静默了两秒。

"江、江老师！"男生猛地站起来，表情惊恐地把笔一扔，立正站好。

江岁宜从容地拿起摊开的两本作业，比对观察了下，笑眯眯地点头说："技巧确实高超，经验挺丰富。"

男生红了红脸，还知道要维护自己的同伙："那个，是我主动拿了贺迟晏同学的作业，不关他的事。"

还挺讲义气。江岁宜扫了一眼旁边坐着的人。

贺迟晏一副乖巧的样子，又有点压不住笑。

江岁宜收回视线，合上作业本，问："是他要高考，还是你要高考？他都毕业多少年了，你就这么相信他的答案？"

男生支支吾吾地小声嘀咕："他确实比我强啊。"

接下来，就是一番例行沟通教育，最后以男生多做两篇同类型的题收尾。

"还有你。"江岁宜想起了还有一个共犯，偏头看贺迟晏。

贺迟晏依然是那副无辜的表情，漆黑的瞳孔盯着她，一举一动带着蓬勃的朝气。

他应："哎。"

江岁宜："你和英语课代表一块儿上讲台带早读。"

早自习是最容易犯困的时候，特别是念英语时一个个单词往外蹦，和催眠符似的，有气无力是常态。

然而今天情况有所改变。

江岁宜坐在后门口的空位上，一边改着刚收上来的作业，一边分神听着读书声。

事实证明，这个惩罚恰到好处。学生们的反馈就能说明一切。

贺迟晏念英文，或许音调比不上英语老师标准，但清朗的质感是独特的。

声音清晰而低沉，好像能把英文课文当歌词唱出来一样。

江岁宜小幅度地甩了甩头，肯定是因为昨晚回去听了他的歌而导致的错觉。

没一会儿英语老师也过来了，于是两个领读的人光荣下岗。

苏老师继续带着他们读书，但这会儿干什么的都出来了，偷摸咬一口包子的，吸着豆浆含糊地读个音调的。

江岁宜在最后排看得一清二楚。

贺迟晏倒真像个乖巧的高中生那样，脊背挺得绷直，读得认真。

苏老师拍了拍手示意停下来，了然道："怎么，你们还搞区别对待啊？刚我没来的时候，你们都可以参加朗读比赛了。"

下面有人笑着接话："哪有——"

他也不在意："行吧，既然大家都没有读书的兴趣，拿出听写本，咱们默单词。"

"啊？不要啊！"长吁短叹声接连响起，但是反抗无效。

早读课下课，江岁宜起身走向讲台。苏老师边等着课代表收齐听写本，边对她说："小江老师辛苦了。"

课代表捧着本子过来，苏老师大大方方地问："新同学怎么样，帅吧？"

课代表跟他混得熟，性子也直爽，毫不犹豫地点头："帅！"

苏老师捶胸，佯装伤心："合着我人气垫底，激不起你们学英语的兴趣了。"

课代表强行改口挽回："当然您还是最帅的，您是人气王。"

苏老师接过本子摆摆手："我年龄大了，就不参与了，这话留着跟江老师说吧。我可是听说了，新同学原来和你们江老师是同学，这不得争个人气高下。"

江岁宜微笑不语，课代表风中凌乱。

……啊？我同学成了大明星，后来成了我学生？

她只知道江老师是学姐，贺迟晏是学长。原来这两人还有层关系呢！

语文课学的是荀子的《劝学》。文言文备课向来麻烦，新课改以后就要求加强学生的素质，讲起来就细而慢。

在上课之前，江岁宜首先提了下重选语文课代表的事，之前的语文课代表因为学习压力自请卸任了。

有好几个人举了手,他们互相张望着看向自己的竞争对手。

然后……他们又默默放下了手。

因为贺迟晏举手了,他靠在椅背上,接收到竞争对手的目光时一点也不慌,反而挑了挑眉回望过去。

那几位同学叹了:争不过,争不过。

江岁宜无奈地说:"这次情况有点特殊,我们选两位同学,大家踊跃一点。"

贺迟晏在附中只待一个月,难不成他走了以后,她就不用课代表了?

几只小手又颤颤巍巍地举起来。

江岁宜笑:"那这几位同学上来说两句,然后大家自行投票。"

附中作为名校,自然是卧虎藏龙。只是竞选感言,几位同学还引经据典,恨不得使出浑身解数表现自己。

吴媛媛给同桌打气:"贺同学,加油,我肯定投你一票。"

何徐行也回头,悄悄地说:"哥,我也一定投你一票!"

然而贺迟晏跟其他人走的并不是一个路线。

他站上讲台,不紧不慢地开口:"众所周知,高考语文,我的分数刚刚好及格。"

底下已经有人开始笑了。

贺迟晏看向江岁宜,无奈地弯了弯嘴角:"我一直觉得,自己恰恰缺少这么一个历练的机会,语文水平才没得到提升。"

他轻轻点了点头,似在对自己的说辞表示肯定。

"所以,希望大家给我个机会,让我重新证明下自己。"贺迟晏顿了一下,又道,"当然了,如果月考的时候,我没能达到江老师以及各位同学的期望……"

何徐行大声接道:"那就再当一个月的课代表!"

江岁宜笑着止住:"行了,大家投票吧。"

最后,贺迟晏以压倒性的优势中选,和另外一名女生成了新晋语文课代表。

江岁宜打开PPT,在黑板上写下劝学二字,接起贺迟晏刚才的话:"锲而不舍,金石可镂。如果贺同学能一直坚持,相信肯定不止于刚好及格。"

贺迟晏目光坦坦荡荡。

教师上课都需要一些信念感,或者说,需要点学生的回馈。

江岁宜这节课的信念感,来源于——

无论何时她停顿在某一个地方,总有一双专注的眼睛告诉她,有人在很认真地听讲。

她被弄得都有些破功,因为贺迟晏就像刚上学的听话小学生一样,乖到不可思议。

连带着旁边的吴媛媛都不敢走神。

下课铃一响,学生们勾肩搭背地前往操场进行大课间活动。

江岁宜收拾好东西送回办公室,从南边楼梯下来,出了教学楼,刚好遇上从保安室捧着报纸回来的同学。

高高瘦瘦的男生,戴着一副眼镜。

一种熟悉感油然而生。

江岁宜拍拍脑袋，觉得自己真是想太多。

"江老师。"

忽地，背后有人叫，她回过头。

是贺迟晏。

穿着同款校服的贺迟晏走下最后一级楼梯，同那名发报纸的同学擦肩而过。江岁宜这才有了实感，他完全蜕变了。

摄像大哥不远不近地跟着前面两个并肩行走的人。

"怎么没跟上大部队？"

贺迟晏眉梢轻扬，微微偏头看她："嗯，待会儿要领广播体操，有点紧张，我要冷静冷静。"

江岁宜笑："你还会紧张？"

能在万人体育场开演唱会，被鲜花和掌声团团包围的人，竟然会因为这事紧张。

被他看着的人才应该紧张吧。

贺迟晏说："当然会。"

他轻声喟叹一句："江老师大概不知道，我以前在附中时的样子。"

校园里人声鼎沸，笑声、闹声交织，广播里的进场曲仍在继续。

但是此时周遭的一切声响都飘远了，他这一声叹，倏然带来一种安静的奇妙氛围，像套上了真空的罩子。

江岁宜一时没说话。贺迟晏收回视线，语气平静："我要跑着去操场了，不然快赶不上了。"

其实她没有想到，他能以这种坦荡的语气同她讲起从前。但转念想想，或许他也完全不记得她，正如她一样。

江岁宜回过神来，轻声说："我知道。"

贺迟晏点点头，正打算先行一步，忽然又听见她问："你后来去读《自在独行》了吗？"

贺迟晏愣住，静了片刻，有些不可思议地回看过来。

所以这个"我知道"，是指……

"我知道你以前在附中时是什么样子。"

江岁宜说完这话，忽然感到气氛有点尴尬，幸好此时广播在催："还没进场的同学快点啊！后面的那几个，跑快点！"

她转向贺迟晏，有些仓皇地催促道："你听见没？快跑。"

贺迟晏撩起眼皮，静默地看她两秒，倏然嘴角一弯："我听见了。"

尾音散在奔跑时掀起的风中，校服敞开飞扬在身后。

江岁宜也加快脚步，越靠近操场，听到的尖叫声越大，她还在想发生了什么事，循声望去，发现主席台的大屏开了。

这大屏平常不会开，除非遇到运动会等比较大型的活动。

综艺的全部摄像师都在操场候着，此刻又开了一场网络直播，而附中的大屏正在转播。

明星只分散在三个班里,其他年级和班级的学生只能在课间偷偷在外面围观。

这下可好,现在直接全校直播。

贺迟晏此时站在八班队列的最前面。大屏上,他朝镜头招了招手,笑了笑。

江岁宜穿过后面的班级方阵时,夸他的话听了一堆。

"真的不上镜!我上厕所时特地从八班过,看到贺迟晏真人了,好帅!"

"我也是我也是,有次去接水的时候,刚好碰上他从八班出来!真的!帅!"

"恨生不逢时!早生几年,我就能和学长做同学了!"

江岁宜站在末尾,看看队伍前面的人,又看看大屏幕。贺迟晏长得高,几乎将站在前排的人全数挡住。

邻近的班级都在往这边张望,一个个脖子伸得老长,都快把头递过来了。

主席台上,负责老师已经开始发言了:"同学们!今天的广播体操,全国都会看到了。"

他顿了下,话筒放下又拿起:"我就提醒到这儿,大家也不想在网络上看到自己出糗的样子吧,这可是永久的黑历史。"

这话刚讲出口,江岁宜就看见几个学生立马把背挺得板直,三三两两咬耳朵的人都停下了。

毕竟他们班是重点特写对象,可不得注意点形象。

江岁宜正在帮一个女生整理校服衣领,突然心有所感地向前面望过去。

贺迟晏回头和他后面的男生讲话,眼睛却是看向最后一排她的方向,触到她的目光后点点头,笑着转了回去。

也不知道是在向谁点头。

广播体操的音乐响起。

八班前面突然开始喧闹,几个男生吹着口哨,起哄着将贺迟晏围了起来,合力将他推着送上了主席台。

江岁宜先是惊讶,然后又失笑。

她只让他当班级的领操员,这下好了,变成全校的了。

那几个男生飞奔着从主席台上下来,又跑到旁边几个班,把其余四个明星从犄角旮旯里拖出来,一并送了上去。

广播体操前小半段的拍子全错乱,学生们都在"哇哇"乱叫,从一声调逐步变成四声调,表情精彩纷呈。

主席台上的几个人面面相觑,手脚都不知道往哪儿放。

然而贺迟晏稳居中心位,有条不紊地卡着节奏点做动作,还分出眼神看向两旁,嘴角扬得很高。

他做动作像用PPT复盘校正过角度一样,虽然缺乏点自由之态,但十分标准。

手长脚长,线条流畅,动起来就很赏心悦目。

其余几个明星照猫画虎,企图唤醒自己残余的记忆,却手足无措到自创动作,似乎有一瞬还同手同脚地动了起来,窘迫得很。

这对比实在强烈。

要不是知道其他人是被逼无奈，江岁宜都要怀疑他们是故意上去给贺迟晏做对照组的。

她努力憋笑，最后实在没忍住，掏出手机"咔咔"连拍了几张。

"体转运动，一二三四——"

手机里的人突然转头，目光精准地找到她的镜头并对视。江岁宜始料未及，手一抖按下了拍照键。

他连着转体了好几回，次次都能精准找到她的位置。

贺迟晏是镜头捕捉机吧？

9月的天仍然闷热，阳光照得人有些倦燥。少年啊，在阳光下一晒就发光。

此刻，江岁宜真的理解了一点，这个综艺为什么叫《重返十七岁》。

因为贺迟晏在发光。

广播体操做完之后是跑操，跑两首歌的时长。作为背景音乐的两首歌都是从学生来信推荐中选取的，今天，当然是《重返十七岁》专场。

第一首歌，江岁宜听出是宋敏英的。

她看到吴媛媛站在原地没参与，猜测女生可能是在生理期，想了想，也正好趁这个时机和吴媛媛聊一聊。

吴媛媛见她神色有点严肃，主动说："江老师，昨天没交的作业我都补上了。这两天，我也有好好听课。"

江岁宜看她紧张成这样，不禁笑："不是因为这个找你。"

"啊？"

"是这样，"江岁宜想了下措辞，"你去看演唱会的事是不是瞒着你妈妈了？"

吴媛媛飞速反应过来发生了什么事："老师，我妈联系您了？您和她说了吗？"

问完她冷静下来，又否定自己："您肯定没说，否则我昨晚应该进不了家门。"

这么夸张？江岁宜皱眉："为什么？"

吴媛媛解释："一切和学习无关的事，妈妈都不允许我做，连听一首歌都不被允许。"

江岁宜可以理解这种压抑感，但是——

"你一个人，有没有考虑过安全的问题？"

吴媛媛点头又摇头："是表姐陪我去的。我都想好了，就放纵这一次，之后就按妈妈说的那样心无旁骛地读书。"

"我就是没想到，贺……同学会变成我同桌。"吴媛媛咬着下唇，小声道。

既然她规划清晰，那就没什么好讲的。江岁宜最终只是提醒她要和母亲好好沟通。

贺迟晏在人群中很显眼，是那种一眼就能看到的存在。江岁宜看了眼那道身影，偏头问吴媛媛："他为什么会成为你的偶像？"

此时第一首歌结束了,下一首无缝接上。

几乎是前奏一响起,吴媛媛眼睛忽地就亮了。

她回:"……因为现在的这首歌。"

"不诉情的歌也能道得未尽的话,"吴媛媛跟着旋律晃着,笑得开心,"江老师,您相信吗?我能从这里获得能量。"

跑操结束,一群学生头也不回地往小卖部冲,压根没有队列可言。

江岁宜和办公室的两位同事一道走着回办公室,沿途也有同学三三两两成群,谈论着刚才的"广播体操事故"。

周老师感叹:"年轻真好啊!我刚在下面看,有一瞬间都觉得活力满满。"

另一位年轻老师附和着感叹时光易逝。

话题不知道怎么就转到江岁宜身上,周老师突然问起:"小江啊,你有男朋友了吗?"

江岁宜沉默。

年轻女老师看了她一眼,微微摊手表示爱莫能助。

"没有。"

"青春易逝啊。你得抓紧了。"周老师一副这怎么可以的表情,"你说说看你的要求,我可以帮你介绍介绍,约个合适时间一起吃个饭什么的。"

江岁宜有些头疼地婉拒"热心月老":"不……"

"江老师!"

背后传来的呼唤声像救命稻草一样,江岁宜赶紧转身。

何徐行追过来,还附带一个贺迟晏。

许是刚跑完步,加上烈日直照着,贺迟晏头上渗出层层汗珠,碎发贴在额间,动作却是不紧不慢的。

他将校服外套脱了,露出里面的短袖T恤,抓着外套的手臂肌肉绷紧,力量感十足。

"怎么了?"江岁宜将目光投向自己的班长。

何徐行只是想起来有份材料不知道怎么填写,来问问她。

"哦哦,谢谢老师。"何徐行点头,"那我先回去准备下一节课了。"

他们才走出两步,周老师又接着刚才的话题:"小江啊,你继续说,想找什么样的对象,我这边都有合适的。哎,不瞒你说,我这边还真有个合适的……"

江岁宜正打算将婉拒的话再说一次,没想到贺迟晏竟然转身走了回来。

周老师突然噤声,目光相对间,江岁宜感到有些不自然。他应该没听见吧?

她轻咳两声,问:"还有事?"

贺迟晏缓慢收回视线,眼眸有点黯,眉毛微抬:"没什么事。就是作为同学,想多了解一下你。"

江岁宜不知道说什么好,她没想到贺迟晏竟然听见了。

她客气地拒绝道:"不用了周老师,我目前还没有这个打算。"

周老师认出贺迟晏这位大明星后欲言又止,最终只说:"行吧,那你有打算了再找我。"

江岁宜想礼貌敷衍两句，没想到贺迟晏垂眸安静了会儿后竟突然出声，声音并不大，像是自说自话。

"江老师找对象的话——"他撩起眼皮，视线一扫，偏狭长的眼睛亮而温柔，嘴角浮出淡笑，道，"条件至少得比我好吧。"

江岁宜一怔。

他仿佛很轻地叹了口气，还在理性分析着江岁宜的优秀之处，一条条往上叠加。

然后，得出一条完整的逻辑链，结论是：

要比他长得好，比他学历高，比他富足。而这，是最基本的。

最后，贺迟晏低声自嘲："其实这样还不够，因为我觉得我这样的条件还配不上江老师。"

周老师说不出话。

贺迟晏想起来什么似的，转向周老师，问："您刚说要介绍什么样的给她？"

空气霎时陷入一阵静默。

何徐行目睹着贺迟晏从淡然处之到"口出狂言"的全过程，在一旁大气也不敢出，心里却在疯狂吐槽：不是啊，哥，你故意的吧。比你学历高的没你帅，比你帅的又没你富有。能同时满足你这些条件的，屈指可数啊。

周老师干笑两声，含糊说了几句，在年轻老师的围解下，说有事先走。

江岁宜这会儿被突如其来的变故惊得说不出来话，但是瞧着自己班长更蒙的表情，觉得自己应该开口讲点什么。

她咳了一声，吩咐道："何徐行，我办公桌上有一沓通知单，你去拿一下发给同学们。"

"哦哦。"

何徐行离开以后，江岁宜和贺迟晏慢慢往回走。

和他走得近了，难免会闻到他身上的味道，一种很令人舒适的，却形容不出的干净气息，像融雪后的林间小溪。

"有些老师就是比较热心，"江岁宜解释，"谢谢啊，但是你也没有必要那样说。"

"哪样？"

江岁宜眨了下眼："就……贬低自己，抬高他人，在某些时刻语出惊人。"

贺迟晏面色安然，低笑一声："没有，我是真情实感。"

他笑时表情温和，看起来很好亲近，难怪班里的学生没两天就和他打成一片。

江岁宜只当他在过度自谦，点点头没说话，不想他又状若无意地问："后来怎么没和魏旭在一起了？"

乍一听到这个名字，江岁宜还有点愣。

"不是吧，你也相信八卦啊？"江岁宜讶异，嘴角一抽，"我跟他本来就没在一起过呀。"

魏旭,和她一样是教师子女,住在一片,父母工作也在一块儿,自然是从小就认识,一路升学都是同校,他们是纯洁的友谊关系。

"哦,我知道了。"江岁宜回忆起来,"你们俩同班。"

贺迟晏愣住:"没有吗?"

江岁宜无语地摆摆手:"没,不知道谁乱传的,解释了也不听,后来就懒得管了。我又不能因为这事以后都不和魏旭来往了吧。"

她还举了个例子:"你看啊,你们娱乐圈不也是这样。被爆出恋情的明星都不会回应,不管真的假的,都等热度慢慢消散。"

贺迟晏沉默敛眸,不知道在想些什么,少顷才抬头:"我会。"

"什么?"

他眼神澈亮地看她,语气认真:"如果有这么一天,我会回应。"

江岁宜本想以玩笑的形式结束这个话题,不想他如此诚挚,搞得她不知如何接了。

贺迟晏的额角仍然泛着细密的汗,阳光底下显得亮晶晶的。

眼睛亦是。

他一点妆都没化,完全是最本真的样子,却少年感十足。

江岁宜顺着问:"你这样,粉丝不会脱粉吗?"

贺迟晏仿佛很轻地叹了口气,垂着眉眼说:"你大概从来没刷到过与我相关的信息吧。"

江岁宜刚想辩解,却发现无可辩驳。

"《重返十七岁》是我参加的第一个综艺,"他低声道,"我从出道那天就说,希望他们更多因为作品支持我,而不是其他因素。"

"如果事情是真的,我回应是给他们选择来去的权利;如果是假的,那我不会为了炒作赔上自己的清誉。"贺迟晏顿了一下,"我得负责任,不管对谁。"

江岁宜沉默两秒,有点错愕。

她不了解娱乐圈,但毫无疑问,他和她口中的其他明星并不一样。

"哦。"江岁宜匆忙移开眼,转而发现路上已经没剩几个学生了。她看了眼手机,下节课快开始了。

"那我先回去了。"他兀自吐了口气,带着妥协一般。

挺拔颀长的身影从眼前迈过,一步步远去。

走到一半,他突然又回过身来,笑问:"今天拍的照片,能发我一份吗?"

江岁宜愣了一下,点头。

原来有人笑起来不露牙齿也这么好看。

梧桐繁茂,阳光正好。

江岁宜抬起手挡了挡日光,她好像有点理解为什么会有那么多人喜欢贺迟晏了。

何徐行审时度势地麻溜离开后,到办公室拿通知单,迎面撞上了英语课代表。

英语课代表叫住他："哎，你看到江老师了吗？"

何徐行："她快回来了……现在应该和晏哥在聊。"

英语课代表突然神秘兮兮地"哦——"了一声，然后凑近小声问："你知道他俩之前是同学吗？"

何徐行挠头："不知道。你听谁说的？"随即恍然大悟，难怪刚才他要帮江老师说话。

原来是因为同学情谊。

"老苏讲的。"英语课代表"啧啧"感叹，"我同学要是成了大明星，我不得天天挂嘴边吹，但江老师提都没提过。"

"他俩这关系还挺复杂的。"何徐行搜罗了刚才的记忆，心里涌上一阵怪异，但又飞速退散，"你找江老师什么事？"

"马上不是教师节了嘛，过节那天是周日，我找仙女商量是不是得提前……"

何徐行一拍脑袋，操办这种人情味的活动可不得是他这个班长主办。

"我差点给忘了，咱们先谋划一下吧，还是得有点惊喜。"

"行。"

何徐行召集了几个班委，商量到最后还是鲜花、贺卡、祝福三件套，在周五也就是明天送出。

"晏哥，放学以后我们几个去给教师节订花，你去不去？"

贺迟晏此时正头也不抬地写着作业，听到关键词手一顿。

他一点没犹豫，说："去。"

何徐行说："还得想想怎么拿到请假条，直接说原因的话惊喜就没了。"

一男生出主意："翻墙？"

何徐行思索道："之前好像听学长说，附中有个绝佳的翻墙地点，不如去问问在哪儿？反正也就出去一小会儿，肯定不会被抓到。"

贺迟晏把笔一搁，挑挑眉，琢磨道："你们，用得着舍近求远？"

众人才反应过来，哦对，他也是学长来着。

一个大明星，每天雷打不动地坐在教室里写题，比他们这些真正的高中生还努力，让人下意识忽略了他是来录综艺的。

正巧早上的英语默写本也发下来，贺迟晏随便翻开，100！外加老苏飘逸的字迹：Excellent（优秀）。

他没什么表情，又漫不经心地合上。

围在旁边的男生瞄到了，顺势翻开自己的，满面红色，外加大大的两个字母"Re"，是重新默写的意思。

他沉默了，心里却在抓狂，到底谁才是真正的高中生？

他听说其他明星都被折磨得要哭，怎么到贺迟晏这儿，跟回附中度假的一样。

傍晚放学，贺迟晏带着三个男生穿过操场，直达矮墙。

他回头对摄像大哥说："这段就不用拍了吧。"

摄像大哥面无表情，无动于衷，贺迟晏便也没管。

几个男生目瞪口呆地看着他利落地翻上石台，又干脆地跳下去。

还没做过这种事的他们，像模像样地也学着翻了过去。

然而摄像大哥就不像这群十六七岁的少年一般手脚灵活了，两个男生还在下面接应他。

何徐行拍拍身上的灰，犹疑道："晏哥，你看起来好像很有经验。"

贺迟晏捡起书包，扬了扬下巴，手指敲了敲背包带子："是翻过几次。"

何徐行一惊："我以为哥你是那种绝对遵守校纪校规的人。"

贺迟晏微挑眉，不置可否："我看起来像？"

何徐行狂点头："我还挺好奇，你翻出去干什么？总不能是打游戏吧。"

贺迟晏眼皮动了动，嘴角扯了扯，一时间没有再说话。

他第一次在附中翻墙，就是高三那年的 9 月 10 日。

教师节过得大多千篇一律，那年也不例外。

那是个周六，但高三学生哪有周末可言，都得来学校上自习，好在没有晚自习。

贺迟晏转过楼梯拐角，听见了下面的说话声。

是他们班的魏旭，和江岁宜。

"今天放学一块儿去花店吧？"魏旭靠在四班一侧墙边，"我之前挑的花被我爸妈嫌弃死了，还得让你来。"

江岁宜捧着本书盯着，摆了摆手，随意应道："行吧，到时候来找我。"

魏旭趁她没防备，把她的书抽走："用得着认真成这样吗？你'卷'死我算了。"

江岁宜吓一跳，瞪他一眼恼道："你有病吧。"

"那你也不是第一天知道。"

平平无奇的对话，却暴露了两人关系的熟稔。

贺迟晏没打算再听下去，刚准备原路返回，却在听到下一句话时脚步一顿。

魏旭："行了，不逗你玩了。祝你生日快乐，喏，送你的。"

江岁宜："谢谢啊。"

贺迟晏没回班，反而转道去了学校小卖部，逛了一圈没找到合适的礼物。

然后，就翻墙出了校，又趁着放学前赶了回来。没有人发现他什么时候离开，又是什么时候回来的。

或许那年教师节的意义就在于，让他知道，它不仅仅只是个与他没多大关联的节日。

此刻听到何徐行的问话，他眉尾稍提，淡淡地笑笑："没事就不能翻出去逛逛？"

何徐行："也不是。就是吧，我觉得哥你是个目标性很强的人，不会无缘无故做某些事情……"

贺迟晏闻言，略思索了下，轻轻"嗯"了一声。

他低声接过何徐行未尽的话语："或许，我只是想正大光明地说句生日

037

快乐。"

3
花店开在附中对面街道的拐角处,名字叫"花想容",正是取自李白的《清平调》。

几个男生边推开玻璃门,边叽叽喳喳:

"你们谁懂花啊?这看起来不都一个样?"

"反正我知道肯定不能送菊花。"

"你这不是废话。"

贺迟晏跟在后边,吸取上次的经验,戴了个普通的蓝色口罩。

门口风铃一响,店主便热络地迎了上来,见他们穿着附中校服,笑意温和地问:"你们是来给老师订花?"

花店不大,但种类齐全。何徐行四处看看,随意应着:"是啊,有什么——"推荐吗?

这话还没说完,他整个人一震,拍了拍旁边贺迟晏的小臂,欲哭无泪地小声道:"……完了。"

说好的肯定不会被抓到呢。

江岁宜正观察着面前这束粉白色的花,听见门口传来声响便下意识地抬头,没想到见到了几个意料之外的人。

沉默中,店主瞟到扛着摄像机的大哥,上前交涉制止:"目前不接受探店拍摄哦。"于是大哥百口莫辩地被拦在了门外。

见几个男生愣在原地,江岁宜刚想开口说话,魏旭就走过来嚷道:"你看什么呢?挑好了?"

顺着她目光看去,魏旭了然,指了指:"你学生?"

何徐行挠了挠头,过来老老实实道:"江老师,你也在啊。"

另两个男生也插科打诨地笑:"真是太巧了。"

"是啊,挺巧。"江岁宜微不可察地皱眉,"但是你们没向我请假,怎么出来的?"

她又转向那个没说话的人。

见贺迟晏慢悠悠地走过来,她问:"不会又是找彭老师要的假条吧?"

几个男生支支吾吾想混过去,哪料想贺迟晏直截了当:"不是,翻墙出来的。"

他们不可置信地歪头,眼睛里满是问号。倒也不必承认得如此之快吧。

江岁宜亦是语塞:"行,坦白从宽,每个人明天交一千字检讨给我。"

众人:"啊……"

贺迟晏眼神直白地看着江岁宜,应了一声,半晌才施舍点给旁边的魏旭。

眸子里三分疑惑,三分黯然,四分平静。

魏旭本来也没在意,但再一抬头,发现对方眼神很奇怪,存在感又太强,于是问:"怎么,你认识我?"

才被罚写检讨的男生们此时毫不挫败,反而嬉皮笑脸地顺势问:"江老师,这是你男朋友吗?长得挺帅呀。"

江岁宜本来觉得没必要向学生解释八卦,但一思及贺迟晏此前的那番正色,话到嘴边又变成了斩钉截铁的否认:"不是。"

她今天除了上课,就是开班主任会、教研会,本欲下班后立马回家躺着,结果放学前却接到了魏旭电话,说他人已经快到附中了,约她一起给父母订花。

想起家里那两个退休的老教师,她自然是同意了,谁知道刚好逮到翘掉晚自习的他们。

这群青春期的男生惯爱起哄,得到否定回答后依然没浇灭他们心中猜测的小火苗,在那儿贼兮兮地笑。

何徐行早上才听到八卦,自是知道仙女是单身,拉了把另外两个男生,却没制止住。

贺迟晏盯了魏旭一会儿,然后将口罩从半边耳朵上取下,客气地点点头:"好久不见。"

"贺……"魏旭惊讶地往后退了两步,他上下扫视了一遍,才终于确认,"你、你什么情况啊?"

他平常不太关注娱乐圈的消息,对于贺迟晏回附中录节目一点都不知道,高中毕业后也是再没有联系,现下看到贺迟晏穿着校服近在咫尺,恍然被吓一跳。

"跨界去演戏了?校园剧?"

男生们被他的反应逗得乐成一团,指着贺迟晏说:"他,现在是我们的同学。"

魏旭吃惊地望向江岁宜:"他难道不是我的同学吗?"

江岁宜无言地跟他对望,心道:你可从来没和我提过他。

"不会吧,你要重新参加高考?"魏旭摸着下巴,"不可能吧。"

几个男生拉着魏旭给他解释综艺的事。贺迟晏缓缓把口罩戴好,默默走到江岁宜旁边,特别轻声地问:"和他一起来给父母订花?"

"嗯。"江岁宜本来还没想好怎么解释,乍然听他开口问反而愣住,"你怎么知道?"

贺迟晏:"……他以前提过。"

哦,这样。

"你们的关系好像很好。"他状似无意地说道。

江岁宜摸摸鼻子,看向店内其他品种的花:"还不错,我们的父母是同事,有来往不是正常嘛。"

思及他今早提到的谣言,她又补充一句:"就是普通来往,你曾经听到的那些是一点没有的。你也知道,同学们就是喜欢乱传八卦。"

贺迟晏敛起神情,垂睫呼出一口沉沉的气,低声道:"是我想错了。"

店主和摄像大哥交涉完毕后,回来在花台配了几种花束,招呼他们过去看。

江岁宜见几个男生冲得可快,也品出味来了:"你们偷溜出来,是为了给任

039

课老师订花？"

眼见惊喜没了，何徐行只好承认。

江岁宜帮他们选了几种，无奈道："这种事你们好歹得跟我这个班主任商量下吧？这次算了，检讨改成三百字。"

男生们惊喜地乱叫："谢谢仙女！"

魏旭在江岁宜旁边道："你班里学生怪好玩的，让我想起读高中那会儿了。"

江岁宜点点头。当老师要操心的事不少，但是永葆青春的秘诀大概就是，一直和正值青春的人待在一块儿吧。

贺迟晏视线扫过这边，走过来平静地问："在聊什么？"

以前的同学成了大明星，魏旭本来是有点不知道用什么态度面对，但贺迟晏穿着这身校服，又实在没有明星架子，于是他惯常自来熟地玩笑道："聊以前读书那会儿呢。"

"哎，说来那时候跟你都没讲过几句话，"魏旭回忆道，"填志愿的时候，你突然来问我打算报哪儿，我还挺吃惊的。"

江岁宜也好奇地看过去，四目相接一瞬，记忆纷沓而至。

高考成绩出来的第二天，高三生回校领毕业照，不出意外，这是他们最后一次成群聚集在附中了。

所有人都结伴在学校里逛着，拍照，聊天，和自己的这三年说再见。

贺迟晏却并不留恋，他沉默地盯着领到手的照片。

毕业照一共有两张，一张普通尺寸的是班级合照，另一张超长款是年级合照。

四班在南边角落，十九班在最北边，隔着近千名学生，拍摄时只能看到黑压压的人头。

于是照片上的咫尺，却成了不可跨越的涧沟。

高三楼和高二楼之间有个小广场，不少学生在这儿聊天。

贺迟晏走过时，听到熟悉的声音，脚步一顿。

"你打算报哪个学校？"

江岁宜在认认真真地写同学录，听到魏旭的问题，头也没抬："我这分数排名，不就在那几所里选吗？"

魏旭点头："那我们俩又是很大概率同校了。"

提到这个事，江岁宜就很无语，她没理他，转头就问李梦言打算去哪儿。

魏旭也没继续问，提议说给她俩拍个合照，两个女生欣然说好。

李梦言拉着江岁宜拗了半天的姿势，魏旭无聊地等了很久还没好，抬眼看到贺迟晏经过，打算叫住他。

但恰巧李梦言催促他快拍，他收回准备挥动的手，按下快门键。

贺迟晏侧身走过的瞬间，成了这张照片的虚化背景，只有模糊的轮廓。

可这也是，第二张合照。

后来，就是他去问魏旭的志愿。

得到几个备选答案后，一个个排除，最后确定了目标。

此刻魏旭不经意地提及这事，贺迟晏面容平静道："当时可能是想做个参考。"

"哦哦。"

几个人订好花从花店出来，江岁宜吩咐学生们赶紧回去上晚自习。

分道扬镳之际，魏旭一拍脑袋，叫住贺迟晏："哥们儿，等等，能给我签个名吗？"

江岁宜打趣他："怎么，你要签名是回去珍藏还是出售？"

魏旭："我女朋友好像喜欢你的歌，这不是投其所好嘛。"

贺迟晏讶然，抓住重点："你女朋友？"

"对啊，她在外地出差，"魏旭"啧啧"道，"她要是知道，如果今天陪我能遇见你，估计后悔死。"

贺迟晏哑然失笑。

那笑容，带着一点苦涩，又有一点懊恼，他答："行。"

男生们跟着起哄，眼巴巴："我们也要！"

贺迟晏倏然轻笑了一声，偏头去看江岁宜："你呢，要不要？"

听到这一声笑的气音，众人的颈背都蹿上些酥麻感。

在众男生"哥，你不要再散发无处安放的魅力"的骂骂咧咧声中，江岁宜下意识地点头。

应完以后才反思自己是不是应得太快了一点。

然后对上他的视线——漆黑瞳孔紧紧盯着她，勾人的眸子弯着。

江岁宜心说，要签名也没什么丢人的吧。他一个月后录完综艺人走了，可就没这机会了。

贺迟晏给他们签完以后，却没继续写下最后一遍名字，而是转头对江岁宜说："单是签名好像还不足以表达我对江老师的感谢……"

所以呢。

"给你换成签名照？"

"你们俩什么时候这么熟了？"

魏旭握着方向盘，等红绿灯的时候往右一瞥，就看见江岁宜攥着他才拿到的签名来回看。

"有这么好看吗？"魏旭撇撇嘴，"不会高中的时候，你们就在我不知道的情况下暗度陈仓了吧？"

江岁宜斜觑他一眼："你能不能好好用成语？"

贺迟晏签在了学生撕下的英语默写本上，江岁宜将薄薄的一页纸贴着车窗，借路灯去描绘他的笔迹。

"我就是觉得他的字，还挺好看的，有点眼熟。"她托腮揣摩。

本欲反驳说他俩完全不熟,但想到那段因骨折窝在班里看报纸的日子,她又把话吞了回去。

应该,还算是有点熟吧?

"这有什么奇怪的。"魏旭毫不当回事地"哧"了一声,"写得好看的字都千篇一律,像我的字迹,那才是独树一帜。"

江岁宜无语。

魏旭还在那儿长吁短叹:"谁能想到班里最沉默寡言的人,最后变成了普通人可望而不可即的大明星呢。"

她点点头,解锁手机,选中早上拍的那些照片发送给贺迟晏。

往上一翻,那个返还钱的转账没被接收,他俩的对话止于他请她吃糖。

行吧。大明星果然不缺钱,她小半个月工资,也就够他吃个糖。

魏旭感叹结束,又换了个话题继续:"今年生日,你想要什么?好像啥都送过了,不然我去问问蓉蓉的意见。"

江岁宜其实对礼物并不在意,摆摆手说:"你随便吧,不送也行。"

"那怎么行,聊表祝福嘛。"魏旭稳妥地停好车,突然想到什么似的提高声音,"你还记得高三时你收到的那束花吗?那个才是别出心裁。"

江岁宜拉开车门,手一挥告别:"怎么可能不记得。"

那份礼物并不贵重,却足够特殊。

毕竟,谁会将试卷裁剪后,手工折成九朵纸玫瑰,再用英语小报包裹成花束。

这其中花费的心思和时间可见一斑。

除了纸玫瑰,还有一枝白色的洋桔梗鲜花在其中,被众星捧月般包围。

精致柔美的花瓣上,还戴着一顶亮闪闪的公主皇冠。

不仅如此,江岁宜还注意到,那英语小报的内容应该都是精心挑选过的。

是祝福。满篇的英文全都是祝福。

她不觉得,这小报是随意凑数用的。

只可惜她在生日的次日才发现这份礼物,而那枝洋桔梗已经隐隐现出颓势。

江岁宜试着想找出送礼物的人,但是未果。

她读书的时候,因着长得漂亮的缘故,大概还算是受欢迎。一些男生打听到她的生日,有的会当面送礼物,也有的就悄悄放在她桌上。

但像这位连一个字都不留下的,仅此一个。

江岁宜很感激这份用心,但找不到人,也就这样算了。倒是魏旭,看热闹不嫌事大,"仗义执言"说要帮她找人。

那段时间,他像抓犯人一样四处问,也不怕尴尬。

江岁宜正出神想着,手机的振动将她唤回现实。

贺迟晏:江老师。

江岁宜看了眼时间,现在明明还没有下晚自习啊。

江岁宜:作业写完了吗?你在玩手机?

想了想,她又补充了一句:不要带坏周围同学。

贺迟晏：写完了。他们写得很认真。
贺迟晏：我就是来请教一下江老师。
江岁宜：？
贺迟晏：检讨应该怎么写？
江岁宜：……
就三百字，你还要人教？
江岁宜默默敲下：建议上网查或者学习一下其他同学的。

她回了家，老江正在客厅打太极，见她回来立马招呼她加入其中。
累得要死的她自然是委婉拒绝，并转移话题："我妈呢？"
老江换了一个招式继续练，摇摇头说："给你物色相亲对象去了。"
江岁宜一副晕眩模样："您怎么不拦着她呀？"
"我有这本事吗？"老江"呵呵"一声，"你还不知道你妈呀。"
好像所有的家长都一个样，上学时千叮万嘱不许早恋，没过几年却反倒催着结婚。
人生突然像点了加速键一般。
江岁宜抬头望天花板："那您跟她说，千万别给我物色同行。"
老江说："教师怎么了，你爸我不也是教师，你有意见？"
江岁宜悠悠道："正是因为我淋过雨，我才要给我未来小孩撑把伞。"
老江瞪她。
父母都是教师的弊端就在于，孩子就连放假都像在学校上课。
她放假的时候，父母也在放假，甚至比她放得还多。
"我今天收拾东西，发现书房柜子里有个大收纳箱，里面的东西你还要不要了？不要就卖了。"老江问。
江岁宜正捧着杯水在喝，闻言呛到："都要，都要，别卖！"
"不卖就不卖，这么紧张做什么。"
江岁宜放下水杯，溜到了书房，关上门。
收纳箱里装的都是她觉得有意义的东西，比如那束纸玫瑰。
洋桔梗后来被她晒干花瓣做成了书签，纸花和皇冠就一直存在箱子里。
说来也遗憾，那顶皇冠漂亮是挺漂亮，就是和她的头围不合。
江岁宜拿出来看了两眼，又将之塞回了收纳箱。
她从花束里取出一朵纸玫瑰，观察了一会儿。
正当她感叹自己手残折不出这样的手工品时，手机又响动了两下。
贺迟晏：江老师看看这样还行吗？［图片］
江岁宜点开来看。
标题：中学生翻墙行为合理性研究
下面还有摘要和关键词，格式严谨地列出大标题和小标题，甚至还在结尾处列出了参考文献。

……你当这是写论文呢？

让你上网查，不是上知网查！

江岁宜吐槽完，眯着眼睛看了半天，最后无言以对地回：……还行。

贺迟晏：那就好。

聊天页面顶上那串"对方正在输入"反反复复出现，江岁宜撑着下巴等他还要说些什么。

贺迟晏：江老师想好要哪张照片了吗？

他真的要给她签名照啊？

问题是，她其实对他在娱乐圈的相关事情一点也不了解。

江岁宜思考了一下，最终点开微博，搜索他名字以后进入超话。

她还是第一次进明星的超话，没想到，画风是这样。

各种各样高清的照片，每个角度都有。粉丝们写的赞美之词让她面红耳赤。

江岁宜保存了一张看起来最正经的照片，打算说要这张就可以了。

手指往下滑时，一段采访视频跃入眼帘，发布时间是半个多月前。

贺迟晏坐在高脚凳上，穿着一件黑色的卫衣，肩膀宽阔撑出肩线，上妆后显得眉眼更精致。

画外音说："大家都知道，你读书时是学霸，非常优秀。"

贺迟晏面上没什么表情，得体地将学霸人设摘了下来，说自己不算。

画外音干笑两声，又问："如果有天，高中学校将当时的学生全数召回，你会愿意重新回去吗？"

他似乎怔了一下，随即掀起眼皮，微扬下巴笑说："求之不得。"

"为什么？是有一些遗憾，要去弥补；还是说，那时候的回忆比较美好？"

贺迟晏盯着镜头片刻，手指轻轻在旁边小桌上叩着，少顷才说："可能因为，有想要重新见到的人。"

画外音："是老师吗？我们了解到，每年教师节你都会卡点祝福。"

他迟疑地点头："……是老师。"

"那么，以前你会用什么形式来传递自己对老师的心意呢？"

贺迟晏垂眸思索了会儿："送花吧。有时候把花拆开，才能看到心意。"

评论区早些时候是在夸赞他懂得感恩，后来参加综艺的事直播官宣，这条博文才又被顶上来。

△你小子原来在这儿等着呢。我就应该猜到你会去参加《重返十七岁》，别太爱了！

△你真的，想做的事一定会去做……

这条博文带了个热门词条"#如果能重返十七岁，你会？#"。

让江岁宜来回答同样的问题，她大概满脑子都是学生们奋笔疾书写卷子时眉头紧皱的样子。

她又不是疯，再经历一遍天天考试的日子。

想到这儿，她不得不佩服贺迟晏。

她把保存的照片发给了他：这张行不行？

正打算把手上那朵纸玫瑰塞回收纳箱，却突然想到他的话——

"有时候把花拆开，才能看到心意。"

这是什么意思？是她不知道的，什么新的流行做法吗？

江岁宜将这朵纸玫瑰换了各种方式仔细看，在光下侧过某个角度时，好像有点不对劲。

她犹豫了一下，小心翼翼地将它拆解。

剥离外围的纸花瓣，露出里面的花芯。她捏住一片，将之翻过来。

粉色笔迹写着"生日快乐"。

字太小，也藏得太深，以至于她这么多年都没有发现。

也辨不出什么字体风格，只是像打印一般庄重的工整，看不出是谁写的。

再拨一片，琥珀黄色字迹写着"万事胜意"。

荷叶绿色，岁岁平安。

远山蓝色，前程似锦。

风信紫色，一往无前。

…………

全都是世人能想到的最好的祝福。

拆完这一朵，她没再往下。

或许，没有什么意义了。她唏嘘地将纸片残骸收拾装好。

也恰在这时，收到了贺迟晏的回复：如你所愿。

4

第二天清晨，江岁宜一进教学楼，就遇到了昨天在"月老现场"的年轻老师。

"岁宜！"对方应该刚从学校食堂过来，还拎着两个包子，笑盈盈地迎了上来。

她们同一批入职，加上年龄相近，沟通起来就没有什么顾忌。

江岁宜上楼的脚步停住，等她追上来一起走。

随便聊了几句后，对方终于将话题引到贺迟晏身上。

"你别说，这些明星融入得挺好的，"话转了个弯儿，她道，"昨天贺迟晏帮你解围，我下吓一跳。后来听有个老师说才知道，你们俩竟然是同学。"

她开玩笑道："我以为像贺迟晏这种咖位的明星，早就不和老同学有来往了。"

江岁宜面不改色："没有，他人就是比较热心。"

几层楼梯上得很快，迈上最后一阶时话音落下，刚巧遇上"热心人"抱着收上来的作业本准备进办公室。

这个课代表当得还挺称职。

那摞作业本挺厚重，他一个人捧了全部，使了劲的小臂肌肉绷紧，指节骨骼泛白突出。

贺迟晏颔首，嘴角微微扬起："早。"

"早。"江岁宜不太自然地回应了一声，"快点送进去吧。"

在他先踏进办公室后,年轻老师扯了扯江岁宜的袖子,表情揶揄,用口型说:"帅的嘞。"

江岁宜闷着笑。

到了工位,贺迟晏已经贴心地将作业分成了三小堆,方便她查阅批改。

江岁宜边把包放下,边说:"辛苦你了。"

贺迟晏垂眸看她,几不可察地轻挑眉:"没关系。"

"毕竟,我人比较热心。"

这就是,发好人卡被听见了。江岁宜假装镇定地把人赶回班早读,开始改作业。

翻开第一本,一张白纸从里面轻飘飘地落在地面上。

江岁宜弯腰捡起,顶端两个大字"检讨"牢牢地吸引着视线。

她把作业本合上,看了眼封面的姓名。果不其然。

但这份检讨是规规矩矩普普通通的,并不是昨天贺迟晏发给她的那份小论文。

所以,昨天完全是逗她玩是吧。

江岁宜今天在八班两节课连堂。

其实本来只有一节课,但是体育老师请假,这节课就空给她了。

不管学生们相不相信体育老师是不是真的有事,反正她都要临时更改自己的教学计划。

思来想去,她决定将下周的作文课提前。

捧着作文书写纸,推开班门的一刹,"砰——"一声,彩色礼花在头顶炸开飘落。

江岁宜被吓得条件反射性地双目圆瞪,愣在原地,随即反应过来,哭笑不得地眨眨眼。

藏在门后的人慢慢走出来,递上昨晚订的花。

与此同时,所有学生都笑着起哄,七嘴八舌,一点都不整齐地说着祝福。

江岁宜一瞬头皮有些发麻。

"教师节快乐。"贺迟晏很轻地挑了挑眉,笑得温柔,"不接吗?"

江岁宜倾身去接,却不小心碰到他光滑的手腕,柔软的触感让她下意识抬头。

直直撞上一双漆黑的含情目,她抱住花束的手缩了缩,很轻地说谢谢。

何徐行也适时加入其中,将大家写的贺卡一并塞给江岁宜。

她把东西放到讲台上,等双手解放了才清清嗓子,有些为难地说:"虽然大家如此真诚地对我,但这节是作文课的事实仍然改变不了。"

笑闹声戛然而止,学生的表情全僵在了脸上:"什么?"

几乎没有高中生会把写作文当作乐事。

江岁宜在讲台上看着下面一张张苦瓜脸,良心被迫遭受了一轮谴责。

尤其是,想到李老师的话——

她看向"作文写得可糟糕"的贺迟晏。

他垂着眼看着那张薄薄的作文纸,眉间蹙着,似乎轻轻叹了口气,提笔落字。

江岁宜无端想起早上那位年轻老师说的话。

她不知道其他明星是什么样的,但是,她笃定贺迟晏不一样。

娱乐圈,是声色交易的名利场,看似光鲜亮丽,却步步旋涡。

但有些人的可贵,恰恰是在这种混杂环境中所能突显见证的。

贺迟晏高中时沉默,但身上仍有少年人的赤诚和热忱。过了这么多年,依旧没有磨灭。

他的成长,怎么形容呢?不是更世故,而是对世界更温柔。

第一节课写作文,第二节课评讲。

江岁宜让学生们四人一组,交换着看作文并给出评语。她在台上拆解着材料,从几个方面讲述立意。

何徐行拿到贺迟晏的作文,来回看了两遍,最后忍不住回头小声说:"哥,我知道你为什么高考语文只是及格了。"

贺迟晏波澜不惊地把他脑袋拨了回去:"好好听课。"

出于对偶像的鼓励,吴媛媛在看完全篇后,忍不住道:"今天晚自习是江老师值班答疑,你要不要预约一下?"

贺迟晏点头:"已经预约好了。"

吴媛媛觉得,她偶像未免太积极,太有上进心了。她再不认真一点,大概都不配当他粉丝了。

第二节课下课,江岁宜就把卷子收齐带回了办公室。这个周末,她是要加班一个个看完的。

晚自习语文老师值班相对轻松些,数学老师那边的人络绎不绝,物理和化学其次。

前半场给两个学生答疑完以后,时间便空了出来,江岁宜趁着这空当开始逐个改作文。

大多数学生写得中规中矩,能扣着材料表达立意,得到第二档次的分。

但是,江岁宜翻到贺迟晏的作文。他是怎么做到的,能完美避开立意的切入点?

像这样论述性的作文,不管文笔多好,只要立意出差错,就只能得到及格线附近的分数。

正用手肘托着下巴思考着,侧面突然落下一道阴影。

江岁宜中断思维发散,稍偏头。

原来是贺迟晏弯下腰,凑近跟她一起看他的作文卷。

她抬眸瞬间,两双眼睛倏然对上。

这么近的距离,她才发现,原来贺迟晏的睫毛这么长,只是不太翘,微微垂落着,所以平常远了看并不明显。

"来了啊,"江岁宜移开视线,指挥他去搬了张塑料凳子到她旁边,"坐吧。"

摄像大哥就没这待遇,只能不远不近地站着拍。

为了空出过道给其他预约学生通行,江岁宜招呼贺迟晏往里边挪一点,两人

047

都坐在了工位里，挨得很近。

贺迟晏把手臂往桌上一撑，就把这个狭小的空间与外面隔了开来。

"是这样，你的作文……"虽然知道他并不是真正的高中生，但她仍然讲得很细。

不管江岁宜什么时候扭头去看他，贺迟晏总是那副专注的样子，只是看的好像不是卷子，而是她。

他又一次转头后，她终于忍不住："你听懂了吗？"

贺迟晏一点没有被抓包走神的无措，弯唇点头："听懂了。"

江岁宜无言片刻，抬手从堆积的文件里取出张新试卷，翻到背面的作文："那你再看看这个，尝试写下大致框架？"

贺迟晏将右手搭在她的椅背上，身子往前倾，左手接过："给支笔？"

离得很近，他身上传来若有若无的干净薄荷味。

江岁宜喜欢收集各种样式、各种颜色的笔，这个爱好直到她当了老师以后也没有改变，她从笔筒里随意抽出一支，递给他。

"我大概会慢一点，江老师不用管我。"

笔落在纸上的摩擦声很轻，江岁宜又写了两份修改意见，困意就这么涌了上来。

她一趴下来，贺迟晏立刻就发现了。

江岁宜睡得安静，呼吸清浅绵长。

贺迟晏的目光在她身上安静地停了一会儿，用手势告诉摄像大哥停止拍摄。

素材够了，节目组也就没有强求。

周末放假，这些明星可以短暂回归自己原本的生活，工作人员也可以下班。

江岁宜是被晚自习下课铃吵醒的，放学时教学楼人声鼎沸，学生们个个像快乐的小陀螺一样冲向校门。

她艰难地睁开眼睛，摸了摸脸颊，意识回笼以后侧目。

贺迟晏还在写，察觉到她醒了以后，搁下笔，把装了水的纸杯推给她。

江岁宜摸了摸外壁，是温热的。

她又歪头望了望，办公室里竟然只剩他们俩了。

"江老师，"贺迟晏把纸递给她，"作文框架，和下周一的演讲稿，我都写好了。今天有点晚，稿子应该来不及改了。"

江岁宜点头，想说线上沟通也可以。

"周日有空吗？我能不能去找你？"

……啊？江岁宜迟疑："你没有其他工作安排的吗？"

"有是有。"贺迟晏顿了片刻，"但是，空出找你的时间还是有的。"

原来是这样。

他又问："是上次理发店那儿的那个小区吧？"

江岁宜一惊："你要来我家？"

贺迟晏理所当然地点头："约在外面，可能不太方便。"

行吧。明星嘛，是不能随便露面的。

想想她爸妈大概也不认识他这般年轻的歌手,应该造不成什么大的波澜。到时候叫上魏旭,就说是同学聚会。

雨珠毫无预兆地砸下来的时候,两个人才刚走出教学楼没多远。

江岁宜没带伞,只能怔怔地看贺迟晏从包里掏出把黑色的伞,撑开。

虽然只淋了一小会儿,但还是湿了,尤其是披散着的头发不可避免地粘在一起,贴在皮肤上。

贺迟晏示意她拿伞。

而他又像有个百宝箱一样取出包手帕纸,轻轻地抽出一张,问:"我可以帮你擦头发吗?"

他眼尾懒懒地垂着,灯下梧桐叶的树影斑驳投在他半边侧脸上,将漆黑的瞳仁隐蔽起来。

雨天似乎总伴随着凉风,他的头发被拂过,一下下扬起又落在眉梢。

江岁宜愣了愣:"我自己……"可以。

尾音消失在稀碎的雨声中,和他伸出手的动作里。

贺迟晏的动作很轻,擦得仔细,后来不知是不是她听错了,好像听到他一句感叹,说她头很小?

"你说什么?"

贺迟晏的目光落在她眼睛上。

"我说,雨声太吵了。"

江岁宜躺在家里发霉时,近乎出神地去思考后续。

作为一名语文老师,江岁宜有时候忍不住对某些意象做出解读。

比如雨声。

只单单是这句"雨声太吵了",她大概也不会想太多,只是回忆起那短暂的瞬间——

那把不算大的雨伞下,挤着被迫挨近的两个人。

贺迟晏身上的味道没有阻隔地传来,她下意识抬头看他。

是雨下得太大吗?

感觉他的眼眸像是在雨水里被浸润过一样,很浓重的黑。

他将擦过她头发的纸在掌心揉成一团,把伞接回来时碰过她手指。

凉。也是她不曾触及过的柔软。

江岁宜想,总归雨声太吵大概只是他用来搪塞她的话。

改完作文卷,她又躺了回去。

程女士见她这样就念叨:"你看看你,天天窝在家里,你出门交交朋友不好吗?"

老江帮她说话:"这不是工作累了,孩子歇歇。"

程女士瞪他:"她都多大了。你瞧瞧人家小魏,跟她一样大,今年都准备结婚了!"

"你再看看她,对象都没有一个。"程女士长吁短叹,"魏老师比我还小两岁呢。"

老江摸摸鼻子："孩子还小。"

程女士声音突然提高："二十七岁了还小啊？"

江岁宜忍不住委屈道："妈，我二十五岁，后天过完生日二十六。"

程女士作势要拍她，江岁宜认输："行，我明天就约朋友出去玩。"

这下正中程女士的目的，她突然释放笑意："不用你约了，我都给你找好了。"

"啊？"

"不是你同行，"程女士一副"你还有什么不满意"的表情，"银行工作，妈妈曾经的学生，之前来家里探望过我几次，你们见过，长相周正，人品可靠。"

"可是……"她没什么印象啊。

"地点应该也是你们年轻人喜欢的，音乐节。"

"但……"

程女士掏出一张票，温温柔柔地扯出不寻常的微笑："已经约好了，就交个朋友，可是什么？"

江岁宜被这个表情吓得一抖："没什么，我去。"

看音乐节，应该比坐在一起吃饭尴聊好吧。现场满是人群和音乐声，应该也不用说什么话。

程女士满意地点头："我把他微信推给你，今天先聊聊。"

江岁宜在老母亲的注视下老老实实地加上，敷衍到连对方名字都懒得问清，设置备注时填的还是"1号男嘉宾"。

加上对方以后简单沟通了下时间，江岁宜就开始装不在线。

周六是个晴天，阳光灿烂到仿佛昨夜突如其来的雨是场错觉。

在程女士的殷切监督下，江岁宜琢磨着给自己上了个淡妆，涂够防晒，在她点头后出了家门。

江岁宜第一次参加音乐节，就带了一瓶水和一把伞，结果在门口还被没收了。

相比之下，对方就显得很有经验，带了可以休息的软垫。

草地上人头攒动，热浪席卷着电吉他和贝斯声翻涌而来。

大概顾忌她初次来音乐节，不太习惯露天蹦迪的氛围，两人一开始在远离主舞台的后面坐着，有一搭没一搭地尬聊。

说是尬聊，是因为江岁宜完全不知道怎么接他的话。

他口若悬河，也表现出对她有一定的了解，这让只打算混过去的江岁宜措手不及。

毋庸置疑，他人肯定是优秀的。

江岁宜为了让场子不那么生硬尴尬，尽量把话题往这场音乐节上引。

于是对方提议："我们去 VIP 区吧？"

那一片的氛围和后边完全不同，人群尖叫着呐喊着，举着手机拍摄和扛着旗子的人层出不穷。

虽然拥挤,虽然汗水味和香水味混杂着让人头晕,但总算不用考虑怎么应付对话了。

江岁宜听乐队比较少,多数歌她都不会唱,但是听得认真。

她听到身旁男生跟唱的声音,思绪开始飘远,不知道为什么想到贺迟晏。

他的现场演唱……应该很好听吧?

此时夜幕已经笼罩。

一瞬间,主舞台的灯光全数灭掉,喧嚣戛然而止,窸窣的说话声在耳边响起。

主场的 LED 大屏幕突然显现出下一位嘉宾的名字。

站在江岁宜前边的是两位比她矮的姑娘,因此她看屏幕时毫无困难。

那个滚动的名字——贺迟晏。

与此同时是几乎要穿透耳膜的尖叫声,底下的观众群突然默契地齐齐变了颜色,是令人震撼的应援色海洋。

场子几乎被掀翻。

暗色调的灯光开始亮起,一束强光打在台上的人身上。

贺迟晏垂着头,右手握着立麦,在音乐响起的一瞬突然抬眸。

江岁宜与大屏里的他对视上时,心突然重重一跳。

他穿着一件松垮的白色丝质衬衫,下摆不规则地塞入黑色裤子里,脖子上戴着一串银色链子。

白亮的面孔抬起,视线扫过观众群,没有落点。

这首歌的调前面很低,但渐渐地一层一层往上推进,直到副歌部分,毫无压力地顶了上去。很炸的开场。

他本人没什么多余的表情。

江岁宜却起了一手臂的鸡皮疙瘩。

纵然她平日里勉强算是个文采斐然的人,此时此刻好像也只剩下了一句感叹,我的天!她的身边全是跟唱的听众,前面一姑娘唱着唱着还吐槽:"低音下不去,高音上不来,气死我了!"

江岁宜笑,笑完之后又觉得有点梦幻。

毕竟台上这个恃帅行凶的男人,昨天还温和无害地问她是否可以帮她擦拭头发,现在却远得像隔了一个次元。

"下面这一首。"

贺迟晏刚连着唱了好几首,现下说话还带着微喘,额头也渗出汗水。

低低的喘息通过话筒传来,像过了电流一样,听着令人酥麻。

"如果你喜欢的人在现场,那么去拥抱他;"他停顿了一下,又说,"如果不在,请抓紧任何一个有可能的机会。抓紧那个机会,向他飞奔而去。"

人群开始躁动,灯光璀璨的夜晚,叫人心里生出痒意。

已经有情侣亲密地抱在一块儿,当然也有人向着台上喊:"你!"

贺迟晏扶了扶耳麦:"什么?"

此起彼伏的叫声:"喜欢你!"

他喉结滚动,笑了声以后正色道:"这是不一样的。希望大家都能珍惜身边的人。"

大屏幕上开始出现一些给了特写的拥抱情侣,或者是关系特别好的朋友。

荷尔蒙在微热环境下躁动着。

1号男嘉宾突然转头问江岁宜:"来吗?礼节性的。"

她一回神才发现,周围已经"抱作一团",显得他俩很突兀。

"不了……"

对方被拒绝也不恼,只是笑笑。

摇臂摄像机刚好扫过江岁宜并停留,僵持中的两人上了大屏。

江岁宜被提醒,愣愣地抬眼看去。

骨相分明的小脸,皮肤白皙通透,鼻头小巧,眼睛乌润,长发披散在身后。

屏幕上的人怔怔地和自己对视。

江岁宜不知所措地挪开目光,下意识地去找贺迟晏的身影。

此刻他半坐在舞台边缘,垂下拿着麦克风的手,回头专注地望着大屏幕。

视线像被固定住一样,一动不动,下颌线紧绷,喉结上下滚动。

屏幕很快切换,贺迟晏话锋一转,打脸道:"还是别抱了,身边人也要考虑清楚再珍惜。"

众人又笑起来。

"现在,听我唱。"

音乐缓缓流淌。

这是首慢歌,江岁宜也很熟悉,毕竟她在不久前才单曲循环了一个晚上。

贺迟晏起身走回到舞台中央,身姿挺拔颀长,神色很淡。

最后一句"这一刻,我奋不顾身奔向你,像飞鸟拥抱神明",他是背身唱的。

尾音落下瞬间,他倏然干净利落地转身。

与此同时,拿着麦克风的左手背在身后,右手平直地伸向观众。

像是邀请,却又不是邀请。

因为——他右手捏着片纯白色的羽毛,它迎风轻轻颤抖着。

衣服袖口滑落,露出漂亮的腕骨,和一截有力的小臂。

"飞鸟奋不顾身向神时,身上掉落的羽毛!这个设计!别出心裁啊!"

这个动作维持了很久。

白色的丝质衬衫,白色的羽毛,坚定伸出的单臂。

江岁宜又听到前面姑娘的"实时语音弹幕":"啊啊啊啊啊,这好像在求爱,呜呜呜!"

他伸手的方向朝着江岁宜。

她透过那片随风摆动的羽毛,去看贺迟晏的表情。

他好像笑了。

夜晚的风轻拂台上的他,翘起了一绺碎发。

他从工作人员手中接过相机,举起来自拍与观众合照,调试了很久很久的角度。

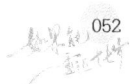

虽然知道自己在这张合照里大概只是一个模糊的小点点,但江岁宜还是调整了下自己的表情。

她还是要形象的。

"上台的时候,看到这片羽毛,就随手塞到口袋里,原以为不会用到。"

贺迟晏放下手臂,转过身来,眼睫微动:"但好像挺适合这个瞬间。"

底下接连不断的:"对!"

他低低笑一声,挥挥手转身道别:"明天见。"

"实时语音弹幕"又传入江岁宜的耳朵里:

"可是明天没有公开行程呀。"

"是因为明天教师节会卡点发微博吧。"

可能是受了气氛的感染,江岁宜也在心里默念道:"明天见。"

5

回到家已经很晚了。

江岁宜在路上接了个家长电话,到家了还没聊完。

程女士先没打扰她,热了点粥,在餐桌旁等她打完电话吃。

在音乐节现场还没什么感觉,一回到家里,感觉一天的疲倦都堆积在了身上,她靠在椅背上动也不想动。

终于安抚好家长,江岁宜端起粥,狗腿道:"谢谢妈。"

程女士白她一眼:"少来。今天怎么样?"

江岁宜装傻:"什么怎么样?玩得挺好的,音乐也挺好听的,就是有点累。"

"他送你回家了吗?"

江岁宜一口气喝完粥,放下碗老实道:"送了。"

结束得太晚了,对方以不放心一个女孩子的安全为由,她也拒绝不了。

但是,整个过程他们并没有什么交流,因为她全程都在安慰焦虑的家长。

程女士闻言来了精神:"那你们发展发展?"

"别了,不太合适。您以后别给我介绍了,我又不着急,就顺其自然吧。"

"顺其自然?"程女士"呵呵"两声,嫌弃道,"照你这样宅下去,等着人家入室抢劫时和你看对眼呢?"

江岁宜接不上话。

程女士又皱眉:"你仔细说说,哪里不太合适了?"

江岁宜说不出来具体的。

老江靠在沙发上看电视,闻言插嘴:"就是不喜欢呗。"

江岁宜想了想,点头赞同:"好像是。"

程女士接连瞪了他们两个人:"你还喜欢宋敏英呢,怎么不跟她结婚?"

江岁宜小声嘀咕:"那他不是没机会嘛。"

"怎么,你也想和明星结婚?你做梦呢。"

什么言论也不敢再发表的江岁宜溜回房间,收拾衣服洗澡。

053

陷在柔软的床上，看着天花板发了一会儿呆，江岁宜拿出手机。

1号男嘉宾约她下周吃饭。

烦。她"嗒嗒嗒"输入一串话，又一个字一个字地删除，最后措辞委婉地拒绝。

登上微博时，正好在推荐页面上刷到了贺迟晏发布的音乐节的那张合照，时间是半分钟前。

他只露了半边清隽侧脸，下颌线干净利落，身后是乌压压的人群。

也不知道他是怎么拍的，奇特的角度竟然让她找到了自己的身影，脸都没被拍变形。

这条才发布的微博的评论区五花八门，充斥着各种称赞和土味情话，江岁宜翻了一会儿，跟评：

@岁宜不是随意：拍得不错[赞]。

然后顺手给他的账号点了关注，点完后她就关手机睡了。

反正混迹在几千万粉丝之中，也不会有人发现。

大概昨天兴奋太久累了，周日她一反上班时的生物钟，一觉睡到程女士来敲房间门。

"生日快乐！"程女士拧开房门，"你爸去买菜了，有没有什么特别想吃的？"

"都可以。也祝您节日快乐。"江岁宜蒙蒙地掀开被子坐起来，"我订了花，估计快送到了。"

程女士心情大好地叮嘱："快点起床。"

江岁宜揉了揉头发，去拿手机准备看下时间，却不想发现自己错过了好多消息通知。

贺迟晏：我出发了。

时间是八点十一分。

然后是九点。贺迟晏：我到了，但好像有点迷路。

她家这个小区建得比较早，藏在老城区的巷子里，得拐过几个弯才行。

江岁宜一看时间，九点二十，于是急忙回消息：你现在在哪儿？

贺迟晏很快回复：理发店。

江岁宜快速打下：你在那儿等会儿，我来接你。

打完以后才发现，她穿着睡衣，还在床上，这怎么接人啊？

她以雷电之势换好衣服，刷牙洗脸，再一看手机。

贺迟晏：不用麻烦。

江岁宜：那你认识路？

贺迟晏：你给我指路就行了。

这怎么指？江岁宜正满头问号，猝不及防被响起的语音通话铃震得差点把手机扔出去。

铃声漫长地响了十几秒，眼见即将因无人应答而挂断，她终于犹豫着接起。

慌乱的一张脸出现在前置摄像头里，头发还没来得及打理，随意顺了两下，有点乱乱的。

反观对面的他。

大概是手机贴近了些,那张脸放大地出现,戴着口罩和鸭舌帽,额前垂着几缕碎发,眉眼精致,口罩都挡不住下颌线的流畅。

她被这鲜明的对比震慑住,条件反射地把手机倒扣。

"江老师。"清越的声音从扬声器里传来,带着点困惑,"是我太吓人了吗?"

他顿了一下,又说:"对不起,我现在已经把摄像头转过去了。"

他怎么给她扣这么大一口锅。

"没有。"她矢口否认,手忙脚乱地捡起手机,视频里已经换成了熟悉的巷口。

"这样指路就可以了。"他轻轻笑了声,"我听你的指挥。"

"哦哦,好。"江岁宜勉强放松心神,稍微镇定下来,贴近屏幕仔细观察路况。

"你先往前走,在第二个巷口右转。"

视频里景象轻轻晃动着,依稀能听到行人路过发出的杂音。

一辆自行车为躲避迎面的电动车,猛地转向朝着贺迟晏冲过来。

江岁宜隔着屏幕都能感受到这即将撞上来的恐惧,但是贺迟晏稳稳拿着手机,像没看见一样,躲也不躲。

"小心——"

自行车急刹,堪堪停在他面前。

江岁宜的手机里传来一声大哥的训斥:"哥们儿,你走路看着点行吗?跟女朋友视频也注意点呀,这多危险!"

贺迟晏轻声道歉。

江岁宜觉得自己不太冷静,尴尬中还有点羞恼。可能因为身为教师头一次被训不看路,虽然是连带的。

"你刚走神了吗?不看路你看什么呢?"她的语气里不可避免地带上了说教的意味。

"你。"

江岁宜猛地一怔:"……啊?"

她后知后觉地发现,自己的脸已经占满了屏幕右上角的那个小框。

在贺迟晏那边就更是放大版的了!

江岁宜慌手慌脚地戳镜头反转。

他还笑!笑什么笑!

"江老师,接下来怎么走?"他没再逗她,反而一本正经地请教。

江岁宜掩饰性地咳嗽了两声,说:"左转,第二栋就是,乘电梯上来。"

路也指完了,江岁宜迅速丢下一句"那我先挂了",便掐断了电话。

她吸取教训,扔下手机就跑去对着镜子整理头发。

一个教师,决不能以邋遢的形象示人!

门被重重地叩了几下,程女士从厨房出来,边说边去开门:"哎,是不是我的花到了?"

江岁宜正扎头发,闻言立马出声阻止:"妈!别动!我去开!"

算算时间，门外的人应该是贺迟晏。

程女士已经拧开了门，此时动作一顿："拿个花而已，你用得着嘛。"

门缓缓打开，一个皮肤黝黑的中年男人喘着粗气，递上花束："您好，江小姐订的花束，祝您教师节快乐！"

匆匆跑向门口的江岁宜说不出话，百口莫辩。

程女士心情很好地接过："谢谢。"说完以后顺便使唤江岁宜，"你送人家到电梯口去。"

送花人大概没料到她这么客气，连忙摆手说不用。

江岁宜礼貌地微笑，坚持要送他。

她盯着电梯按钮，思索：不应该啊，贺迟晏应该到了。

难不成就剩几步，他还能迷路？不然给他发个信息问问？

电梯"叮——"的一声，将江岁宜的思绪拉回此刻的现实，红色数字已然变成了"8"。

亮得反光的金属门缓缓打开，像在拆掉一层厚厚的礼物包装。

江岁宜往后退了一小步，视线从手机上挪开，条件反射性地抬眼看过去。

包装褪去，终于露出了礼物的全貌。

是一个人。

身影颀长，黑衣黑裤衬得人十分有距离感。

他一只手握着手机，另一只手拎着一个包装粉嫩精致的生日蛋糕，跟他浑身的气质根本不搭。

他原本是垂着眼的，门打开的瞬间，黑沉沉的眸子霎时攫来，好像能看进人心里。

送花的大哥踏进电梯轿厢，看着里面空落落的按键面板，扭头问："小伙子，你到几楼？"

他淡淡地说："我在这层下。"

大哥点头"哦哦"两声。

贺迟晏走出来，金属门也缓缓合上。

走到江岁宜面前时，距离感顿时就没了，可能因为他的眼眸突然弯起。

但他只是看着她，没说话。

江岁宜神情不自在："你……"

"江岁宜。"他的声音几乎同一时刻响起，"生日快乐。"

这好像是他第一次叫她全名。

跟她爸妈叫她，完全不是一个感觉。

江岁宜此刻无法描述这种感觉，所以只能浪漫过敏般地问："你怎么知道今天是我生日？"

贺迟晏目光并不躲闪："微博。"

什么？江岁宜收到答案，困惑地掏出手机，点进微博。

好卡。应用程序卡退了一次。

等到终于能成功进入，她的微博首次迎来爆炸式的消息通知。

究其缘由——
@贺迟晏v回复@岁宜不是随意：谢谢夸奖［抱拳］。
还给她点了个赞。
在这条评论发布的五分钟后，也就是今天零点时。
@贺迟晏v回复@岁宜不是随意：生日快乐。
他终于正大光明地说出了那句生日快乐。

江岁宜点开评论区。
△用四个字占了热评第一，可恶！
△为什么会回复这条"拍得不错"？是我的评论还不够吸引眼球吗！
几分钟后。
△姐妹你是拯救世界了吗？为什么贺迟晏会点进你的主页？呜呜呜。
△虽然嫉妒，但也祝姐妹生日快乐！
微博有自动发送生日祝福的功能。
江岁宜进入自己的主页，果然看到那条金闪闪的自动祝福微博。
破案了，可是——
"你怎么确定那是我？"江岁宜放下手机，想了想问。
贺迟晏摘下鸭舌帽，客观分析："ID、IP地址，还有，头像和微信用的是同一张图片。"
在此之前，江岁宜没想过"掉马"竟这样简单。
他这人可真是，细心得可怕。
"送个人要这么久啊，还不回……"程女士半个身子探出门外，呼唤道。
话音中断，程女士直直地盯着江岁宜对面突然冒出来的男人。
很高，肩膀宽阔而有力。在光下像是加了层滤镜般的耀眼，黑发上都跳跃着细碎的亮泽。
"这是？"她微微偏头询问。
江岁宜赶紧介绍："是以前的同学，魏旭也认识的，今天约好了一起过来。"
贺迟晏适时地礼貌打招呼："阿姨好。"
程女士挑眉"哦"了一声，目光流连打量："怎么不早点说？快进来呀。"
江岁宜领着贺迟晏进门，程女士看见他手上拎着蛋糕，嗔怪道："你还让人家给你买蛋糕，你好意思吗？"
江岁宜噎了一下。
贺迟晏解释："阿姨，您误会了。她帮助过我很多，是我主动要买的。"
他还给她父母带了礼物。
程女士倒了热水递来："闷不闷呀，怎么一直戴着口罩？"
贺迟晏伸手接过，闻言愣了下，失笑地将口罩取下："是有点。"
江岁宜清晰地观察到妈妈眼里一闪而过的惊艳。
她兀自在心里感叹：果然女人对于帅哥的欣赏是不分年龄的。

程女士把江岁宜拉到一旁,小声问:"你这哪里来的同学呀?怎么没见你们来往过。"

江岁宜说:"最近才重新联系上的。"

程女士了然地点头,"啧"了一声:"昨天那个不合适,这个呢,合适不?"

江岁宜一口水都要喷出来:"别,您可别!"正如程女士昨晚所说,她哪敢肖想和明星在一块儿。

为防母亲再说出什么来,她赶紧撇清:"他今天来找我,是有点事情想让我帮忙。妈,我们先去书房谈事儿了。"

程女士意犹未尽地说:"记得招呼人家留下吃饭!"

江岁宜敷衍两声,拽着人就往书房走。

关上门后,她放开贺迟晏的袖子:"随便坐吧。稿子拿出来我看看。"

贺迟晏听话地从单肩包里取出纸张。在江岁宜浏览时,他陡然发现放置在脚边的收纳箱。

上次从柜子中拿出来以后,她就没把它放回去。箱子是透明款的,能窥见里面收纳物的大致样子。

"你这个稿子……"江岁宜从笔筒里取出支笔,想细细讲来时,发现身边人的注意力已经跑走了。

"你看什么呢?"

贺迟晏沉默半晌,说:"这束纸花……"

"哦。"江岁宜顺着他的目光看去,笑笑说,"还挺特别的吧,我之前拆了里面一朵,但是折不回去了,我的手工不太好。"

她语气平静,像什么也没发现一样。

贺迟晏"嗯"了一声,移开目光转移话题:"稿子怎么样?"

江岁宜倾身向他,拿笔"唰唰"勾画了好几处,委婉道:"你套了一份很优秀的模板。"

很规矩,段落也分明,像是没有感情的人工智能软件写出来的东西。

演讲或者说文字应该是有生命力的,应该是能引起别人共鸣的,但从这份拼接的稿子上面,她只能窥见死板的模式。

江岁宜:"如果你只是想交差的话,只要稍微改一改就可以了。"

他是明星,一举一动、一言一行都在大众的视角下,他大可以选择这样一份不出错的稿子。

她搁笔,转头看贺迟晏。

他整个人沐浴在光下,空气中微小的尘埃颗粒在周身跳跃。

他现在是万众瞩目的人。

"可是我觉得你不会。"江岁宜轻声开口,"你不一样。你身上有种介于少年和成年人之间的气质,你成了大多数人艳羡的模样,却并不以高高在上的姿态示人。你想要的,绝不是同一群少年人虚与委蛇。"

贺迟晏去看她的表情,若有所思地点头:"原来我在你这里,评价这么高。"

江岁宜语塞，喃喃道："这不是评价，这是事实。"

贺迟晏靠在椅背上，盯着她时无意识地弯了弯唇："那我应该怎么改？"

江岁宜说："也许，可以抛却一些虚无缥缈的立意，换成坦荡和真诚，说你真正想说的话。"

这和写作文不一样。

贺迟晏捡起她撂下的笔："我大概知道了。"

他否决了一整面的纸，换了张新的，从头写起。

江岁宜见他写得认真，于是就在一旁做教案，手机放在了两人中间。

没多久，手机响动了好几下，屏幕亮了又亮。

"有人给你发消息。"

江岁宜抬眸去看，眼前是一双骨节分明的手，修长白皙。

贺迟晏斜了斜笔，神色微妙地提醒道："1号男嘉宾。"

江岁宜一时没反应过来："啊？"

她手忙脚乱地将手机捞回来。1号男嘉宾邀约吃饭被她婉拒之后，今天又尝试发出另一邀请。

她绞尽脑汁地回复时，听到贺迟晏轻声开口问："是昨天和你一起看音乐节的人吗？"

江岁宜没想那么多，诚实道："对。"

终于打完字发出去，她才回过神来问："你昨天，看见我了呀？"

"本来是没有，"他说，"但是你和他一块儿被大屏幕捕捉了。"

提起这个，江岁宜就有点羞耻："那不是你偏偏说起，要拥抱吗？"

"我的错。"贺迟晏垂眼，"但，你好像并没有拥抱他。"

"我昨天和他是第一次见面，怎么可能就抱了啊？"她越想越心烦地说。

原来是第一次见面。

贺迟晏轻轻松了口气，却又在想起她的备注时忍不住失笑，于是抬眸问："那你给我的备注呢？"

"也是几号男嘉宾吗？"

江岁宜瞪圆眼睛："怎么可能！我那么备注，是因为……不知道他叫什么名字。"

好像是姓郑？

她越说越小声，但又逐渐理直气壮。

贺迟晏无言地看她片刻，眼底淡笑，带着些苦涩。

她真的不会给不愿接触的人一点机会。

新稿写了一半，江岁宜看了，点头说这回可以。

贺迟晏继续写，她出了书房去客厅的书柜里找资料。没想到过了一会儿，人却走出来了。

他背着包，看着是要离开的样子。

程女士见状挽留："怎么要走了？留下来吃饭呀。"

贺迟晏礼貌地颔首，说有工作未完成，又转向江岁宜说稿子应该没什么问题，会在周一让她看看终版。

程女士只好让江岁宜送他出门。

等待电梯时,她半开玩笑:"连轴转着忙事业啊,你也太忙了。"

"没,"贺迟晏垂着眼,停顿一下,"我只是……"他想了下措辞,"只是觉得,这顿饭有我在场的话,你可能并不会那么放得开。"

戴上口罩后,他轻叹口气,又说:"而我只想让你,自在快乐。"

金属门开了,他走进去,转过身来。

在电梯门快要合上时,贺迟晏垂眸伸手按了键,然后撩起眼皮重新看过来。

"忘了件事。"

"……什么?"

他倏然开口低声唱起了《生日快乐歌》。

四句并未耗费多长时间,他笑说:"毕竟我是个歌手,这就算是歌手的福利吧。"

从小到大耳朵都听麻木了的歌,在此刻,却显得如此不一样。

可能因为,他唱得比较好听?

江岁宜张了张嘴,不知作何表情:"谢谢。"

隐蔽在口罩之下,贺迟晏嘴角微挑:"那么岁宜,明天见。"

所有告别之中,"明天见"好像是最动人的。

金属门缓缓合上,将江岁宜猛地从愣神中拉出来。

她回到家,程女士哀叹她没把人留下,可她满脑子都是他的话。

——"只想让你自在快乐。"

怎么会有这样的人啊。

事事为人考虑,事事想别人开不开心。

她瘫坐在客厅沙发上,抬手将手背抵在额头。

她觉得她在思考人性。

少顷过后,江岁宜回到书房,打算做点其他事情分散下注意力。

结果,却在贺迟晏坐过的位置上发现一个包装精致的礼盒。

她颇感意外地打开,亮晶晶的钻石在反光。

是皇冠。

也不是没人送过皇冠,至少现在在她的收纳箱里就躺了一顶。

但这个价格恐怕超出她能接受的范围。

消息提示音响了两下,她去看。

贺迟晏:礼物不贵,聊表心意。

贺迟晏:愿你心之所往,所向披靡。

江岁宜端详了片刻,小心翼翼地将之从盒子里拿出来,犹豫片刻,试探着戴了一下。

很奇妙……

和她的头围完全吻合。

第三章 十七岁时,有人跟我说

1

升旗仪式大多千篇一律。校领导发言,然后教师代表动员,最后学生代表讲话。若放在平常,认真听的学生占极少数,今天却有些例外。

"下面有请贺迟晏同学做国旗下的讲话。"主持人激昂的声音传来。

江岁宜站在队伍末尾,看着贺迟晏缓步走上主席台。

附中有好几套校服。他今天并未穿普通的蓝白运动款,而是换了偏正式的藏青色西装款。

他挺拔利落地站在那里时,还未开口,观看大屏转播的学生们已经压抑不住开始欢呼了。

"在贺迟晏学长出来前,我一度认为这个大屏幕有扭曲人脸的奇效。"

雀跃声像海浪一样层层叠叠袭来,他站定等待一会儿,抬眸在乌泱泱的人群里找人。

遥遥相望对视上的那一刻,江岁宜看到他很淡地笑了一下。

她看了他的稿子,照着念不会有什么问题。

贺迟晏抬手调整了下麦克风的高度。然后,他低头看了稿子一眼,竟漫不经心地将文件夹合上了。

……脱稿?江岁宜替他紧张了一下。

"大家好,我是歌手贺迟晏,是现高一(8)班的插班生,也是附中 2016 届毕业生。"

清润低醇的声音通过音响传过来时,又是一阵掌声雷动。

"很荣幸今天能站在这里。"

他扫视一张张青涩的面庞:"从接到国旗下讲话这个任务时,我就在想,面对你们,拥有多重身份的我应该谈些什么。

"有人跟我说,不如牺牲立意去换坦荡和真诚,我认同她。所以今天你们不用担心,我不会说些故作姿态的话。"

学生们笑,眼睛里都是亮晶晶的期盼。

贺迟晏握住话筒,很轻地笑了一下:"在你们的想象中,我或许一路走来都很耀眼。"

江岁宜怔住。这不是稿子上的话。

周围窸窸窣窣传来声响:"难道不是吗?"

"不是。"他好像知道学生们的困惑。

"啊?"

"怎么可能?"

学生们面面相觑。

"高中时,我曾经像现在台下的你们一样,无数次看着别人走到我现在站的这个位置,他们诉说理想和热情,可是我心里是一片荒芜的废墟。"

一股莫名的情绪朝着江岁宜席卷而来,她敛眸。

所有人都静下来,听贺迟晏说:"附中有太多出类拔萃的人,我并不耀眼,没有所谓的天赋,也从不设想未来。甚至,也曾想过就这样过完一生。"

"但我仍感谢附中……"他停顿下来,很轻地笑,"因为十七岁时,有人跟我说——

"被上天眷顾或许很重要,但更重要的是,你想要做到。"

江岁宜猛地抬眸,这话……好熟悉。

"是你想要做到。"

他重复强调了一遍:"是不是听起来很简单?然而这份想要会达到什么程度、能持续多久、你为此付出多少努力,都让它变得复杂。努力是普通人兜底的东西,也是逆风翻盘的必经之路。"

贺迟晏偏离话筒,歪头停顿片刻,然后缓慢下了结论:

"能一以贯之地努力,才是世间真正少有的天赋。"

他的视线平缓地掠过四周,似是在随意聊天:"所以我现在才能站在这里。如果你们不知道未来往哪个方向走,那么就先把现在想要的走到底。"

尾音在空旷的场地上回荡,安静的人群里开始响起掌声。

"最后,我还要嘱咐你们一件事。"他握着话筒的手指抬起屈了屈,又落下,"很多人好奇,我为什么会参加《重返十七岁》。"

"因为,十七岁时,我没有实现我想要的。"他短暂闭眼,偏头笑了下,然后直直地找准了方向。

江岁宜避无可避地落入他的眼睛。

"因此我要说的是,无论成功与否,去行动,去争取,试过了才知道能不能强求,否则迟早会后悔。重返十七岁,是怀念青春,也是弥补遗憾。但是你们不用,你们是风光无限的少年,世界尽在脚下,所以勇敢一点,不要留下遗憾。"

他正色道:"如果难以避免地留下了,那么我祝愿,假以时日的每一步靠近,都是年少时的美梦成真。我的演讲结束了,谢谢大家。"

贺迟晏鞠了一个躬,缓缓走下台。

掌声雷动中,江岁宜仍回不过神来,僵硬地站在原地思索着。

他从主席台上下来,回到八班队伍,一步一步地穿过人群,来到队伍末尾,站定在江岁宜身旁。

九点多的阳光很好,他黑色的头发在此刻金光熠熠,拿着文件夹的手修长漂亮、指节分明。

江岁宜沉默片刻,偏头盯着贺迟晏的眉眼,想确认却又有些不可思议:"十七岁时,有人跟你说——

"这个人,是我吗?"

是她。

贺迟晏虽未说话,但用表情告诉江岁宜了。

台上,主持人还在滔滔不绝。台下,江岁宜仍讶然:"可是,我什么时候和你说过……"

他们有一段大课间时长不长不短的交情,可江岁宜明明记得,他们没有探讨过类似的问题。

"岁宜,"贺迟晏轻轻叹了口气,长长的睫毛半垂,直白地瞧着她问,"你知道我们第一次见面是什么时候吗?"

"我腿骨折留班的第一天?"

贺迟晏摇头。

"那我不知道了。"

高中三年,任何一个在校园里擦肩而过的瞬间,都可能是他们的第一次见面。

他轻轻抬手指了指前方:"是在那儿。"

江岁宜顺着他指尖的方向,他刚才从那儿走下来。

"高三正式开学的第一周,你作为学生代表发表国旗下讲话。"

大约也是这样一个晴天,大屏幕上,扎着马尾辫的女孩正在发言,脸上每一个微表情都可以看得清清楚楚。

贺迟晏百无聊赖地听着。

事实上,不管站在台上的人是谁,他都没有什么兴趣。正如他自己所说,他心里是一片荒芜的废墟。

可是——

当女孩克服最初的紧张后,一字一句认真说出那句话时。

那一瞬间,有一阵漫长而轰然的渡轮归航鸣笛声在他脑海中平白作响。

他的意识一片空白,近乎只凭着本能用眼睛去刻画她的模样,不断地确认。

现实的形象与想象中的终于重合成同一个。

……原来是她。

前面两个男生嘻嘻哈哈地小声打趣:"真正的美女经得起大屏的考验,江岁宜真的挺漂亮的,很亮眼。"

"再亮眼你也别想了,"那男生指了指前边的魏旭,"名花有主了。"

一阵起伏的起哄声响起后,那两人又去讨论别的话题了。

那个时刻,贺迟晏不知道在想些什么,又或许什么都没想。

只是,荒芜的废墟里突然疯长出野草,转瞬间连绵一片。

"啊?"江岁宜没想到是这个答案,回忆了下确实有这件事,"原来这么早啊。那你当时发报纸,还一句话都不跟我说?"

她越想越遗憾:"早点说上话,说不定我们能成为不错的朋友。"

贺迟晏咀嚼着"朋友"二字,平静地看着她,轻轻"嗯"了一声。

早点吗?

其实早就以别的方式说过话了。

只是她忘了。

周一下午班会课,江岁宜宣布了下周举办班级合唱艺术节的事情,并留出很长一段时间让学生们自由商讨选曲。

这是这些新生入学附中以来参加的第一个校园大型活动,他们脸上的兴奋藏都藏不住。

教室里他们勾肩搭背、三五成群地聚在一起,你一言我一语地讨论哪首歌合适。

"贺迟晏同学,你有什么提议吗?"吴媛媛攥着写满歌名的本子,从女生堆里侧过头来,语气强装平静地问。

但是事实上一点都不自然。

怎么可能冷静!吴媛媛觉得自己是这个世界上最幸福的粉丝。

附近的学生听见她的问话,不自觉地暂停口中的争辩,竖起耳朵听。毕竟贺迟晏这位歌手算是合唱节的灵魂人物。

贺迟晏看着一堆欲盖弥彰凑近的脑袋,反问:"有什么备选项吗?"

吴媛媛照着笔记本上的名字,细数道:"目前有,《骄傲的少年》《我相信》《夜空中最亮的星》……"

到这儿,都是合唱节的常见曲目。

"还有,《从前有个魔仙堡》。"好像混入了什么奇怪的东西。

一片沉默后,男生们首先不服:"巴啦啦小魔仙都可以,凭什么我迪迦奥特曼不可以?难道你们不相信光吗?"

"不行不行,我们要唱《奇迹再现》!"

"是我猪猪侠不配吗?"

"喜羊羊!"

"你落伍了好吧,现在是熊大熊二的天下。"

他们这片区域一人一句吵得厉害,几乎全班都回头注目。

江岁宜本来在讲台上等待他们商量出结果,结果现在这番恨不得把天花板掀翻的架势,让她不得不下来维持秩序。

但是当她带着疑惑和质询过来,只见众人不约而同地停下,齐刷刷地望来:"江老师,你说呢?"

一群气急败坏想让大人评理的小屁孩。

"也许,你们知道一个动画片,叫《黑猫警长》?"

这下这些小屁孩都无语了。

贺迟晏压不住笑意,正经地赞同道:"我觉得还是江老师这个好。"

江岁宜只是随便一说,多少有点底气不足。

他乱附和什么呀。

最后也没商讨出个结果。江岁宜让他们每人晚自习时交三首歌的投票上来。

贺迟晏手指点了点课桌,注意到一贯熟练地游走于这种热闹场面的何徐行,已经默不作声很久了。

晚自习前有一长段自由活动时间,大家都在班里吵吵闹闹。

"扑哧!"贺迟晏单手握着汽水罐身,食指慢悠悠地勾了一下拉环,涌出的泡沫浸染指尖。

独自坐在楼梯间的何徐行听到声音抬头,看清来人后,轻轻地松了口气:"晏哥,是你呀。"

贺迟晏把汽水递给他,一时没说话。

知道青春期的小孩要面子,所以特地没有带摄像。

这个时间点的天空很漂亮,火烧云翻卷奔涌,粉色和紫色在远处交汇,投下的光亮爬上两人的校服衣角。

"其实我……"大概有些羞意,何徐行喝了口饮料,主动开口,脸憋得很红。

"是家人不能来看演出吗?"

何徐行愣愣地看他:"你怎么知道?"

"猜的。"这其实并不难猜。

何徐行是从宣布合唱节的消息后开始落寞的,而细究原因,只能归结于被告知演出可以邀请家长前来观看。

但他的家长不能来。

贺迟晏依稀记得第一次翻墙那会儿,偶遇他在黑暗中打电话,好像隐隐提到。

何徐行苦涩一笑:"哥,你知道吗?我真的很喜欢你早上演讲的那些话。"

"因为我是不被上天眷顾的小孩。"他叹了口气,偏头道,"我是安棠县的人。"

宁宜市很大,划分为好几个区,附中坐落在主城区,而安棠是郊区中的郊区,偏远到几乎要被撵出宁宜。

经济落后,老龄化严重,留守儿童众多,这是人们对安棠的第一印象。

何徐行缓缓道来:"我父母都在外省务工,因为车票钱不便宜,他们一年半载不会回来一趟。我和妹妹算是相依为命……

"她在附中安棠校区。"

安棠校区，占着附中分校的名头，专为贫困生开设，分数线低，教学质量和本部差了一大截，多的是来混个高中毕业证的人。

他自嘲地笑了一声："哥，你可能不太理解我吧？"

毕竟，这个世界上没有真正的感同身受。

贺迟晏轻声："理解。"

他这两个字包含了很明显的特殊情绪，明显到何徐行都忍不住诧异地看他。

他垂下眼睫，微微有些出神："因为，我来自那里，高一高二也都在安棠校区。

"高三才来到附中本部。"

2

光阴倒转，那是个夏天。

天气很热，高温让呼吸都变得黏稠，安棠校区没有空调，教室里只有两台老式电扇悠悠转着。

分科申请表发下来，贺迟晏拿了笔随意地在白纸上勾了选项。

老师在讲台上口若悬河地叮嘱注意事项。但是有什么用呢？这个校区里，真正奔着考大学去的人，屈指可数。

大多数人能顺利得到那一纸文凭，就算作成功。

安棠校区开办这么多年，能上一本线的都可以载入校史。

在这个学校，两类人群泾渭分明。一类行为乖张包揽所有叛逆，另一类按部就班拿到毕业证就出去打工。

贺迟晏哪种都不是。

"还有件事情。"老师看着底下东倒西歪的人群，叹了口气宣布，"现在，你们有一个机会可以去到附中本部。"

仍没什么人抬头，只有两三个人支了支耳朵。

"分科以后，高二综合成绩排名第一的学生，高三时可以去本部读书。"

窸窸窣窣的声音响起，有人已经浑不惮地发出轻蔑嗤声，支起耳朵的两三人也歇下了心思。

贺迟晏无动于衷地收拾东西。他的同桌学习还行，探过头来看他的分科表："你学理呀？"

他没回话。

同桌撇撇嘴："就学校这么个水平，到最后肯定学不懂的，多痛苦。"

贺迟晏没管他，闭上眼睛趴下睡了。

再醒过来，面前的桌子上多了一个精致漂亮的信封，凑近点还能闻到一点淡淡的味道。

一看就是女孩的东西。

什么味道？贺迟晏形容不出。有点像是太阳的澄澈气息，但一点也不灼人。

"这是什么?"他捡起信封,问身边的人。

同桌解释:"这不是搞了第一名进附中的政策吗?为了激励我们,本部那边组织了两校通信活动。"

他一边说一边不屑:"也不想想,人家怎么看得上我们,我们又怎么可能拿到名额去本部。"

贺迟晏淡淡"嗯"了一声,没当回事地将之塞进抽屉。

这种无聊的事情,傻子才有闲心做。

通信活动一周一次,按照学号配对。贺迟晏每周都能收到各式各样的信纸,中国风的、甜美风的,还有单色系酷妹风。

单凭这一个信封,他就知道他们不是一个世界的人。

无一例外,信封拆都没拆,全进了抽屉的无底洞。

对方却很有毅力,没有得到一次他的回应,却次次准时寄信。

但这活动也就持续一个月。到最后一周,贺迟晏打算照着旧例时,一摸突然发觉手感不对。

里面像是有很多细碎的东西,并不平整。

贺迟晏攥着信封,犹豫了很久,最终第一次打开了。

字迹内敛却又蓄势待发,工整却不缺洒脱凌厉,力透纸背,锋芒毕露,看着就是从小学习书法的人写出来的。

  无名同学,上周你们学校的回信过来了,我又又一次没有收到你的信。看着别人都有,我有点落寞,但没关系。每个人都有想说和不想说的话,我猜你是一个有点内敛的人。

信封里的凸起,是很多很多颗纸星星。

贺迟晏将信封里的所有纸星星倒了出来,数了数,一共66颗。

  最近年级流行折纸星星,但是我手工不好,折得不好看,被朋友吐槽了。不知道送给谁,如果你不嫌弃的话,就收下我这些祝福。

她这话说得不假,那堆纸星星折得奇形怪状。

  我从一些地方了解到安棠校区的情况,不知道你的状况如何,但是如果你有能力争取来到本部的话,还是希望能把握机会。

  我在每一颗星星里都写了话,虽然有点鸡汤,但也是我真实所想。你有时间的话,可以打开看一看。

贺迟晏随意拆了一颗。

写了句"被上天眷顾或许很重要,但更重要的是,你想要做到"。

又拆一颗。
写了句"人生海海,你要站在你想要的未来"。

  这是最后一次给你写信啦,如果你愿意的话,可以给我回一句话吗?随便什么都可以。如果不愿意的话,那我就真诚地和你好好告别,祝愿你前途坦荡,再见啦。

落款:随意。

闷热的天,可能是被蝉鸣声聒噪到不耐烦,贺迟晏把抽屉里的所有东西收拾了出来,于犄角旮旯处找到已经有折痕的信封。
汗水浸湿衣服,他却在这个天气里感受到一阵清澈的凉意。
第一封信。

  同学你好!很有缘分能成为你的笔友!不知道写些什么,所以就随便聊聊。你是男生还是女生呀?喜欢夏天吗?在分校的生活开不开心呢?

第二封信。

  上周没有收到你的回信,是学习太忙碌了吗?我也回答一下上周问你的问题,我是女生,喜欢夏天,在附中挺开心的!那我再问一个问题,你的理想是什么呀?

第三封信。

  无名同学,又又没能收到你的回信。这个交流活动,不会最后变成我自言自语了吧?我的理想是当老师!听说分校第一名可以来本部,你有这个想法吗?

贺迟晏不擅长和陌生人建立一段关系,但或许因为知道这是最后一次通信,写了也不会有回音,所以失了顾忌。
他提笔写了几个字,在这次回收信件时,终于交了上去。

  男,否,否,没有,不知道
交上去以后应该就没有回音了。

但下周,收发室的老师提醒贺迟晏,有从本部寄来的东西。
一封信,和一大堆学习资料、错题本。

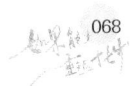

如果你不知道想不想来本部，那就先试试能不能来。

那一整年，他不知道自己是怎么想的，或许是为了验证能不能，他头一次清晰地想要掌握自己的命运。

后来她没写过信来，只是学习资料一阵阵地没有停过。

或许是女生的错题本看多了，他后来写出来的字，竟在自己字体的基础上多了她的字体风格。

喜欢本就是会让人在潜移默化中改变自己。

想成为她，是他对于这件事最明确的阐释。

所以后来。

9月5日，第一次参加附中的升旗仪式，他在大屏幕上认出她的那一刻——宿命感，这三个字从他的脑海中蹦出。

那一天阳光很好，大屏幕上的女孩像被镀上了一层光圈。那就是他心中，神的模样。

《飞鸟遇神》不是他出道以后创作的曲目，而是那一天，旋律已经不自觉地流淌书写。

此刻，何徐行一脸不可思议："怎么会……"

贺迟晏一时没应话。

直到面前落下阴影，江岁宜悄无声息地站到他面前："你们俩，在这儿干什么呢？"

那道阴影，不是黑暗，而是光的落笔。

两人皆是一怔，何徐行挠着脑袋问："江老师，你还没下班呀？"

江岁宜："《重返十七岁》综艺的第一期今晚播出，年级特批晚自习可以用多媒体放给大家看，你组织一下纪律。"

"哦哦，好的。"何徐行立刻道，"那我先回班开电脑。"

待他走后，贺迟晏看了下江岁宜的表情，问："你是不是注意到他今天不对劲？"

江岁宜点头："但好像还是你更细心一点。"

贺迟晏顿了顿："这件事有点麻烦，现在不太方便说，我后面再向你解释。"

咦？好吧。

两人往班级走。

贺迟晏突然停下，神情不明："脚怎么了？"

"没事。"江岁宜不自在地撇开目光。

可他像没听见一样，重复问了一句。

"……摔了一下。"她干涩地补充道，"没掌控好自行车，不太严重的。"

回家的路上，她越想越觉得何徐行的反应不太对劲，再加上接到通知说要组织同学看综艺，于是她随便扫了辆共享单车赶回来。

贺迟晏:"我看看。"

江岁宜在原地怔了两秒:"不用。"

他抬眼皮看她,莫名感觉有点强硬。

无声的对峙持续了很久,久到连路过的风都变得滚烫,她听见自己轻声说:"好。"

嘴上是应了,可身体却很僵硬。

贺迟晏没说什么,垂眸站定了片刻,他轻叹了口气,脱了制服外套,将之垫于阶梯上,然后扶着她坐下。

江岁宜:"你脱什么外套呀,我直接坐就行了。"

他说:"地面凉,还有灰。"

"这没关系。"

贺迟晏俯身,借力让她稳稳落座:"老师不需要保重身体的吗,不然还怎么教书育人?"

耳边是温热的气息,他那张脸在她眼睛里极致放大,呼吸一擦而过,有点热。

江岁宜微微扭头:"我又不是身娇体弱的公主。"

贺迟晏走一步到下面两级台阶,右膝磕在阶梯棱角上:"伸出来。"

江岁宜顺从地照做。

细白的脚踝上,红红的一块,很明显。

贺迟晏短暂犹豫一下,然后倾身握住她的左腿,盯着仔细看了看。

擦破了皮,倒是不太肿。

他看得认真,像在研究什么数学题一样。江岁宜忍不住动了动腿,出声:"你看好了没有啊?"

贺迟晏握得反而更紧了,手臂肌肉略微紧绷,指骨攥得泛白,他撩起眼皮轻轻应了一声:"还没有。"

"可我真的没事。"

他像变戏法一样,从裤子口袋里掏出碘伏棉签:"再小的伤口也是伤口,处理不好容易发炎。"

这个位于下位的跪坐的姿势,让江岁宜很轻易地看到他根根分明的睫毛轻轻颤着。

"哦。"

贺迟晏拆了一根棉签,折断其中一头,碘伏回落到另一头,棕色液体浸满白色顶部。

棉签头柔软地落到她的皮肤上,她微不可察地抖了一下。

"疼?"

"没,"江岁宜说,"就是有点痒。"

"嗯。"他继续动作,动作轻到让人不自觉将语气都放软。

这根棉签用完,他又拆了根新的,重复动作。

"我送你皇冠,并不是认为你是身娇体软的公主。"贺迟晏突然出声解释,

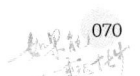

话题跳跃之快跨度之大让江岁宜愣了一下。

他说:"你当然不是。当要斩杀恶龙的时候,你会自己举剑。"

江岁宜倒是第一回听这个观点。

"那你为什么送?"

贺迟晏微微挑了挑眉:"在我这儿,得把前面那个用作形容的四字词语去掉。"

他顿一下,又说:"江老师是语文老师,应该明白两者的区别吧?"

他的意思是,她是公主。

"你怎么随身携带这个呀?"她转移话题,"真的像有个百宝箱似的。"

贺迟晏的动作停了停:"以前……有人受伤,但我只能看着,什么也做不了。后来,就随身带习惯了。"

江岁宜刚想说些什么,吴媛媛从拐角处探出一个头来:"江老师,何徐行调试好设备了,让我过来叫你们一起——"看。

眼前的一幕让吴媛媛瞪圆了眼睛,她话锋一顿:"那个,我没在催,不着急不着急……"

暮色渐沉,昏黄的灯光照亮楼梯口。江岁宜屈腿坐在摊开的校服上,贺迟晏倾身跪在下方,小心翼翼地握着她的脚踝。

像是什么杂志封面,或是电影海报的拍摄现场。

明明没什么,可乍然被学生以这种画面撞见,江岁宜还是有些不自在。

贺迟晏倒是丝毫没受到影响,神色自然地继续擦拭。

江岁宜咳了两声:"那个……"

"吴媛媛,你叫个人要这么久啊!"何徐行从她后面窜出来,"看什么呢?"

脑袋顺着吴媛媛的目光扭过来时,他嘴快地惊呼了一声:"咦?"

少年人的心事变化得就是这么快。前几分钟还阴云密布,现在却快乐得要旋转。

江岁宜却被吓得耳尖开始发烫。

接二连三的声响在背后响起,贺迟晏终于结束任务,轻轻放下江岁宜的腿,缓缓站起身来。

"怎么了?"平静又从容的样子。

何徐行:"在放第一期了,广告应该快结束了。"

贺迟晏瞥了眼站着不动的两人:"知道了。"

他又垂眸,江岁宜两只手乖巧地撑在摊开的校服外套上,在深藏青色的对比下,衬得白得晃眼。

视线往上,他瞧了她隐隐泛红的耳朵一会儿,开口道:"吴媛媛同学,江老师受伤了,能过来扶一下她吗?"

他的语气很镇定,询问中又解释了刚才他们看见的那一幕的原因。他一贯这么妥帖。

吴媛媛一直怔在原地,直到何徐行轻拍了她一下。

她猛地回神,快步往那边走过去:"哦哦,来了。"

"江老师，你没事吧？"吴媛媛边扶边问。

江岁宜尴尬地摇头："没事，歇会儿就行了。"

贺迟晏捡起外套，几个人慢悠悠地走回班上，《重返十七岁》的片头曲已经播到副歌。

吴媛媛惊喜地认出贺迟晏的声音，激动到握着江岁宜手臂的手都不由自主紧抓了下。

江岁宜先蒙了会儿，随即反应过来，夸道："这歌挺好听。"

旁边三人齐齐看向她，表情各异。

"怎么了？"

吴媛媛说："没什么，江老师你坐。"

江岁宜坐的是第一列后排的空位置："你们也快回去看吧。"

贺迟晏回了座位，将书包提放到桌上，然后单手拎着椅子绕过后排。

椅子陡然落地产生摩擦，发出了一声清脆的嘶鸣声，他落座在了江岁宜旁边。

这个声音不小，他绕行的动作也太大，几乎全班都好奇地往后排望过来。

贺迟晏往椅背一靠，微微转头解释："方便照顾伤员。"

众人没再说什么，教室里的灯接着都关了。

综艺一开头。

长长的梧桐林荫道，枝叶扶疏，郁郁葱葱，阳光被分割得细碎斑驳。一双带着风奔跑的腿穿过，视角切换到正面。

是贺迟晏那段奔跑的画面，配着一段旁白。

"奔跑的十七岁少年最令人心动，那一刻，仿佛全世界都拥抱他而来。"

导演果然保留下来了。

看过直播的这段，知道前因后果，江岁宜忍不住偏头小声问："你真是因为证件照拍得不像你才意外吗？我觉得挺像的呀。"

"要听实话吗？"贺迟晏顿了顿，偏头安静地看她。

半明半暗中，他的眸子深沉得像一片寂静的海，又时时暗藏暴风雨。

江岁宜下意识地点头。

"不是因为证件照。"他眼睫微动，"是因为……"

"你看到了吧，那张照片下面，写了你的名字。"

江岁宜翻开过那本证件，于是此刻回忆道："好像是。"

班级：高一（8）班

姓名：贺迟晏

班主任：江岁宜

貌似是这么排列的。

"所以，你是因为看到我名字，才惊讶的？"江岁宜兀自点头，"也对。曾经的同学成了此时的班主任，的确还蛮……吓人的。"

她如是评价。贺迟晏不置可否。

"可,和我重名的人有很多呀,万一是别人呢?"

贺迟晏沉默两秒,淡淡地笑笑:"所以,我跑过去确认了。"

原来是因为这个。

"我还以为,跑起来是因为你怕迟到太久。"江岁宜唏嘘。

贺迟晏:"也有点这个原因吧,怕你生气。"

江岁宜沉默了一下,接着喃喃:"我脾气哪有这么差。"

"你脾气很好,"黑暗环境下,贺迟晏盯着她的面孔,"是我多虑。"

一时间有些无言。

直到班级里响起窸窸窣窣的小声讨论,还有窃笑。

原来是播到李老师吐槽贺迟晏作文写得糟糕那段了。

现在所有人都知道江岁宜和贺迟晏是同学,班里不少同学频频回头窃窃私语。

吴媛媛堪称其中的佼佼者。

江岁宜坐得位置太偏,恰好前面斜角有位同学挡了视线,于是她把椅子往左边挪了挪。

之前因为不熟,好多疑惑她都没问。

现在感觉关系稍近,江岁宜像被点了提问穴一样,好奇宝宝般问:"为什么每次考完你都会被押来看我的作文呀?"

贺迟晏不动声色:"当时,李老师让我在优秀范文堆里选学习对象。"

然后呢?

"我一眼挑中你的。"他忽地笑了下。

话倒是正常,就是说出来的语气不太正常。

那双眸子一弯,她隐约觉得话里有话。

"哦。"

3

第一期先导片不长,播到江岁宜前去监考入学考就结束了。

众学生意犹未尽。

"我上镜还蛮好看的,哈哈哈!"

"再好看能有贺同学和江老师好看?"

吴媛媛拽着何徐行悄悄地溜过来:"江老师,你受伤了怎么离校呀?"

江岁宜想说慢慢走到校门口,打个车就可以了。

然而吴媛媛突然正色提议:"贺迟晏同学,你送送江老师吧。"

何徐行被她掐得肉疼,附和道:"对对对。"

贺迟晏目光扫过两人,回到江岁宜身上,沉静地笑。

"我背你。"

清冽的气息将江岁宜团团包围住。

太近了。江岁宜趴在他背上,如是想。

离地面突然好远,原来这就是高个子的世界。

上一次被背是什么时候呢?好像已经是小时候的事了,老江在深夜背她去医院急诊。

好像每个人都写过这样一篇作文,集齐这样一些元素:深夜,高烧,雨天,父母,医院。

想到这儿,她倏地一笑,温热呼吸尽数喷洒在眼前人的皮肤。

下楼时的轻微颠簸让江岁宜下意识圈住了贺迟晏的脖颈。

贺迟晏的脚步遽地一顿,微微往后偏了偏头:"笑什么?"

"没什么,想到一件好玩的事情。"

他"嗯"了一声,避过转角可能会撞到她的扶杆,稳步下楼。

吴媛媛盯着他俩的背影渐行渐远,转头问止步的摄像大哥:"你们这个综艺,有没有台本呀?"

大哥眼神怪异:"我们节目主打沉浸式真实体验校园,国内独树一帜。"

哦,那就是没有。也就是说,所有一切都是自由意志。

何徐行看她若有所思,凑过来问:"你今天怎么了?奇奇怪怪的。"

吴媛媛斜睨了他一眼:"我好像窥探到了一件事儿。"

"什么?"

"你不懂。"吴媛媛自顾自地小声哀叹,"只有粉丝才能发现偶像细微的变化。"

"嗯?"

"但我却有种果然如此的感觉。"她边说边点头赞同自己,"原来是这样。"

哪样啊?你说清楚啊!何徐行还是一脸蒙。

吴媛媛看着他一副身在局外的傻样,努嘴摇摇头。他好笨。

宁宜不是夜生活丰富的城市,晚间最热闹的地方估计就是学校了。

综艺录制将近一周,在校门口守株待兔的粉丝也响应号召退散。

城市万家灯火将柏油路尽头照得透亮,行人却稀少,连穿过的风都带着宽阔自由的味道。

但江岁宜却觉得世界突然变得狭小,目之所及,身之所感,都只有身下窄窄的一方。连呼吸都被他的味道柔软地包裹。

"不打个车吗?"走出校门好一截,贺迟晏都没有停下。

"不太远。"

不太远是什么意思?他要就这么背着她走回去?不累吗?

他这般淡然的语气,好像确实是没觉得她有多重。

偶有骑着"小电驴"的人经过,向他们投来诧异的目光。无他,贺迟晏穿着附中校服,太有标志性。

江岁宜尴尬地埋下头,转移注意力问:"所以何徐行到底怎么了?"

贺迟晏的肩上突然落下重量,他微微僵住:"涉及点他的隐私,我大概不能说全。"

他接着问:"你有他父母的联系方式吗?"

江岁宜松开一只手,去口袋里找手机。口袋贴着贺迟晏的腰,又屈着腿,她取得艰难。于是转瞬忘了顾忌,左手指尖无意识地来回蹭身下人的脖子,然后清晰地感受到对方喉结滚动一下。

她触电般地蜷起指尖。

但她无暇顾及太多,因为成功取到了手机。

江岁宜划着屏幕翻找一通,确认地蹙眉:"没有,他父母从来没有联系过我。"

现在的家长,有的天天打电话给老师询问孩子状况,可也有的连到毕业也不联系一次。

她想了想,摁灭手机:"但是入学的时候填过一个信息表,上面应该有,我回去找找。你要这个做什么?"

"邀请他们来看合唱演出。"贺迟晏说,"但要考虑的东西比较多,我可能要先做策划。"

误工费,来回车票,还有他们的自尊。

前两者倒不是难事,但后者的确要花点心思。

江岁宜很聪明,很快联想到们徐行填过的助学金申请,一下子顿悟。

思忖片刻,她语气真挚:"你真的很细心,也很……"

她一时想不到那个形容词,但她真的很喜欢和这样的人相处。

因为用真心可以换真心。

"我没有你想得这么高尚。"江岁宜看不到贺迟晏的表情,只觉得他话语未尽,似有隐忍。

"为什么这么说?"

"你不会想要知道。"

譬如此刻。若不是她在背后,他卑劣的心思几乎藏不住。

"可你人真的很好。"这话像发好人卡一样,江岁宜想要补救一下。

话还没说出口,就听见他轻笑了一下,缓缓道:"因为曾经被照亮过,所以……"

他偏头偏得猝不及防,江岁宜的额头近乎抵在他的下颌线上。

她被烫到了一般,往后猛地退开。

"所以什么?"她撇了撇嘴,问。

"所以,"贺迟晏把她整个人往上提了提,"也想试着做道光。"

这样,会不会离太阳本身更近一点。

江岁宜莞尔:"那你早就做到了。你成了这么有名的歌手,创作的作品治愈了很多人,我在你的超话还看见你做慈善……"

贺迟晏很会抓重点:"我的超话?"

江岁宜语塞,小声道:"……我进去随便看看。"

主动"掉马"被抓包什么的,太尴尬了。她连忙转移话题:"那你后来怎么去当歌手了呢?说起来我们俩大学离得也挺近,太遗憾了,都没碰见过。"

其实有的。

贺迟晏顿了下,说:"因为想被看见。随意抬头看两秒也行。"

这样啊。

这段距离确实不太远,两人有一搭没一搭地聊着,慢慢就快到了。

路过小区外的公交车站台时,江岁宜惊喜地歪头指着道:"看!你的广告牌!"

上面的人璀璨得像是在发光,被来来往往的人看见,又或是驻足。

"你已经被很多很多人看见了。"江岁宜感慨。

"嗯。"贺迟晏轻声道,"我现在确认了。"

确认,的确被她看见了。

七拐八绕到巷子里的时候,江岁宜震惊:"你是人形导航吧?记忆力太吓人了,只来过一次就记得路……"

她都没出声指路,可贺迟晏走的每一步都是对的。

到单元楼下时,隐隐约约有个模糊的影子迎面而来。

"我爸!"江岁宜认出来人后,小声地在贺迟晏耳边说,"你先放我下来。"

老江遛弯回来,看见闺女从一个男人背上下来,走得一瘸一拐,赶紧出声:"怎么了?出什么事了?"

江岁宜摇头,安抚道:"没事,不小心摔了一跤,不严重。"

老江:"那赶紧回家吧,我给你抹药。"

说完他转头看贺迟晏,上下扫了两眼他的校服:"你是……岁宜的学生?谢谢你送她回来啊。"

他又仔细盯了一下,嘀咕道:"也不像啊。"

江岁宜解释:"这是我高中同学。"

贺迟晏礼貌地颔首:"叔叔好。"

"哦哦。"老江有经验地替他讲了理由,"穿成这样,今天回学校看老师的是吧?"

也可以这么说吧。

婉拒老江上楼坐坐的提议后,贺迟晏离开。老江扶着江岁宜上楼。

坐电梯的时候,老江思忖片刻,突然开口:"你这同学,有点眼熟。"

这是……认出来了?也是。广告牌都投到家门口了,指不定老江遛弯的时候看到了。看多了,自然就觉得眼熟。

"其实——"江岁宜打算将事情全数道来。

然而,老江倏然一拍大腿,制止了她即将坦白的话:"我知道哪里眼熟了。"

江岁宜做了一个请的动作:"您说说。"

"我在小区里见过好多次。"他笃定地说,"好几年前,在你上学的时候。"

江岁宜:……那您肯定是记错了。

今天这是人家来的第二次,怎么可能是好几年前。

她语重心长地引导着:"爸,记忆会骗人的。您要不换个思路,想想可能在哪儿见过？"

老江摆摆手，强行"挽尊"："不可能，我可是历史老师，人就算是老了，记忆力也不是吹的。"

"就是高三你腿骨折的那段时间，"他回忆着说道，"你一开始在家躺了一星期。那个星期，我天天在楼下看到这个男生。"

4

鉴于历史教师老江多年吹牛不打草稿的习惯，江岁宜递给他一个"您又来了"的眼神。

被这眼神一质疑，再加上这么多年过去了，老江也有点不确定起来："应该是他吧？"

江岁宜无语："您肯定是记岔了。"

电梯门一开，老江扶着她进家门。刚坐下，沙发那边就有道严肃的声音悠悠传来："小江同志。"

多年相处的经验让江岁宜知道这个语气并不太妙，于是循声望去，讨好道："妈，怎么了？"

程女士："你说，周日来咱家的那个男生是你同学？"

"对呀。"

程女士歪头看她，面无表情地指着电视说："那他为什么出现在这里面？"

江岁宜顺势看向屏幕。

贺迟晏一袭蓝白校服，站在黑板前解函数题，细细短短的一截红色粉笔被他握在手中，衬得手更白了些，指节分明。

彭老师站在旁边，边看边点头。底下学生也目不转睛。

"妈，您不是从来不看综艺的吗？"江岁宜弱弱地问。

程女士正欲说什么，从柜子里翻找出医药箱的老江路过，"咦"了一声。

"这男孩不是刚送闺女回来的那个吗？"

程女士的表情越发令人捉摸不透："江岁宜你出息了是吧！人家才上高中！你怎么敢的呀？"

老江和江岁宜面面相觑。这是什么脑回路？

江岁宜："妈，我不是，我没有，您听我解释……"

程女士看她这么一副死不悔改的样子，愤怒道："你难道就是这样为人师表的？你出去千万别说你是我女儿，我丢不起这人！"

程女士越说越生气，一串话跟断了线的珠子一样往外蹦："难怪你看不上我给你介绍的，原来你喜欢这样的！"

"妈……"

"你别管我叫妈！"

江岁宜手足无措地摸摸鼻子，眼神示意老江上场。

"其实……"

"其实什么其实！她成今天这副样子都是你惯出来的！"

老江摊了摊手，表示没办法。

直到下一个镜头出来，是宋敏英那边的画面，江岁宜连忙指着电视："这个！这个人总该认识吧？"

程女士气喘吁吁地扭头，瞬间熄火："宋敏英？"

老江一听这名字，条件反射性地也望过去。最后两个人什么也没干，坐在沙发上把这节目从头开始，看了一遍。

看完以后，老江抬头眯眼："你竟然不告诉我宋敏英在附中的消息！"

江岁宜不吱声。

程女士则是尴尬地笑道："对不起，妈误会你了。"

江岁宜大方地原谅："没关系。"

"其实，妈今天是有点受到刺激，昏了头。"程女士突然正色。

"啊？"

程女士从抽屉里取出红得发亮的请柬，叹了口气递过来："小魏的婚礼请柬。"

江岁宜翻开看了一眼，发现婚宴定在这周末，略微有些诧异："这么匆忙？"

"匆忙什么呀。"程女士又忍不住瞪她，"人家恋爱都谈了四年了，半年前就在挑日子做准备了。"

她那恨铁不成钢的话马上就要说出来，江岁宜不敢回嘴，只能小心道："那恭喜他。"

程女士一口气堵得不上不下，摆摆手让她快离开视线。

"等等！"

江岁宜回头："怎么啦？"

"还有张请柬，小魏今天过来说让你转交给老同学。"

让她转交？哪个同学啊？

翻开一看——贺迟晏。

洗完澡，江岁宜躺在床上，那张漂亮的请柬被她撑开在头顶来来回回地看。

为什么要她转交呀？

贺迟晏工作应该很忙，会同意去吗？

江岁宜放下请柬，决定上网冲会儿浪转移下注意力。

今晚播出的《重返十七岁》上了好几条热搜。

热搜微博内容下，有粉丝控评，有路人围观，还有人实时讨论。

到这儿一切都还算正常，直到——

△我这双识别过真CP的慧眼告诉我，贺迟晏和这位女教师之间有故事，有没有人扒一下？

三千赞，三百评论。

江岁宜点开这条博文，然后惊奇地发现，这人口中的女教师是自己。

天地良心，真的没有什么故事。她皱着眉往下翻评论。

△啊啊啊啊,找到家人了,我也觉得!搬个小板凳蹲蹲。

△已经开始嗑了,呜呜呜呜。

△姐妹们,我建了一个CP超话,绝美爱情让我们有缘相聚一堂,有兴趣的可以关注一下!

江岁宜:……这些人好可怕。

怎么什么都嗑啊?什么都嗑只会害了你!

她忍不住点进这个只有二十个人关注的超话,浏览了一下,被网友惊人的想象力吓到了。

△[gif动图]这个眼神,这个眼神你们品一品!我敢保证和看其他人不一样,如果这都不是爱!

江岁宜点开动图。不知道是从哪个片段里截下来的,贺迟晏偏头,微垂着眼睛笑看她。

这个眼神……有什么奇怪和特殊的吗?

贺迟晏那双眼睛,看谁都显得多情吧?也不知道多少小姑娘沦陷其中。

△大胆猜测一下。传说中,贺迟晏高中有个喜欢的女生,而这位老师是他同届校友,有没有一种可能,这两人是同一个?

江岁宜觉得不可思议。这都能扯上关系?

她不能理解这些人的思想,这不是乱按头关系嘛。

但是,他有个喜欢的女生……

她抿了抿唇,退出超话。

江岁宜觉得自己还没那么大脸,认为贺迟晏会喜欢她。

过了片刻,她点进"#曾经的同学成了大明星是种什么体验?#"这个词条。有一些真情实感的祝福,还有些略显酸涩的暗恋小作文。

她联想到超话里的发言,无奈地打下一行字:谢邀,没有体验,因为完全不熟。

"嗒嗒嗒"敲完以后,她想了想,又多加了四个字,变成"因为之前觉得完全不熟"。

点击发表。

她重新躺下后,思绪有点混乱。

想到贺迟晏提到的何徐行父母的联系方式,江岁宜起身去书房的那堆文件里寻找。

在学生家庭信息收集表里,找到了。

她对着表格,记下号码数字,一个个敲给贺迟晏,并问:你想好这件事的策划了吗?

看了眼,到附中宿舍的熄灯时间了,估计他不会回消息。

刚准备摁灭手机,消息提示音来了:有点长,打字有点麻烦。

江岁宜惊:你还没睡?不在宿舍吗?

贺迟晏:在楼梯口写东西。

他又发来:你方便语音吗?

贺迟晏：或者视频，可以看着我写，提修改意见。
江岁宜回：可以。
老江和程女士都睡了，她不确定家里隔音效果怎么样，于是下了床去找耳机。
刚连上蓝牙，他的电话就打过来了。
是视频。
这次她吸取上次的教训，一接通就干脆利落地转换了镜头视角。
贺迟晏倒是没有。楼梯间的灯光昏黄，手机屏幕里的人半明半暗。
他垂着眼，神情有些倦怠。
穿的应该是他自己的睡衣，蓝色条纹，第一颗纽扣位置很低，领口向外翻，露出不小面积的锁骨，很白。
"怎么了？"
他轻声询问，江岁宜这才发现自己盯着看了很久。
贺迟晏大概意识到了什么，他缓缓举起手机，翻转镜头对准置于膝盖的笔记本。入镜的右手握着支笔，骨节分明。
"目前能想到的就这么多。"
他做事真的很细心，光是怎么将车票给何徐行父母就想了四条方案，每条都连着不同的支线，Plan B 后还有 Plan C。
他缓声解释每一条方案。太详细了，江岁宜几乎没有建议要提。
"他父母那边，还要岁宜你去说服。"
"好。"
他将镜头又转回来，神情乖巧安然，但从喉结到锁骨都透着性感。
纯欲。江岁宜脑海里突然蹦出这个词。
意识到自己想了些什么奇怪的东西，她轻摇脑袋，驱散了旖旎想法，抛出另一个主题。
"你这周日有空吗？"
他没正面回答，反而问："怎么了？"
"魏旭这周日办婚礼，给了你请柬，现在在我这儿保管。"
贺迟晏愣了一下："他结婚了？这么突然。"
江岁宜心里感叹，明明这才是正常的反应！
她"嗯"了一声，把程女士的话复述了一遍："他谈恋爱四年多了，也不算突然。"
"你会去吗？"
四年。几乎是在他出道没多久时。
可笑，命运弄人。
他垂眸思忖了片刻，轻轻挑了挑眉问："你会去吧？"
"当然。"
"那我也得去，祝福他新婚快乐。"
他这语气一点儿不像祝福，反而有些怅然若失。

他和魏旭,不会有什么她不知道的爱恨纠葛吧?

打住。

江岁宜掩饰性地咳了两声:"行,那我挂断了呀,你快回去睡。"

谁知,贺迟晏突然将手机拿近,锋利的下颌线,有冲击力的锁骨凸出占满屏幕。

这个角度……她心里一跳。

他好像在研究什么东西,维持这个姿势很久,半晌才讲话。

"岁宜。"他叫了一声。

"嗯。"

"你说的那个,完全不熟的明星,指的是我吗?"

"啊?"

贺迟晏将手机拿远了些,露出完整的一张脸,情绪收敛,神情淡淡,微微抿着唇。

"我们……"他不动声色地凝视着江岁宜那边的一片黑暗,顿了顿。

江岁宜心说,这双漂亮的眼睛果然看谁都显得多情。

"完全不熟吗?"

救命。沉默的那几秒钟,江岁宜满脑子只有一个念头,再也不随意在网络上发表言论了。

"不是!我那是说的'之前觉得',不是指现在……"再多的解释都显得有些苍白,她生硬地转移话题,"你怎么会看我微博?"

贺迟晏"哦"了一声:"就是说,现在很熟了?"

他的眼神太专注了,江岁宜一下子恍了神,很老实地点头。

"如果你不介意我只是个素人。"

贺迟晏愣了一下:"怎么会?"

"是我该担心你介意。"他站起身来,镜头跟着动作微微晃动,解释她上一个问题。

"我不能回关你微博,只能经常访问。不然,会给你带来不必要的关注和麻烦。"

江岁宜看着他离开楼梯,缓步在走廊行走,身后的灯光明明灭灭。

"晚安,岁宜。"

画面定格于他微垂的双眼,和嘴角一抹浅淡的微笑。

第四章 月亮奔我而来

1

夜里开始下大雨，朦胧地织盖了整座城市，气温一下子降下来。

江岁宜睡前没关窗，第二天早上起来就发现自己感冒了，还"喜"提扁桃体发炎，讲话都困难。

程女士絮叨了半天，说她这么大了还不懂照顾自己。她嘴上敷衍应着，匆忙吃了药后赶往学校。

上午没课，她参加完一个组会，又改完作业，药效上来，实在撑不住趴在办公桌上睡了。

大课间因为雨天取消，何徐行趁着这空闲工夫去办公室找她商量合唱节选曲的事情。

见她熟睡，他又悄无声息地退回班级。

"哥，你说这怎么办？"何徐行看着统计出来的投票结果犯难，"他们还真要唱喜羊羊、奥特曼……"

"可以。"贺迟晏点头，"改编了就能用。"

对哦。这不站着一个现成的创作型歌手。

"你有什么想唱的歌？"贺迟晏收拾书桌，状似不经意地问。

何徐行随手一指："这首还挺合适。"

贺迟晏瞥了一眼，点头。

"江老师好像身体不舒服，"何徐行提起，"我刚去办公室，见她皱眉趴着睡觉，脸色看起来很苍白。"

贺迟晏动作一顿。他今天还没有见到她。

办公室里空空荡荡,没剩什么老师。江岁宜睡得恬静,只是脸上毫无血色。
工位上,被试卷盖住的一角下,一张红色婚礼请柬闪闪发亮。
这张请柬几乎要使他不能宣之于口的心思全数溃败。
其实他们的联系并不止于高中毕业。
江岁宜大学时有段时间忙到疯,考教资、写论文、带队搞竞赛……天天对着电脑屏幕快盯出毛病。
为了不影响室友休息,她特地在大学城里寻了一家通宵营业的咖啡馆,也有不少大学生把它作通宵自习室。
那天他看着她推开咖啡馆的门时,是什么感受呢?
久旱逢甘霖。可以这么形容。
江岁宜进门后,扫了一眼。空位不多,她随便挑了个坐下。
恰好在贺迟晏的对面。
但她压根没时间观察对面的人,一坐下就开始看文献、找资料。
加之有点感冒,头昏沉得很,她点了杯咖啡就强撑着继续。
放在面前的整盒抽纸被她擦鼻涕用掉一半,她才终于意识到可能影响到对面的人,于是小心翼翼不安地问:"我吵到你了吗?"
声音带着很重的鼻音。
对面的人愣了下,然后垂下眼摇头。
那就好。她松了口气。
敲完一个论文后,她终于停下歇歇,趴了下来。
感冒的缘故,她极快就睡着了。
贺迟晏看着对面那颗圆圆的后脑勺,有一瞬间贪婪地心想:一截小臂的距离,这么近,可以碰碰吗?
不可以。
他克制住伸手的冲动,起身去前台和工作人员沟通,需要一张薄毯。
跟着去储物间拿完毯子回来,却看见江岁宜已经醒了。
而且多出了个人。
魏旭站在江岁宜旁边,伸手去摸了她的脑门:"你发烧了知不知道?打电话的时候程阿姨听出不对劲了,让我来看看。"
江岁宜把他手掸开:"我没事。"
"走走走,去医院。"魏旭给她收拾桌上的东西,胡乱塞进包里,拽着她走了。
门外黑夜里只剩下一道听不太清的尾音:"我论文还没赶完呢!"
于是那条薄毯,只借出去两分钟,就被还了回去。
贺迟晏坐回桌旁,看着对面的空荡,缓缓出神。
原来他们还在一块儿。
于某刻慢了一步,也就再也赶不上了。

办公室里,江岁宜睡得并不踏实,没多久就自己醒了。

她迷迷瞪瞪地坐起来,才发现身上被披上了一件校服外套。

她下意识地抓住那人的手腕。

很凉的触感。她的手却是火热的。

肌肤相贴,冷热的差异让江岁宜瞬间清醒了点,只是后脑勺的肿胀感依旧。

"贺……"她出声,却被自己发出的又堵又哑的奇怪声音吓到。

"感冒了。"贺迟晏说的不是疑问句,而是笃定的陈述句。

他手腕被抓住,却没有丝毫挣扎,反而借着力轻轻地贴了她的额头,停顿了好几秒。

江岁宜怔怔地松开了握住他手腕的手。

"好像还在发烧。"贺迟晏低声问,"办公室里有温度计吗?"

江岁宜摇头。

"能站起来吗?"他又用手背去碰她的额头,"我们去医务室看看。"

外面大风怒号,树木被席卷得剧烈摇晃着,雨丝密集裹挟,像是世界末日一般。

才走出教学楼,肆虐的风就从四面八方灌过来,从衣摆、领口,无缝不钻地贴近身体。

江岁宜缩了缩脖子,拢了拢身上他的校服外套。

身边人撑着伞,见到她的动作后,宽阔的身体从侧边贴近,他问:"冷的话……我能碰你吗?"

嗯?

江岁宜侧脸抬眸去看他,他神色微动,眼睫下垂,目光顺着下移。

四目相对,两个人都顿了一下。

没有得到她的回答。但至少知道她不抗拒。

贺迟晏的右臂绕过她的脖子,右手蜷成拳,轻轻搭在她肩上。虽然动作轻,但有点不容拒绝。

这个姿势,几乎是把她整个人圈在怀里。

江岁宜受惊似的,脊背绷得挺直。

对抗寒冷的天气有没有效果她不知道,反正那一刻,心脏"怦怦"地跳,火热得能蹦出来。

她低下头,偷偷地小口呼吸着。

医务室不远,穿过广场,就在行政楼一楼。

值班的是一位烫着鬈发的中年女医生,问清楚状况后,甩了甩水银温度计,递了过来。

贺迟晏为了避嫌走到门外,江岁宜匆匆将温度计塞入腋下。

医生去倒了杯热水,递给她后,坐在她对面跟她随意聊天。

"啧,早恋?"扎根于学校多年,什么样的学生没见过,她只扫了一眼,就觉得不对劲。

江岁宜汗颜。

不至于吧，难道校服是什么返老还童的神器，只要穿上就能让别人误以为是高中生。

她一言难尽地开口："其实我是老师。"

医生语塞，指了指门外："那他也是老师？"

"他不是。"

医生的眼神更不对劲了。江岁宜莫名想到昨天晚上程女士的误会，于是赶紧解释："他是……"

怎么解释？

"他是我的朋友。"

这屋子隔音效果其实并不好。即使不是故意听他们讲话，声音还是不可避免地传入贺迟晏的耳朵。

听到她的话，他下颌微敛，神情不明。

这样已经很好了。

"三十八度九，"医生仔细地看了眼道，"挂个水吧。"

江岁宜最害怕打针，但是为了下午能正常上课，还是迟疑地点头。

"门外的，进来吧。"医生招呼道。

贺迟晏听候待命般地进来，医生说："你看着点，一共三袋，一袋快结束，就到隔壁叫我来换。"

江岁宜嘴快地哑着声音拒绝："不用了，我自己盯着就行了。"

她又转头对贺迟晏说："你回去吧。"这会儿大课间应该都结束了。

医生无语："你信不信，第一袋还没输完，自己就先睡着了？"

……那还是有点信的。

"我就在这儿。"贺迟晏停了停，垂眸看她，"你也赶不走我。"

"下节是彭老师的课，我会向他解释的。"

江岁宜"哦"了一声。

医生动作老练，拿棉签往她手背上消毒完预备下针时，眼神犀利。

江岁宜浑身紧绷，看到针头她就头皮发麻，她赶紧偏头挪开眼睛。

贺迟晏就站在她身边，一手插在校服裤子口袋里。

她欣赏美色，转移一下注意力总可以的吧。

鼻梁高挺，下颌线锋利，骨相实在优越。

手背倏然传来一阵刺痛，她皱着眉轻轻"嘶"了一声。

也就在这一刻，贺迟晏那条垂着的胳膊突然抬起，滞空犹豫停顿了一秒后——抚上了她的脑袋。

没有揉，也没有收紧，就这么平静地放着，甚至还特地控制减轻了压着她的重量，可触感怎么也忽视不了。

有点痒。

这几乎发生在转瞬间。一时间，大概两人都有些愣住。

江岁宜微仰头，看他喉结微动，漆黑的眼睛里闪出粼粼波光。

心跳变成激烈的鼓点，频率怎么也恢复不了正常。

"结束了。"医生贴上输液贴，瞄了他们俩一眼，放下东西走了出去，"记着啊，滴完了来叫我换。"

贺迟晏把手收了回去，慢慢悠悠地插进裤子口袋，神色淡然平静。

好像刚才那伸手的一刻都是错觉。

江岁宜看着输液瓶，脑子里却不受控制地在想——

完蛋了，完蛋了。

是不是人生病的时候都会变得脆弱矫情？

是不是人都是难以拒绝美色的视觉动物？

因为她突然发觉，自己对贺迟晏产生了一点点，超出朋友的……越界的想法。

冷静。突如其来的刺激会让大脑做出错误的判断。

摸头这个动作，发生在异性身上好像是有点暧昧。

但是，他又没做什么额外的动作。

就是安慰她一下，很快也就松开了。

江岁宜盯了会儿手背上的输液贴，又歪了歪头去看左侧面亮白的墙壁瓷砖。

连眼珠子都没敢向右边动一下。

"刚才不是说困吗？"贺迟晏轻声询问，"怎么不睡？"

因为，闭上眼睛，脑海里就全是他穿睡衣露锁骨的样子……

江岁宜轻呼出一口气，冷静下来，转头看了他一眼。

脸还是那张棱角分明的脸，并没有像电视剧里演的那样，因心动而带上耀眼的光晕。

脉搏跳动好像也没有刚才那般强烈。

或许刚才有一瞬间超越了友情，但那若有若无的好感，一下子就能收回。

也正常吧，她想。

他是明星哎，有着特殊的吸引力。而且这些天接触下来，抛却光环，他自身也极具人格魅力。

她现在估计就是有点粉丝心态。

"就睡了。"江岁宜闭上眼睛，驱除脑子里那些乱七八糟的想法，"麻烦你了。"

陷入黑暗后，睡意很快涌上来。

再醒来时，江岁宜身上多了条薄毯，往上一瞥，输液吊杆上已经空了两袋，第三袋也只剩下一点点。

"醒了。"贺迟晏几乎立刻注意到她的动作，"感觉好点了吗？"

他递过来一杯水。

"好多了。"江岁宜接过水，瞥他一眼，"你在写东西？"

"嗯，请假申请。"贺迟晏解释道，"合唱节，我需要专业的设备进行编曲，学校里暂时没这个条件。"

江岁宜："就是个普通的合唱节比赛，不是音乐综艺。"

她心道：你这样，让其他班怎么办呀。

"青春毕竟只有一次。"他说，"总该让他们的记忆里留下些美好的东西。"

江岁宜问："请多久？"

"一天半。"

也不算久。很快就能再见。

外面的走廊上隐隐约约传来说话声。是医务室医生的声音。

"他人真的很热心，对老师可紧张了，哎哟，你们是没看见，忙前忙后照顾的……"

江岁宜茫然："发生什么事了？"

"摄像跟丢了我，现在找过来，节目组在对医生采访。"

哦哦。江岁宜懂了，现在是在塑造贺迟晏尊师的形象。

他这么照顾她，是因为要塑造人设？

一想到这种可能性，江岁宜就觉得心情有点复杂的低落。

"这两盒是药。"贺迟晏微微倾身过来，手臂撑着江岁宜身边的座位空隙，"我看了说明书，上面说味道可能有点苦。"

"啊？"她猝不及防愣住。

怕苦的江岁宜顿时有点不想接过那两盒药。

"所以，"贺迟晏长臂一展，朝她伸出握成松松拳头的右手，手背朝上，"伸手接一下。"

这明显是一副有东西要给她的样子。

江岁宜听话地将掌心朝上。

他的手掌张开，几个五彩缤纷的东西，簌簌地从他修长骨感的指间落下。

像下了一场五彩斑斓的雨。

是软糖。

还是从前她给过他的那个牌子。

江岁宜感受着手心柔软的触感，怔怔地看着那几颗糖，睫毛轻颤，轻声问："小卖部不是早就不卖这个了吗？"

"是不卖了。"贺迟晏看着她，"回学校的第一天就发现了。"他撑着身子退了回去，"我向老板娘建议进货，她答应考虑。"

江岁宜合上手掌，软糖的包装被她捏得"沙沙"作响。

"于是，今天重新上架了。"他顿了下，似乎轻声叹了口气。

江岁宜直愣愣地回望他漆黑的瞳孔。

无他，只是倏然觉得，刚才关于他立人设的猜想，实在太辱没他这个人。

他弯唇笑了一下，说："我不在的时候，就由它们帮我监督江老师好好吃药了。"

2

下午雨停了，贺迟晏也离开了学校。

班级里没了他,似乎并没有什么不同,依旧正常上课、做题。

只是江岁宜瞥见那个空荡荡的位置,心里有种说不上来的感觉。

大概可以称之为不习惯。

她在下班前去了趟小卖部,果然看见货架上多了那种糖。

老板娘坐在收银台看电视,见她就买了这一样,跟她闲聊了两句:"也是奇了怪了,今天好多人来买这种糖。"

这种开在校园里的小卖部,做好学生的喜好调研非常重要。哪种卖得好,下次进货进得就多。

"是吗?"江岁宜掏出自己的校园卡,准备刷。

教师的卡和学生的不同。老板娘瞥了一眼,像突然反应过来似的问:"老师您贵姓?"

问这个有什么用?

江岁宜轻轻挑了下眉,不明所以地回答:"三点水的江。"然后才问,"怎么了吗?"

老板娘输入数字的手一顿,转瞬动作起来将金额清零:"那没事了,您不用付钱了。"

江岁宜愣住:"啊,什么意思?"

"这糖好几年前卖过,后来销量不高就没再进货了。"老板娘回忆道,"前些天一个男生来,说他出钱,让进货在校园里卖,赚钱了也归我。挺奇怪的吧?但是我一想也没损失,就同意了。"

她笑着说:"唯一的条件就是,如果有姓江的女老师来买,不能收钱。"

江岁宜捏着塑料包装的手指蜷了蜷,呼吸顿住,神情微微变了:"原来是这样啊。"

"我当时还问他,那位姓江的女教师是不是特别漂亮。"老板娘神秘地微笑说。

江岁宜还有点蒙,一时没说话,等着她继续讲贺迟晏的回答。

但老板娘给她递了个袋子,却没继续上一个话题,话锋一转:"也是没想到,这糖重新上架之后销量竟然这么好。"

江岁宜把校园卡收了回来,垂眸将糖装进袋子。

虽然她有点想知道老板娘那个问题的答案,但还是控制住了自己。

身后层叠的货架间传来几个学生交谈的声音:

"……贺迟晏拿的是不是这种?"

"是是是,我今天看见了,就是这个。"女生指着包装上的名字,"之前小卖部都没卖过,今天新进的货。"

"要买一袋尝尝吗?"男生问。

"买!相信他的眼光!"

几个人推推搡搡地来到收银台,看见江岁宜手里一模一样的包装袋,神色诧异,随即又变成了然。

江岁宜拎着袋子走出小卖部,身后几个人自以为很小声的对话传入她的耳朵。

"原来美女老师也追星啊。"

"也许人家只是喜欢吃甜食。"

"哦哦,也是。话说为什么下午贺迟晏不在学校,我看其他几个明星都在呀?"

"不知道,问过高一(8)班的同学,他们也说不清楚。"

"他什么时候才能回来哟?他不在,学校都变得不可爱了。"

……

江岁宜轻声叹了口气,垂下眼睑盯着手上拿的糖,莫名有感而发。

突然就觉得,一天半其实还挺长。

江岁宜回家以后,收到了魏旭的消息:怎么样?贺迟晏周末来不来?

江岁宜回:他同意了。

魏旭激动得给她发了一大串感叹号:你先别告诉蓉蓉,我想给她个惊喜!

魏旭:上次签名照的事你也别说漏嘴了,我跟她说是你追星的朋友送的。她说明天请你吃个饭。

江岁宜撑下巴思考:你为什么不自己去递请柬?

发出去后,她去倒了杯热水,把药倒进里面细细搅着,苦味顺着热气扑面而来。

魏旭过了一会儿才回:莫名有种感觉,你们俩更熟,你去问的话,成功率会高一点。

江岁宜无语……到底你跟他是同班同学,还是我跟他是?

魏旭:问就是,男人的第六感。

江岁宜懒得回他,屏住呼吸,端起杯子将药一饮而尽。

苦到忍不住吐了吐舌头,她赶紧拆了颗糖递进口中。

甜味蔓延,江岁宜犹豫片刻,有些好奇地问:那时候,是什么让你产生了和徐蓉在一起的想法?

手机又振动了一下,她以为是等来了魏旭的回答,没想到是贺迟晏:江老师,按时吃药了吗?

江岁宜干脆给他拍了张桌面的图片发过去,拆封的药袋和糖意味着足够的说服力。

她又问:为什么我买糖免费?

这时候先等来了魏旭的回答,他发来了一长段语音。

与其说是在回答她的问题,不如说是一个话痨在秀无处安放的恩爱。

江岁宜听了两句,清晰地嗅到狗粮的味道,立马就掐了。

贺迟晏:不是早说过,要请江老师吃糖?

一说到这个事,江岁宜就头疼。他给她转账多出来的钱,一直都没能还回去。

江岁宜:那你把之前多转的钱接收了。

贺迟晏回复:去参加魏旭的婚礼,那就当是江老师替我准备礼金。

这样也行。只是,这礼金未免也太贵了吧。

江岁宜回复了个好,想了想,又问道:所以,你怎么回答老板娘的?

贺迟晏：？

江岁宜：就……关于是不是特别漂亮。

她咬住腮边软肉，又剥了颗糖，思忖他会怎么回答。

片刻后，等来了一条语音。

江岁宜怔了一下，点开。

开头是一阵杂乱的乐器声，贺迟晏的声音一出来，就变得安静下来了。

鼻息里轻轻而短促地呼出音节，即使看不到他人，也能感受到此刻他是弯着嘴角的。

"这个问题我没有给她回复。在那种情况下，不想让漂亮成为别人对你的刻板印象，和被人揣测八卦的谈资。"

这话，算是变相赞美吧？

他的声音缓缓擦过心尖："不过既然老板娘见过你了，那她应该已经明确了问题的答案。"

这条结束后，下一条语音消息自动播放。

前面空白了几秒。

"如果是江老师问我，我大概会说……"贺迟晏停顿了下，轻叹口气，"漂亮，怎么会不漂亮？漂亮得过人。"

突如其来的直球让江岁宜差点拿不稳手机。

然而消息显示还未结束，又是一段长久空白。

江岁宜以为是他发语音时出现了失误，正准备点击暂停，一句不太清晰的喃喃声流淌出："连光都偏爱你。"

这句话淹没在倏然响起的背景音乐声里，江岁宜只隐隐听到几个字音，但她没去计较。

她还没从前一句的直球中缓过神来。

又想笑，又要努力憋住。然后慢慢冷静下来。

哄人开心的手段罢了。娱乐圈里五步一美女，十步一天仙，他应该都审美疲劳了吧。

但嘴角仍然抑制不住地上扬。谁被夸不会开心呢？

那个时刻，因感冒而堵塞住的鼻子都通畅了。

江岁宜：谢谢贺同学。[玫瑰]

想了想，她又商业互夸了一句：你才是美貌过人。

她这场病来得快，去得也快，第二天就已经完全恢复了精神。

坐在办公桌前改教案时，只听见隔壁工位的老师在闲聊。

精神矍铄的老太太说："现在的小孩哦，你们猜怎么着，学校不让带手机就带MP3，昨天午休听歌睡着了，下午第一节我的课都没醒过来。

"问她好听不好听，一句话都说不出来，就知道蒙蒙地点头。"

老太太往椅背一靠，笑道："那节课的英语小测还拿了第一，都不晓得怎么罚才好了。"

周围有老师附和:"这都算好的了。不少学生都带手机呢,昨天我还没收了一部。"

她边说边拉开抽屉,取出手机后屏幕亮了一下:"喏,这壁纸好像还是明星呢。"

她又仔细看了两眼,伸臂将手机展示给江岁宜:"小江,这是不是你们班那个插班生?"

江岁宜看了眼,点头说对。

贺迟晏穿着黑色钉珠衬衫,坠着白色珍珠流苏,坐在琴凳上手指翻飞。

神色从容平静,漆黑的眼瞳低垂,眼角周围贴了碎钻,衬得眼睛更亮了。

应该是演唱会时拍的照片,很高清。

老太太突然出声:"就是他就是他,那MP3里全是他的歌!"

办公室里突然笑作一团,有老师戏称贺迟晏是男狐狸精。

江岁宜支着手臂,托腮心想:谁说不是呢?

此时语文课代表捧着一大摞作业进来,摇摇晃晃地喘着粗气,江岁宜赶紧搭了把手。

语文的习题册向来比其他学科要厚要重,也真是难为她了。

女生将胳膊放在小山似的作业上,眼神哀怨:"江老师,贺迟晏同学什么时候回来?"

她叹了口气,戏精似的抹了把不存在的眼泪:"他再不回来,我要被压垮了。"

江岁宜哭笑不得:"明天应该就回来了。"

女生动作倏然一顿,眼睛微微睁大:"消息准确吗?"

这是个什么反应?

江岁宜疑惑:"怎么了吗?"

女生看了眼周围老师,倾身过来,手挡住嘴巴小声说:"江老师你不知道,本来我们班是全校最火的,现在贺同学走了,校友们都看其他明星去了。"

"不行。"江岁宜突然严肃起来,声音提高,"我们班不能落了下乘!"

这是什么奇怪的胜负欲?

课代表走后,江岁宜思绪有些飘远。

贺迟晏明明才来附中不久,却已经给所有人都带来了变化。

明明那么温柔的一个人,却在进入他人生活时如此强势。

也不知道《重返十七岁》结束后,是怎样一幅光景。

大概是又回到从前那般平淡无波的日子吧。

下班之后,江岁宜去赴了魏旭和徐蓉的饭局。

徐蓉是事业型女强人,经常飞各地出差,和魏旭聚少离多。现在稳定下来了,才考虑结婚。

她长了一张看着气场很足的脸,表面清冷霸气,实际上私下面对朋友时性格很可爱。

"岁宜！这儿！"火锅店内，一个冷脸御姐招了招手。

江岁宜走过去，放包坐下："好久没见。"

徐蓉立刻抛弃魏旭，跑到对面来挽住江岁宜的手臂，惹得男人满脸怨气。

"好久没见了！"徐蓉叭里呱啦输出一大堆，终于来到了重点，"呜呜呜，谢谢你宝贝，我有贺迟晏的签名了！"

江岁宜倒不知道她什么时候成了贺迟晏的粉丝，于是便好奇地问了。

"就9月初那会儿，我跟同事去看了他的演唱会！"徐蓉将头靠在江岁宜肩膀上，回忆道，"当晚垂直入坑，然后就躺平坑底没出来了……"

哎，那不是和吴媛媛看的是同一场？

徐蓉说："但是看完后，就立马出差了，幸好打工的日子能听歌。"

哦。那就说明，她还没时间看《重返十七岁》这个综艺。

魏旭的这个惊喜算是保住了。

江岁宜喝了口水，评价道："他这演唱会的日子，挑得不太好。"

哪有歌手把演唱会的日子定在开学时的工作日。

徐蓉反对："不不不。我当时听旁边两个姑娘说，他每年都是同一个日期开演唱会。"

"好像是说这个日期意义比较特殊。"徐蓉眨眨眼，"大家都猜，可能是他以前喜欢的女孩的生日。"

9月5日。

江岁宜怔了一会儿，然后才缓过神来喝了口水："这样啊……为什么这么猜？"

徐蓉问："贺迟晏有首歌叫《飞鸟遇神》，听说是写给白月光的，演唱会的主题也是这个。"

江岁宜迟疑地点头："原来如此。"

被冷落半天的魏旭开口："有个小提议，能不能不在我面前聊别的男人……"

徐蓉毫不留情地打断："岁宜，你怎么拿到签名的呀？"

魏旭一个暗示的眼神递过来，江岁宜知道自己该表演了。

"我有个朋友……"

一顿饭吃完，徐蓉提议去附近的电玩城抓娃娃。

买一百个币送二十个，三个人正好平均分，江岁宜花光分到的四十个币，就抓了一只库洛米。

特别小一只，拿到手以后发现原来是个小背包，可以装些小东西斜挎在身上。

魏旭和徐蓉两个人合起来抓了十几个娃娃，最后兑换了一只超大的熊。

走出店外，天已经彻底黑了。

这里离家只有几站公交，为了不打扰小情侣腻歪，江岁宜主动提议先走。

在公交站坐着等车太无聊，她掏出手机给库洛米小背包拍了张照，发了朋友圈。

江岁宜常年是朋友圈"失踪人口",这条一发,很快就有人评论。

李梦言:奶奶,你失踪多年的朋友终于发动态了!

江岁宜无语。

没多久,贺迟晏给她点了个赞。

李梦言瞬间杀了过来:[图片]这个人是谁啊?咱俩共同好友,我这边没有备注哎。

江岁宜点开图片,微信昵称是及时雨。

这个昵称她前不久加好友的时候看到过。

是贺迟晏。

可李梦言怎么会有他的微信?而且竟然还不知道他是谁。

江岁宜艰难地回复:一个说出来会把你吓到的人……

李梦言疑惑:还有谁能把我吓到?

她又猜:总不能是贺迟晏吧?

江岁宜顿了一下,默默敲下:恭喜你,猜对了。

然后默默摁灭手机,等着接连不断的振动声平息。

她了然于心,等李梦言一口气将内心的情绪抒发出来,才是回复消息的最佳时机。

昨天才下过一场雨,夜晚的风轻轻袭来,梧桐叶打着旋儿地飘落。

江岁宜垂眸盯着那两片叶子,静静发呆的时候,想了很多事情。

想贺迟晏的演唱会日期,想他那个不知真假的白月光……

振动感逐渐消失,她刚准备解锁手机回复李梦言的消息,身侧却落下一道阴影。

人们说,气味最能储存记忆。江岁宜想,这应该是真的。

不然,她怎么会一闻到这种像融雪般的干净气息,就自动联想到贺迟晏身上呢。

可是明明不会是他,他现在应该在工作室里,和音乐为伴。

"岁宜。"声音毫无阻隔地从身旁传来。

熟悉的,温润的,带着笑的呼唤声。

漫长的停滞之后,江岁宜偏头,一寸寸地往上移动视线。

身姿挺拔颀长,穿着一身黑,衬得人更加矜贵英挺,自带一种生人勿近的气场。

再往上,平整度极高的面部,高挺的鼻梁,锋利的下颌线,棱角分明的颌骨。

最后,对上一双漂亮的眼。

那双眼睛里映出车站灯牌的光亮,也映出她发蒙的影子。

江岁宜仓皇地挪开视线。

路灯把人影拉得修长,她低头看着地面上的黑影,有些没反应过来,近乎愣怔地问:"你怎么在这儿?"

还没等到回答,她却倏然想起昨晚对话的后续。

——你才是美貌过人。

话题到这儿应该就结束了。但贺迟晏又给她回了两句。

他说："那你看错了，这不是我的过人之处。"

我的过人之处，大概是能遇见江老师。

3

"不是问我什么时候回来？"

轻笑的气音在寂静的夜空中飘散，贺迟晏俯下身，单手撑着长凳，坐在江岁宜旁边。

两只手几乎要碰到一起去，手指尖微擦而过，但是很快挪开。江岁宜不自在地和他拉开了点距离，然后又偏头与他对视上。

"我怕回来迟了，让江老师久等。"

"……哦。"

江岁宜扭头回去，微微坐直身体："你怎么知道我在这儿？"

贺迟晏一时没答，脑海里映出她刚一个人坐着等车的场景，被切割过的路灯光影洒在她半边侧脸上，带出一丝朦胧的倦意和怅然。

不知道在发呆想什么。

少顷，他说："朋友圈的照片，你把站台名称拍进去了。"

竟然是这样。

"那也不用这么晚过来找我。"江岁宜疑惑地问，"有什么急事吗？歌曲出现问题了，还是其他什么？"

需要有什么理由吗？

想见一个人，不就是最能立住脚的原因。

没关系，慢慢来。

贺迟晏似乎轻声叹了口气："答应江老师的签名照，一直没结果。这不是，有点着急。"

江岁宜这才注意到他手上拎了个精致的小袋子。

一张签名照，也值得用袋子装？

她伸手接过，正准备打开看，却注意到一直等待的97路公交车从远方驶来，过了红灯就要来到他们面前。

才见面不到五分钟，就要分开。而且还麻烦人家特地跑一趟，拿了人家的好处，此刻提议离开，显得她好像很"渣"。

江岁宜犹豫怎么开口。

贺迟晏却神色平静地站起来："走吗？"

江岁宜震惊："你怎么知道我是这趟车？不对，你也要乘这辆？"

贺迟晏轻轻挑了挑眉："我又不是不知道你家住哪儿。"

他找到站牌上标注的地点名，指着说："你家这站，还有我的广告牌。"

这可怕的观察力。

手指又往右移了点距离："再过几站，可以到学校。"

原来如此。

江岁宜蒙了几秒:"可是,你坐公交车,不会被认出来吗?"

贺迟晏从口袋里掏出了一个口罩,拆掉包装戴上:"这样就不会。"

这个口罩……怎么跟她之前给他的那个一模一样。

粉色底的哆啦A梦。

可能是她眼神太直白,贺迟晏解释:"这个效果比较好,应该不会被人认出来。"

江岁宜思考两秒,忍俊不禁地将她抓娃娃抓到的库洛米背包取出来。

她看着贺迟晏,琢磨了一下说:"你稍微低一低头。"

他也不问为什么,一副任君处置的单纯模样。

贺迟晏两手撑着膝盖侧面,听话地弯下腰,她都能看见他发顶。

这动作未免太过自然了点。场面……也有点像电视剧里的为爱低头的男主角。

江岁宜抿了抿唇,抬手绕过他的头,将紫色的背带挂在他的肩上。

"抬一下右手。"

贺迟晏抬睫,撩起眼皮,顺从地"嗯"了一声。

江岁宜头一次以这种高位视角观察他,不得不再次感叹其眉眼的精致。

一眨不眨的眼睛,似是裹着涨潮的海水,蔓延着向她袭来。

他这个无辜的表情,有点让人心软。

"好了。"她退开两步,那个淡紫色的小背包已经斜挎在贺迟晏的肩上,与口罩相得益彰。

贺迟晏几不可察地哼笑一声:"这个,送我了?"

江岁宜点头:"这样,别人更认不出来。"

贺迟晏摸了摸毛茸茸的库洛米:"江老师第一次送我礼物……"

"得供起来。"他岿然不动地笑。

江岁宜感觉耳垂发烫。

她只是单纯地觉得这个和口罩搭,没存什么送不送的心思。

他这么一提她才想到,她一次也没送过他像样的礼物。

公交车终于驶来,稳稳地停在他们面前。

两人上了车。乘客不多,也都在各自玩手机或是聊天发呆,没什么人抬头去看他们。

江岁宜让贺迟晏坐里面:"我待会儿先下车,外面比较方便。"

她一落座,就拿出手机搜索了一下贺迟晏,看他什么时候生日。

先记下来,早做打算。

10月8日,恰是《重返十七岁》结束录制的那一天。

"在看什么?"

这还不能说。江岁宜慌乱地切换手机页面,随便扯了个谎:"我找歌听。"

她从包里取出蓝牙耳机,以示自己在说真话。

演技实在不高明。

贺迟晏轻轻屈起指节，叩了叩旁边的车窗："耳机能分我一只吗？"

江岁宜老实地递上。

戴上两秒后，贺迟晏的眼神突然变得不明。他偏头看她，微垂着睫，有点似笑非笑的意味。

江岁宜将另一只耳机塞入耳中，然后沉默了。

怎么会是他的歌啊？

她突然觉得车内空气发闷，轻咳一声提议道："开个窗吧？"

贺迟晏倏然笑了，无奈地摇摇头，伸手去推窗。

城市的霓虹灯闪烁着映进来，光影碎片落在他脸上。

一首播完，江岁宜终于松了口气，没承想——

下一首还是贺迟晏的歌。

怎么会这样？江岁宜幽怨地拿起手机看了一眼，明明是随机播放的。

贺迟晏有些散漫地靠在椅背上，嘴角勾起了点弧度："江老师。

"听我的歌，是需要会员的。"

江岁宜沉默片刻，不动声色地说："好多歌都是要会员的。"

她反正不会承认是特地为他开的。

"哦。"贺迟晏揉了揉小背包，提议，"以后可以登我的账号。"

"啊？"

"这个音乐软件送了我最高配置的永久会员。"他用食指点了点膝盖，"我的歌，在这儿是独家版权。"

江岁宜顽强抵抗："也有其他歌手是独家发行权的……"

贺迟晏笑出声来，气音引起鼻腔共鸣："我又没说只有我，你紧张什么呢？"

江岁宜缄默。做贼心虚罢了。

手机又疯狂振动起来，有种得不到回音不会停歇的架势。

完了。她还没回复李梦言。

李梦言：我的天？真的吗？

李梦言：我怎么可能会有他微信啊？我没加过啊！

李梦言：我根本不认识他啊！

李梦言：他怎么不删除我啊？

李梦言：你怎么也会有？

李梦言：哦，我知道了。你们现在一块儿录节目呢。

以上是十分钟前。

此刻。

李梦言：人呢？别吊着我啊！

江岁宜瞥了眼旁边坐着的贺迟晏，默默戳字：我怎么会知道你为什么有……

高中毕业那会儿，大家纷纷拥有了自己的微信号，都在QQ空间里发布二维码名片，李梦言就是其中一员。

但江岁宜没发。她就加了几个关系好的朋友，甚至至今好友都没破百。

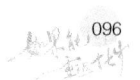

李梦言：呜呜呜呜，我撞大运了，我现在去联系他，他会不会回我？
江岁宜迟疑：会吧。他人还挺好的，有空就会回复的。
李梦言发了条语音消息过来。
江岁宜悄悄看了眼身边的人，默默长按，语音转文字。
然而，贺迟晏无声偏头过来，她撞上他的眼眸，蓦然手一抖，点击播放。
播放中的音乐被切断，李梦言咋咋呼呼的声音从耳机里清晰传来，她咬牙道："江岁宜你不会和贺迟晏在一块儿吧？刚才不回我消息是不是因为这个？"
江岁宜吓得几乎要把手机扔出去。
她手忙脚乱地转回头按暂停，把手机猛地摁灭。
漫不经心的笑声传来，贺迟晏很轻地挑了挑眉，看她一副严阵以待的样子："怎么不回她消息？"
江岁宜尴尬到眼皮都不敢抬，小声道："不知道怎么回……"
"哦。"贺迟晏轻微转动脑袋，向她伸来摊开的手掌，略一抬眼，"我帮你？"
啊？怎么帮？
江岁宜扭头看他，眼眸里光影变换，下巴微微抬起，有种面对这种情况游刃有余的感觉。
她解锁手机，犹豫着小心翼翼地递到他手心。
贺迟晏没有看她们俩上面的聊天记录，直入主题，手指轻动两下，点击语音录制，然后不紧不慢地说："前一个问题，是的；后一个，应该也是。"
松开，发送。
他将手机还了回来，微微歪了歪头，报告一般地说："可以了。"
江岁宜愣愣地看他前后不过几秒的操作，不敢说话。
李梦言那边也奇迹般地没有任何消息传过来。
惊人的死寂。
江岁宜沉默两秒，接回手机。她觉得情况好像更糟糕了一点。
公交车智能语音报站声响起，到站了。
她倏然回神，拿起包头也不回地往下面冲："那个……我到了，再见！"
也没等他的回音。
下了车，耳中的音乐声在安静环境中格外明显，江岁宜才意识到一只耳机还在贺迟晏那儿。
公交车往前开了几米，就遇到红灯停下了。
她往前走了一小段，清楚地从车侧面看到他整个人的身影。
车里的白灯有些朦胧，泛出柔软的光芒。
贺迟晏垂着头，黑发搭在额头上，左臂袖子卷到手肘，屈起搭在车窗边的横杠上，右手拿着手机在动作。
姿势有点散漫，眼眸却专注。
江岁宜手机振动一下，她低头去看。
是音乐APP的账号和密码。

距离不远，她抬头，轻声喊了一句他的名字："……贺迟晏。"
一时冲动，没有目的地就叫了出来。
尾音几乎散在汽车的鸣笛声和过路的风声中。
可是，白灯下，贺迟晏的喉结滚动了一下，修长的脖颈微动。
他搭在横杠上的手松松地垂下来，很快速地抬头往窗外看，视线下移。
上一秒他还是倦怠的散漫姿态，下一秒却单手解开口罩，很淡地弯起唇来，漆黑的瞳孔幽深。
隔着窗，他小幅度地挥了挥手，然后指了指耳朵，笑意越来越深。
口型看着是说了几个字，可她听不清。
公交车重新启动，疾驰而逝。他整个人又陷回座椅，垂下眸子。
半晌，江岁宜揉了揉眼睛，然后打开精致的礼袋。
明明有一沓签名照，何止她挑选的那一张。
她迟疑地取出一张来，在灯光下看清照片后，瞳孔微缩。
那是她和李梦言的合照。毕业那天魏旭帮她们俩拍的，背景是附中恢宏的教学楼。
这张照片早就被她遗忘在脑后，此刻重新见到才发现——
后面穿着校服侧身而过，留下模糊身影的人，分明是贺迟晏。
怎么会？他竟然曾经出现过在她的照片里。
可是，他怎么会有这张照片？
耳机里的歌还在播放。是方才他们俩对视时的同一首，仍未结束。
到末尾的某一句歌词时，江岁宜倏然睁大眼睛，反应过来。
贺迟晏刚才的那个口型，说的好像是……
"你出现在我诗的每一页。"

4
江岁宜蓦然抬头，手攥着照片，愣愣地看着公交车渐渐没入黑夜。
她把所有照片都取了出来，坐在路边站台一张接一张地翻。
耳朵里的音乐到了最后一段。
"整夜，我的爱溢出就像雨水。"
忘记带伞的某天，李梦言拍下她在雨中快乐地踩水坑的场面。
"我接着写——"
高考前夕，千人撕书，她站在走廊扶杆旁，看碎裂的纸张从教学楼纷扬而下。
"把永远爱你写进诗的结尾。"
步入尾声。
"你是我唯一想要的了解。"
那张长到可以铺开的年级千人合照。
歌曲结束。
她却像陷入了一个看不清前路的迷雾森林。

通感。

再没有比这一刻,能更切身体悟到这个修辞手法的内涵。

视觉、嗅觉、触觉和听觉互相交错。

眼前的世界仿若是电影里被拉长的慢镜头,不由得让她捏着照片的指尖发白,心脏被攥得揪起。

须臾,又被重重放下。

江岁宜将耳机取下,塞回充电盒。

怎么办?为什么偏偏刚才播放的是这首歌,为什么送签名照却都是她的照片?

她明明只想当个路人粉。

现在,好像……快变成女友粉了。

不行,这样不行的。

江岁宜闭了闭眼睛,试图驱散心里乱七八糟的想法。

静默很久的李梦言终于小心翼翼地发来一个问号:现在他还在吗?

江岁宜轻声叹了口气,正欲回复,却突然想到了什么,点开李梦言的朋友圈。

她没有设置几天可见,所以所有动态都保留着。江岁宜往下翻了好久,终于停留在最底部。

刚才那些照片,混在李梦言早期动态的图片群里。

她的各种角度,各种姿势,不论美丽还是诡异,全都有。

再往上翻,各种她们之间奇怪的吐槽或是开的玩笑,全被她当备忘录一样发在朋友圈。

江岁宜忽然觉得世界都黯淡了几分。

她恶狠狠地打字:求你,快设置朋友圈三天可见。

李梦言:?

江岁宜:我难道不要形象的吗?你看看你以前在朋友圈都发了些什么,这能见人吗?

李梦言弱弱地回:你之前不是说不在意嘛……

江岁宜深吸了口气:行,那你把贺迟晏单独拎出来设置一个屏蔽权限。

李梦言:没必要吧,他这种大忙人明星,难道还会

李梦言:什么!他翻我朋友圈了?

她直接打了视频电话过来。

接通后,龇牙咧嘴的女生出现在屏幕上:"不会吧不会吧,他有这闲工夫啊?"

江岁宜尽量让自己看起来很冷静,平淡地"嗯"了一声。

"这样说起来,我还挺荣幸的,他都没有屏蔽我。"李梦言"啧啧"两声,"怎么,我都不怕,你干吗突然这么着急?"

江岁宜盯着她语塞沉默。

"还有,刚才你为什么和他在一块儿?居然还弃我于不顾!"李梦言"喊"

了一声，怒斥道，"你这是为色所迷！"

"你说得对。"江岁宜抬头看了看月亮，皎洁明澈，清冽却令人望而生怯，她轻声反问自己，"我为什么要着急？"

云开雾散时，才能窥见独属于它的温柔。

"我确实是有点，为色所迷。"江岁宜承认道。

不在意的话，无论怎样都有恃无恐。

因为开始在乎了，所以才会变得吝啬。

翌日，江岁宜忙得焦头烂额。

各种大会小会交杂着进行，终于空下来，一看课表发现八班已经上完了音乐课。

思及贺迟晏为这帮小崽子请假编的曲目，她打了个电话给音乐老师问问情况。

音乐老师也是个刚从国内顶尖音乐学院毕业的年轻老师。合唱节在即，她每天都能接到任课的各班班主任的致电问候。

江岁宜才说了两句，她就道："八班？那你不用担心了。"

"我都没花什么心思，贺老师包揽了所有工作。"音乐老师汗颜，"你们班这个是另辟蹊径，都可以称之为舞台剧了，反正牛很牛。"

江岁宜茫然又震惊。

音乐老师又说："校领导开不开心不知道，但所有学生都玩得很开心。在网络上流传的话，肯定得火。"

江岁宜挂了电话以后腹诽，他究竟搞成什么样了啊？

今日晚自习，原来的值班老师因为有事，所以跟江岁宜换了班。

她在办公室里改教案时，灯突然全灭了。

一阵一阵的惊呼声从校园各个角落传来，办公室里的老师也打开手机照明，面面相觑。

少顷，老师们都接到了学校发的通知：由于变电站高压开关柜损坏，学校预计停电半小时，请各位值班老师进教室说明情况，做好学生安抚工作。

江岁宜想了想，从抽屉里拿出一枚宽圆的小蜡烛。

这是之前买来装饰用的。特别小一枚，高度和直径都只有四厘米。

江岁宜向隔壁工位的老师借了打火机点燃，然后将小蜡烛捧在手心，慢慢向八班走过去。

走过长廊，不少学生已经悄悄从班级里跑出来，摸黑徘徊。

她一进八班就发现，黑暗的教室里四处亮闪闪的点，像散落天河的星子。

昏黄的烛光透进教室时，学生们惊得把手机乱塞，闪光灯霎时被掐灭。

江岁宜撞破这种场面，无奈地开口："你们一个个的，都不遵守校纪校规是不是？"

学生们摸不准她的态度，埋头不敢说话，气氛很沉重。

江岁宜笑:"行了,今天情况特殊,学校停电半小时。下次,可别再被我抓到了。"

尾音淹没在骤然响起的欢呼声中:"呜呜呜呜,仙女太好了!"

"同学们!"巨大的声音通过喇叭在空荡荡的校园里传播回响。

这貌似是某个明星在说话。《重返十七岁》节目组又搞事情了?

走廊上开始骚动,无数学生跑出去趴在栏杆上张望。

江岁宜看着身边学生蠢蠢欲动的样子,提了提声音说:"这半小时自由活动,但是要注意安全。"

"啊啊啊啊!"人群像下饺子般拥了出去。

贺迟晏缓步走到她身边,倏然停下来:"一起出去看看?"

手心捧着的烛火在风中微微摇曳着,贺迟晏靠近时照亮了他半边侧脸。

橘红色的光,给他锋利的下颌线都添上了柔意和暖意。

他从江岁宜手中取下了那枚小蜡烛,轻轻搁在了自己手掌上。

他的手指修长,手掌宽阔,衬得那蜡烛更是小小的一团了。

江岁宜定了定心神,温声说:"去看看。"

烛光下,他微微抬睫的过程被无限放大,根根分明,诱人深陷。

"同学们!这个夜晚是天赐良机,再不疯狂我们就老啦!"

那位明星手持一个朴素的蓝白喇叭,用手机给自己打光,在高一楼和高二楼连廊的拐角处边蹦着边嘶喊。

排山倒海的呼声应和他:"对!"

"接下来的半小时,让我们大声地唱、大声地喊!"

他先起了头,歌声随着喇叭传向四面八方。走廊里人头攒动,会唱的不会唱的,都在跟着歌声呐喊。

听起来很整齐,也很震撼。

漆黑一片的教学楼,手机的闪光灯一个接一个亮起,随着挥动的手臂有节奏地律动,力度大到快把手机甩出去。

晚星摇坠。

好有生机的青春画面。

没有人阻止此时咆哮而来的年轻浪潮。

江岁宜抿唇,侧过脸来看身边的贺迟晏。

他沐浴在烛光下、闪光灯下和月光下,搭在额间的碎发微微颤动着,身上清冽的气息若有若无地传来。

倏然,贺迟晏偏头弯唇问她:"这个场景,是不是有点似曾相识?"

江岁宜点头,怎么会不熟悉呢?

"高考前,附中组织了喊楼。"

广播里一首接一首地播放着歌,每个楼层的同学都持着各种颜色的荧光棒,点亮了那个燥热的夜晚。

拥挤的人群,年轻又鲜活的身体,将那段岁月留住。

贺迟晏回忆似的笑着"嗯"了一声，他的轮廓被镀上一层柔和的光，就像皎洁散落的月辉。

那你肯定不知道吧，他想，当时我就站在你后面。

你小幅度地跟着音乐晃动，小声地唱着。李梦言穿过走廊来叫了一声你的名字。

你回头浅笑的一瞬间——月光落了下来。

此刻，没有了广播的伴奏，学生们开始瞎喊。

"滚蛋吧高考！我们永不服输！！！"

"周明萱，我们要做一辈子的好朋友！"

许多平常不敢宣之于口的话开始蹦出。

江岁宜甚至清晰地听到一句："江老师，江仙女！你是我最喜欢的老师！"

她笑出声来，不忍再听下去，于是说要回办公室。

贺迟晏回头对跟拍摄像说："我送江老师回去，马上回来，你别跟着。"

他捧着烛光为她照明，两人并肩穿过人群来到办公室前的那块转角走廊。

近在咫尺的距离，似有若无的呼吸声。

月亮曲高和寡地挂在天边。

贺迟晏伸手递出了蜡烛，观察片刻，他轻声说："这个好小。"

江岁宜睫毛轻轻颤着，凑近脑袋去看。

他指尖微动了一下，江岁宜蓦然抬头，才发现他一直盯着她看。

他的手横在两人中间，两双对视的眼睛岿然不动。

烛火晃动间，热息喷薄。

江岁宜感到被灼了一下，慌忙退开。

她故作掩饰地去抬头看月，小声感叹道："好亮。"

贺迟晏哼笑一声，倾身吹了吹。

蜡烛吹灭了。

"这样才会更亮。"

半昏暗的环境，隔开了楼间嘈杂的呐喊，呼吸声清晰。

两人的手搭在扶栏上，看月亮。

贺迟晏安静了一会儿，突然开口说话："江老师，你知道吗？"

江岁宜一愣："嗯？什么？"

"我把黑暗中滚烫跳动的心脏，称之为月亮。"

所有黑暗中拥有滚烫跳动心脏的人都是月亮。全称肯定命题。

"扑通扑通。"

沉于黑夜，有种陡然失明时的慌乱和心悸。

贺迟晏温热的手指，不小心碰到了她的脉搏，从她手腕内侧滑落。

江岁宜触电般躲开。

他轻声叹道："岁宜，你心跳好像很快。"

有人的心脏是在黑暗中滚烫跳跃的。特称肯定命题。

快吗?可能是有一点。

江岁宜带着这如鼓的心跳,扭头去看贺迟晏。

有树影投在他半边侧脸,将漆黑的瞳仁隐蔽起来,他神色认真地说道:"我的意思是,你是月亮。"

这个三段论经检验是有效的,因此——

江岁宜是贺迟晏的月亮。

第五章 在你眼中，我是谁

1

魏旭的婚礼是在周日。

江岁宜周六晚上在高铁站接到了从邬海市赶回来的李梦言。她上大学时就搬家到邬海，毕业后也就在那儿工作了。

婚礼前后，李梦言就借住在江岁宜家里。

"这字迹也太青涩了。"她瞅见书房桌上堆放的学生作业，随意翻看了两眼，"贺迟晏的，不会也在这里边吧？"

江岁宜拿了条干毛巾在擦湿发，闻言肯定道："被你猜对了。"

李梦言"啧啧"两声："没想到，大明星还要写作业。"

何止呢。

大明星，也会用些令人脸颊发烫的比喻。

想到那个停电的晚上，江岁宜不禁思绪飘远。

吹完头发，两人并排靠在床头。

"咦！"李梦言惊呼一声，把手机屏幕展示给江岁宜看，"你不是说贺迟晏会来参加魏旭的婚礼吗？他现在人还在外地参加活动呢，能赶回来吗？"

江岁宜瞥了一眼，然后默默打开自己的微博。

热搜词条：#贺迟晏机场#。

路透视频里，他戴了黑色的渔夫帽、黑色口罩和墨镜，几乎将整张脸完全掩埋，一丝表情都窥不见。

黑色耳机线顺着脖颈垂下，他单手插着兜，在粉丝接机的叫喊声中，走得步步生风。

很酷的场面。

如果没有背那只紫色的库洛米斜挎包的话。

江岁宜不可置信地眨了眨眼。

他在搞什么啊？

一身黑中多出了一件满载多巴胺的配饰，怎么看怎么别扭。

有粉丝捧着专辑去要签名，他就将包的拉链拉开，取了支彩色的笔出来，认真地签了。

这笔……好像也是从她的笔筒里拿的。

李梦言"喊"了一声，评价："想不到，贺迟晏还蛮有少女心的。"

江岁宜一句观点都不敢发表，沉默着点开评论区。

△姐妹们，信我！这只小挎包是贺迟晏诱捕器！我喊了半天让他好好注意身体，他都没反应，结果随便夸了句小包很可爱，他回头了！

△我也是！他甚至还停下来，偏头小声说了一句：我也觉得。天哪啊啊啊啊！

这个视频结束后，又连着给她推送了时尚博主的贺迟晏机场造型点评视频。

博主："我一向觉得贺迟晏的机场造型过于保守，多是黑白灰，但没想到这次加入大胆的元素，给了我很大惊喜……"

这条博文的评论底下不少粉丝在跟着夸赞，但也有大胆的人猜想。

△他是不是谈恋爱了？否则很难解释……

凭着惊人的记忆力，江岁宜甚至还看到一个熟悉的昵称，正是上次那个组建超话的。

△不嗑情投宜贺的人有难了！贺某一直在宁宜附中录节目，还有谁能给他送这个包呀！我知道但我不说！

江岁宜看着评论陷入沉默。

李梦言见她半天没讲话，轻轻推了推她的胳膊。

"哎，你上次说你为色所迷。"李梦言一脸从实招来的表情，"真的吗？才这么几天，你就招架不住了？"

江岁宜把手机倒扣，看着天花板喃喃说："我也不知道了。"

不知道究竟是经受刺激产生的一时好感，是粉丝心态，还是……

真的喜欢他这个人了。

李梦言摆手，撇了撇嘴："这有什么不知道的？如果曝出来他谈恋爱了，你会不会失落？"

江岁宜犹豫："有点吧。"

睡前，她又刷了会儿微博，发现实时热点又变了。

点开细看才知道，原来有位女明星背了贺迟晏的同款挎包，现在网友们都在猜测她是不是贺迟晏的女朋友，也有人说是炒作。

黑暗中，李梦言呼吸绵长，江岁宜放轻动作，悄悄翻了个身。

好像……不只是有点。

翌日，艳阳高照，天空澄澈。宜结婚，宜祝福新人。

李梦言看着江岁宜塞了两个红包，其中一个厚实到从外观就能看出，于是惊讶：“你这给了多少啊？”

江岁宜解释这是贺迟晏的。

“当明星就是挣得多啊！”李梦言感叹了两句，突然又反应过来，“你跟他关系都熟到这种程度了？”

江岁宜说：“没有。是我欠他钱，正好还了。”

李梦言眼神意味深长地“哦”了一声。

去酒店是老江开的车，但到了宴席厅他们就分开了。

喜宴邀请的人很多，老江和程女士坐在了全是长辈的那一桌。

江岁宜和李梦言在靠近T形舞台的那一桌，几乎坐的都是魏旭的高中同学。

她们俩跟他们也不太熟悉，毕竟不是一个班的。

江岁宜给贺迟晏留了位置，但都快开场了，他人仍是不见踪影。

李梦言刷着微博，扯了扯江岁宜的袖子：“没有贺迟晏从机场出发的路透，他是不是临时有事不来了？”

江岁宜掏出手机，迟疑地发了条信息：你来了吗？

低头打字时，忽然有人轻轻拍了拍她的肩膀，她抬头一看——

1号男嘉宾。

江岁宜旖旎的想法被掐断，一瞬心跳恢复正常速度。

"怎么？见到是我很失望？"郑然半开玩笑地调侃道。

江岁宜摇头，尴尬地笑了笑：“你也来参加婚宴？”

"挺巧的，我是新郎的远房亲戚。"郑然边说边拉开她旁边的椅子准备坐下，"你和程老师一进来我就看见了。"

江岁宜抿了抿唇，制止了他的动作："对不起啊，这儿有人了。"

郑然愣了一下，微笑着摆摆手："没事。"

他走了以后，李梦言嗑着瓜子说："这又是哪位啊？"

江岁宜简单叙述了一下，李梦言笑着打趣："哟，桃花还不错。"

司仪已经开始主持，四散的宾客纷纷回到座位上，等待婚礼开始。

恰在此时，江岁宜收到了贺迟晏的消息：来了。

来了？江岁宜朝熙攘的人群看去。他一出场，定然就是焦点，可分明没有他的身影。

司仪是控场的一把好手，他在台上将满篇的祝福说尽。

背后的LED屏上，播放着魏旭与徐蓉相识相爱的点点滴滴。

每个嘉宾在入场前都领到了一个号码牌，视频播放完毕后，就开始进入第一轮环节的抽奖。

中奖的有两个人，江岁宜是其中一个。司仪邀请她们俩上台领奖并发表对新人的祝福语。

另一个姑娘是徐蓉的大学好友，司仪助理给她颁发礼品袋时，她已经在台上拿着话筒泣不成声地在讲话。

助理走到江岁宜面前，同样给她递了奖品。

可是，那双手，手指修长，指节分明，指骨突出的弧度都那么熟悉。

能不能光凭一双手就认出一个人？她想是有的。

江岁宜睫毛一颤，猛地抬眼去看面前的人。

身姿挺拔颀长，和全场男宾客如出一辙的白衬衫黑西裤，戴着一副超大的黑框眼镜和一个黑色口罩，将半张脸隐蔽起来。

她接过袋子时，对面人的指尖擦过她的骨节，然后轻轻捏住了她的半截手指。

江岁宜愣住。

他的眼皮往上撩了一下，那双好看的眼睛顿时浅淡地弯起，似乎在说："是我。"

在水晶吊灯的直射下，看向她的那一眼，好像满载星海。

他松开她，食指抵住口罩中间，微小幅度地摇了摇头。

此刻大家的目光都集中在舞台中央发言的姑娘身上，没有人注意到他们间的暗流翻涌。

满场哗然，唯独两人心照不宣地不语相望。

很快便到了江岁宜发言。贺迟晏待命似的站在她右侧，余光依稀可见白衬衫挺括一角。

讲完了，江岁宜从台侧下来，回到位置上。

李梦言拍她："愣着干什么？看看奖品是什么呀。"

江岁宜如梦初醒地去看。是很正常的抽奖礼物。

不同的是——有一束小捧花。上面别了张卡片，英文花体写道：I'm here.

"怎么了啊？上台领了个奖，突然就魂不守舍了。"李梦言嘟囔着。

江岁宜嘴角浅浅弯起，随后逐渐弯越高："没事。"

新娘穿着洁白的婚纱，捧着花一步步从T台那侧走向新郎。

此时背景音乐突然切换，江岁宜凭着充值会员的经历，听出这是贺迟晏的歌。

一首很适合用于婚礼的曲子，欢快而热烈。

徐蓉的眼睛里闪过惊讶，随即又笑了起来。

魏旭郑重地握住话筒，深吸了口气，开口唱了起来。

结果第一句就进错了节拍，显得有些突兀奇怪。好在后面找对节奏，渐入佳境。

徐蓉已经在抿唇克制眼泪。

可即将渐入歌曲的最高潮时，魏旭放下麦克风。

司仪助理缓缓来到魏旭身后，拍了拍哽咽住的他的肩，接过了他未尽的言语。

眼镜摘下，口罩取下，启唇唱第一句时，人群中传来阵阵惊呼。

"咦！我是不是瞎了，那是不是贺迟晏啊？"

"贺迟晏，真的是贺迟晏！他怎么会来啊？"

"好帅啊！我的天！"

107

无数个手机争先恐后地竖起,拍照拍视频。

徐蓉不可置信地捂上嘴巴,白色手套已经被泪水浸润了几处。

李梦言同样受到巨大惊吓,转过头问江岁宜:"他怎么在这里啊?"

江岁宜没什么反应。

"你是不是早知道了。"李梦言说,"怎么一点都不震惊呀。"

江岁宜摇头,她也就早知道那么一点点吧。

他们坐的这一桌大半都是魏旭和贺迟晏的同班同学,此刻更显惊讶:"魏旭的人脉这么牛啊,能把他请过来。"

"你们谁还和贺迟晏有联系啊?我连他QQ都没有。"

众人皆摇头:"毕业之后一面都没见过。"

说罢又感叹:"人家现在已经混到我们高攀不起的位置了。"

李梦言说:"魏旭这招惊喜玩得实在是厉害啊,你看新娘……"

此时两个新人已经拥抱在了一起,徐蓉在魏旭怀里哭得热泪盈眶,然后亲吻上了。

功成身退的贺迟晏慢慢转身,缓步来到台侧边缘,恰巧正对着江岁宜坐的那一桌。

他微微偏头,视线平静地掠过台下的所有人,继续唱着。

白衬衫在水晶吊灯下,被漆黑的舞台衬着,让人难以将目光从他身上挪开。

灯光一打,衬得他五官越发立体,垂在额间的碎发微动。

"如果永远只能停留在此刻。"

贺迟晏目光平直,波澜不惊的眸子里泛起些许涟漪。

"没关系。"

他从台上跃下,几乎不用走什么路,就准确地停留在了江岁宜面前。

麦克风被放下,又被拿起。最后一句——

"有我在这里。"

2

"刺啦!"

贺迟晏拉开椅子,坐在了江岁宜旁边,背往后一靠,双手交叠,神色自若地微笑:"好久不见。"

整张桌子都沉默了几秒钟,会场里其他桌也有不少人纷纷看过来。

之前桌上几个聊天说跟他不熟的人不约而同地噤声。

等到贺迟晏开口说话,他们才如梦初醒,附和着说:"真是好久不见啊。"

接二连三的生涩寒暄声响起。成年人嘛,总是要学会世故地客套。

贺迟晏态度自然地偏头,凑近去问江岁宜:"份子钱给了吗?"

江岁宜点头:"都给了。"

两人旁若无人地交谈,惹得全桌又陷入一番寂静。

他们竟然认识,还这么熟?

有看过《重返十七岁》综艺的人拉着旁边人小声解释,众人这才了悟。

"没想到大明星会来,"有人给贺迟晏倒上酒,圆场道,"来来来,吃饭吃饭!"

氛围开始逐渐变得轻松,聊天话题也丰富起来。

魏旭和徐蓉换了套礼服,前往各桌敬酒。

到他们这一桌,有人忍不住调侃道:"魏旭你面子可真大啊,竟然能把贺迟晏请来,还搞这么大一出。"

徐蓉瞪了魏旭一眼,他笑笑:"这不得感谢江岁宜牵线嘛。"

江岁宜默默往旁边缩,心虚地躲开徐蓉递来的眼神。

明明是他们俩在她不知道的情况下,莫名其妙又策划了一场惊喜。

贺迟晏一把将她拉回来,挑了挑眉说:"躲什么?"

江岁宜不敢出声。

新郎新娘牵头,不少人都特意过来跟贺迟晏合照。

最后,贺迟晏把手机递给魏旭,微抬眼皮:"帮我和江老师拍一张?"

魏旭自然欣然答应。

江岁宜猝不及防被叫到,愣了下:"啊?"

他们就肩并肩坐着,没有什么特别的动作,手臂错开,两人嘴角微笑的弧度都出奇的一致。

江岁宜今天穿了一身白裙,罩了一件外套,颜色和旁边人的看起来很搭。

徐蓉凑过去看照片效果时,嘴快地感叹说:"感觉他们俩才是婚宴主角,披个头纱都可以直接上台了。"

此时江岁宜和李梦言在说话,没听到这句发言,否则可能会尴尬死。

陆续有人来找贺迟晏敬酒,他只是握着酒杯晃了晃,或许是心情还不错,选择性地喝了几小杯。

但江岁宜没想到他酒量这么差。

一顿饭结束,老江也喝多了,程女士带着他先走。

李梦言本来是要和江岁宜一块儿走,但往后一瞥还有个拖油瓶,拍了拍她,比了个手势道:"我先走,你把握住。"

整个宴席的人几乎都走光了,江岁宜看向坐着不动的人。

贺迟晏喝醉的时候表现得非常乖巧。

他的醉态不太上脸,双腿微分靠在椅背上,整个人看起来平静又清醒。

江岁宜摇摇他,问:"你怎么回去?要叫人来接吗?"

贺迟晏喉结滚动,从西裤口袋里挣扎着掏出手机,小声道:"叫小维来接。"

小维是他助理,江岁宜刷微博时看到有粉丝提过。

他微眯着眼睛,睫毛垂下,手指动了半天也没能解锁,他抬头:"……手机坏了。"

这是真醉了。

因为手机根本就是拿反了。他瞎点一通,看起来一个数字都没输对。

江岁宜犹豫片刻,无奈地将手机从他手中抽出,发现他没设置其他解锁方式,于是轻声问:"锁屏密码是什么?"

贺迟晏仰脸看着她,眼神固执、直白,又幽深。

"……密码,"他微皱着眉,努力地去思考,然后眉眼略微一松,扯起一抹笑,一字一顿地说,"0、9、0、5。"

江岁宜捏住手机的手指微蜷。

人们好像总喜欢将有特殊意义的日子,设置为各种密码。

9月5日。

徐蓉说什么来着。

他每年演唱会都开在9月5日,而这一天,是他喜欢的女孩的生日。

别想了。

江岁宜晃了晃脑袋,按照他的指令输入了数字,解锁成功后在联系人中找到小维,拨打。

"嘟嘟……"两声后,电话接通,她递出手机,将之靠在贺迟晏耳边,示意他讲话。

但喝醉的人总是不按套路出牌。

贺迟晏挑着眼尾,无辜地盯着她看,愣是一个字都不讲。

电话那头自说自话地半天,得不到回应,也不敢挂断,一直不断地"喂,喂,喂"。

江岁宜叹了口气,打算收回手机,由她来解释事情始末。

然而手机才离开他耳边几厘米,她的手腕就被人狠狠擒住,一下子被带了回去,腕侧贴在了他的脸上。

有点烫。

江岁宜想抽出手,但是拗不过他的力气。

电话那头,小维已经很着急:"哥,你怎么了?说话呀!"

江岁宜无法,只能微微弯下腰,去适应手机的高度,开口讲话。

温热呼吸喷薄在耳郭,贺迟晏不适应地颤了颤。

"您是?"电话里,青涩的男声听到陌生女声,疑惑地问。

"我是贺迟晏的高中同学,也是《重返十七岁》这个综艺中,他的班主任老师,我叫江岁宜。"

从她这个角度看去,贺迟晏的睫毛很长,眼眸半垂,很乖。

"是这样,今天他来参加高中同学的婚礼,现在喝醉了,你能过来接一下他吗?"

小维自然知道贺迟晏参加婚礼的事情,但此刻为难道:"可我现在不在宁宜市……"

"等等,您是说您叫江岁宜是吗?"

小维的语气听起来有点奇怪,但江岁宜还是点头:"对。"

对方犹豫了一小会儿:"我把地址给您,您看您方便送一下吗?他身上应该有钥匙的。"

江岁宜心道：不是，明星的地址能随意给人的吗？你要不要再确认一下我的身份？

贺迟晏仍然握住她的手腕，少顷又挪开，压上了她的手背，脸颊贴上，无意识地蹭了两下。

这动作做起来很欲，可是他的表情看起来又很纯真。

他动了动，摸到了她凸出的骨节，轻轻往下摁了摁。

江岁宜闭了闭眼，忍无可忍地使劲将手抽了回来。

小维早已挂了电话，发来了地址。

她看着面前这个懒懒歪在椅子上的人，无可奈何地诱哄说："起来好不好？我拉不动你。"

贺迟晏一眨不眨地盯她半天，似乎分辨出眼前人是谁了，才轻轻点头。

江岁宜给他戴上他假扮司仪助理时的眼镜、口罩。

他的眼神还是迷蒙的，站起来以后也不动，就这么低头看人。

江岁宜无从下手，试探着扶他的胳膊，见他没有抗拒，才继续使了使力气，带着他往前走。

夜晚，路上没什么人，司机将车开得很快。

贺迟晏陷到车后座里，车窗透进的灯光将他的脸切割成两半，一半在明，一半在暗。

他微垂着头，一言不发地在玩弄江岁宜的手指，像个小孩子一样充满了好奇心。

江岁宜不跟醉鬼计较，就随他去了。

贺迟晏住的高档小区在宁宜很有名，不少户籍在宁宜的明星都在这儿有房子。

电梯上到十九楼，江岁宜觉得自己终于快完成使命了，偏头问贺迟晏："钥匙呢？"

他漆黑的眸子垂着，看不清神情，不回答反而开口说："今天，心情很复杂。"

意识都不清醒了，还知道自己心情复杂呢。

江岁宜哄道："先拿钥匙进门，行不行？"

贺迟晏摇头："魏旭结婚了。"

"……然后呢？"

眼见钥匙一时半会儿是拿不出来了，江岁宜耐心地等他把这个话题说完。

"恭喜他。"他语速很慢，几乎是一个字一个字往外蹦，"但是……他还是有点讨厌。"

好讨厌。把他当了那么多年的情敌，到头来全是误会，全是胆怯。

酒后吐真言。

江岁宜心想，又是赏脸出席婚宴，又是帮人家策划惊喜，结果竟然还讨厌人家。

她顺着他的话说："对，他确实有时候很烦人，所以钥匙呢？"

贺迟晏闭上眼睛，思考了一下："口袋里。"

江岁宜找了一下他的西装外套，没有。那就只能在裤子口袋里了。

111

"你自己拿一下？"

没有反应。

江岁宜睫毛翕动，踌躇了下，认命地小心翼翼去探。

才碰到滚烫的薄薄皮肉，贺迟晏就猛地扣住她的手腕，力道都发紧。

江岁宜挣扎着解脱了自己的手。他掏出钥匙环，眯着眼睛去找孔。

这样能找到才有鬼。她直接上手去帮了他。

这房子大得出奇。江岁宜倒杯水回来的工夫，刚被她艰难扶到沙发上躺着的人，已经换了位置坐在沙发下面了。

贺迟晏仰着头靠在沙发边，单手撑地，闭着眼睛，呼吸很轻。

白衬衫上头的扣子被他扯开了两颗，露出精致白皙的锁骨。

江岁宜放下水杯，动作小心地将他的口罩和眼镜摘了。这张脸在柔软温和的灯光下，缀着暖意。

他到底知不知道他这副样子有多勾人啊。而且，她还对他动了点心思，幸好她自控能力还算强。

江岁宜半跪着，稍稍贴近去观察他。

眼眶有些发红。等等，眼角那滴晶莹好像是——

泪水。

他应该是梦见了什么。浸湿的眼睫轻轻颤动着，洇作一团的珍珠徘徊得要落不落。

"狐狸精。"

江岁宜抽了张纸巾，轻轻擦拭着他的眼角，心里却在腹诽。

擦完了，她也准备离开。

谁知他突然睁眼，目光灼灼地看着她，一句话没说，突然前倾，伸出手将她严丝合缝地搂在怀里。

江岁宜猝不及防被扯得失去重心，肩膀上倏然多出了一份沉甸甸的重量。

贺迟晏一只手扣住她脖子，另一只手横在她的蝴蝶骨上，特别用力。

呼吸被他身上清冽的气息浑然包裹，她近乎喘不过气来。

江岁宜挣扎着推他，揪他的衬衫："你怎么了？"却因力量悬殊，岿然不移。

他不说话，搁在她肩颈上的脑袋却在乱动。

江岁宜蓦地一僵。

灼热的气息喷薄在皮肤上，刚刚那个触感，明明就是嘴角擦过了她脖颈。

很轻，很软，有点湿，转瞬即逝。

江岁宜推他的动作都停住了，不知作何反应。

他终于开口说了话，声音很小，江岁宜努力去听。

"……很想，很想你。"

"啪嗒，啪嗒"，有什么东西落在她微凉的皮肤上。

又热，又湿，又粘，几滴便停了。

"很想，很想你。"他哽咽。

江岁宜沉默了半晌，问："很想谁？"

她不知道为什么要问出口，反正不可能是她。他们在综艺录制前交集很少，录制后又几乎天天见面。

这一句很想，很想，到底包含着多少思念。这么充沛的情感，对方一定是很难忘的人。

"你。"他说。

江岁宜几乎用尽了全力，将他推开。几道泪痕在他脸颊上清晰可见，痛苦到光看表情，就觉得伤感。

她是个同理心和共情能力很强的人。可是，他认错人了，将她认错了。

江岁宜吸了吸鼻子，艰难地问："在你眼中，我是谁？"

"是那个，和9月5日有关的女孩吗？"尾音轻轻颤抖着。

贺迟晏的眼睛里水光破碎，他就这么盯着她，光用表情就讲尽了风月。

他的胸膛起伏着，声音微哑着"嗯"了一声。

真的。都是真的。

风光无限的大明星，真的有一位爱而不得的白月光。

她那些说不清道不明的心思，原来只是和无数求而不得的人一样，在做一场幻梦罢了。

还好，在她还能抽身时，就在这一刻彻底粉碎了。

江岁宜的意识开始变得模糊，她觉得空气都变得稀薄，世界变得好窄。

人生第一次体会到朦胧喜欢的感觉，但好像就要无疾而终了。

贺迟晏察觉到面前人的难过，他不知道她为什么难过，只能用温热的手托起她的下颌，有些薄茧的手指擦过她的眼圈。

他轻轻摩挲着，细致又认真，轻声叹息着说："别哭。"

他这话太没说服力，因为他自己不见得好到哪里去。

江岁宜推开他的手，敛下眸子，回避贺迟晏的一切动作和眼神。

他总是这样，温柔得过分，某些话，某些动作，总给她想象的空间。

但其实，是她自作多情了。

江岁宜不知道该心疼他，还是心疼自己。

贺迟晏抵不住酒意睡了，她最后一次肆无忌惮地打量他，然后默默离开这间屋子。

夜晚的冷风一吹，她清醒了许多，沿着街边走的时候，树叶飘零打转，哀婉又凄美。

有家咖啡店在播音乐，路过时她听到了两句——

"在你眼中我是谁。你想我代替谁。"

她谁也不想代替。

3

"江老师!"

语文课代表穿过连廊,气喘吁吁地走过来,身后跟着吴媛媛。

江岁宜停下脚步,等着她们俩过来。

"您今天下课时怎么都不在办公室呀?"课代表说,"早上送作业您不在,去拿批改好的作业您也不在。"

江岁宜愣了一下,不答反问:"怎么了吗?"

"没有没有,就是贺迟晏同学问了一下,我想想也觉得不太对劲。"

江岁宜听到这个名字条件反射性地睫毛一颤,抿了抿唇,解释说:"今天要开很多会。"

"哦哦,这样啊。"她一副恍然大悟状,拉着吴媛媛的袖子,"那江老师下下节课见,我们先回去上课啦!"

看着两个女生欢快离去的背影,江岁宜叹了口气。

会是要开的,但也不至于每节课间都被占用。学生的课表太好掌握规律,特地避开对她来说不算难事。

但也不可能次次这么搞,只是今天,允许她先逃着吧。

她得调整一下心情,不能影响后面的工作。

吴媛媛回到座位之后,思忖了一下江岁宜的表情。她对人的情绪变化格外敏感,能察觉到很多细节。

她欲言又止地朝同桌不断瞄去,惹得贺迟晏搁笔扭头,声音还带着点感冒后的鼻音:"有什么事情吗?"

吴媛媛犹豫片刻,稍微贴近了一点,用手半捂着嘴巴问:"哥,你是不是惹江老师生气了?"

贺迟晏终于正色看她。

吴媛媛克制住自己的好奇心,小声剖白道:"我看出来,你那个……江老师。"

十六七岁的女生,谈到那两个字纯情害羞说不出口。

"但是你放心!"她竖起手指做发誓状,小心翼翼地保证,"我谁也没说!就算憋死都不会说的!"

贺迟晏神色微动,有些僵在原地:"怎么看出来的?"

吴媛媛说:"我毕竟是你多年老粉,你看江老师的眼神……"

她回想了一下小说里的讲法,笃定接道:"算不上清白。"

"刚才你提到惹她生气,展开说?"

吴媛媛毫无保留地讲出自己的猜测。

贺迟晏点头,向她道谢后,皱着眉思索。

他看出来江岁宜今天有些奇怪,但是一开始没有把原因归结到自己身上。

不知道问题出在哪儿,思来想去,只能是,他喝醉的那个晚上。

贺迟晏是真的断片,一点都想不起来发生了什么事。隐隐约约知道是江岁宜送他回去,都是从小维口中得到确认。

他一定做了什么。

他能做什么？

无人的天台，贺迟晏用打火机点燃了一张废旧的草稿纸，明黄色火焰蹿着，灼烫温度爬上指尖，他才慢慢平静下来。

他扯出一抹笑，觉得自己很狼狈。

脑子里充斥着对江岁宜的过线想法，随便挑一件在那个晚上实行，都能把人吓到。

平常克制得有多好，可但凡只要开个口子，他那些压抑的念头就要决堤。

现在唯一不确定的是——他做到哪种地步，把人吓到哪种程度了？

江岁宜今天这节课上得艰难，一排老师坐后面听课也就算了，还得时不时碰上贺迟晏的视线。

好在凭着过硬的教师素养撑过了。和听课老师交流几句后，她抱着课本下楼。她走得很慢，因为正在出神。

脚下一个趔趄，她没稳住往后倒。但没摔，因为跌进了一个有力的怀抱。当那个气息铺天盖地而来时，她不用回头，就知道是谁。

"小心。"略低的男声响起。

贺迟晏一扶稳她，就松开了手。

江岁宜稳了稳心神，小声说了句"谢谢"，整理了下书本就要走。

"为什么躲我？"贺迟晏却不让开，他站在她的下两级台阶上，两人的视线到了同一个高度。

江岁宜撇开眼睛，飞快地否认："没有。"

他怎么能这么直白地问出来的？

贺迟晏盯了她一会儿，突然开口："对不起，岁宜。"

江岁宜顿住，忍不住将眸子挪回来看他，有几分诧异："啊？"

他道个什么歉啊。

"对不起，岁宜。"他重复一遍，看着她的眼睛说，"那天晚上，如果我有做什么冒犯你的事情……"

江岁宜听到开头就不禁皱眉，试探着打断他："你，不记得了吗？"

"对不起，岁宜。对，我不记得了。"他诚实地承认。

江岁宜话到嘴边，又说不出口。她能说什么，说你以后不要对我这么温柔、不要让我产生不切实际的想法了吗？

她说不出来。

"没有。"她微鼓了一下脸颊，"你什么也没做。"

不否认还好，她一否认，贺迟晏几乎立刻确定，他做得比自己想象中的还过分。

拥抱吗？

肯定不止。

他敛了眼眸。

他到底是把人怎么样了？

"对不起,岁宜。"贺迟晏近乎艰涩地开口,"我是……亲了你吗?"

江岁宜手一抖,捧着的书本"啪"的一声掉落了,顺着阶梯滑了好远。

她赶紧弯腰去捡,但那只修长骨感的手先了她一步。

那个擦过脖颈的,肯定不算是。

"没有!"这一次否定比前两次更加坚决,她道,"绝对没有。"

是因为想亲吻曾经喜欢的女孩,所以才产生这种想法吗?

她心情复杂。

贺迟晏看她这个反应。那就是有了。

他目光扫过她小巧的脸。是在哪一寸呢?

"对不起,岁宜。"他诚恳道歉,"如果你很介意的话,我可以……"

江岁宜猛地打断:"真的没有,你不要多想。"

"对不……"

"还有,"江岁宜实在忍无可忍,"能不能换一个句子来开头说话?"

他沉默两秒,筋骨明晰的手将书本递给她,应道:"好的。抱歉,岁宜,如果你介意的话,我……"

江岁宜觉得这道坎是过不去了。

她挣扎片刻,抿唇抬头道:"是不是想知道发生了什么?"

贺迟晏愣了下,点头。

江岁宜心一狠,信口胡诌:"你喝醉了以后,不知道打开了什么阀门,开始哭,泪流如注,怎么都停不下来。我说你是水龙头精转世,你凶我。

"我给你擦眼泪,你嫌弃我动作不够温柔,闹着要换小维来。

"好不容易不哭了,你盯着我看了半天,说我长得像你前女友。"

真假掺杂的话,江岁宜一口气说完,看着贺迟晏的表情,竟然感受到一丝快意。

一阵沉默。

"可是,"他愣了一下,很快接道,"我没谈过恋爱。"

啊?这下轮到江岁宜愣住。

半晌,她尴尬地捏紧书本,补救道:"那可能是我听错了,是白月光吧。"

不知道贺迟晏信没信,反正他一时没说话。

"抱歉,岁宜。"他又说了这句话,"虽然不太想质疑你的话,但是——

"如果我说,你就是呢。"

就是什么?就是像吗?

没有宾语的句子。怎么听怎么奇怪。

贺迟晏说出这话后也有些懊恼。不能这么着急,不能吓到她。

慢慢来。至少,至少等她愿意施舍给他一点喜欢,才能说出口。

下一节课的铃声打响了。

江岁宜赶着去另一个班上课,神色不明地瞥了他一眼,推他回去。

她说:"我不像任何人。"

他愣在原地。

既然说开了，江岁宜索性也就不避了，稳稳在办公室坐着。
两个课代表下午来问作业的时候，她正踏出门去外面的直饮水机接水。
女生课代表说："江老师，你先去吧，我们俩等着。"
贺迟晏面无表情地拿过她的杯子，瘦长指节在她眼前晃了晃，对女生说："我去接，你听着。"
帮老师跑腿接水很常见，女生没想那么多，就说："好。"
江岁宜看了他一眼，嘱咐："要热水。"
和她讲完作业要求之后，迟迟没等到贺迟晏回来，正准备出去寻找，一个别的班的学生拿着她的水杯进来了。
课代表惊讶："贺迟晏同学人呢？"
那同学欲言又止："他让我先送过来。"
料想到他可能是临时有事，江岁宜也没多问，说了句"谢谢"就回了自己工位。
谁知后来，吴媛媛一路跑着过来，到她面前了气都顺不过来："江老师！"
江岁宜正收拾东西准备下班，看她这么急，问道："怎么了？"
"贺迟晏！"吴媛媛喘了口气，"……他被烫伤了！"
"啊？"她愕然。
"怎么办呀，江老师？"她被吓到了一样，带了点哭腔，"一百度的热水。"
江岁宜脑子里乱作一团，还来不及理一理，就放下包往外走："他人呢？"
"何徐行扯着他去医务室了。"吴媛媛紧紧跟在她后面，"上节课回来他就这样了，他说不严重，没关系，我们没想那么多，哪知道后来听别的班的同学说是被一百度的水烫伤。"
"他看起来好疼啊，江老师。"吴媛媛哭腔越来越重。
江岁宜脑子里"嗡嗡"的。上节课，那不就是给她接水那会儿。
吴媛媛断断续续地叙述了一路，她才了解到事情始末。
直饮水机一向工作正常，可当时他按下接水按钮的那一刻，突然出了故障。
水龙头毫无顾忌地滋出滚烫的开水，刚开始那一下，水冲劲特别强，而他的手在下面整个遭难。
当时旁边也有其他学生在，他护了下别人，忍着按了开关键。
后来又在另一个正常能用的水阀下接了水，交代给旁边的学生，把水杯给她。
他若无其事地冲了一会儿凉水，就说不用大惊小怪，然后回了班。
"他不让我们告诉你。"吴媛媛这样说。
两个人匆匆赶到医务室。
贺迟晏坐着，伸出一只手臂。还是那个医生，眉头皱得老高，在用药水消毒。
见到江岁宜的那一刻，贺迟晏眉头紧蹙，开口说的第一句话竟然是："对不起，岁宜。"
江岁宜头昏脑涨，不知作何感想。
吴媛媛拉着江岁宜的手也微怔，杵在门口，不知道自己该不该进去。

117

医生对他们俩显然还有印象，视线来回在他们俩身上转换，为调节气氛，开口道："怎么又是你们两个？"

这下，吴媛媛知道自己彻底不应该在这儿了，她不由分说地拉走何徐行："我们先回去上晚自习。"

何徐行说："不行啊，晏哥这烫伤太严重了，医生说可能要留疤呢，我得在这儿看着。"

留疤。这两个字在江岁宜的脑海里盘旋回转。

他怎么能留疤呢？

吴媛媛给了他手臂一巴掌："你走不走？不走咱俩做不成朋友了。"

"哎，你干吗呀？他不是你偶像吗？你不看着点儿。"但等何徐行一看到她表情，又立马狗腿地妥协道，"行，我走我走。"

吴媛媛把他踹出门外，才探头说："江老师，我们俩先回去，麻烦您照顾一下了。"接着，还不由分说地把跟拍摄像也拉走了。

江岁宜点头，走近坐在他旁边，看医生给他上药。

贺迟晏的手很白，现在却是大面积泛着粉红，和周围的皮肤形成了鲜明的对比。

看着就能想象出被烫伤时的灼痛。

江岁宜说不出来话。她觉得自己这两天可能成了泪失禁体质，怎么看到他眼睛就会湿热。

长久沉默中，贺迟晏偏头，又轻声说了一句："对不起，岁宜，让你担心了。"

他今天一直在说对不起。

可是，他有什么做得不对呢？他的一切举动都是真心实意，没有伤害。

而她那点好感，想收回就收回。

江岁宜静静地看着他出神片刻，问："贺迟晏，疼不疼啊？"

他摇头："还好，不疼。"

医生消毒的手一顿，轻轻翻了个白眼："我看你是伤得还不够重，不疼才怪。照这个情况，等着吧，明天肯定会起泡，大面积蜕皮也少不了。"说罢，又来一句，"啧啧啧，这么漂亮的手哦——"

江岁宜良心备受谴责，鼻腔里酸涩蔓延："对不起，我没想到，我不该让你去接水。"

本来这些都是她该受的。

医生把药膏递给她："你来给他涂一下，我出去接个电话。"

江岁宜打开药膏，认真地抹，可是越盯着那只手越难过。

思绪混乱的情况下，眼睛里无声地积攒着泪水。

贺迟晏右手动了一下，被江岁宜按了回去："你干吗呀？"

他换了左手，绕过身前用手背碰了碰她的眼睛："哭什么，女孩子的眼泪是珍珠。

"为这么一点小伤，不值得。"

江岁宜愧疚地小声道:"你是大明星,你的手是用来弹琴写歌的,是要上镜的……"

"那又怎么样?老师的手是用来教书育人的。"贺迟晏笑,"我反而庆幸,不是你,也不是任何学生。"

看吧,他这么温柔一个人,她把控不住自己太正常了。

明明说好不要再想,但她此刻仍忍不住说出口:"贺迟晏,你等的那个女生,如果等太久没等到,就别等了吧。"

他愣了一下,温浅平静地笑:"我知道。"

"你不像任何人,也没有人像你。"他神色认真地说,"我分得清。"

真的能吗?

江岁宜手上动作仍然细致,脑子里却在乱想。

医生接完电话回来,给贺迟晏包了厚厚一层纱布,嘱咐了一大堆注意事项:"每天都要换药,千万不能碰水,明天起泡了记得来戳破……"

最后她瞥了一眼江岁宜,絮絮叨叨地说:"他这伤的是右手,估计做很多事都不方便,很影响日常生活的,比如写作,吃饭……"

江岁宜点头,不知道哪儿来的豪气,语气自然坚定:

"我会对他负责的。"

4

《重返十七岁》在周一如期播出。

江岁宜一回到家,就发现老江和程女士正坐在沙发上优哉游哉地看节目。

"当老师这么多年,没想到从学生视角看,这么有意思。"老江"啧啧"感叹。

"小江同志,"程女士抿了口茶,歪头开玩笑问,"你这明星同学是不是喜欢你啊?小魏婚礼那天也是他坐你旁边吧。"

江岁宜一愣:"……啊?"

"装什么傻,"程女士撇撇嘴,"你又不是早恋,我还能把你怎么样?"

"没有。"江岁宜摇头,想了想说,"可能,是我有点喜欢他。"

她一下被两个目光如炬的人围攻按在了沙发上:"真的吗?"

老江思忖道:"你看,我女儿随我,在喜欢明星这一方面完全一样。"

程女士瞪他一眼,又问江岁宜:"你认真的?"

她迟疑地点头。

"我和你爸对你的期望就是,能安稳生活过日子,你看他这职业……"

江岁宜打断道:"只是有点喜欢,又不是要在一起。而且,人家也不一定看上我呀。"

老江说:"呵呵,那他眼睛估计是瞎了。"

江岁宜仰天长叹一声,她这莫名其妙的自信,一定来源于父母常年无条件的吹捧。

"那你现在准备怎么办?"程女士转头去找手机,嘀咕道,"郑然还想通过我约你，我得回绝一下。"
　　江岁宜蔫了："不知道，顺其自然吧。"
　　程女士边打字边点头："也是，你们现在又不能搞'师生恋'。"
　　什么？江岁宜脑袋空空。真老师，假学生。
　　她竟然从来没考虑过这个问题。
　　她戚戚然地走回房间，留下客厅两人在讨论。
　　"你觉得这有戏吗？明星哎。"
　　"难评。"

　　第二天去换药时果然起了水泡，纱布一拆，江岁宜的愧疚感更重了。
　　昨天泛着粉的地方今天直接变成了深褐色，像涂了一层酱油。
　　江岁宜揪着衣服的手指攥紧，忐忑不安地看着医生对着贺迟晏的手操作，然后眼前突然一黑。
　　从校服袖口传来的清冽气息，像是融雪后的小溪，奇妙地冲走凝结住的紧张不安。
　　贺迟晏用宽大的左手捂住她的眼睛，轻声说："别看，很丑。"
　　她那睫毛跟雨刷一样在他掌心里上下刮动，有点痒。
　　重获光明后，纱布又裹得严严实实了。
　　医生送走他们俩时，语重心长地嘱咐道："好好负责。"
　　既然做了保证，江岁宜一天往八班跑了百来回。
　　上午的课一结束，教室里的人群像脱缰的野马一样往食堂拥，江岁宜则拎着食盒进班。
　　吴媛媛习惯在教室先做会儿题，等排队不拥挤了再去吃饭，结果才掏出数学练习册，一抬眼就发现江岁宜缓步过来。
　　于是她果断地把练习册塞回了抽屉，站起来扯着前面的何徐行跑路："快快快走，我饿死了。"
　　何徐行觉得吴媛媛这两天奇奇怪怪的，但没多想，转头问贺迟晏："哥，你要不要一起啊？"
　　贺迟晏眉梢一动，抬眸笑："不用了。"
　　何徐行刚想劝他，就被吴媛媛制止，小声吐槽："你好没眼色。"
　　江岁宜走过去把食盒放在桌上，何徐行恍然大悟："哦哦。"
　　她顺势坐到吴媛媛的位置上，打开食盒，偏头商量："筷子用不了，勺子可以吗？"
　　贺迟晏点头，左手接过勺子，乖巧地等待开饭。
　　何徐行惊讶地"咦"了一声，想说什么却被吴媛媛拽走了。
　　尾音消散在走廊尽头的空气中："可是晏哥不是左右手都能用吗？"
　　没有人听到。
　　江岁宜托着腮看他，左手操作得看起来有些艰难，吃得也慢。

"岁宜，我耽误你的时间了吗？"他问。

"没有。"江岁宜茫然，"你怎么会这么想？"

贺迟晏轻轻地叹了口气："十五分钟过去了，我还没吃完一半。"

他这个速度确实有点慢，但是毕竟左手不是惯用手，她很理解。

贺迟晏说："我听彭老师说，你下午还得开教研会，你先回去休息吧。"

江岁宜摇头："没关系。"

跟拍摄像师默默出声："不然直接喂吧？"

她刚想赞同说你来喂也行，结果一抬眼发现大哥目光灼灼地盯着她。

不是吧？她来呀？

江岁宜表情变得复杂奇怪："你看，要不我举摄像机？"

贺迟晏略有些无奈："我自己可以。"

这招以退为进实则拿捏住愧疚的江岁宜，她犹豫片刻说："不然，我来？"

说完就有点后悔，这感觉像在为自己谋福利一样。

哪知贺迟晏思忖一下，点头："可以。"

"但是这段不能播吧。"她没料到事情变成这样，试图抵抗一下，"这……"

摄像大哥微笑说："没关系，后期都会剪辑的。"

江岁宜接过勺子，垂着眸一点点地在拨弄食盒的饭，然后递到他嘴边。

他看起来不太挑食，反正她喂什么他吃什么。

贺迟晏疑惑："食堂的阿姨好像没有这个水平。"

"这是我妈妈做的。"江岁宜说，"吃好点伤应该能好得快些。"

贺迟晏顿了两秒，垂着眼问："你希望我快点好起来？"

"当然了。"江岁宜不明所以。

他又问："你心疼我吗？"

她抿唇："当然了。大家都很担心你。"

贺迟晏眼皮耷拉下去，极小声地呢喃："那这伤也挺值得。"

下午上体育课也是件难事。

附中体育课是专业选修，高一上学期排到的是篮球课。贺迟晏这手断然是不能去打球的。

于是一群少年在分着组打比赛，江岁宜监督贺迟晏在操场旁的树荫下休息。

女生们把球你扔给我，我扔给你，有一搭没一搭地聊天。

男生那边打着打着有篮球飞过来，吴媛媛差点被砸，幸好何徐行拦了一下。

这场面，倒是让江岁宜想起了高三元旦那会儿。

宁宜市很少下雪。

但那年跨年下得很大，操场积了厚厚的一层。高一高二都在礼堂开跨年晚会，只有高三在上课。

语文李老师一向有着浪漫诗意，见同学们都歪着脑袋看窗外落雪，索性宣布："这节课到此为止，出去玩吧。"

一群人尖叫地冲出门外,奔向广阔的操场。

那个节点,操场上除了他们班,就只有一个原本在上体育课的十九班。

理科班男生多一些,也更闹腾,见突然多出来一群女生,耍着帅一样往人家身上砸雪球。

女生们生气地追着扔回去,一场班级大战一触即发。

江岁宜怕冷,故而只是和李梦言慢悠悠地在操场上踩下一个个脚印,并不参与雪仗战斗。

她伸出手,雪粒落在手心融化。

李梦言时下正在追韩剧,拿了个树杈在雪地一边写男演员的名字,一边说:"初雪的时候表白,成功率会非常高。"

江岁宜不太理解这其中有什么必然的关联,但仔细想想,"他朝若是同淋雪,此生也算共白头"这句,好像也不难明白。

于是她点点头说:"确实是这样。但是可惜了,告白的人没有,倒是有一群撒疯的高中生。"

正聊着,魏旭滚了一个巨人的雪球朝她们俩砸过来。原来她们一进操场,他就注意到,开始蓄谋袭击了。

那雪球猝不及防地砸过来,裹着凛冽风声,叫人难以躲避。

反正冬天穿得厚实,江岁宜认命地想,被砸就被砸吧,也没什么关系。

但是转机出现,她被往后扯带了一下,面前突然多出一把长柄伞,咫尺距离间有力地击溃了那个雪球,四散为碎雪。

魏旭从远处跑过来:"哎!"

江岁宜惊魂未定,刚想转头道谢,对方却已经背身离开。

这么冷的天,校服外竟没穿羽绒服。里面只一件黑色卫衣,帽子戴起。

冬天,天黑得很快,他越走越远,愈渐模糊。

她想指着背影,问魏旭对方的名字,但李梦言追着他揍,没给她问的机会。后来有了机会,魏旭却说自己没看清。

此刻看到何徐行为吴嫒嫒挡了一下,江岁宜不免回忆起那道背影。

高瘦,宽阔的肩背。

她视线后移,盯着贺迟晏的后背。如果是十九班,如果一定有谁熟悉——

贺迟晏问:"怎么了?"

江岁宜陷入长久的错愕,睫毛颤了颤,突然没头没脑地问:"下雪天,人为什么要带着一把伞?"

这问句没有任何逻辑。

但他愣怔一下,静了两秒,笑着说:"或许,你可以把它想象成一把能披荆斩棘的剑。"

"那不然,怎么去拯救落难的公主?"

江岁宜嘴角微扯,直白地问:"高三那年跨年,我在操场上差点被雪球砸,有人拉了我一下,是你吗?"

贺迟晏撩起眼皮,看着不远处的几个篮球飞来飞去,又垂下眼睫。

他没说是,也没说不是。

江岁宜不知道他是不记得了,还是不愿意说,所以又问了一遍:"他拿着把长柄伞,像个骑士一样。"

贺迟晏沉思了一下,像是回忆起来了,笑道:"如果因为这个,你会更心疼我一点……

"那我承认,是的。"

江岁宜心猛地一颤,却又有种果然如此的感觉。

"那你,当时为什么会……"

贺迟晏垂着眼,先"嗯"了一声。

为什么?

因为他不喜欢淋雪后潮湿的感觉,所以带了伞。但是,看白雪落在她头上时,他无端想体会这种感觉。

想和她一样——白头的感觉。

"因为看到有个姑娘傻到连遇到危险都不知道躲,"贺迟晏带着气音低低笑一声,"所以——

"我心软了。"

江岁宜思忖片刻,然后莫名其妙地想到那个他曾经喜欢的女生,想说她好像很幸运。

因为有人对她心软。

但是此刻,置身附中偌大的操场,耳边是年轻的欢呼鼓跃声,她倒没有那么嫉妒了。

个人有个人的际遇。活在当下,貌似才是更好的选择。如果她像他说的那样不像任何人,那她也就有勇敢一点的权利。

于是江岁宜只是平静地问:"那再来一次,你还会这样选择吗?"

贺迟晏闻言怔了下,随即嘴角勾起点弧度,带着点纵容意味似的。

"江老师,你大概不太能明白,我这个人,在某些方面,有令人不解的专一。"他仿若叹了口气,喉结轻颤,温声说,"十七岁的贺迟晏会对你心软。

"二十六岁的,只会一如既往。"

5
贺迟晏受伤的消息当晚爬上了实时热搜。

即使工作室放出了伤得不重的消息,但仍有粉丝在激情辱骂节目组。

特别是有爆料说他是因为一名女教师才有此遭遇后,也有不理智的人连带着一起骂。

△能不能离贺迟晏远一点啊,太晦气了,别来沾边!

△参加个校园综艺都能受伤,节目组干什么去了?

甚至有些莫名其妙的脏水,也能无端编造出来一起泼。

江岁宜躺在床上刷微博，围观着这场实时骂战，即使自己身处旋涡，却也毫无实感。

李梦言发消息来安慰她不要在意网络评论，但江岁宜却说自己没在意。

江岁宜：他确实是因为我才受伤的，我应该负责。而且也没指名道姓骂我，其实还好。

李梦言无语：你清醒一点，这不关你的事，你不能因为对他有点好感就把责任都揽身上吧。你真的一点不受影响啊？

江岁宜回：是有些难过，但就一点点。

李梦言：要不然，你在镜头下还是离他远一点吧？

江岁宜一时没回。

过了一会儿。

李梦言：他发微博了！

江岁宜自然也看到了。

@贺迟晏v：到此为止。

简简单单四个字，甚至没指明是什么事，粉丝从这一刻开始却像集体失声了一样，再没有发表半句过激言论。

就真的，到此为止。

李梦言：不敢相信，说停就停，他的这些粉丝也太听话了吧。

江岁宜无端想到之前那一次，她说身处娱乐圈，有了绯闻后都不会澄清，但贺迟晏说他一定会。

她看到网上经常说，粉随正主，其实他的粉丝本质上应该也都是温柔的人吧。

实时评论中，她又看到熟悉的昵称。

△谁懂啊！这热搜挂了一下午，骂节目组的骂成什么样了贺迟晏都没理，结果晚上小江老师一被提及，立马发博制止，绝美爱情我先嗑为敬，呜呜呜呜呜！

△骂什么骂！你们不知道吗？骂得越狠，你哥哥哄得越心疼。

江岁宜顺着她主页点进超话一看，粉丝已经是之前的三倍多了。

天哪。这群网友真的都很能脑补，他们俩明明还什么都没有……

李梦言又说：反正你别想太多了，别难过，这事很快就过去了。

江岁宜没时间想太多，因为此时她看着微信的消息通知出神。

贺迟晏：[音乐]对方给你分享了一首歌曲。

这个时间点，明明附中还在上晚自习，他为什么会给她分享歌曲？

江岁宜没有听过这首歌，点击播放时还在发呆，思考贺迟晏的用意。

慵懒的鼓点，让人忍不住想跟着摇晃。

"如果你还没有睡，如果我还不停追。"

听到这句歌词，江岁宜又返回去看了下歌名——《带我去找夜生活》

她忽然想到什么似的，瞪大眼睛，忐忑地点开键盘，敲字：如果我说我没睡呢？

贺迟晏：那走吗，江老师？

贺迟晏：带你去找夜生活。

江岁宜攥着手机在门口匆匆换鞋的时候，程女士探头："大晚上的，你去哪儿啊？"

江岁宜有点心虚，没敢看程女士，撒了个小谎："学生出了点事，我去看看。"

好像也不能算是谎言，贺迟晏现在的确也是八班的学生。

程女士"哦"了一声，嘱咐道："早点回来，钥匙带了吧？"

江岁宜人都走出门外了，又回去揣上了钥匙。

程女士唠叨嘟囔的声音逐渐消失在身后："都多大人了，还要我提醒……"

贺迟晏没穿附中校服，简单黑色连帽卫衣，潮得却像刚从秀场上下来一样。

"你怎么出来的？"

江岁宜一下楼，就看到那道隐蔽在黑夜里的身影。

她忽然感叹，有时候看一个人帅不帅，甚至不用看到脸，光看气质就可以了。

贺迟晏直起松松靠着墙的身子，背后那盏路灯霎时被挡住，压下阴影。

他低头居高临下地看她。女生穿着简单的白色针织外套，单根发辫垂在右侧身前，温柔且沉静。

贺迟晏言简意赅地回答："翻墙。"

江岁宜略一皱眉，心说你上次检讨没写够是吧？但是蓦然想起他现在右手都写不了字，于是话锋一转。

"看来我得提醒保安加强那块的巡逻了。"

贺迟晏笑了一声："他们不敢翻，但是我敢。"

江岁宜此时倒是懒得纠结翻不翻墙的问题，她问道："我们去哪儿？"

众所周知，宁宜市没有什么夜生活。晚上最热闹的地方应该就是学校。不过现在还早，也不至于太过冷清。

"去哪儿都行。"

太过周全的计划模式反而困顿住这个夜晚。

江岁宜这下明白了。

他其实跟李梦言一样，担心她受到网络谩骂的影响，才特地跑过来带她散心吧。

"那……走？"

贺迟晏放慢脚步，嘴角挂着笑意转头："走什么，上车。"

江岁宜这会儿才看到他旁边有辆"小电驴"，浅绿的车身，很小巧可爱。

她震惊："这哪儿来的？"

贺迟晏："刚买的。"

他解释了一下："总觉得，像今天这样的机会总不该只有一次，有这个方便一点。"

江岁宜迟疑地站在原地一动不动。就这样坐上除父亲以外男性的车后座，到底有点不知所措。

而且很难想象，一个大明星在晚上骑"小电驴"带着一个女生乱晃。

贺迟晏将头盔给江岁宜戴好，在她下巴那儿将锁扣扣好。

纱布蹭过她皮肤时，她才反应过来："你受伤了，我带你吧？"

虽然她骑车没带过人，但是应该也没问题。

贺迟晏敛了敛嘴角的笑意，眼神里带了点戏谑："岁宜，我可能还没到残的地步。"

江岁宜噎了一下，抿了抿唇，盯着车后座两秒。

她眼一闭，心一狠，跨坐了上去。

位置不大，所以她不可避免地能感知到前面人后背传来的温度。

她调整了一下坐姿，然后就再也没敢动。

穿过路灯昏黄的街巷，风声断断续续地灌入耳朵，此刻江岁宜眼前只剩下一个人的背影。

好像伸出手触碰，就可以得到。

江岁宜压下心里那点隐秘的情绪，蜷了蜷手指，捏住了他卫衣下摆的一角。

就一个小角，都可以忽略不计。

贺迟晏却蓦然笑了笑，稍偏了偏头："其实你可以多捏住一点。"

声音萦绕在江岁宜耳边，即使戴着头盔都听得很清晰。

黑夜扑面而来，尽管车流如织，尽管高楼万家灯火，但是好像此刻，世界只剩下他们两个人。

江岁宜一边试探着多揪了点他的衣服，还一边说服自己：我这是为了安全着想。他这么做也是因为怕我遭遇今天的网络骂声心情太差。

他说去哪儿都行，是真的漫无目地在游荡。

看到有什么漂亮的或是有意思的风景就会停下来。

他们走上一座桥，趴着栏杆望着江水，看月亮。江风灌注在掀起的衣摆中，两个人的发丝随风乱飘。

又在传统的老街巷里随便买了几串烤串，江岁宜津津有味地吃着，和偶然窜出来的大胖橘猫瞪眼。

后来在宁宜大学附近遇上了百人荧光夜跑活动。

江岁宜脑子一发热，什么招呼都没打，扯着身旁的贺迟晏的手腕开始奔跑。

凉风倒灌，体温滚烫，胸腔剧烈起伏。不知道从什么时候起，她开始不再掌握主导权，而是贺迟晏拉着她的手，穿过无止境的黑夜。

手掌严丝合缝地贴紧，或许称之为包裹更为合适。

贺迟晏的左手掌一点儿没冒热汗，反而干爽而清冽。

今天热搜出来以后，江岁宜绝对没想过，事情会发展成现在这样。

"停下！"她喘着气。太久没经历过体测的双腿，此时像灌了铅一样，再走一步就要跌倒。

贺迟晏收回触碰的手，看着她一步没一步地在踩他影子。

江岁宜大口呼吸着空气，感叹："好像长大以后，再也没有这样放肆过了。"

这一刻和他待在一块儿，空气里都泛着自由的气息。

就真的是,重返十七岁。

贺迟晏垂眸盯了她半晌,倏然轻声笑了一下:"岁宜,你知道现在我像什么人吗?"

低软舒缓的声音顺着风声悠悠飘过来:"嗯?"

"像拐了单纯姑娘的坏小子。"

他这语气不似往常那般温柔,有些许哑,好像多了一点若有若无的痞气,嘴角那点笑也像勾引。

空气寂静了片刻。

江岁宜抬眸去看他,缓慢眨了眨眼睛,最后故作正经地点头说:"确实。"

她家教一向严,虽说程女士不设门禁,但从来都是早早回家,绝不会在外面多逗留。

"如果不是今天和你……"江岁宜和贺迟晏四目相对,弯起眼眸,"我大概都不知道宁宜的夜晚这么漂亮。"

华灯流光溢彩,他只需要站在那里,就是一道风景。

贺迟晏的回答被风吹得疏散,但江岁宜还是听见了。

——"我的荣幸。"

6

他们的"小电驴"七拐八拐,来到了上次和魏旭、徐蓉一起抓娃娃的电玩城。

进了店后,贺迟晏戴上了口罩,拉上了卫衣的帽子。

店内人不少,多是结伴而来的情侣或是朋友。有个姑娘和他们擦身而过时,那句毫不掩饰的"脸都看不清,却要把我帅晕——"着实让江岁宜垂眸不敢看贺迟晏。

她默默和他拉开了点距离。

这样的话,就算被拍到,也可以解释得清了。

贺迟晏眉间皱了皱,顿了一下,又拿出一个口罩,微微弯了腰,垂头将带绳挂在了她耳朵上。

"这样。"他垂眼看她,"是不是就不突兀了?"

江岁宜抿了抿唇,没动。

他脊背微躬,平视着盯了她一会儿,又笑:"现在她该说——"

"脸都看不清,却要把我美晕。"

虽然知道他是在模仿那姑娘的语气说话,但江岁宜的心脏仍不可避免地重重一跳。

在贺迟晏目光注视下,江岁宜小幅度地往他那里挪动了一下。

那姑娘又擦身而过,对身边朋友说:"整个屋子里,就这对的狗粮最多,明明没有亲密举动,可恶!"

朋友说:"可能因为颜值气质什么的太般配了吧,像演偶像剧!"

她们真的以为自己很小声吗?江岁宜不解。

但看了看贺迟晏,他毫无反应,应该是没听见。于是那种悸动着的隐秘的欣喜也稍作平静。

还是买一百个币送二十个币,他们俩每人六十个。

江岁宜为了让自己显得不那么丢脸,特地避开他,一个人在电玩城里到处逛来逛去。

然而六十个币花完了,她只抓到了两个小丑东西。

回到兑换处那里,贺迟晏已经用上了小推车,一辆车都堆不满。

工作人员问:"是要这么多,还是兑换更大的玩偶?"

她边问边清点了一遍数量,恰好差不多是八班的学生人数。

贺迟晏很轻地挑了挑眉:"这边可以寄件吗?"

工作人员愣了一下,但也不是没遇到过这种事,于是说:"可以的,登记一下信息,可以寄到指定地点。"

他下巴微扬,对江岁宜说:"我打算寄到学校去,给那帮小朋友。"

怎么就和她完全想到一处去了呢。江岁宜点头。

他从小车里挑了一件出来:"这件不行,不能给。"

江岁宜顺着他的手去看,和她上次抓到的那款小背包是同款,只是颜色不一样。

他把它递给她:"送你的,这个耗费了最多的币。"

他们好奇怪:同一款东西,我送你,你送我。

贺迟晏左手执笔,垂睫登记完信息,一歪头发现江岁宜神色复杂。

"怎么了?"

怎么了,你还问怎么了。

江岁宜咬紧腮边软肉:"你左手能写字!"

……忘了。但贺迟晏面不改色,脸不红心不跳地说:"这两天挖掘出来的技能。"

江岁宜又瞥了眼登记名单上的信息。

这个字如果两天就能练出来,她这个语文老师可以以头抢地了。

看她目光盯着他动也不动,憋得耳根发红,贺迟晏终于无奈承认:"对,能写。"

天生的左撇子。

只不过经过后天的调整,后来左右手都可以用了。

江岁宜说不出来话,气得想直呼他名字,但又顾忌大庭广众之下,最终从嗓子里压出来一句:"贺……迟迟!"

晏。这个字有好几种意思,其中一种释义是"迟"。

这样连在一起,可不就是迟迟。

她故意装凶,但喊得实在不太像生气的样子,反而有点像撒娇。

听得让人心软。

贺迟晏愣怔了一下,随即笑笑,似是叹了口气,轻声应了一句:"哎。"

算是对这个新名字的接纳认可。

"你明明能用左手,你还……"江岁宜瞥他一眼,这个人眼里满满写着"我还怎样"。

"……还让我喂你。"

贺迟晏歪头笑了笑:"你再回忆一下,好像不是我主动提起的。"

是啊,不是他。摄像大哥先提起,她再主动上钩。莫名其妙他就置身事外了。

江岁宜羞愤得想撞墙。

这个人今天怎么回事?看着还是温柔的,但就是感觉有点不对劲。

老是故意逗她玩。

两人走到外面,江岁宜拿着他刚抓到的小背包,忍不住产生自我怀疑:"为什么我每次来都是给店家送钱?"

贺迟晏轻轻哼笑一声:"这样啊,那我知道明年生日给江老师送什么礼物了。"

"……啊?"

"定制一个娃娃机?"贺迟晏认真思考一下,倏地点头自我肯定,"放在家里,想抓就抓。"

语调微扬,尾音一点点拖着。

明年。江岁宜移开视线。明年他们还能有这样亲密接触的机会吗?

还是说综艺结束,就像高考结束后一样,再没有半分联络。

两人又坐上了"小电驴"。

"还想去哪儿?"他问。

已经挺晚了。再去一个地方,她势必就要回家。

江岁宜回:"都可以。"

其实她有点想听他唱歌。什么歌都可以,或许他分享的那首《带我去找夜生活》就很合适。

"小电驴"七拐八绕进了一条街巷。

是酒吧。

江岁宜惊讶地看着亮闪闪的招牌,心里忽地紧张,她从来没来过。

贺迟晏轻轻扯了一下她单侧编发的尾端:"回神了。"

和想象中的不一样,酒吧并不闹腾,店外面坠着密密麻麻的爬山虎,看着倒是诗意居多。

怎么说的来着?酒香不怕巷子深。大概是这种感觉。

里面有打牌的,有静静喝酒的,也有抱着电脑码字的,总之很多元。

舞台上有一整支乐队,现在主唱是个抱着吉他的女生,微微烟嗓,唱着支暧昧的抒情歌。

酒吧老板是个看着很年轻的男人,他们一进来他就迎了上来。

"什么风把你吹来了?"付仁舟熟稔地搭上贺迟晏的肩,"好久不见。"

包装严实成这个样子都能认出来,看样子是老熟人。
贺迟晏和他讲了几句话,回头和江岁宜解释:"是我高中同学。"
咦?那也就是魏旭的同学?看着一点都不眼熟。
不过也正常,他们班她确实也没那么熟悉。
"是高一高二的同学。"付仁舟侧了侧头问江岁宜,"你是他……"
话未尽,但接下来的意思很明显,那三个字呼之欲出。
江岁宜刚想否认说我们也是高中校友,贺迟晏就交代她道:"别乱跑。"
付仁舟说:"我在这儿,你还不放心?"
江岁宜不安地扯了下贺迟晏的卫衣下摆:"你去哪儿?"
付仁舟抢先答道:"他啊,上台浪去。"
江岁宜被这直白的话惊得一怔。
舞台的光落了下来,贺迟晏坐在一堆鼓中间。
卫衣帽子戴上,黑发搭在额前,神情隐匿于口罩下,他略微抬了抬眼皮。
江岁宜坐在台下,接触到他懒懒的目光,顿住。
他刚上台前说什么来着。
她跟他说,被网友不带姓名地骂两句而已,其实不必如此大费周章地想让她开心。
她说她觉得没关系,她一点儿也不怕。
但是贺迟晏说:"但是我怕。"
他的声音在略有些嘈杂的环境中显得有些低沉,轻缓地萦绕在她耳旁。
"我怕,你真的像他们说的那样做。"
"离我远点,我不接受。"
此刻,音乐响了。

舞台幽暗,有一盏孤灯落在贺迟晏身侧,他将手里的鼓棒随意地转了两圈,接着落下。
身体随着音乐节奏晃动着,脑袋懒懒地垂点着,没看台下,却意外性感。
鼓棒在他手里像是有了生命一样,带着蓬勃的生命力。
他没有开口,是一个女生在主唱。
各做各事的客人,也停了下来,坐直身子,掌声循着鼓点拍响。
虽然女生唱得也很好听,但江岁宜还是有点遗憾。
正这么想着,台上的贺迟晏喉结滚动了几下,倏然抬了抬眸子,凑近了旁边横着的麦克风。
"如果你就是一切,如果我就是绝对。"这不是他惯常用的声线,他特意改变了。
慵懒的,撩人的。
好像一开口,吐息间的热气就能顺着风喷薄在她脸上。
"如果清醒是种罪,就让爱去蔓延,成全每个夜。"

背脊宽阔，额发被汗水微微洇湿，袖口半撩后露出一截有力的小臂，线条紧绷。

贺迟晏天生应该站在舞台上。那一刻，他是虚幻却有形的月亮，值得人们像飞蛾一样，前仆后继地去奔赴。

欢呼声一阵阵袭来，江岁宜还听到有姑娘对身边人说："啊啊啊啊，好帅！你说我去问联系方式，他会不会给啊？"

"帅哥是全人类的共享资源！"

付仁舟见江岁宜看得发愣，一边跟着众人鼓掌一边问："你第一次看他的现场？"

江岁宜摇头。

不是第一次了。但是每一次的感觉都完全不同，像开一个必定有惊喜的盲盒一样。

"他架子鼓玩得真好。"

玩，这个动词很贴切。

不是在做任务，不是在被音乐掌控，而是他在掌控全场。

付仁舟"啧啧"两声："其他乐器玩得更好。"

不远处那个姿态随意的人，尽情释放着自己的荷尔蒙，让人不由自主地吞咽口水。

"他可真是。"付仁舟看着台上的人，嗤笑了一声，歪头问江岁宜，"你们姑娘是不是就喜欢这样的？"

别的姑娘她不知道，反正她是挺喜欢的。

她小口嘬着手打柠檬茶，笑而不答。

付仁舟又仔细打量了下她，问："你们怎么认识的？你也是混娱乐圈的吗？"

江岁宜汗颜："不是。和你一样，高中校友。"

"高中……"付仁舟拧眉，突然想到什么似的，"你是宁宜附中本部的？"

江岁宜有点疑惑。附中就附中，为什么要加"本部"两个字？

"对。"

他的眼神开始变得奇怪，视线在她身上和台上来回打转，突然没头没脑地问了一句："你会折纸星星吗？"

江岁宜愣了一下，不明白话题怎么突然跳跃到这儿了，下意识地诚实回答："会，但折得不太好。"

他意味深长地笑。

江岁宜不知道他在笑什么，只好将柠檬茶的吸管抽出来，又戳回去，掩饰下尴尬。

他叹了口气："真的是，不管怎么选择方向，最终都会奔向同一个宿命。"

这又是怎么得出来的结论？

付仁舟又说："我还得感谢你呢，不是你，我也没有今天。"

因为她改变了贺迟晏的人生轨迹，贺迟晏影响他，因而连带着也改变了他的命运。

131

江岁宜:"……啊?"

怎么从刚才开始,她就一个字都听不懂了。

"在聊什么?"

大明星已经从台上跳了下来,卫衣下摆翻飞。他微喘着气,拉着她旁边的椅子坐下后,脊背往后一靠。

付仁舟:"在说,宿命是很奇怪的东西。"

他一开口,贺迟晏就明白了。

贺迟晏怔了一下,很浅地勾了下嘴角。

江岁宜不知道这个哑谜,小口喝着柠檬茶,偷偷抬眼去看贺迟晏。

他坐姿有点随意,卫衣帽子松松地挂在脑袋上,一条腿微屈着。

睫毛像小刷子一样,不断在人的心上挠痒痒。

"看什么?"他眸子下垂,恰好将她抓包。

"我在看,"江岁宜手指搭在下颌上,思考怎么回答这个问题,"你的耳垂上有颗痣。"

她原来一直以为那是他打的耳洞。

贺迟晏轻挑了下眉,哼笑一声,盯着她不讲话。

江岁宜放下柠檬茶,掩饰性地咳了一下:"我们什么时候回去?"

"想走的话,现在。"

付仁舟的眼珠子在他们之间移来移去,"嚓"一声说:"行了,你们俩快走吧。"

江岁宜先一步出了酒吧,贺迟晏拉着付仁舟又说了两句。

他走出店外,手里还拿着她刚放下的那杯柠檬茶。

"你把它带出来做什么,我喝不下了。"

贺迟晏用行动回答了她的问题。

透明的圆形塑料盖被他轻轻一揭,她喝过的吸管也被拿开。

他倾斜杯身,拉开口罩,仰头灌了下去。

江岁宜呼吸都停了一瞬。

虽然没有用吸管,但这是她喝过的啊!

"有点浪费。"他解释。

江岁宜张了张嘴,说不出来话。

"你刚跟他说了什么?"她问。

"麻烦他点事。"他取下"小电驴"上的头盔,"何徐行有个妹妹,大后天让他接小姑娘来附中看演出。"

贺迟晏给她扣上头盔,拨了拨她单侧的编发。微凉手指擦过下颌,江岁宜才反应过来似的说:"你还记得,明天月考吧?"

他愣了一下:"记得。"

江岁宜眯起眼:"本来你受伤,就不用考了。但……"但他左手可以写字。

贺迟晏笑了一声,整个人抵在她面前:"怎么,担心我考得不好?"

江岁宜控诉:"要考试了,你逛一个晚上却不复习。你千万不能给我们班平均分拖后腿。"

他似乎被噎了一下。

"你这么想我的?"贺迟晏无奈,"好,我努努力,绝对不给江老师丢人。"

"快点回去吧,养精蓄锐一下,明天好好考。"

江岁宜翻了翻手机,发现真的已经很晚了,程女士半小时前发了条消息,问她怎么还没回去。

贺迟晏鼻腔里发出一声轻哂:"用完就丢是吧。"

……才不是。

江岁宜看了他两眼,嘟囔道:"又不是我主动要出来疯的。"

救命。他们俩怎么突然变得小学生了。

贺迟晏顿了两秒,又轻轻扯了下她的发辫:"是,都是我一厢情愿。"

一厢情愿,又患得患失。

担心一点点小的波折,就让本来近一点点的关系又缩回去。

风从耳边簌簌吹过,坐在"小电驴"后座的江岁宜终于意识到,这个夜晚,对她来说实在是过于大胆。

她回味了一下,说:"我还没去看过你的演唱会,有点可惜。"

他在舞台上的样子太过闪耀。她突然就能理解,为什么有些人宁愿跨越数千公里,只为了体验一场演唱会。

有些人,只要站在那里,就值得人喜欢。

好久,前面传来一声低沉的叹:"什么时候都不算晚,如果你愿意来的话。

"你来,我请你。"

空气停滞了两秒,江岁宜很轻地"哦"了一声。

如果每年都开在九月五日的话,明年,会有机会吗?

"小电驴"停在江岁宜家楼下时,程女士刚好一个电话打过来。

"我回来了,在楼下了,马上上来。"她手指无意识地抠着抓到的娃娃背包,眼眸垂着。

贺迟晏手背扣着眉骨,靠在一旁静静等她。

等着只言片语的告别。

夜晚总是降温得快,风从一个方向"呼呼"地刮过来,贺迟晏挪了一下,挡住。

江岁宜终于挂了电话,慢吞吞地说:"那我回去了。"

贺迟晏点头。

江岁宜:"你回去再复习一下,毕竟这成绩要上电视,大家都会审判你的。"

他鼻息里闷出一声笑意,拖得可长。

这个时间点,一向爱出门打麻将的叔叔伯伯也回来了,电瓶车和摩托车齐头并进钻进巷口。

逼仄的空间,无处可避让。

江岁宜条件反射地往前躲了一下,带了些冲撞力贴上贺迟晏的怀抱,扯了下

133

他的卫衣。

他身上那种干净到不可思议的气息毫无阻隔地传来，令人心安。

面前人很明显地僵硬了一瞬，下意识地搂住她的后腰。

不过出于一贯的礼貌，贴住她皮肤的是他的手背。

贺迟晏喉结上下滚动了好几下，视线撇开，过两秒又挪回来。

江岁宜慌忙地退开，睫毛低低垂下来，不太敢看人，想解释一下，又觉得他应该能理解突发的情况。

空气陷入霎时的缄默。

贺迟晏似乎吸了口气，喉咙微紧，出声道："本来，我对明天的考试很有信心。"

一般这种情况下话语都会有个转折。

"……但是？"江岁宜调整了下气息，接着他的话问。

"但是，现在过后，我推翻了这个想法。我实在高估了自己。"

若有若无的香气还停留在周身空气中，头发蹭过皮肤的触感，仍让人心里发痒。

他有一瞬的后悔，怎么刚才不搂紧点呢？

"大概明天，没办法专注考试了。"

呼吸片刻停滞。

他认真且温和地说："我恐怕，今夜会失眠。"

第六章 我要站到你在的未来

1

高一入学后的第一次月考就这么来了。

考场的排位表一大早就张贴在教室后面的墙壁上。

早读课,所有学生都在抓紧最后一点时间抱佛脚。

吴媛媛抱着语文必背诗文看,余光时不时瞥向她同桌。

何徐行从后面看考场座位的拥挤人群中回来,半途被吴媛媛拉住小声问:"你们男寝,昨晚做贼去了?"

"没啊。"何徐行说,"复习完,早早就睡了。"

"那他——"吴媛媛眼神示意了下旁边,"怎么困成这样?"

贺迟晏整张脸埋在胳膊里,趴在桌上睡得安逸,只露出一截修长冷白的后脖颈。

何徐行挠了下头,凑到她耳边说:"晏哥昨晚翻墙出去,很晚才回来。他好像失眠了,我半夜做梦醒过来,他还没睡着。"

"啊?"

还没得出个所以然来,就见江岁宜进来,吩咐他们把书清空,将桌子间的空隙拉开,再把多出来的座位挪到走廊外面去。

吴媛媛眯眼瞧了一会儿,问:"你觉不觉得,今天仙女隐隐也有种朝大熊猫发展的趋势了?"

何徐行点头。

仙女眼下有一小片青黑,看着也是没睡好的样子。

吴媛媛轻轻叹了口气，评价道："金风玉露一相逢，你不懂。"

何徐行："啊？"

江岁宜觉得今天很难熬。

一连两场监考，学生在下面"唰唰"写卷子，她坐在讲台上和时钟干瞪眼。

困到灵魂出窍，却不能睡。

考语文的时候还好，她至少还能看着卷子用眼神做题；后面那场，她已经无聊到数学生咬手指的次数了。

最后一场，她被安排到特殊考场，里面就坐着五个学生。

毫无疑问，五个大明星。

多么熟悉的场景，像回到了他们刚来的第一天。

江岁宜一进门，那位说唱歌手就认出她来了，一句"嗨，好久不见"脱口而出，引得后面的摄像大哥都在笑。

她勉强稳住心神，平静地说："与考试无关的东西放到前面来，马上分发答题纸。"

贺迟晏还没醒。

江岁宜轻咳两声，对宋敏英说："麻烦把你后桌叫起来。"

宋敏英推了好几下，贺迟晏的手才从头发上拿开，然后抬起头，坐直身体，但脸上的表情显示他还并未清醒。

他目光懒懒地歪过来，接触到江岁宜视线后，怔了一下，眉梢一挑，竟是弯唇笑了。

江岁宜又提醒道："与考试无关的东西，放到前面来。"

贺迟晏支起手肘，在膝盖上抵了一下，起身把手机放到了讲台上。

他可真是太明目张胆了。

他们考的卷子和附中学生考的是一模一样的。对于脱离学校已久的明星们来说，不说少块肉，掉层皮还是要的。

当老师后，就喜欢看学生们这欲罢不能的样子。

正意识游离中，贺迟晏的手机突然亮了，大概是消息通知之类的。

江岁宜本来没怎么注意，只是余光一瞥，这壁纸……

是那天两人在魏旭婚礼上拍的合照。

可她今天才第一次见到。

照片应该是做过处理，像是用拍立得拍出来的一样，有一种旧旧民国风的感觉。

两人紧紧挨着坐在一起，稳居照片的中心位，但后面也有些宾客不可避免地入了镜，他们大概也知道自己在镜头里，神色都很严肃。

贺迟晏穿着正装，手臂懒懒地搭在交叠的腿上，脊背挺直，直视镜头。

他俩挨得太紧，江岁宜当时都不知道该把手往哪儿搁，于是只好低低地抱臂，避免相碰。

暗色调下，她脸白得反光，眼眸里亮晶晶的，嘴角勾着妥帖上扬的弧度，隐隐还能看见一个不太明显的梨涡。

两个人都是巴掌大的脸,一贯温和地笑着,肩挨着肩,好像在什么婚礼现场。

也的确在婚礼现场。

手机屏幕没多久就灭了,江岁宜有些错乱地挪开视线。

他怎么把这张照片设置成壁纸了啊?

她往台下一看,当事人优哉游哉地将卷子翻了个面,抬眸看了眼前面的时钟,碰上她目光时,眉眼略松,好像在说——

"放心,不会给你丢人。"

月考一连考了两天,第二天结束时,整栋教学楼传来阵阵欢呼声。

教师办公室被学生们清空出来的书承包了,再搬回去时,"我那本文言文通解不见了""我数学书没了"类似这样的声音络绎不绝。

贺迟晏直接把书都放在了江岁宜的工位上,手机也是。

这人的理由很充分:已经没有其他位置可以给他放了。

他过来搬书时,江岁宜正对着那部振动不停的手机,手足无措。

书很多,他使了劲的小臂肌肉绷紧,手背青筋突出。

江岁宜把手机放在那摞书上,提醒贺迟晏道:"刚手机响了好几下,有消息通知。"

他"嗯"了一声,毫不在意地问:"谁发的?"态度自然,就像是随口一问。

于是江岁宜也顺嘴回答:"你的助理。"说完才发现不对劲。

她这岂不是变相承认,她看到了他手机的壁纸。

尴尬的氛围持续蔓延,逐渐微妙起来。

贺迟晏没有把书放下来,反而撩起眼皮看她一眼,笑道:"你帮我看看,他说了什么?"

江岁宜没有任何动作。

他很轻地挑了下眉,眼神示意他此刻并不方便自己操作,然后垂下眼睫,缓着声音说:"求你。"

天,这谁忍得住?

江岁宜抿了抿唇,抬手拿过手机。

他的锁屏密码,她是知道的。当时为此,她还失落了一小下子。

只是,此刻再输入熟悉的数字,却收到提示:密码错误。

江岁宜以为是自己手抖,不信邪地又输了一遍,密码错误的提示仍是没有变。

她蹙起秀气的眉毛,疑惑地抬眸看他。他垂睫似笑非笑。

贺迟晏一点都不记得那天晚上的事,自然也不记得她获悉他锁屏密码的事情。

不过现在,经过她这一番愚蠢的操作,他必定也该想起来了。

"你改了?"江岁宜先倒打一耙,看起来颇为理直气壮。

贺迟晏漫不经心地点头,漆黑的眼眸一眨不眨地盯着她。

"那,改成什么了?"

137

他好像能察觉到此时她在想什么一样,很轻地叹了口气:"0910。"

0910。

这个数字,要说普通也普通,但要是说有什么特别的意义……

江岁宜大脑宕机了一下,迟疑的话不经脑子地问出口:"为什么?"

贺迟晏微仰下巴,似乎笑了一声,气息激起微弱的电流。

"还能为什么。"他简短地回应,一个字一个字说得很清晰,"热爱并尊重人民教师罢了。"

江岁宜没说话,匆匆低头戳着手机屏幕,点开消息通知。

他助理说的是工作的事情,江岁宜尽职尽责地转述,然后又把手机匆匆还给他。

但这个人显然还没有满足。

贺迟晏靠着江岁宜工位的玻璃,歪着头笑问她:"不评价一下锁屏壁纸吗?"

江岁宜沉默两秒,手指无意识地蜷了蜷。

然后,她毫不留情地把他赶出了办公室,理由是:"我要工作了!"

学生考完之后,就轮到老师夜以继日地改卷子。

现在阅卷都是扫描之后在电脑上批改,老师们分工合作,几个人分别承包不同的题型,这样改起来迅速。

江岁宜负责的是作文这块。她看得认真且快,鼠标一点,分数就被划好了。

直到一份试卷跃入眼帘。

这个字体非常熟悉,笔锋遒劲,力透纸背,但看起来有些潦草。

坦白讲,并不是阅卷老师会喜欢的。批卷老师看了那么多份,自然是希望看到工工整整、令人舒心的字。

但江岁宜可能对书写者有滤镜的缘故,觉得写得蛮好看。她仔细地往下读。

作文写的是很常见的标准议论文。

立意找对了。

江岁宜暗自点头,有进步。

看到中段,字迹越发潇洒不羁。

感觉书写者一副即将要睡过去的样子。

距离八百字标识还差四五行的时候,论证断了,逻辑链没了。

整篇文章到此为止,甚至连个句号都没有。

最后一个字的末尾还挂上了一道很长的弧度,预示着书写者此刻倒在桌上昏睡了过去。

江岁宜噎了一下。

好。没关系。她可以理解。

毕竟昨天晚上,她接到了贺迟晏的预告。语文考试毕竟又是在大早上的第一场,很难不困。

只是,谁来给她解释一下——

作文纸下面那大片的空白,为什么突兀地多了两个大字?

看着是实在写不下去了,魂不附体地写出了内心深处的真实想法。

当时他的脑子大概都是完全不清醒的。

看到那两个字,江岁宜的呼吸都紧了紧,然后目不斜视地给这张作文卷批了个分。

她该庆幸,月考改卷没有那么正规,不用像大考那般,作文至少需要通过两个老师的综合评定。

否则,若是有除她之外的语文老师看到,她会想以头抢地。

真是要疯了。

大片空白分明的作文格中,那个落拓的字迹毫不相干地写道:想你。

周五是附中的校园开放日。

从早上开始,就陆陆续续有家长进校。到下午,教学楼才真正热闹起来。

无他,家长会跟在月考后面接踵而至是必备操作。开完会,家长就可以跟着学生一起去看合唱节演出。

对学生们来说,可谓是打一棒给一个甜枣,悲喜交加。

老师们的阅卷速度不是吹出来的。还没到中午,学生们都收到了月考分数和排名。

整栋楼充斥着或兴奋或哀怨的,各式各样的声音。

红榜排名已经张贴在一楼,路过的人都得停下来瞅一瞅。

"我没瞎吧?贺迟晏竟然在榜上!"

"是的,你没瞎。他不仅在,还在前排。"

"这书我是一秒钟都读不下去了!让我一个真正的高中生情何以堪!"

"听说他第一场语文考试睡过去了,没写完卷子,否则应该还能再高点。"

红榜前人群络绎不绝。节目组对拍摄到的东西表示非常满意。

话题和讨论度都有了。戏剧性完全拉满。

八班此时乱作一团,贺迟晏被一群男生围着,变着法地夸牛啊牛啊。

等到人群散去,吴媛媛犹豫不决地看向贺迟晏:"哥,你能不能……暂时,不坐我旁边?"

江岁宜第一次主持家长会,正抓紧向班主任经验丰富的彭老师取经。

正交流着,昨天才把书捧回去的贺迟晏,又把书抱回来,她的工位再一次被堆叠的书占据。

当事人眼皮也不抬,一副是他地盘的样子。

跟在后面的吴媛媛小心翼翼地解释:"江老师,这是我的原因。我妈妈一直以为,我是没有同桌的,所以就……"

吴媛媛妈妈掌控欲强,江岁宜是知道的。但没想到,连同桌都要管束,难怪她一开始主动要求单人单座。

贺迟晏屈起手指敲了敲桌子,问:"怎么他们都拿到语文答题纸了,我却没有？"

他还敢提！

他的试卷不知道被多少双眼睛盯着，又有可能会被镜头拍到。

江岁宜从文件里面抽出贺迟晏的答题纸，微蹙起眉提醒道："下周重交一篇作文给我。"

"我当时，"贺迟晏收敛神情，自我反省道，"没忍住困意，实在写不完了。"

她心道：你何止是没写完，你到底知不知道自己半梦半醒间在写些什么？

江岁宜把卷子塞他手里，神色难辨："你再好好看看。"

彭老师端着玻璃杯，抿了一口热茶，悠悠在旁边看了半天，调侃道："小贺，这么多年过去了水平还在，没给我老彭丢脸啊。"

贺迟晏很轻地笑："应该的。"

说着，他翻到答题纸背面，应了江岁宜的话，真的在好好看自己写了个什么玩意儿。

意识过于朦胧，他也记不清了。

半晌，他终于看到了文章末尾。

他带着气音哼笑一声，喉结微滚，道："虽然这么说不太好。"

贺迟晏撩起眼皮看她，瞳孔漆黑，漫不经心中带着点郑重："但，最后困到只能抒发真情实感了。"

哪个学生没在作文里说过谎？但至少有一刻，是自己的真心实意。

吴媛媛插了句嘴："能给我看看吗？"

贺迟晏好整以暇地将答题纸折了起来，扫了一眼她："走了。不能影响江老师准备家长会。"

他们走后，彭老师转着玻璃杯的盖子感慨："贺迟晏高三刚来到我班上的时候，我还担心他跟不上进度，现在看来，真的是人各有造化。"

江岁宜怔："什么叫……高三刚来？"

彭老师拍了拍脑门："哦哦，小江你不知道是吧。他原来是安棠校区的，后来在那边拿到唯一一个进本部的名额，高三才来到附中。"

江岁宜缓慢地眨了眨眼睛，思绪突然像秋风里的落叶，急速翻飞偏转。

最终，承重着落在满载秋雨的地面。

那一瞬间，她突然想起了很多事情。

想到，为什么她会觉得贺迟晏的字迹熟悉。

想到，付仁舟为什么说附中要加上"本部"两个字。

想到，那66颗纸星星。

想到……那一封封没有回音的信。

彭老师还在自顾自地说着："唉，当时高三开家长会，他亲人一次都没来过。这孩子也是让人心疼。"

"所以我一直说，他是我带过的最努力的学生。"

彭老师最终下了个定论："他是自己人生的热血主角。"

江岁宜睫毛轻颤,无知无觉地张了张嘴,却又什么都没能说出来。

彭老师的声音在她脑海里已经断断续续,回忆闪闪烁烁地播放着。

那年,两个校区开展通信活动,江岁宜一连写了三封信都石沉大海。

李梦言拿到笔友的回信,看到她两手空空,嘲笑道:"你是不是过于热情,把人家吓到了?"

江岁宜郁闷地托腮道:"不至于吧。"

这个活动只有一个月,最后一次写信的时候,她已经做好了自言自语的准备,却没想到竟然收到了回信。

寥寥几个字,对她之前问的每一个问题都做出了回答。

宿命感。

江岁宜此刻理解了付仁舟的话。

她可不就是,仅仅凭着那几个字,就对连姓名都不知道的人心软了。

特地通过程女士的关系找到了负责联络两校的老师,利用"特权"寄了最后一封信,后来每隔一段时间都会寄学习资料过去。

可也就止步于此了,她后来也没关注过,到底是谁拿到了那个名额来了附中。

原来是他。

所幸,是他。

中午,江岁宜回了趟家里。

程女士吃惊道:"你回来干什么?午餐我可没带上你的份儿哦。"

江岁宜本来回来就不是为了蹭饭。她行色匆匆地赶到书房,取出那个收纳箱。

那封信件,应该是被保留着的。果然在底部找到了。

信纸是随意从作业本上撕下来的,纸张早就泛黄,黑色墨水一层层往外洇开。

贺迟晏的字迹变化不大。

只是,好像和她的写法,越来越相似了。

程女士靠在门边,挑着眉看她:"你找那个做什么?都多少年前的东西了。"

江岁宜缓缓开始思考:"妈,如果,你的笔友在现实中认出了你,却不主动来认识你,为什么?"

程女士说:"不想认识也正常啊,可能就是想维持笔友友谊吧。"

她顿了一下,想起来什么似的,敲了下门框说:"哦,后来那个负责两校通信的老师找到我,说是安棠那边又寄了一封过来。"

"……啊?"江岁宜立马问,"我怎么没看到啊?您没跟我提过呀!"

程女士尴尬地扶额:"你当时出去参加比赛了,等你回来我给忘了。"

"那信呢?"

江岁宜忙起身,程女士的话一直萦绕在耳边。

原来他后来给她写过。

程女士揉着太阳穴思忖了半天:"我得想想。"

江岁宜着急道:"您想想!"

"你这么紧张做什么?"程女士狐疑地看她,"这么多年都过去了,很重要吗?"

江岁宜呼吸逐渐平缓下来。

她也在想。很重要吗?当时没有看到的东西,现在知道了又怎么样。

"……很重要。"江岁宜逐渐恢复了平静,正色地对程女士强调说,"此刻,对我来说,真的很重要。"

声音颤抖着,带着程女士从未看到过的无措。

或许本来没那么重要。

但是此刻,因为她心疼他,因为喜欢他。

"别急,妈妈马上就能想起来!"程女士在客厅转着圈,最后一拍脑门,在老江藏私房钱的地方找到了。

那封信有很精致的包装,完全不同于他第一次寄来的那般随意。

程女士轻轻拍了拍她的肩膀,给她留下了空间。

指腹轻轻擦过褶皱的信封,江岁宜垂睫打开看。

依旧不太长,是这样写的:

拿到进本部的名额了。

你说被上天眷顾很重要,但我想要做到更重要,所以我来了。

你也说,人生海海,要站在自己想要的未来。但我目前没有想要的,所以姑且将这句话改了一下。

人生海海,我要站到你在的未来。

附中见。

落款是一个单字"贺"。

更令江岁宜既想哭又想笑的是,她给他写信用的落款是"随意",他给她的称谓却是——公主殿下。

不知道他是怎么想的。

光阴流转,白驹过隙。

得以重见天光的文字早已斑驳,单薄的话语无法弥补。

程女士说,笔友之间不想认识很正常。

可是反了。

在贺迟眼里,她大概才是那个不想相认的。

江岁宜喉头近乎干涩,心脏被攥起一般抽抽地疼,靠着白墙发了好半天的呆。

半晌,她掏出手机,艰难地打字:那你现在,站到想要的未来了吗?

顶部的"正在输入中"闪闪烁烁,他几乎秒回这句没头没尾的话:还差一点。

回到学校是半小时后的事情。

家长已经陆续占满了教室里的空座位,学生们有的四散在走廊,有的陪在家长身边,有的在校园里瞎逛着。

贺迟晏神色淡然地站在靠近办公室的楼梯口。

四目相对。

江岁宜略显无措地揪着他的信，有一种酸涩感在心底蔓延开来。

她此刻勉强弯了弯嘴角，故作轻松地说："所以，最后还是在附中相见了。"

空气有片刻的寂静。

贺迟晏仿若轻轻叹了口气，他垂睫呼出一口气，然后弯腰抬眸，盯着她带着潋滟水光的眼睛，缓缓开口：

"那不然能怎么办？

"我注定是要，循着你眼底的灿烂奔赴而来的。"

2

家长会的主题是"风物长宜放眼量"。

吴媛媛抱着单词书在连廊边蹲着，时不时往教室里面张望一下自己母亲的动作。

果不其然，她一落座就开始翻找抽屉，每样东西都要拿出来看一下。

幸好。

吴媛媛瞥了眼背身靠在栏杆发呆的贺迟晏，垂睫沉思的表情看起来含着无尽怅惘。

他好像从刚才开始就不太对劲。

再瞥一眼坐在连廊阶梯下的何徐行。一贯擅长活跃气氛的他也神游天外，很奇怪。

今天大家都怎么了？

周围传来叽叽喳喳的声音："今晚肯定要被父母混合双打了，我考的什么破排名啊！"

吴媛媛叹了口气，她这排名，也还可以吧？

不知道她妈妈满不满意。

家长会开了一个小时，个别家长留下来找老师单聊，其他的已经被学生带往礼堂看演出。

吴媛媛毫不意外地看见自己母亲径直走向江岁宜，神色看起来很激动。

隔着玻璃窗，口型看不太清，只是一副要吵起来的架势。

她太熟悉这个样子了，心先下意识一抖，然后匆匆赶过去。

"……我女儿中考全市第四十九名，这次月考年级五十名，不进反退。"吴媛媛妈妈眉毛直竖，像是忍了很久了，一串话和倒豆子一样疯狂输出。

"要不是刚才有家长提醒，我还被蒙在鼓里！你怎么能安排吴媛媛和明星坐一块儿呢？还是男明星！"

吴媛媛妈妈火气上涌，语气却还是暴风雨来前的平静，冷哼道："娱乐圈当明星的都是些什么人？能是什么好人？净把人带坏！"

江岁宜越听眉头皱得越深，忍不住打断："我想您……"

"妈！"吴媛媛赶来，听了两句，立马意识到事情没有瞒住，鼻息也变得急促，"不是您想的那样！"

吴媛媛妈妈看着自己的女儿，冷笑："不是哪样？"

女生一声都不敢吭。

"你有把心思都放在学习上吗？我早就注意到你状态有变化，有秘密了是吧？日记本里密密麻麻写的都是什么！"

吴媛媛不可思议："您看我日记本了？"

她母亲的手重重拍了一下讲台，斥责道："我不看怎么知道你昏头成这样！追星？你有什么资格！你是高中生了！你有点礼义廉耻好吗？"

吴媛媛喉咙里溢出抽噎，随即又被强行压下去。

她遽然抬头，扯出一个冷淡的笑："我怎么不要了？您跟我爸离婚的时候，您想过吗？"

"啪"一声，清脆的巴掌落在女孩的脸上。

落下的手又扬起，还想来第二次时，被江岁宜制止住了。她把吴媛媛拉到身后，开口："吴媛媛妈妈，首先，动手打孩子，这种教育方式是不对的。"

吴媛媛妈妈刚想反驳什么，接触到面前这个年轻老师的眼神后，双手微动，一时被震住没开口。

"其次，我理解您对孩子成绩的担忧。但，您真的觉得她不优秀吗？"她扫过眼前的中年女人，"媛媛中考拿了音乐特长的加分，排名是四十九名，抛除加分，她明明是进步了，您又为什么否认她的努力？"

江岁宜研究过班上每一个学生的情况。

"再者，节目开始录制前家长都签了知情同意书，我没记错的话，您也是包括在内的，为什么在此刻提出质疑？"

她语气并不锋利，听起来不疾不徐，却很坚定。

"最后，您似乎对明星这个职业有很大偏见。"她不卑不亢地继续，"您可以去楼下的红榜看看，吴媛媛的同桌，此次考试并不比她差。贺迟晏，是被写入附中简介的优秀校友。

"我不鼓励追星。但是，一个好的偶像带来的不是负面影响，而是藏匿于平静下的力量。"

她从头到尾语气都很平静，神情认真。

空气流动休止了片刻，吴媛媛妈妈面色漠然："那又怎么样？吴媛媛不需要。"

吴媛媛再也无法抑制内心情绪，泪水决堤般涌下，哽咽："我需要。"她近乎艰涩地抬头，"从小到大，您让我做什么我就做什么。您不让我穿裙子，我就一次没穿过；您让我学钢琴我就认真学，可您又在我爱上它的时候，告诉我以后别再碰了。

"我真的，需要一个能透着光喘口气的缝隙。"

吴媛媛妈妈一愣，拧眉道："江老师的话我不做什么评价。我给你的缝隙还

144

不够多吗?"

母女俩倔强的对视被缓步进门的贺迟晏打断。

他目光掠过僵持中的众人,站定在江岁宜旁边平缓开口:"您好,我是吴媛媛同学的同桌。"

吴媛媛妈妈惊讶得说不出话。

面前人与其说像个泡在名利场里的明星,不如说像马上要走上台领誓的学生代表。

那种良好修养盈润出的气质,不需要什么东西修饰,也能叫人须臾闭嘴。

"您可以对我有百般注解,但请您相信自己的女儿,相信她是一个坚韧、勇敢且努力的人。"

"也相信她的老师。"

贺迟晏侧目看了江岁宜一眼,郑重而认真:"她的老师更是如此。"

解决完闹剧来到礼堂时,人群已经几乎坐满。

吴媛媛妈妈出神地坐在角落里,江岁宜刚刚单独又跟她聊了许久,现在只能让她自己思考。

贺迟晏靠在椅背上,看着台上主持人声情并茂地讲话,突然察觉到什么似的转头说:"你已经看我好久了。"

礼堂穹顶宽阔而宏伟,他露出的侧脸利落而清隽。

这一天发生了太多事,江岁宜觉得自己大脑的容量都不够了。

她若无其事地转回自己的脑袋,直视前方的舞台:"你们的彩排我都没看过。"

贺迟晏说:"看过了,还有什么惊喜?"

哦。江岁宜又问:"何徐行的家人来了吗?按照计划,应该是到了吧。"

他把手机递给她看。小维发信息告诉他,已经将他们带到了后排。

江岁宜看完之后下意识左滑退出,来到了消息界面。

视线一瞥,她抿了抿唇。他给她消息置顶了。

演出的顺序是抽签决定的,他们班位置在压轴倒数第二。

八班学生提早去了后台做准备。

前面两个有明星在的班级,一出场气氛就很热闹。形式倒也算不上特别,不过毕竟有人气支撑,评审给的分数低不了。

全场的选曲风格惊人的相似,甚至有两个班级选择了同一首歌。

台前红色的幕布拉上,后面是在台上站好队形的八班学生。

再拉开,满场哗然。

"咦,贺迟晏不是在这个班吗?人呢?"

"没看到啊!难道他不上场吗?"

"他们班的服装好好看哦,特地定制的吗?"

《重返十七岁》在演出开始前也开了直播,此时弹幕也是满屏的。

音乐声一响,全场开始笑。

光束打到台边黑暗处的一位男同学身上,他拿着萨克斯在吹奏,身体还跟着律动晃着,表情陶醉。

合唱开始:"噜啦噜啦嘞,噜啦噜啦嘞……"

"我要跑第一,要开飞机,要电视机,要 CD 机,要 MP3,要冰激凌,要人民币……"

广寒宫驸马:怎么回事?画风突变!

尴尬了:我的天,猪猪侠!我的青春回来了!

迟迟:哈哈哈!难怪贺迟晏不上场,这也太搞笑了吧!

一小段唱完,曲子很和谐地开始变奏,逐渐变成另外一首歌。

"新的风暴已经出现,怎么能够停滞不前——"

嫁广西男人:天哪!奇迹再现!(超大声)我男朋友不喜欢迪迦,我已经跟他分手了。

哟西:这不是重返十七岁,这是重返我的童年,呜呜呜!

中途进入间奏。

又一道光打下来,台上突然冲下来一个"怪兽"。

一个男同学穿着带尾巴的恐龙睡衣,像怪兽一样张牙舞爪地扑下来,直奔江岁宜。

像挟持人质一样,把她拐到了台上。

人群:"啊?"

江岁宜蒙蒙地站到台上。她皮肤很白,在灯光打下来时,衬得更精致了。睫毛忽闪忽闪的,不知道自己应该干些什么,只好跟着一块儿小声唱。

台上,一名同学从人群中冲出,拿出早就准备好的奥特曼变身棒,往天空一挥,展现玩具的灯光特效,大喊一句:"变身!"

守护全世界最好的哥哥:好青春!这个曲子改编以后更好听了!

天线宝宝:这个合唱节直接改成喜剧人大赛谢谢。有一说一,形式还挺新奇的。

何徐行扮演的奥特曼从台侧跃了出来,和恐龙怪兽扭作一团过招式,正当不敌时,巴啦啦小魔仙出现了。

用魔法联手制服怪兽。

江岁宜在台上都看得目瞪口呆,更别提台下及直播观众。

难怪音乐老师说,他们玩得很开心。

音乐又来了一次衔接。

吴媛媛穿着一身蓝色的长裙,编了一侧头发,坐在琴凳前,手指飞快地在钢琴上翻飞。

△贺迟晏还不出场吗?

当台上的队列开始整齐地合唱时,他来了。

何徐行扮演的奥特曼扯下面具,朝后门处高喊一句:"哥!"

灯光打到礼堂后门处,接着响起一阵由远及近的脚步声。

所有观众回头。

而江岁宜因为站在舞台上,所以是直视的。

贺迟晏穿着长款黑色西装,不疾不徐地从阶梯上一步步地走下来。

手伤还没完全康复,所以戴上了白色的手套,麦克风举在左手。

右手边紧紧跟着一个手捧花束的小女孩。

何徐行看到女孩时瞳孔微缩,差点抑制不住激动奔下台来。

那是他妹妹!

这跟排练时不一样。

明明本应该是贺迟晏独自走下来,最后和吴媛媛合作完成钢琴演奏。

阶梯很长,贺迟晏走下来的时候步履轻缓,中途还邀请了一位中年女士上台。

……吴媛媛的妈妈。

走上舞台时,小女孩带着花束飞奔扑到何徐行怀里。

中年女士难掩泪水地靠在钢琴旁看吴媛媛,像回到了小时候看她嘟着嘴练琴的日子。

江岁宜实在没想到,这场演出到最后是这样的。贺迟晏几乎做到让每个人都如愿了。

无论是太久没见到亲人的何徐行,还是和母亲发生矛盾不能穿裙子弹钢琴的吴媛媛,又或是其他想疯狂一次的学生。

这或许称不上是合唱,而是一出猜不到走向的舞台剧。

那他如愿了吗?

彭老师说过,他的家人也从没有来过学校。

她偏头看向身侧的贺迟晏。他单手松松握住话筒,看不出此刻的情绪。

台下多架摄像机在拍摄。

借着裙摆遮挡,她交叠双手背在身后,拇指轻轻戳了戳贺迟晏垂在身侧的手臂。

他顿了两秒,侧目看她一眼,又收回视线直视前方,慢慢地笑了一下。

台上的合唱队列终于唱到了今天的最后一首串烧。

贺迟晏朝着何徐行轻轻点了点头。

收到信号后,无伴奏的清冽少年声音响彻礼堂:"我不再迷茫,思念是唯一的行囊。漫天的星星,有一颗是你的愿望。"

音乐霎时推向高潮。

合唱队列早已不再规规矩矩地站着,而是在舞台上四散开来,带着台下观众摇动着。

淹没在学生群里,江岁宜终于得以松一口气。

最后一句"轻声歌唱,在我身旁"一出,她真的有种青春落幕的感觉。

直到退场到后台换服装,都没太反应过来。

更没反应过来的是在后台见到父母的何徐行,平日里大大咧咧的班长此时眼泪"唰唰"地掉。

吴媛媛和妈妈在心平气和地交流，周围的同学仍沉浸在刚才的兴奋中出不来。

十六七岁的少年人，有滚烫的心，也有独一无二的热忱。

江岁宜看向被众人拉着拍照的贺迟晏。

有些人曾是少年，到现在，仍然赤心不改。

周五的晚自习仍然照旧。

下午演出结束得早，离晚自习还有很长一段时间，家长离校后，一群学生冲出南门，人群坐满了各式各样的小吃门店。

江岁宜在附中读书的时候倒是常来，但是门店换了一波又一波，她工作后很少再去。

此刻被学生拉来坐在巷道的烧烤店里，还有点不知所措。

平日安静的地方，在夜晚却吵吵嚷嚷的，烟火气十足。

"咱们班拿了最佳演出奖，得好好庆祝！"

都到这儿了，哪能让一群孩子付钱，江岁宜大手一挥说她请客。

彭老师曾跟她聊起过，说带第一届学生时，甚至和一群小崽子通宵打过游戏。江岁宜心想，她现在也差不了多少了。

"哪能让江老师请客。"贺迟晏换了一身宽松的衣服过来，拉开塑料椅，坐在她旁边，"我来。"

何徐行又恢复了活蹦乱跳的模样，和吴媛媛取了饮料搁在桌上。

这群人跟贺迟晏混熟以后，也没了顾忌，开口调侃："那是得逮着羊毛多的薅。"

"哥，那个选秀出来的'爱豆'真的谈恋爱了吗？"女生讲出一个名字，故作正经地说道，"这对我真的很重要，你可是我在娱乐圈唯一的人脉。"

贺迟晏手指勾着易拉罐的拉环，清脆一声，汽水泡沫从口子里溢出来浸润手指。

他笑一声，挑眉："我帮你去打听打听？"

那就是不知道了。女生遗憾地摆摆手道："那还是不麻烦你了。"

江岁宜听这"爱豆"的名字有点耳熟，想起来大学室友还给他的出道贡献过票，于是感叹一句："他长得是挺帅的。"

女生得到认同，开心道："是吧是吧！"

一声哼笑从鼻息溢出，贺迟晏把开好的汽水递给江岁宜，低头间只有他们两个人能听到的声音说："他真的谈了，别想了。"

……她没想。

纸巾在里边那头，他伸了手去取，手臂经过江岁宜面前时，她率先递了纸巾过来。

"那你刚刚怎么不告诉她？"

贺迟晏接过纸巾，慢悠悠地擦干净手指，然后团成一团扔进垃圾桶。

他又说："这不是，怕她伤心。"

江岁宜心说，你就不怕我伤心，幸亏我不粉那位"爱豆"。

这一连串动作发生衔接得十分自然，众人都没感觉出来有什么不对。

"那哥怎么会去当明星？"何徐行摸不着头脑，"你可太厉害了！毕业多年还能上红榜。"

"大学时，刚好被星探看中了。"贺迟晏脊背往后一靠，"要说厉害，那还是你们江老师厉害，红榜前排常客。"

学生们钦佩的目光袭来，江岁宜微窘，硬着头皮说："夸张了。"

这群少年人的话题转得也快，注意力立马就到了别的地方。

"江老师，大家说上了大学就轻松了，是真的吗？"

当然是假的。

江岁宜看着一双双清澈的眼，不忍心戳破幻想，道："……大概，是比高中轻松点吧。"

她移开视线，在桌下伸手轻轻推了把身边人，暗示他说句话。

她像是没用什么力气，轻柔到聊胜于无。贺迟晏笑一声，抬眸缓缓说："江老师说得对。"

然后没有了。

你好歹，加点自己的观点吧？

冒着热气的烧烤被老板端上来，一罐罐汽水在空中碰撞，众人提议说要玩游戏。

毕竟老师在场，大家也不敢多放肆，最后玩的游戏是"我没有你有"。

一个人说一件自己没有做过的事情，如果其他人有，就掰下一根手指，直到十根手指都合上，剩到最后的人获胜。

这对于在场两个成年人实在不友好。

"我没有读过大学。"合上一根手指。

"我没有工作。"又合上一根。

……

看着他们俩早早出局，一群人搁那儿狂笑不止，最后提议："不然让仙女和晏哥单独对决一下吧？"

贺迟晏闲闲坐着，点头应："好啊。"

江岁宜刚想评论幼稚的言语又吞咽回去。

开局。

两个人坐到了对面，周边都围着学生，分别摇旗呐喊。

"我没有开过演唱会。"江岁宜说。

贺迟晏手肘搭在膝盖上，扫了一眼她，屈了一根手指，笑说："针对我啊。"

"我没有拿过新叶作文大赛国家一等奖。"他懒懒往后靠，抬眸。

这个游戏到最后，事实上就是比较双方对彼此的熟悉程度。

江岁宜没想到，他连这个都知道。

她抿唇折下手指。

新叶作文大赛含金量很高,守在她旁边的学生惊呼:"仙女,你好厉害啊!"
然而何徐行的关注点是:"晏哥这都有印象啊!记忆力未免太好了吧?不愧是晏哥!"
吴媛媛摇头叹息一声:傻子。
"我微博没有千万粉丝。"江岁宜胸有成竹。
贺迟晏又笑着无奈地摇摇头,折下手指:"我没有拿过挑战杯比赛金奖。"
江岁宜倏然睫毛颤了颤,这他怎么知道?明明是大学时候的事。
如果说前面那个作文比赛的事情还可以解释为,附中出过表彰通知,他看见过。现在这个,就完全没道理了。
贺迟晏懒懒靠在那里,拨弄着易拉罐的拉环,一副置身事外的样子。
现在这情况也不好询问。
江岁宜收回目光:"我没有上过跨年晚会的舞台。"
"我没有在一中实习过。"
到这儿,江岁宜觉得自己输定了。她说的无一例外是众人都知道的明星新闻,但他说的这些,都知道的人绝不会超过一只手。

他到底怎么知道的啊?
江岁宜恨恨地看着仅剩的一根手指,闭了闭眼睛,打算认输让他赢,于是随口一说:"我没有给别人写过情书。"
但很意外。
贺迟晏还是那个姿势没变,可薄薄的眼皮一掀,顿了片刻,敛下神情,慢慢屈下手指。
"……我输了。"
他叹了口气,带着些数不清道不明的情绪,少顷扬起一抹笑:"还是江老师技高一筹。"
江岁宜愣住。意思就是,他曾写过情书?
学生们起着哄,何徐行完全不怕地问:"哟哟哟,给谁写过啊?"
贺迟晏笑了笑没回,往柜台那边走,去结账。

3

走出店外时,天已经半黑,城市烟火气越来越厚重,街巷边路灯都已亮起。
路上都是结伴而行回附中的学生。
江岁宜被学生簇拥着,一边回答问题,一边分神在发呆。
她没写过情书,却收到过不少,她都有仔细看过,然后再把它们退回去。
所以敢肯定从来没有收到过贺迟晏的。
知道他们俩的笔友关系后,她好像又开始变得奇怪了。
太多事无缝衔接地发生,她有很多想问的话还没问出口,但是又不知道从何问起,才显得不那么突兀。
正这么想着,手机传来一声振动。

贺迟晏：要来聊聊吗？

树影摇晃，几盏间隔很远的路灯昏昏黄黄地亮着。

此刻操场跑道上零零落落有一些饭后散步的学生和老师。夜色昏暗，看不清具体的人脸。

两个人一开始都没说话，就这么慢悠悠地走了半圈。

江岁宜悄悄抬头去看领先自己小半步的人，微弱灯光下隐约见到他被风吹翘起来的头发。

教学楼里的喧闹远去，此时只余下穿梭的寂静。

不是他约自己来聊聊吗？怎么都不说话？

大概是猜到了她的内心想法，贺迟晏倏然放慢了脚步，正踩着他残碎背影的江岁宜猛地一顿，差点撞上去。

贺迟晏歪头问："那封信，你是怎么想起它来的？"

其实她不必回信，也不必做出任何反应。

他从来没有因为这个而怪罪。无论从前，还是现在。

只是没有想到，她还保留着。

风簌簌而过。

江岁宜解释："当时我没看到这封信，它被我妈妈忘在角落了。"

好像有些苍白。她补救道："今天彭老师提到你，我才发现。我不知道你后来给我写了信。如果知道……"

人不能美化一条未选择的路。

如果知道，她也不一定就会有什么作为。她不能打包票。

贺迟晏突然停下，转身，这回江岁宜不是险些，而是真的撞上去了。

她下意识后退，然后猛然抬头。

贺迟晏垂着眼眸看她，说："我知道。"

他知道什么？他不知道。江岁宜小声腹诽。

"我知道你是什么样的人。"他叹了口气，轻声说，"以我对你浅薄的了解，如果看到的话，最少也会说句恭喜我来附中。"

但什么都没有。

他从不往坏处揣度她，所以大概能猜到，是因为某种原因，她没有得知这个消息。

江岁宜抿唇："那你是什么时候认出我的？"

"开学的那次国旗下讲话。"从回忆中出来，他垂睫道，"本来没有那么确定，但你说了自己的名字。"

岁宜，随意。

"你的字也很好识别。我第一次被李老师教训作文时，就从那堆优秀范本里认出来了。"

江岁宜斟酌地问："既然这样，为什么不主动来找我？"

贺迟晏沉默了。

认出她的第一瞬间,有过这个想法。但再往后,这想法就越来越淡。

或许因为魏旭的存在,或许因为他们距离太远了。

两条直线短暂相交之后,又恢复平行,这才应该是常态。

贸然前去,不管说什么,好像都显得打扰。

他不敢妄想有更多偏航。

即便是在今天,他站在耀眼星光里,被众多人喜欢,却仍然没有任何把握。

这个问题他不知道该怎么回答。解释,意味着要剖白自己。

贺迟晏转过身,又继续在跑道上走,他低声说:"那样也好。"

明知不可为,却偏要强求。

如果曾经他有这个勇气,也不用等到现在才来争取。

没得到解释,江岁宜摸不准他的想法,只好哼一声,自顾自地说:"那你可想错了,我不一定会恭喜你。万一我就是很冷漠……"

"你不会。"他又停下来了,不过好在这回,他用手轻轻搂住了她一把撞上来的脑袋。

江岁宜踢了一脚跑道上细碎的小石子,反驳:"你怎么知道我不会,就凭那几封信,就让你了解我了?"

风里裹着贺迟晏一声笑。

"你给我寄的那些资料,我有认真看。"

所以呢?

"你在里面的碎碎念挺有意思的。"

江岁宜猛地一怔。寄过去的时候完全没考虑那么多,但此刻他一提,她想起来了……

她一闲下来,就会往各种本子里写吐槽!

他还认真看了,苍天哪。

"而且,"贺迟晏漆黑的眼睫垂下,淡声道,"彭老师跟你提了吗?我没有家长能来开会。"

"嗯。"

他顿了片刻,道:"你也没有。"

江岁宜愣住:"你怎么知道?"

她父母的确没怎么来过家长会。因为一般这时候,他们是在另一个地方主持会议的班主任。

贺迟晏继续往前走,慢慢呼出一口气:"我觉得侥幸。"

"那天,我坐在那个地方。"他指了指不远处的石阶,"然后你突然出现,大概是看出我不高兴,欲言又止地陪了我一会儿。"

"我想,你总该要和我说点什么。"他回忆道,"却没有,你反而剖开自己,试图让旁边的我开心点。"

终于走到一处路灯,暖色光线斑驳地落在他的脸上。

他敛起神情,低声笑了一下:"我或许不够了解你。"

话未尽，他沉默偏头看了江岁宜一眼。

"但人生路很长，我后来遇见过很多很多人，也曾在不同的歌里体会过不同人的故事。"

他的眉微微蹙着，似感叹也似珍视："没有人像你。"

寂静。除了静，还是静。

"所以，你是怎么知道我大学时候的事情的？"

刚刚那个小游戏里，他讲的都是少有人知的事件。

贺迟晏缓了缓神，说："李梦言。"

他思忖了一下措辞："她什么都往朋友圈发，知道你们的近况并不算难事。"

甚至，他决定来参加《重返十七岁》这个综艺，都有李梦言的一份功劳。

正如前面所说的，这是贺迟晏参加的第一部真人秀综艺，他接到邀请后犹豫过。

直到，在李梦言朋友圈里看见了恭喜江岁宜入职的祝贺。

没过多久，又多了一条自嘲她们俩事业顺利，感情不顺的调侃。

那个时候，才知道江岁宜和魏旭并没有在一起。

人是有私心的。他想，假如呢？

如果有短短的一段时间，再以另一种身份相识，能不能会有一点不一样？

像一颗卫星永远围绕行星旋转一样，不断发送对方收不到的讯号。

所幸，天上像掉落了一个馅饼。

在校门口，看到江岁宜的名字出现在他证件上的那一刻。

跑。他脑子里就只剩下这一个想法。

江岁宜掏出手机，又看了眼李梦言的朋友圈。

此时都不知道该对这个不设好友分组的人评价些什么了。

已经走完了一圈，夜幕完全降临。

"嗞"的一声，间隔不远的路灯全亮。

贺迟晏倏然抬眸，光影全落在他脸上，像电影中慢放的动作。

好温柔的画面。她为看不到这个镜头的人感到可惜。

到了现在，她还有一个问题不知道答案。是有关于情书的。

正思考着怎么开口，远处从小卖部奔回教学楼的学生远远地看到他们，冲过来打招呼。

"江老师！"女生咬着快要化掉的雪糕，舔了舔嘴唇，"今晚是您值班吗？"

江岁宜摇头："不是，怎么了？"

"啊？好吧。"女生失望了一小瞬，"那我下星期，再去找您分析一下月考卷子吧。"

"好。你先把每道题的小题分抄一下。"

女生比了一个"OK"的手势："晚自习快开始了，我先回去了！"

看着那个询问"爱豆"谈恋爱的女生跑掉的背影，江岁宜灵机一动，打算从这儿入手："所以，那个'爱豆'真的谈恋爱了吗？"

贺迟晏看她闷了这么久，就憋出来这一句，微仰头，不正经道："你猜。"

跟预想中的不一样啊。江岁宜无语地瞥他一眼。

她只好继续引导说："你看啊，他确实长得挺好看的，而且我上大学的时候还给他投过票……"

也没说谎。当时室友追选秀，硬是拉着全宿舍每天为他投票。

贺迟晏略一扬眉，点点头："你还给他投过票。"

这语气很奇怪，简单重复，但又不强调。

江岁宜懒得想是何用意，又继续说："所以你看，他谈恋爱的话……"

是不是得做点暗戳戳的事情，比如写个情书？

贺迟晏顿了片刻，不答反问："你给我投过票吗？"

……自然没有。

你又不是"爱豆"，靠创作作品吃饭，又不靠粉丝打投。

但正主都提起了，江岁宜默默打开手机微博，打算随便找一个能投票的话题，为他投出自己宝贵的一票。

正巧，广场上刷到了一个。

△盘点你心目中内娱最帅的四个当红男艺人！尊重你内心的第一选择！只能投一个，看看路人的真实心声！

江岁宜往下一滑，选项里，那名"爱豆"和贺迟晏的名字紧紧挨着。票数咬得都很紧。

她一言难尽地扭头往旁边看，还带着点心虚。

"选一个啊。"贺迟晏下巴微扬，一副"我看见了"的模样，让她继续。

见江岁宜没有动作，他一本正经，像在和她讨论严肃的数学题是选B还是选D一般，郑重地问："我好看，还是他好看？"

幼稚。不管是创建这个投票的人，还是贺迟晏，都幼稚得很。

虽然心中腹诽，但手下动作却很诚实，在他名字上戳了一下。

"投了。"

贺迟晏不轻不重地"嗯"了一声，听不出到底满不满意。

都到这一步了，江岁宜还偏要问出答案了："那他到底，是谈了还是没谈？"

贺迟晏看了她好一会儿，平静地问："这么在意啊？你喜欢他？"

这人真的好烦。

"不是。"江岁宜解释，"我就八卦一下。我有一个朋友，她是这个'爱豆'的多年老粉，我就问一下。"

"你这个朋友，不会是你自己吧？"贺迟晏眉梢微挑。

我有一个朋友……这个句式，真的要被玩坏了好吗？她是真的有一个朋友。

"不是！我真的不喜欢他！"江岁宜哭笑不得地自证，"我是纯路人。"

贺迟晏耷拉着眼皮，垂下眼眸，突然问："那你喜欢我吗？"

"啊啊啊啊啊啊！救，命！他竟然这么直白问你？那你怎么回答的？"

半夜睡不着，江岁宜在床上翻滚两圈，看着天花板发了一会儿呆，最终认命地拿起手机，骚扰李梦言。

她这个熬夜族果然还没睡，几乎秒回了一长串上述语音消息。

"快说！这是我这么晚睡觉应得的福利！"

江岁宜"嗒嗒嗒"打了一大段字，又全部删除，改成了发语音。

"我当时脑子都蒙了，怀疑了好一会儿他是不是看出了我对他图谋不轨的小心思……"

谁知道他说的喜欢是哪种喜欢？

关键是他那双多情的眼睛，就那么一眨不眨地盯着她。

在路灯底下，漆黑的瞳孔里面四散稀碎的星海，像淬着银河，稍不留神就要迷失。

搁谁谁不迷糊？

"然后呢？然后呢？"

"然后……"江岁宜爬起来，去客厅接了杯水，闭了闭眼，装死道，"我说，我要想一想。"

你喜欢我吗？

……我要想一想。

"咕噜咕噜"一杯凉水灌下去以后，江岁宜靠着房间的门，感觉不到疼一样，把脑壳往上面磕："啊啊啊啊啊，我到底在说些什么！我是不是脑子有问题？"

她现在只想掐人中，两眼一翻，世界无关。

李梦言无语的声音传过来："是的，你是。"

"大明星哎，当着你面问喜不喜欢他，你说想一想？"李梦言语气起伏极大，颇有些不可思议地评价，"你们俩一个比一个夸张。"

江岁宜躺回床上，用被子蒙了一会儿头，然后才小声嘟囔："就是因为是明星啊……"

根本猜不透他的心思，也不敢随便猜。

李梦言又发来一串询问："再然后呢？他没给点什么反应？你这已经算是不给他面子了吧？"

江岁宜回忆了一下。

当时她话音落下，两个人同时愣怔。

她瞪大眼睛，想挽回一下，却又不知道怎么说，幸好晚自习的铃声及时打响，救她于危难之中。

贺迟晏是什么反应？

他好像喉咙里溢出一声很轻的笑，垂下眼睫，然后再缓慢抬起，说了一声好。

好什么好！

"应该算，没什么反应？"黑暗中，江岁宜伸出手，抵着额头，辩解道，"那不然你还有什么好的回答？"

他这个问题问得实在太狡猾了。说喜欢也不对，说不喜欢更不对。

155

根本无解。

明明她是想问情书的事，怎么反倒被他套话了！

"这还用想吗？"李梦言就差用手指着江岁宜的脑门了，恨铁不成钢道，"就直接说喜欢啊！先看他是什么反应，再决定你是什么反应，实在不行就当成是互相恭维的客套，说是他粉丝也可以啊！"

江岁宜说："你现在是马后炮，我当时脑子一片空白，哪想得到这么多。"

李梦言给她发了一个"我晕"的表情包。

"别人孩子都生俩了，你俩手都还没牵上呢。"

"乱说什么。我睡了，明天要搬家。"

"提到这个我就很伤心！我竟然不是第一个参观你新家的朋友！"

"还有！你们俩这进度也太慢了！我好想给你们按一下加速键！"

"最后！你还记得这个综艺录制了多久吧？宝贝啊，还有一个星期哎，再不抓紧就没机会了！你听到没！"

没再管对面的消息，江岁宜把头发揉散了，捶了一小会儿床，安详地躺下。好不容易酝酿出点睡意，脑海里又反反复复循环这一小段画面。

不断惊醒，又倒回去，睡得异常艰难。

4

说第二天搬家是认真的。

江岁宜快毕业时，校招成功"上岸"，父母给她付了一套房的首付，工作以后就用自己的公积金还贷款。

装修好以后通了几个月的风，现在终于可以住人了。

不然一直住在父母那里，影响他们二位种花遛鸟。

房子不大，在很不错的地段，绿化和物业在本地人的口碑中都很好，安保也过关。离学校比原来远了些，但也没有很过分。

新房入住，请了几位朋友吃饭。

魏旭和徐蓉自不必说，还请了位刚好因出差而来到宁宜市的大学室友。

没错，就是那个拉着她天天给选秀投票的大学室友。

门口零零散散的纸箱江岁宜还没来得及收拾。算算时间，邀请的朋友快到了，她将门留了缝隙，一推就能进来。

正在厨房里面忙碌时，门被不轻不重地叩了三下。

她做菜做到不太会的地方，正在打电话向程女士询问，一边肩夹住手机听指挥，一边往门口喊了句："进来吧，先随便找个地方坐一下。"

程女士又指导了一会儿，挂了电话后，江岁宜开小火焖上。

正松了口气，客厅传来一声惊叫。

毕竟一起生活过好几年，这声音一听就能认出来，大学室友宋莹莹。

不知道发生了什么事引得她这般大惊小怪，江岁宜匆匆出去，问："怎么了？"

宋莹莹站在餐桌旁，一手握着手机，一手半遮住嘴巴，错愕地盯着右前侧。

听到江岁宜的询问，她缓慢扭过脑袋，像见了鬼一样，不可思议地抬手一指："他。"

男人靠在沙发上，姿态放松，身体前倾，垂着眸在操作手机，看样子是在回复消息。

他大约是发完了，于是循着声音抬眼看过来。

鸭舌帽取下后，头发松松软软地搭在额前，竟然看出了一丝居家的感觉。

江岁宜瞳孔震惊，脸上的不知所措并不比宋莹莹少。

她咽了咽，像个复读机一样，学着宋莹莹的语调，蹦出一个字："他。"

两个女生面面相觑，神情微妙。

正巧，这时候江岁宜的手机连环振动。

李梦言：不用谢，你应得的。

李梦言：我当不了第一个进你新家的，那必然要有人代替我！

李梦言：你之前说的没错，贺迟晏是真的会回复微信消息啊！这么多年，感觉自己错失太多了！

如果她有罪，一定不是让李梦言这个女人给她出其不意的重重一击。

江岁宜不知道事情是怎么发生的。

再反应过来，她和宋莹莹两个人坐在沙发上看电视，贺迟晏反倒进了厨房。

大抵是他忍受不住东西烧煳的气味，反正最后结果顺理成章。

综艺的片头曲唱到高潮，江岁宜找到遥控器，调低了声音。

宋莹莹突然像灵魂归位了一样，局促地偏头瞄向厨房好几眼："下次有这种事，请你提前打好招呼行吗？"

江岁宜讪讪地摸了摸鼻子："那也得我先知道啊。"

两人无言片刻，宋莹莹又开口："我感觉我遭报应了……"

"啊？"

"你还记得，我大学时追过的那个'爱豆'吗？"宋莹莹痛心疾首，"贺迟晏和他是对家啊！我在微博上针对了贺迟晏那么多次，现在却吃他做的菜……"

江岁宜静了两秒，如坐针毡，起身去厨房："我去看看有什么能帮忙的。"

独留宋莹莹对着电视上综艺里贺迟晏的那张脸，保持得体微笑。

江岁宜靠在厨房门框边，看他行云流水操作了半晌，自己去反而估计是帮倒忙，于是出声问："李梦言跟你说什么了，你怎么会过来？"

贺迟晏说："能帮我挽一下袖口吗？"

水润湿了双手，妥帖的白衬衫在此时确实有些碍事，他的确需要些帮助。

江岁宜慢慢挪动到他的侧面，小心翼翼地解开扣子，把他的袖口往上挽了挽，露出流畅的肌肉线条。

"谢谢。"

贺迟晏思忖一下，回答了她的上一个问题："李梦言说，这里有一个十万火急需要帮助的姑娘，让我务必要过来。"

江岁宜在心里将这个口不择言的女人暗暗吐槽了千遍。

"当然还有一个原因。"贺迟晏轻轻甩了甩双手的水珠,"又刷到了她的朋友圈。"

"嗯?"江岁宜摁亮手机,依照提示去看了眼李梦言发了些什么玩意儿。

——这里有个女人,半夜睡不着骚扰我,自己爽了又弃我于不顾!这是何等负心!

配图是打了码的聊天记录。

李梦言同志,朋友圈真的不是无人区!请你停止分享生活好吗?

江岁宜垂着眼,一通输出私聊她:我之前不是让你朋友圈屏蔽贺迟晏吗?

李梦言:本来是屏蔽的,但昨晚把他拉出来了。问就是,经过你的提醒,我才发现我的朋友圈是如此有用。

江岁宜略感疲惫地捏了捏鼻梁,昨夜失眠的倦意一下子都涌了上来。

"所以你考虑好了吗?"

"凌晨三点还没睡着。"贺迟晏抽了张纸巾,仔细擦拭了下手指。

"这个问题,值得想这么久吗?"

江岁宜知道这个问题,指的是她说思考喜不喜欢他。

分不清他是正经、调侃还是玩笑。

江岁宜给李梦言发送了一条消息:如果我说喜欢他,想要去追他,你说他会同意吗?

江岁宜摁灭手机,心脏"怦怦"地跳,话好几次到嘴边,又咽回去。

她又悄然倚回门口看他动作。

锅铲翻炒几下,贺迟晏拧了开关,把刚才用到的碗过了遍水。

侧脸清隽,从容不迫。这种,大概是在偶像剧里才能看到的场面。

江岁宜酝酿了好久,抬眼看一会儿,又迅速垂下眼,最终颤了两下睫毛,突兀地开口:"喜欢。"

耳根泛出的红晕不似正常,她摸了摸耳垂,打算一次性将后面那个问句迅速问完。

她不敢抬头看贺迟晏的表情:"所以我可以追……"

"岁宜,你在哪儿呢?"是徐蓉的声音。

一鼓作气,再而衰,三而竭。

江岁宜说到一半的话戛然而止,问不下去了。这的确也是个不太好的时机。

她立刻转过身,逃也一样地奔回客厅:"这儿呢!"

新婚的小夫妻刚旅游回来,还拎了好多东西。

徐蓉见江岁宜现身,给了她一个大大的拥抱,絮絮叨叨地说了一堆近期的趣事。

一转头发现正在客厅看电视的宋莹莹。大学时一行人聚过几次,此时看见老熟人不免感到亲切。

"宋莹莹也在啊!好久不见了。"徐蓉扑上去,坐在了她旁边,顺着看向电视,"你也看这个综艺呢?"

婚礼过后,作为贺迟晏的合格粉,她拉着魏旭陪她一起补看了《重返十七岁》。

宋莹莹尴尬地笑笑:"就随便看看。"

魏旭放下东西,说:"礼貌问一句,什么时候能开饭?"

"现在。"贺迟晏端着盘子从厨房里走出,淡淡地接了魏旭的询问。

"我的天!"魏旭受惊地往后退了两步,"你也在啊?"再上下打量一眼,"还是你做的饭?"

江岁宜解释:"我手艺比较糟糕。"

魏旭了然地点点头,"哦"了一声,只有徐蓉不解:不是,这跟贺迟晏做饭有什么关系?他又不是主人。

宋莹莹则是震惊:不是,你们怎么都和他很熟的样子啊?

饭菜全上桌的时候,魏旭已经将酒杯都摆好了。

他来的时候带了自己老父亲亲手酿的酒,还有啤酒。

夫妻俩的酒量都很好。宋莹莹倒也不差,不过没敢多喝,只要了点啤酒。

江岁宜从小在程女士的监督下,没喝过酒,就只敢要了点啤酒尝试一下。

贺迟晏倒是滴酒未沾。

江岁宜坐在他旁边,思索他是不是因为上次喝酒的事情有了阴影。

中途大家开始聊天。

徐蓉眼睛里满是星星地问:"你们那个综艺,还有多久录制结束呀?"

"没几天,国庆节前。"

这是一早就知道的事,但是此刻听到,江岁宜的心还是不免重重一沉。

过完下星期,贺迟晏就要离开附中,做回人海中闪耀的大明星了。

话还是得趁早说。

江岁宜朝着徐蓉说:"我也想尝尝你们喝的酒。"她要壮壮胆子。

本来只打算喝一点点,保持大半分清醒。但是宋莹莹收到一条消息看了后,居然也开始灌酒。

众人震惊看着一直缄默的姑娘突然开始变得豪放:"怎么了?"

宋莹莹猛灌一杯后,满是哭腔:"你们看微博!"

"啊?"

江岁宜动作小心地在餐桌底下查看微博热搜,热搜已经爆了,那位她投过票的"爱豆"恋爱,不仅如此,还出轨。

照片录音,证据应有尽有。

宋莹莹痛骂了半小时,带来的酒几乎喝光。

她晃悠悠地走过来,拍了拍贺迟晏的肩,神色凝重。

"对不起。"她伸出两根手指,指着天说,"我以前还因为他针对过你,是我眼瞎。"

场面瞬间安静。

江岁宜赶紧扶住已经站不直的人。

宋莹莹踉跄了两步,稳住身体后又继续说:"之前有帖子说你洁身自好,半点绯闻不沾,我还吐槽过你立性冷淡人设。"

……你怎么什么都敢说!

江岁宜抿唇瞥了贺迟晏一眼,他神色淡然,岿然不动地在听她的发言。

"听说你,有个喜欢了很久的人。"宋莹莹捶了捶头,"祝愿你,美梦成真,得偿所愿!"

贺迟晏终于抬眼,脊背往后靠了靠,真诚道:"谢谢。"

一番讲话结束,她又回到位置上,接着喝。

两个女生不知如何安慰,只能陪着她喝。

江岁宜也有了几分醉意,小心翼翼地问:"明星谈恋爱真的很严重吗?"

宋莹莹头头是道地说:"看走的是哪种路线。像靠粉丝投票出道的唱跳'爱豆',就很严重。虽然我接受还行,但是,他是出轨啊你懂吗!人品有问题啊!"

见她情绪激动,江岁宜附和道:"懂懂懂。那……还有其他类型的吗?"

"还有,像贺迟晏这种走实力派路线的。虽然他也有女友粉,但是作品为王,肯定没那么严重啊。"

江岁宜松了一口气。那就好。

又觉得自己这口气当着人家面松得不太道德,于是又陪着她喝了一会儿。

晚上九点多,魏旭带着徐蓉先行离开,也顺道送了边哭边笑的宋莹莹回酒店。

江岁宜撑着昏沉沉的脑袋,靠在沙发上,看贺迟晏忙进忙出地收拾残局。

没过多久,贺迟晏出来,来到了她身边。

客厅的灯光并不算晃眼,江岁宜努力睁大眼睛,把他整个人的轮廓描绘下来。

他微微躬身弯颈看她,眼里星光细碎,不知道在想什么。

江岁宜无端想到了李梦言给她的回复:怎么可能不同意?

太晕了。

她勉强稳住,拉了拉他的衬衫衣角,拍了拍侧边的沙发软垫:"你坐。"

贺迟晏坐到她旁边,手松松搭在膝盖上。

"我给你那个问题的回答,你都听见了吧?"

好像过了很久很久,才等来了他的回答。

"听见了。"

窗外的夜色愈渐朦胧,难以言喻的情感在身体里面升腾。

又恢复了安静。

江岁宜顿了下,近乎忐忑地问:"那我可以追求你吗?"

贺迟晏没想到她之前那句没说完的话是这个。

他呼吸一滞,躁意翻涌上来,喉结轻滚了两下,漆黑的瞳孔看着她,好半晌才回答。

"不行。"

江岁宜蒙了，鼓起勇气装出的平静淡然霎时分崩离析。

她以半仰的角度看他。刚好可以瞧见贺迟晏垂落的纤长睫毛、紧抿的薄唇，和绷紧的下颌。脖颈修长，喉结在上面突出明显。

他这话一出，一阵一阵的酸涩从心脏溢出，堵着胸口让人难以呼吸。

江岁宜掐了一把手臂的皮肤，才让自己的声音不那么颤抖。

虽然有想过可能是这个回复，但他真这么说出来后，打击不是一般的大。

"凭什么不行？"她吸了吸鼻子，不甘心地问。

她要追求谁是她的权利，是大明星又怎么了？凭什么不同意？

江岁宜勉强坐直身体，微垂着漆黑的睫毛，眼尾因委屈而泛着红。整张脸也是红的，不知道是因为喝醉，还是因为泪意。

贺迟晏半起身去抽纸巾。

她说话的语气是故作的凶狠。但她自己不知道，根本一点儿都凶不起来，乖得很。

江岁宜以为他无情地要离开，使了吃奶的力气将人扯了回来。

她脸颊白净，眸子在暖色调灯光下泛着粼粼波光，碎发散在耳边，看起来很乖。可是表情又很倔强。

她那点力气根本不算什么。

但贺迟晏妥协地顺着力道坐了回来，看了她好久，回答她上一个问题："我怎么舍得。"

怎么舍得让她追他。

"舍不得？"

"嗯。"

江岁宜觉得自己整个人都在飘浮，失去思考能力后，沉默着，双眼迷蒙地盯着贺迟晏。

好半响，她做出了清醒时候一直不敢做的事情——

一只手撑在沙发上，支着半个身体去靠近他，另一只手摸上了男人的脸。

先贴上了他的眼睛，手指描摹了好看的眼型，又戳了戳他翘翘的睫毛。

往下，是高挺的鼻梁，指尖像滑滑梯一样顺着下来，她捏了捏。

最后再往下，她用手背轻轻划过他整个唇瓣。像羽毛的触感，很柔软。

贺迟晏似乎不太好受，喘息有点急促，说话的语调都不太稳。

"你做什么？"

江岁宜手指蜷了蜷，微皱着眉说："你没有阻止我。"

"你明明有感觉。"她很笃定。

但恰是这份笃定，让贺迟晏一直克制的理智近乎崩盘。

被醉酒的她直白指出心中渴望，这似乎并不太体面，但是他没有办法顾忌了。

因为江岁宜此时更为大胆地摸上了他的喉结，捏了半天。

柔软的指尖没有什么章法地乱蹭。

贺迟晏喟叹一声，微闭着双眼，小幅度地咽了一下。

手指触摸着滚动的物体，江岁宜嘟囔着道："好神奇。"

不光是触感，还有心里磨人的酥麻感。呼吸都要随之停滞的感觉。

贺迟晏忍得辛苦，但他没有办法。他无法拒绝，也无法主动。一旦决堤，就会淹没满城。

她会因此感到害怕。

江岁宜听他喘息的声音，又问了一遍："我要追你，凭什么不行？"

"你可以对我做任何事。"

贺迟晏的答非所问，让江岁宜更为气恼，她解开了他衬衫的第一颗扣子。

精致的锁骨露出，江岁宜抚上凸起的弧度，仔仔细细地描绘构造。

蜿蜒的锁骨沟壑里，她的手指在里面肆意游泳。

皮肤相贴带来了巨大的热量。她甚至能感受到骨头之上，贺迟晏剧烈跳动的脉搏。

他好像还是在隐忍，没有任何反抗，任她为所欲为。

江岁宜抬眸向上扫了一眼，瞄到什么后。她一口咬上了贺迟晏的耳垂，软软的，温热的。

有点像徐蓉带来的雪媚娘。

有声喘息不受控制地脱口而出。

江岁宜轻轻舔了舔，确信地感叹说："真的是痣，不是耳洞。"

"江岁宜。"贺迟晏终于出声，一个字一个字的，很轻，但哑得不行。

热意通过耳膜下沉，直抵心脏的滚烫。

他很少会叫她的全名。

这声音里带着的情绪很复杂，似制止非制止，似纵容非纵容，脑子混乱的她有点想不明白，也不太想明白。

少顷之后，她眯着眼睛退开，盯着面前衣衫不整的人看了一会儿，嘴唇动了动，问："什么都可以？"

思绪纷乱的大脑难得有片刻的逻辑，她道："既然什么都可以，为什么追你不行？"

贺迟晏那双多情的眼睛里，早已映出水光。

他呼吸错乱地说道："你可以对我做任何事，但委屈自己的除外。"

"我根本无法拒绝你，你一开口，我几乎立刻就会答应。"他眼角氤氲出艳色，"但我不想让你被主动这个词套上枷锁。所以，站在原地别动。我来，我心甘情愿。"

江岁宜退后一点，半垂着眼，然后又去看他。

视线烫得近乎都要被灼伤。

好半晌，她轻声说："那我又不知道你是什么意思。"

平常小心翼翼不敢说出口的话，在此刻全数絮絮叨叨地吐露出。

"你总是，对谁都很温柔。你对我好，我不敢多想，怕我是自作多情。

"你不说，我猜不到。

"你录完综艺，就可以挥一挥衣袖，继续做不染尘埃的大明星。而我就只能隔着山海，在喜欢你的人群里窥探着。"

"我不愿意这样。与其这样，那我宁愿没有开始。"

眼泪顺着眼尾往下坠，江岁宜可怜巴巴道："可我还是想。"

她哽咽："还是想留下点什么。好歹以后，就算是做梦，也能多些幻想的素材。"

心脏被攥得揪紧，贺迟晏无助："因为我不敢相信。"

他近乎完全剖白了自己。

"我问你喜不喜欢，是想确认。"

他隐隐能够感受到江岁宜的变化，但不够，太微弱了。

"你不喜欢，我就停下。"

塞林格写道，爱是想要触碰而又收回的手，爱是未经触碰却颤抖的心。

贺迟晏觉得，爱是想主导却又臣服的意志。

江岁宜本来觉得很委屈。

但是贺迟晏隐隐显露出脆弱，这般"低声下气"又迷茫卑微的姿态，令她一瞬间泪止。

顾不得思考那么多，江岁宜冲动地贴近，揉了揉他的头发。

像幼儿园老师安慰小朋友那样，温柔又耐心。

见效果不大，她回忆了下不久前的操作，碰了碰他的脸，又顺着下移。

他都顺从地接受。

她的脸很小巧，现在一眨不眨地专注盯着他，眼睛里的倒影全是他，沾了水的睫毛心疼地轻轻颤着。

贺迟晏把后面未尽的话说完整。

"你说喜欢。"

"不管是什么样的喜欢，即使只有一点点也好，别收回去了。"

因为她的喜欢太珍贵了，他想留着珍藏。

贺迟晏偏了下头，看着已经意识不清的人，问道："明天，你还会记得这些话吗？"

江岁宜轻轻"嗯"了一声。

她这一声太没有说服力，听着就挺敷衍的。

太困了。睡着前，她满脑子只有一个念头，她应该去看看他的腹肌。

亏了。

"不知道你现在有几分认真。但随意轻浮地开始，对你不公平。"

本来重逢就没有多久，进展已经很快了，他拿不准尺度。录综艺又时时暴露在镜头下，不能太过。

他垂眼，轻轻碰了碰她的脑袋。

江岁宜又"嗯"了一声，像梦中呓语一般。

贺迟晏几不可闻地叹了口气，语气平静隐忍，差一丝缝隙就要泄洪。

"那么，打个招呼，江岁宜。"
这一声悬浮终是落地。
"我要开始追求你了。"

5

微凉指尖蹭上莹白皮肤，灼热的气息喷洒在耳边。
一只纤细的手臂横在男人劲瘦的腰间，隔着棉质衣物感知紧绷的肌肉。
深蓝色条纹睡衣下角被掀起，堪堪停留在肋骨处，江岁宜看到了块垒分明的沟壑。
极其流畅的肌肉线条，蓬勃鼓起的块状物，隐入夜色和暖灯交织的深处。
没有很夸张，但是张力十足。
江岁宜汗涔涔地惊醒，呆若木鸡地盯着天花板半晌。
窗外透出暗光，给黑夜添了亮堂。
一看时间，凌晨三点半，她掀开被子下床，甩甩脑袋，用冷水洗了把脸。
水滴从指尖滴落下，那坚硬的触感仿佛还在停留，带着灼烧的热意。
头疼得厉害，意识也混沌，但是睡意全无，别样的清醒促使着她思绪发散。
全身都染着不正常的热，她抱着衣物冲进洗浴间，还顺便洗了个头。
出来以后，猛灌了一杯凉水，止不住喉咙里发涩的感觉，终于开始回复消息。
李梦言快一点的时候，发来信息：怎么样怎么样？同意了没？成功了没？
江岁宜：我记不得了。
她根本就没有意识，有些片段模模糊糊的，跟梦境混杂在一块儿，压根分不清。
这梦，真实到令人不敢置信。她是什么恶魔啊，这种梦都敢做！
江岁宜把自己埋在枕头下面，憋了老半天，听到手机振动的声音，才得以喘息地呼吸了两口氧气。
李梦言：给你机会又有何用？我听魏旭说了，最后可是你们俩独处的！
这个点李梦言还不睡，不会是在等着她的消息吧。
江岁宜迷茫又混乱，自我消化不了后，开始向李梦言倾诉。
江岁宜：我做梦了。
江岁宜：我满脑子都是驱散不掉的画面。
江岁宜：怎么办怎么办？我完了我完了我完了！
她之前还担心综艺结束以后，做梦都没素材。这下可好，素材实在过于丰富，短时间内都忘不掉了。
她还有什么脸面去见贺迟晏。
李梦言发来一连串问号。
李梦言：转你五十，给我讲讲细节。
说着，还真的转账了五十块钱。
江岁宜羞赧得想把自己埋了。不是不想讲，是真的讲不出口。
她怎么能做这种梦？

江岁宜丢不起这个人，她决定敷衍一下李梦言：我看到了贺迟晏的腹肌，在梦里。

李梦言给她发了一串省略号。

五分钟后，她甩来了一张动图。

江岁宜脑子里一片糨糊地点开，然后脸红到了脖子根。

那张动图里，贺迟晏的衣摆下角被钩子卡住，往上翻飞了一瞬，他顿住半秒，随即不动声色地把它拉了下来。

整个过程，几乎也就是两秒钟之内的事情。

但镜头通过处理，无限地被慢放，衣服掀起的瞬间，还做了放大。

好清晰的画面。

和梦里，竟然一模一样。

李梦言：全国人民都看过他的腹肌，你除外，谢谢。

江岁宜眼前重新陷入漆黑。

江岁宜想，那不一样。

她在梦里不仅看到了，而且上手摸了，更是咬了。

烦死了，为什么会梦到这些啊？

她睡不着，被这张动图勾起了兴趣，于是去微博超话翻找了半天。

终于，一条名为"已成年，看点腹肌是应该的丨贺迟晏"的博文映入眼帘，附带视频。

江岁宜犹豫两秒，决定做个忍者，先去看评论。

@爱吃醋的小羊：青筋所在之处，心之所往。

@联系方式在哪里：答应我！能不能让我们多看几秒？

@梦里什么都有：仅有的一次露腹肌，这两秒快被我盘烂了！

这也太……

江岁宜抿了抿唇，挣扎了片刻，点进了视频。

这是贺迟晏刚出道时拍摄的歌曲 MV 的花絮。

他仅有的几支 MV 都是在出道后不久拍摄的，后来就只出歌，没再拍摄过。

废旧天台上，女主角小心翼翼地递上手中玫瑰，嘴唇一张一合，似在说着情话。

贺迟晏靠着栏杆，不太认真地在听。有飞鸟路过，他抬头盯了半响，突然转身离开。

那张动图就截取自他转身离开的那瞬间。

这段当然没有剪进正片里。花絮里，女主角直愣愣地看，视线都收不回来。

现场工作人员在静谧了半刻后，齐齐发出一些听着怪怪的拟声词。

贺迟晏本来没有什么表情，被他们的夸张也搞得有些迟疑。

剪辑后，那短暂的两秒被重复播放了好几次。

这个视频也被江岁宜循环了无数遍。

重新躺下后，江岁宜神志不清地想到一个问题。

为什么她是在床上醒过来的？明明好像是倒在沙发上来着。

又做了一晚上的梦，导致第二天醒来的时候眼下青黑。

慢悠悠地洗漱过后，她打开手机，点出聊天对话框，纠结了很久的措辞，最后心死地敲字。

江岁宜：昨晚，我没有做什么说什么吧？有没有很打扰你？

她到底说了心里话没有，说了的话，他又同意了没？

等待贺迟晏"正在输入中"的那几秒，她把自己的后半生都想明白了。

她呼吸急促，说不上是紧张，还是害怕，又或是有一点点的侥幸。

然后等来了对方驴唇不对马嘴的回应：醒了是吧。

她"嗒嗒嗒"打了一长串问号，还没发出去，看到了他的下一句：开下门。

什么？

她刚收到消息，几下不轻不重的敲门声就响起，像音乐里的鼓点，极富节奏感。

完了，完了。

她完全没有做好见面的准备。

她现在满脑子都是昨晚睡前循环的画面。

贺迟晏也没催，就这么安静等待着。

江岁宜捏着手机的指头蜷了蜷，做好心理建设后去开门。

短短几步路，被她走出了赴死的感觉。

门外男人高而瘦，身形优越，肩膀平直宽阔，脊背却没站直。仍穿着白衬衫，只是少了正式，多了散漫。

他神色看起来有些倦怠，微垂着头，门开的瞬间抬了抬眼。

碎发垂在额前，五官精致，下颌线流畅锋利。

四目相对间，江岁宜瞪圆眼睛，心尖在她毫无察觉时一颤，差点手抖把门直接合上。

空气霎时静默。

江岁宜蒙到说不出话来，良久，才在对方轻轻挑了眉之后，机械地回应说："请进。"

他昨天刚来过，自然对房子布局很熟悉，不需要江岁宜的指引。

"早饭。"贺迟晏伸手，将手上拎着的包装袋放下。

江岁宜不知道他是什么意思，接过。

保温食盒打开来看，是小馄饨，圆圆润润地躺在清汤中。

他的表情，貌似是要看着自己吃。

"你吃过了？"

江岁宜给他递了一罐汽水，然后自己取了勺子，一个接一个地往嘴里塞。

"嗯。"

她谨慎地观察他的神色。烦，一点信息都不给她泄露。

于是她很为难地，换了一个问法问贺迟晏："谢谢你昨晚，扶我去睡觉。"

"扶？"贺迟晏手指在拉环上轻轻扣了下，眉心微动，褶出几分疑惑。

他这语气让江岁宜心下一慌："难道不是吗？"

贺迟晏慢悠悠地拎着易拉罐灌入一口，喉结轻轻滚动，失笑："你是真的一点都不记得了。"

"那是，拖？"

他微抬眼皮，身子略前倾，将易拉罐置回桌上。

少顷过后，他慢条斯理地收回手臂，食指在腿上无声敲了敲。

……是抱。

但她一点都不老实。没几步路，她窝在他怀里，手到处乱蹭。

贺迟晏一开始觉得她是喝多了太难受，倒也顺着她，任她为所欲为。

没想到，江岁宜直接扯了他衬衫下摆的扣子，而且就下面几颗。

她到了床上，醉得眼睛都睁不开了，还非要扒拉开，固执地拧起眉毛，睁大眼睛去研究。

真的好努力地在看。

他对她没办法，就由着她来，她却越发变本加厉。

摸就算了，最后还突然上嘴去咬。

贺迟晏得出一个结论，这姑娘喝醉了是真的会咬人的。

还有另一个结论，得亏她没在别人面前醉倒。

这样也就算了，咬完之后她还委委屈屈地指责他说："给别人看，就不给我看。"

她到底哪儿得出的结论。

此刻，贺迟晏略微偏了偏头，好整以暇："你觉得对吗？"

江岁宜眨眨眼，又抿了抿唇，各种回答在脑子里过了好多遍，最终实在不敌，迟钝地问："我昨晚到底做什么了？"

"没。"话没讲完，他突然避了话锋，动作突然顿住，下颌绷紧，目光投射过来。

"你还记得吧。"

江岁宜蒙，错愕惊诧地说道："我该记得什么？"

贺迟晏盯了她好一会儿都不说话。

"你说，你可以考虑接受我的追求。"

哦，可以考虑。

江岁宜垂眼，在心里把这句话默默咀嚼了一遍。

然后猛地发现不对劲。

等等。他刚刚说谁追谁？

谁追谁？

"你不会要反悔吧？"

贺迟晏略一抬眉，一副"你要是敢说是，我就立马揭发你让世人皆知"的样子。

声音飘进江岁宜的耳朵里，她心上蹿起了一阵麻意，压着许久的酸涩忍不住上涌翻腾，连鼻尖都冒出了汗意。

空气再度沉寂下来。

她抬眸一眨不眨地盯着贺迟晏，手上拿着勺子无意识地搅动，企图在他脸上看出一丝开玩笑的成分。

没有。完全没有。

他屈了屈手指，骨节往外凸了几分，遂将手臂落下，坐正身体。

江岁宜心里直打鼓，迟疑地问出口："是我，考虑你？"

两腿微微分开，双手自然地交叠，他抬起眼皮，漆黑的瞳孔望向她。

"不然呢？"

江岁宜"啊"了一声，被这种表面从主动变为被动，实则从被动变为主动的感觉砸蒙了。

这颗七上八下的心，以及完全记不住事的脑子，大概是不能要了。

这么重要的事，为什么会忘？

她现在思绪非常混乱，分不清是惊喜多一点，还是惊吓更多。

稍稍冷静下来，她谨慎地问："我们俩，昨天晚上，没有发生什么吧？"

应该没有。

她虽然记不得，但是这点意识还是在的。

可是江岁宜睁睁地看着，他视线往下落，低垂着眼睛看她，神情不明。

"当然有。"

三十七度的嘴，如何能说出这般令人遍体生寒的话。

没给江岁宜质疑反驳的机会，贺迟晏不疾不徐地娓娓道来。

"说我是中央空调，对所有人都好，就区别对待你。

"说我作为明星高高在上，仗着身份倚势欺人，综艺录制一结束就要删光我联系方式，还拽着我衣摆擦眼泪。"

江岁宜从听他第一句话开始就目瞪口呆。

其实他都是乱说的。

后来她睡着，乖巧地散着头发躺下，呼吸清浅绵长。

手指滑过散落在手边的发尾，他思索了很久，决定不能再做更过分的事情。

她对他毫无防备，已经很好了。

"我没觉得你吝啬，也不会删除你联系方式……"

贺迟晏"嗯"一声打断，脊背往后一靠，顿了两秒，反省自己说："是我的错，我做得还不够。"

"啊？"

见她已经吃完，他从手边的纸巾盒中抽出一张递给她，撩起眼皮说：

"在镜头前不好太过分，可是不明显你又看不明白。"

心脏"怦怦"地跳。

"本打算录制结束后再说，但是既然都到现在了，也没差。"

气氛隐隐约约有点僵持，让人没来由地呼吸发紧。

江岁宜感觉脸都烧了起来。

她慌乱地接过纸巾，咽了咽口水，动作很轻地擦了嘴。

贺迟晏屈起指节在桌子上敲了敲，无声地弯唇笑笑："在你眼里，我对谁都这样吗?"

江岁宜抿了抿唇,欲言又止,终于快绷不住了似的,小声道:"……也没有吧。"

顶多,看起来是对谁都挺温柔。

明星,总是显得有几分遥不可及的。

贺迟晏岿然不动地看她,"嗯"了一声,点头,也不知道对她这个回答满不满意。

"没这样对待过其他人。

"只有你。"

他起身收拾桌面,整理好保温食盒,把纸扔到垃圾桶中。

说话时候的神情过于随意自然,导致江岁宜怀疑自己耳朵是不是听错了。

放在桌面的手机响起,打断了此时的寂静。

贺迟晏指尖沾了些汤水,不紧不慢地扯了张纸在擦,然后点了接通。

是工作上的电话,对面问他在哪里,要来接他,到时间了云云。

江岁宜听得明白,于是他挂断后,她看着自己被揪起的裙摆问:"你这么忙,还来找我?"

她又抬头看他。

光下的他像是加了层滤镜般的耀眼,黑发上都跳跃着细碎的亮点。

"采访而已。"贺迟晏扯了扯嘴角,"比起和你把话讲清楚,是算不上什么。"

他好像讲得很清楚了,好像又没有。

江岁宜轻声道:"手机上说也行啊。"

"你看不出来?"贺迟晏轻声叹了口气,很轻,无奈道,"我这不是在为自己增加一些追求成功的筹码吗?"

门缓缓打开,身姿颀长挺拔的男人迈出,逐渐远去。

"你大概已经成功了。"江岁宜一时没过脑,小声喃喃,轻得很,几乎散尽尘埃里。

贺迟晏顿了两秒,回过身来。

"什么?"他微微挑眉,撩起眼皮看她。

"没。"江岁宜绷着声音,呼吸都有点屏住,"我说,再见。"

"明天见。"他笑。

第七章 你曾是少年

1

"他真这么说?那你为什么不跟他直接表明心意呀,双向奔赴!大明星哎,能谈到这种极品,以后你再也看不上其他人了吧?"

李梦言比自己遇到这种事情还激动,根本压制不住自己,在"哇哇"乱叫。

江岁宜塞着耳机,转着支笔在填运动会的表格。

国庆放假前的一个星期,学生的心思早已经放飞。

月考刚过,这周又要举办运动会,有两天不用上课,整个年级都闹哄哄的。

"本来是想说的。"她屈起手肘抵住额头,"可是,这校园综艺还没结束,我们这……"

难以启齿。

她打字:可能,也许,万一,算师生恋呢?

"你想太多了!"电话那头,李梦言疯狂跺脚,"不过也好。不能让他这么轻易地就追到你,否则不知道珍惜。"

江岁宜笑笑:"其实我都不知道,事情是怎么发展现在这种样子的。"

"管他怎么发展的。"

李梦言托腮畅想:"他公布恋爱消息的话,微博服务器会不会瘫痪啊?"

"八字没一撇的事情你就别多想了。"江岁宜扶了扶额角,"不跟你说了,我忙去了。"

撂下笔,江岁宜把表格收好。

"运动会老师也要参加吗?"邻近工位的年轻女教师也才第一年入职,对附中情况还不太了解。

隔壁班精神头足的英语老教师说:"可不吗?要不是实在年龄大了,我也打算报名呢,现在担子全落在你们小年轻身上了。"

"主任说了,不参加算偷懒怠工哦,至少报一项。"

"啊?我体育可差了,这下可得露怯了。"

江岁宜在附中读书时围观过,此时提出建议:"不如在团体项目里混一下吧。"

三个年级的教师分别组成团体,在里面浑水摸鱼一下未尝不可。要是个人赛,谁敢跑得过领导?

虽说是趣味运动会,主打一个玩,但该顾忌的还是得顾忌。

年级里给江岁宜安排的是团体赛的两人三足,都是男女搭配。

和她搭档的,是两层楼下办公室的数学老师,还没怎么说过话,她怕会有点尴尬。

下午放学后,一群老师约着去操场练练,毕竟也不好在学生面前太过丢脸。

江岁宜匆匆赶到操场的时候,那位数学老师陈时远已经在等着了。

很斯文,戴着副金丝边眼镜的男老师。

旁边好几对老师已经绑好腿,一边笑一边骂骂咧咧地往前走,颤颤巍巍的。

陈时远见江岁宜过来,笑着随意道:"我来绑?"

她自然没有什么意见。

陈时远半跪下,丝带在两人脚踝上打了个活结,调整位置后,仰头问她:"紧不紧,还行吧?"

江岁宜点头:"可以。"

教学楼走廊里,体育委员漂移进高一(8)班,叫道:"各位,猜我在操场看见了什么?"

有人揶揄:"就你会大惊小怪。"

体育委员一边摇头,一边摇了摇食指:"我看到仙女和楼下数学陈老师练运动会项目呢,模样亲密得很。"

"哇哦。"

"喊。又不是真的在一起了。"

"但是颜值还挺般配的,陈老师算是附中师草吧。"

八卦向来是人的天性,尤其是青春期的学生。教室里瞬间响起讨论声和一些起哄的鬼叫。

何徐行正在埋头苦战赶作业,一只手敲了敲他的桌子,长指微弯。

他一抬头,看见贺迟晏往后略一仰头,没什么情绪地问:"去不去?"

两人三足这个游戏简直是经典中的经典,经久不衰。

但合作间,胳膊必须碰撞在一起,为保持住平衡,最好得相互搂着,搀扶腰间更好。

不过说在乎这点接触,就显得很矫情。

江岁宜只能勉强忽视掉这种接触带来的不自在,他们慢慢走了小半圈后,能不出错地顺畅走下来了。

停下休息时,陈时远忽然开口:"江老师,这个机会是我主动向主任要过来的,因为听说你目前……"还是单身。

"江老师!"身后传来声音,何徐行追上来喊住她。

不知何时,多数有运动项目的学生也来到了操场练习。

陈时远话音暂停,自然地说:"你跟学生先讲。"

何徐行停在江岁宜面前,询问:"江老师,今年趣味运动会新增了师生合作项目,我们自作主张给您安排了,您看您什么时候过来一起练?"

江岁宜茫然:"什么项目啊?"

何徐行:"螃蟹背西瓜。"

这名字一听,就不是什么简单的好项目。

不过这边两人三足也差不多了,她正打算换到学生那边练习,又突然想到什么似的问:"搭档呢?"

何徐行为难道:"江老师,您太抢手了,好多同学都想和您合作,我和其他班委深思熟虑了很久……"

"是我。"那个"我"字微微拖着,重点强调,又极尽随意。

贺迟晏站在她背后,落下的阴影一直延伸到她和陈老师绑住的脚边。

"最终决定把机会留给贺迟晏同学。"何徐行把剩下的话说完。

江岁宜此时只有一个想法,他这筹码未免加得也太多了。

"江老师。"

贺迟晏走到她面前,眼睛微眯,视线冷淡地瞥过两只交叠相挽的手臂,平静地叫她。

"过来吗?"

长久安静地对视过后,江岁宜低垂睫毛。

她抱歉地看向陈时远,解释道:"我可能要先……"

对方理解地温和笑笑:"没关系,反正我们也练得差不多了。"

正准备蹲下去解绑紧的带子,贺迟晏上前一步,坦荡自然地屈膝半跪下。

动作却算不上多温柔,甚至可能有一点暴力。

脚踝上的活结被扯开,指尖带着热意擦过,江岁宜不自禁一颤。

贺迟晏站起来,拍了拍陈时远的肩膀,把丝带递给他,礼貌地笑:"慢走。"

目送陈时远缓缓离开的背影,贺迟晏又偏过头,半垂眸子看她。

江岁宜迟疑地开口:"那我们去练吧?"

贺迟晏不置可否。

何徐行挠头,指了指最边上的跑道:"咱们班在那儿。"

"螃蟹背西瓜"这个项目,事实上就是两个人背靠背夹住气球,胳膊相互挽住,完成五十米路程。

这是个接力赛,一共三棒,江岁宜和贺迟晏是最后一对。

问题就出在，最后一对需要加大难度，也就是蒙住眼睛。

何徐行说："先和自己的搭档练，最后再看看能不能接力上就行了。"

敏锐地感受到身边人有些微妙的不爽，江岁宜看了看周边跟拍的摄像机，谨慎开口："我们去边上吧？"

看着两人走远，何徐行胳膊搭上自己搭档吴媛媛的肩，两眼望天，叹了口气："我悟了。"

吴媛媛攥着气球研究，随口接道："你悟到什么了？"

何徐行："你为什么说我是傻子，怪我没有眼色。"

吴媛媛皱眉，神色莫名："嗯？"

何徐行："我竟然才看出来。"声音越来越小，好像很沮丧。

"刚刚站在陈老师旁边，我都不敢呼吸，有一种下一秒就要沦为炮灰的错觉。"

吴媛媛努嘴，摇摇头："众人皆醉我独醒。"

当天，一个名称为"情投宜贺左右护法"的两人群聊横空出世。

一路都没有怎么说话，江岁宜见空气沉寂，索性开始吹气球道具。

吹得球形饱满了，才倏然发现一个问题——她手工太差了，结都打不上。

须臾后，江岁宜偏头，眼神沉默注视。

贺迟晏问："怎么了？"

江岁宜捏住口子，理直气壮地递过去，使唤道："系不上，你来。"

这语气一出，她自己先愣住了，颇有种恃宠而骄的味道。

贺迟晏看了她半晌，然后抬了抬眉，突然笑了一声。

是那种从喉间飘出来的笑，带着一点气音，显而易见的愉悦很多。

理解不了他的心理变化，江岁宜蹙眉不语。

贺迟晏垂睫接过气球，笑着轻摇两下头，灵巧地打了个结。

见他喉结滚了滚，江岁宜目光凝滞，莫名其妙觉得，滚动间皮肤上下战栗的感觉，她应该是知道的。

"好了。"

江岁宜向四周观察了下别人是怎么玩这个项目的，看了半天，只得出一个结论：各显神通。

跳的，蹦的，有的侧着走，有的倒着走。

她决定每个都试一试。

"我们先不蒙眼。"江岁宜稍稍后仰身子，把气球置于背后，然后抬头看贺迟晏，"你过来呀。"

微拖的尾音落在空气中："知道了。"

虽然江岁宜觉得自己把气球吹得挺大的，可以阻隔一部分身体接触，但是事实证明聊胜于无。

贺迟晏宽阔的后背一贴上来，存在感就变得格外强烈，压根忽视不了。

她整个肩背完完整整地靠住他。

感官被温热地包围，无名的浪潮一阵阵涌过来。

他往后偏头喊她:"手臂怎么挽?"

江岁宜刚想回答,就听见他带了点好笑地问:"像刚才你和那个……王老师一样?"

她懒得挑错纠正说人家姓陈。

背身看不到他的表情,江岁宜直接抓住他的手臂,交叠起来:"就这样。"

他又笑,轻咳一声:"好像不一样。"

这话说得太刻意了。

"才没有。"江岁宜顿了顿,其实莫名地有些心虚。

人的身体真的很诚实,不喜欢就会产生抗拒。就像她刚和陈老师在一块儿,只有不能宣之于口的尴尬。

贺迟晏不轻不重地"嗯"了一声:"你说什么就是什么。"

这人真的好烦啊。

他们试了好几种行走方式,最终还是选择统一脚步侧着走。

几轮试下来,开始尝试提升难度的蒙眼版。

黑色丝巾被修长手指松松拿在手上,见江岁宜站那儿动也不动,贺迟晏喊她:"过来。"

江岁宜慢吞吞地挪过去,伸手把额前碎发撩了下。

为什么犹豫,因为此时她脑子里确实划过一些念头。

那条黑色丝巾被白皙的手拿住,凸起的指节间,就很……

贺迟晏像完全察觉不到这事暧昧似的,神情坦荡地蒙上她的眼睛。

她看不见后,其他感觉器官变得很敏锐。

比如此时,她感觉到两只手臂绕过她耳边,温热呼吸自上而下地喷洒,他在后脑勺那里轻轻打了结。

顺便还整理了她垂落在身后的低马尾,刚刚运动间似乎有些散了。

正常人都是绕到身后打结,可他偏不。

她能想象到这个姿势。她整个人应当是被环住的,像是虚虚地拥抱。

"你好了没?"时间流失得似乎有点久,江岁宜忍不住出声。

回应她的是紧紧贴上的脊背。

失去视觉上的方向感,行走间的安全感只能依靠对方。

本是她主动拽着贺迟晏,但察觉到她在黑暗中的轻颤后,他反客为主。

纤细手臂被线条流畅的肌肉包裹,似乎有些滚烫和灼烧。

江岁宜不太自在地抬了抬手腕。

"你别动。"贺迟晏的指尖在她手背上轻叩两下,警示一般。

"为什么?"小心翼翼地行走本来就有够挠人,还不让她动,这是什么惨事。

他大概微微偏了偏头,耳旁传来轻声:"规则里写了,若行进过程中松开手臂或采用牵手等连接方式,作违规处理。"

这跟她活动手腕有什么关系?又不违规。

没有多思考,江岁宜直接问了。

耳边传来的声音特地压得更低："你再动，我怕我忍不住违规。"

"不要低估一个追求者的力度。"他如是说。

她果然不乱动了。

手腕间那一点点几乎可以忽略不计的距离，存在感突然变得很强烈。

练得差不多了，整个"螃蟹背西瓜"组开始配合接力。

前面两组学生默契地进行着接力，传到他们这儿来的时候，气球被吴媛媛放入两人背脊中间。

之后就是按照练习时那样，稳步向前。

与之不同的是，周围聚集了一群看热闹的学生，为他们摇旗呐喊，让人听得不禁老脸一红。

快到终点时，这群小孩喊得更卖力了："还有两步！冲啊！"

终于快结束了，江岁宜暗自松了口气。

然而，在越过终点的那刻，她没动，贺迟晏却动了。

在兴奋的尖叫呐喊声中，他抬起左手腕，准确地找到她的手背，并覆了上去。

指节微屈，再滑到下面，翻到手心，不可抗拒地扣住。

脉搏相擦间，悸动要从滚烫血液中跳跃出来。

整个过程不到五秒，贺迟晏捏住她的手指，最后不容置疑地将自己的指尖插入。

原本手背没有什么温度，可等到无缝紧密地交缠，却感受到手心是热的。

空气升温。

江岁宜颤着手思考，这算违规，还是不违规？

确实没有松开手臂，却是比牵手更过分的十指相扣。

她下意识地后仰了一下，却不想，"砰"的一声，气球爆了。

连同高高悬起的心脏一起。

四周传来惊呼，她只听得贺迟晏轻轻笑了一声，尾音上扬说："看来是离得还不够近。"

耳尖灼烧。

毫无防备猛地撞上坚硬紧致的后背，江岁宜却在想——

完蛋，彻底违规。

2

趣味项目结束以后，八班整体穿着班服练了练开幕式入场的方阵。

服装是开学前军训时就定制好的，扎染蓝色，上面印了世界地图的轮廓，还有Q版小人，清爽夏日潮牌风。

全班票选出来，在方队前举牌的是吴媛媛，举旗手是贺迟晏。

方阵走得也随意，东倒西歪，层叠突出，是把军训教官召回来一定会被骂的那种。

周三周四两天是运动会，紧接着就是中秋连上国庆长假。总之，很明显，这周会很疯狂。

开幕式当天早上，江岁宜在办公室里写工作日志，吴媛媛捧着礼服就进来了。

她很为难地问："老师，您能帮我化妆吗？我妈妈和我都不会化。"

走方队是要上操场大屏的，这个年纪的孩子都要面子，更何况是关乎班级颜面的事。

江岁宜自然有心，但无力。她自己化全妆都很勉强，何谈帮别人。

思来想去，她想到了《重返十七岁》节目组。

虽然贺迟晏平常都是素颜出镜，但一个综艺不可能没有化妆师吧？

江岁宜扒着八班门框，把贺迟晏叫了出来。

那天他猝不及防地牵了她的手，她一整天都心惊肉跳没敢跟他单独讲话。

再任由下去，她怕自己扛不住。

"你有配备的化妆师可以用吗？"江岁宜扭头问。

四目相对，她才发现他今天上了妆，脸看起来立体而锋利，骨相流畅，皮相也很服帖地附在上面。

一时间有些沉默。

听见她的询问，贺迟晏很轻地挑了挑眉："你要？"

"当然不是。"顿了片刻，江岁宜仰起脸，"借用一下给吴媛媛化。"

节目组的化妆师果然熟练，来到办公室后，打开大大的工具箱，拿出瓶瓶罐罐，开始在吴媛媛脸上涂抹。

江岁宜搬了张椅子坐在旁边，批改贺迟晏交上来的月考补写的作文。

刚想发表评语，一抬头，发现他一动不动地盯着她看。

她用眼神表达疑惑。

贺迟晏微微敛起下颌，偏头对化妆师说："麻烦待会儿也给江老师化一下。"

江岁宜连忙摆手："我不用，我不用。"

吴媛媛正上着眼妆，听到他们说话，睫毛猛地一颤，睁开眼睛就道："要！要！一定要！"

化妆师被她突如其来的反应吓到，拿着刷子的手一顿，然后倏然一笑道："好好好，你先闭上眼睛，让姐姐化完。"

吴媛媛眨了下眼睛，随即乖乖闭上："江老师，你就听贺迟晏同学的吧，你可是咱们八班的门面。"

又怕说服力不够强，吴媛媛还坚定道："这可是我们共同的一次回忆，留下的一定得是美好的。"

江岁宜有点不知所措，第一次被学生以"教育"的口吻进行建议，一时没能反应过来。

化妆师在动作的间隙也扫她一眼，安慰道："你底子好，简单弄一下，很快的。"

江岁宜下意识转头看贺迟晏，目光暗含自己都没察觉到的问询。

他弯弯嘴角，左手略微抬了抬，意思是"请"。

江岁宜抿了抿唇，点点头说好。

吴媛媛化好之后就和贺迟晏一块儿离开，去换衣服和领牌子了。

化妆师变换着各种工具在江岁宜脸上扫来扫去，为了让她放松，还一边化一边在聊天。

"你跟贺迟晏很熟呀？"

"还好。"

"我们这一行，接触的明星太多了。贺迟晏看起来温和，但是对谁都有层壁垒，这样的人才真是清澈明朗，可也难以深交。"

江岁宜闭着眼睛，听到她这句话，莫名想起那天他说："没这样对待过其他人，只有你。"

娱乐圈这潭浑水，若是真有人能不染尘埃走出来，那必然是他。

化妆师还在碎碎念："哎呀，你这皮肤状态真好，给我省了不少事。"

最后一个步骤结束后，她满意地抬起江岁宜的下巴端详片刻，又说："简单绾个发型吧。"

啊？身兼数职啊，造型师的活也能干。

"不用了，这样已经可以了。"

"很简单的。"

化妆师不赞同地摇摇头，顺手把她的头发盘起后，在工具箱里看了半天，轻"啧"一声。

"有个皇冠就好了。"

江岁宜看了眼镜子里的自己，抿了抿唇，缓慢道："……我好像有。"

她迟疑地从包里取出一个精致的小盒子，是贺迟晏送给她的生日礼物。

化妆师大概没想到她还随身带这种东西，一时间惊到。

精致礼盒缓慢打开，化妆师"呀"了一声，又"嘶"了一下："这……"

江岁宜在网络上搜索过这个，但没找到，见她表情怪异，于是小心地问："有什么不对吗？"

"倒不是不对。"化妆师感慨万千，"小众的品牌，但是吧……"她看江岁宜一眼，神色复杂，"限量定制，价格不菲。"

反正是拿着她的那点工资，大概一辈子都买不起的东西。

听出她的言外之意，江岁宜安静片刻，然后轻轻舒了一口气。

骗人。什么礼物不贵，什么聊表心意。

全是扯淡。

皇冠被小心翼翼地戴上，化妆师又上下打量了她一会儿，倏然开口问："再换个服装？"

江岁宜"嗯"了一声："好。"

因为今天有教师项目，所以她特地穿得比较运动风，和妆容造型不是很搭。

不过她考虑到要和学生一起走方阵，所以还是带了件简单的裙子。

开幕式在上午九点，运动场上已经满是穿着五颜六色的学生了。学生会广播站的人在播放热血的音乐，气氛激昂。

177

江岁宜匆匆穿越满场，赶到班级队伍那儿。

一路接受注目，中途还碰到了陈时远老师，毕竟今天要合作完成项目，她礼貌地颔了下首。

对方愣了下，随即笑开，竖起拇指夸赞道："江老师，真漂亮！"

江岁宜觉得他夸张了点，毕竟她这身着装，比起各显神通的举牌女孩，可以称得上是朴素。

不过毕竟是赞扬，她还是客气地说："谢谢。"

"下午合作，请你多多指教了。"他笑说。

江岁宜点点头，穿过跑道靠近八班，白色裙摆在身后晃荡留下弧度，白皙小腿若隐若现。

还隔着一段距离，就听见那帮小崽子招着手喊："仙女！这儿！"

待她走近自动站到班级末尾，他们更是夸张。

"哇，赢了赢了，仙女下凡！"

"真的不是女明星混入我们中间了吗？"

六班后面是七班，两个班站得松散，离得极近，有关系不错的学生便借着这个机会在跨班聊天。

七班小伙子本来得意扬扬："我们班有两个体育特长生，你们没戏。"

六班男生往后一扫，看见他们班头发稀疏的班主任，不屑地歪嘴："我们班主任好看。"

七班男生持续逞强："我们班有国家一级运动员。"

六班男生继续不屑："我们班主任温柔。"

"我们班有宁宜市长跑纪录保持者。"

"我们班主任头发茂密。"

"你给我滚犊子！"

江岁宜对这事浑然不知，本打算混在方阵的学生中间，不显眼的位置。

结果被何徐行等一众班委软磨硬泡、死缠烂打地邀请到了方阵最前面。

除了举牌和执旗的人，就数她最靠前。

"啊啊啊啊啊，我的天！我们班绝对赢了啊！"安静下来的人群突然又开始哄闹。

江岁宜顺着众人视线往转播屏幕上看去。

吴媛媛穿着灰紫色的长裙，拿着牌子笑着从调度室走过来。

年轻漂亮的女孩，笑起来，就像带着光一样，积蓄着蓬勃的生命力。

镜头给到她身后，是贺迟晏。

所过之处，人群往两旁散开。今天阳光很好，热风扑面而来，一条明亮的路被空出通往八班。

身姿颀长挺拔的男人，被裁剪得当的西装衬出轮廓，宽肩窄腰。

他打了领带，西装裤包裹着长腿，随着步伐，裤脚有规律地前后晃动着。

他不疾不徐地前进，带着不容置疑的气场。

这身着装真的再正式不过，也是江岁宜不曾见过的样子。

与其说是来参加运动会开幕式，不如说是从哪个名利场上走出，闲庭信步，自带矜贵气质和氛围感。

旁边的宋敏英在和他说话，他稍稍偏过头去，眼睫低垂，视线下落，轻微点了点头。

大屏幕给予了他们太长的镜头，全校几乎沉浸在疯狂的尖叫声中。

随着不断迈步，距离被拉近，贺迟晏倏然抬起眸来，隔着纷繁杂乱的人群，视线与江岁宜交汇。

广播里还在播放令人热血沸腾的音乐，叽叽喳喳的讨论声仍充盈耳朵，但是她莫名地静了下来。

像置于隔绝声音的真空罩中一般，安静认真地与他对视。

心脏却不受控制地在疯狂跳动。

贺迟晏很轻地弯了弯嘴角，步子迈得更大了些，转瞬间归队。

领导在台上轮番发言，大屏幕划过方阵特写，连续的闪光灯在身前晃过。

举牌者在最前面，执旗者的位置离整个方阵很近，江岁宜几乎要和贺迟晏并肩而立。

但可能是因为把他送的礼物戴出来了，她显得并不是很自在，欲看又不看地望向他。

像是察觉到了，他突然偏头，面容沉静，神色自若地对她挑了挑眉。

视线最终落到她的发型上，他在笑。

"帮我拿一下。"

贺迟晏把旗子递给她，交接间勾了她的指尖，然后略一伸手扶正她头顶的东西。

飘扬着的旗帜挡住了他的口型，但江岁宜听见了。

他说："皇冠歪了，公主。"

班级方阵走过主席台，镜头扫过八班全体，主持人念着介绍词：

"迎面走来的是高一（8）班。作为现在全校公认颜值最高的班级，高一（8）班……"

这话一出，其他班级愤愤不平："哪里来的全校公认？"

八班同学挥舞着手上的小五星红旗，闻言肆意张扬地狂笑。

让你们羡慕去吧！

摄像机从眼前而过，江岁宜听着运动场各个角落里传来的称赞声，使劲控制住自己的面部表情。

大屏幕上开始出现倒计时数字。

"三，二，一……"过后，五颜六色的礼花绽放，直冲天际，弥漫的烟花将天空染得缤纷。

运动场上方满是随风飘扬的气球，无人机飞来飞去地在拍摄。

青春像一首热烈的诗,此刻同频共振过的瞬间,约等于永远。

运动会,学生们都光明正大地掏出了手机。

走完方阵后,江岁宜和贺迟晏分别被拉着和学生们合照,连别的班的都过来凑热闹。

吴媛媛和同学拍完以后,看到他们俩隔得老远,于是打开手机群聊,发送消息。

何徐行收到指令后,马不停蹄地赶到贺迟晏那边,拨开层叠的背影,吆喝着:"别挤别挤,大家一起拍一个全班合照吧!"

人群迅速站成三排,前排蹲下,中间微屈双膝,后排站上了阶梯。

这群小孩真的好能闹腾。

江岁宜被她的课代表推着来到了中心位,离贺迟晏只有半拳距离。

衣料相蹭,熟悉的干净气息萦绕在鼻尖。

她需要稍稍屏住呼吸,才能让自己的表情显得不那么怪异。

大庭广众之下,多个摄像头轮番环绕,贺迟晏今天都没怎么跟她说过话。

何徐行找来的帮他们拍照的是七班的班主任,中年男人微躬着身体,指挥道:"来来来,都笑笑啊!三、二、一,茄子!"

江岁宜小声地遵循嘱咐,露出标准微笑:"茄——"

头顶落下不轻不重的声音:"岁宜。"

嗯?她下意识地偏头看过去,对方挺拔又随性地站着,神色自若,直视前方相机,一副完全没在叫她的样子。

江岁宜甚至觉得自己出现了幻听。

但一瞥到他的表情,她悟了。

"岁宜"和"茄子"一样,只是个锻炼微笑唇的发音方式。

他好烦啊。

吴媛媛和何徐行像左右护法一样站在他俩旁边,微探出身体对视一眼,不约而同地露出神秘微笑。

"地中海"老师略一摆手,说:"江老师你不要歪头啊,来来来,重新照一张。"

江岁宜耳根泛红,麻溜地收回视线,打定主意,这回他说什么她都不会回头。

"三、二、一。"

贺迟晏这次却没说话。

"行了,你们过来看看照得怎么样!"

一群学生"呼啦呼啦"地围上去。吴媛媛抱住江岁宜的小臂,试探地问:"我能给你们俩单独来一张吗?"

两人还没说话,吴媛媛就迅速解释:"没别的意思,就是用以激励,悬梁刺股,考前再拜一拜。"

贺迟晏微微颔首:"可以。"

江岁宜虽然已经对这张脸看习惯了,但是现在还不能免疫。

她勉强淡定地看向镜头。

"再靠近点,再靠近点。"吴媛媛招着手,恨不得上来给他俩之间上个磁铁。
贺迟晏面容沉静,很顺从地贴近过来。
江岁宜轻轻地屏了屏呼吸。

3
结束后,江岁宜回去把裙子和妆发换了下来。
再回来时,比赛项目已经开始了。她坐在操场观众席的蓝色座椅上跟学生一起看,顺便写写加油稿。
上午比的都是预赛,八班表现还不错,几乎都进了决赛。
午休时,江岁宜回办公室休息,听见几个老师在聊天。
"附中好多年没这么热闹了吧。"
"沾了综艺的光咯!这次搞得这么隆重,我都感觉自己重返十七岁,变青春了。"
"唉,明天就是录制的最后一天了吧,没有镜头,还不习惯了呢。"
是啊,明天录制就要结束了,教室里的摄像头已经在陆续拆除。
这些天来,好似做了一场盛大的梦。
如果梦不会醒就好了。

江岁宜差点睡过了,还好广播里放的音乐过于激昂,将她震醒。
匆匆赶到操场,体育委员看着秩序册提醒道:"找您好久了江老师,待会儿就是教师项目了,您先热个身吧。"
江岁宜缓了缓神:"行。"
八班有专门设立的后勤组,几乎都是没有比赛项目的学生组成的。
贺迟晏拿了根彩带在她面前晃了晃,指了指候场的检录区:"走了。"
江岁宜茫然地"嗯"了一声。
他是她的专属后勤。
教师比赛,围观的学生很多,八班一群没有项目的人,都前去给她加油助威。
陈时远早就在场地等着了,见江岁宜过来,笑着迎上。他们是一道。
"还没开始,我们再练练?"
江岁宜自然点头说好。
陈时远正打算靠近绑上两人的腿,贺迟晏拦了下他:"我来。"
他神色坦荡自然,看不出什么多余情绪。
江岁宜却没来由有些心虚。
贺迟晏半跪在她面前,伸手打了个结,不紧不松,公事公办的味道很足。
他越这样,江岁宜心里越"咯噔"。
比赛时间,校长站在旁边,对着八组老师勉励几句,然后按下发令枪。
络绎不绝的加油声响起:"江老师加油!"
本来她还有点走神,这下子只能把注意力全放在脚下了。

陈时远一手扣紧她的肩，带着她往前跑，中间有些小磕绊，但速度没下来，一路冲在前面。

江岁宜其实有点跟不上陈时远，只能竭尽全力猛跑，可正要冲过终点线时，一脚踩空。

失重感突然来临，她闭紧双眼，脑袋里只有一个想法：幸好到终点了，否则摔倒了还得爬起来跑，怪疼的。

但想象中的痛感没有到来，反而扑进了一个怀抱。

"小心。"

当那干净到像初雪一样的气息传过来，安全感也随之归航。

贺迟晏用手臂扣住她的腰，半抱着，从终点将她稳稳接过。

"赢了赢了！"

"刚才好险啊！"

江岁宜睁开眼，发现倒是陈时远没遭住惯性，狠狠摔了一跤。

她心有余悸。

贺迟晏蹲下来将他俩脚踝间的丝带解开，递给她水和纸巾，真就是一副好好后勤的样子。

然后他又从口袋中掏出盒碘伏棉签，给了陈时远："处理一下。"

随身带碘伏棉签这事，江岁宜记得之前问过贺迟晏，他当时怎么回答的来着？以前有人受伤，他只能看着做不了什么，所以后来就随身带了。

江岁宜心里涌上一个诡异的猜测，不会就是在运动会吧？

他们这组赢了，顾忌陈时远是个伤员，她去主席台领奖品。

贺迟晏目送江岁宜走远后，懒懒垂下眼睛。

陈时远叫了一声他的名字。

贺迟晏闻声撩起眼皮，微微偏头，对上对方的视线。

"能聊一聊吗？"他问。

贺迟晏轻挑了下眉，抬了抬下颌，示意去那边说。

陈时远顿了顿，直白问了："你们俩在谈恋爱？"

见人没说话，陈时远继续道："娱乐圈里漂亮的人那么多，其实你没必要为了尝试新鲜去跟一名普通教师在一起。"

江岁宜领完奖后正在和副校长合影，笑得温柔。

"她要承受很大的舆论压力，可她明明可以安安稳稳地生活。"

陈时远没等他接话，直接又道："这综艺明天就要录制结束，然后呢？未来呢？你考虑过吗？"

思忖片刻，他又神色自若道："你可以有很多选择，她并不是唯一。你作为明星，有钱有势，自带光环，很容易吸引承受不住诱惑的年轻姑娘。但我们教师这行，承担的压力也不小，希望你能理解。"

贺迟晏一开始认真地在听，后面却有些意味不明地笑了。

他不咸不淡地"嗯"了一声，漫不经心地问："所以？你想怎样？"

他心不在焉地表达疑惑,目光落在远方,江岁宜合完影,好奇地打开礼袋在看。
"希望你的玩玩到此为止。"
闻言,贺迟晏垂睫,嘴角扯了扯,半晌后问:"你以什么身份和我对话?"
陈时远愣住,少顷答道:"同事。"
贺迟晏拉长尾音"哦"了一声。
在这位同事眼里,江岁宜得归到经受不住诱惑的那一类中。
"本来不想说。"
他终于正色,偏过头,挑了挑眉,盯着对方,一个个地回答问题。
"没谈,在追,她还没同意。
"尝鲜?我闲的吗?
"未来,也就考虑了千百遍。"
最后,他用漆黑的眼瞳盯紧对方,情绪算不上多好,冷淡地道歉。
"不好意思啊。
"她就是我的唯一选择。"
陈时远和领完奖回来的江岁宜擦肩而过时,眼神复杂。
他刚刚几乎落荒而逃。
在听完贺迟晏的话后,正想提出质疑,对方却先暗含锋利地开口问:"也是你的吗,王老师?"
陈时远甚至没纠正自己不姓王,而是姓陈。
普通人,谁敢笃定对方是唯一选择。大多不过是适合就搭伙一起,不适合就分开。
谁都不会只为谁而来。
但贺迟晏不一样。
即便已经成为众多人可望而不可即的月亮,他也只会奔一个人而来。

没管陈时远的内心活动,江岁宜站到他面前时,贺迟晏定了半天,不知道在想什么。
何徐行追上来,本欲问一下接下来的班级管理安排。
"江老师……"话才说半截,贺迟晏突然抽过江岁宜手里的奖品,塞给何徐行。
接着他语气很僵硬地说:"你先帮忙拿着,我借用江老师一会儿。"
然后贺迟晏就一路领着江岁宜,离开喧嚣的运动场,往教学区方向走。
那个地方,现在几乎空无一人。
何徐行怔怔地看着两人离去的背影,须臾反应过来,去找吴媛媛。
江岁宜跟在贺迟晏旁边,脚步不停地在行进,踌躇了片刻,终于忍不住问:"我们去哪儿?"
结果,还没等到贺迟晏的回答,他们就已经到了目的地。
教学楼的天台。
江岁宜思维发散地想,这地方跟他 MV 里的场景还挺相似的。

破旧，荒凉，平时根本没人上来。

也没地方坐，两个人靠在围墙边，隔着繁茂的梧桐大道，甚至能看见运动场上意气风发的那群身影。

江岁宜这么听话地跟着他一路过来，主要也是想与他单独聊聊。

不巧，两人同时叫了对方的名字。

贺迟晏让她先说。

江岁宜揪着衣服下摆，不知道怎么开口，于是问："你刚和陈老师聊了些什么？"

以至于聊完以后，感觉陈时远有点怪怪的。

其实她感觉，今天贺迟晏也很奇怪。

她自己也有点不对劲。

可能因为《重返十七岁》录制要结束了。真的要结束了。

贺迟晏没答，只是低垂着眼看着她，提起了一件完全不相关的事情。

"那天，我说我追你。"很正式，也很庄重。

"怦怦！"气氛安静，天台的风把碎发吹乱，心脏跳动在此时更为明显。

好几天了，他们都默契地不再提起这个话题，但是他今天突然开口了。

江岁宜沉默了一会儿，睫毛微颤，轻轻"嗯"了一声。

贺迟晏思索少顷，躬身折颈，神色认真，妥协般地开口："你想好答案了吗？"

她的答案或许显而易见。

楼顶风声簌簌，空气中传来她的低低叹息："……你那天录的采访，我看到了。"

是午休时恰好刷到的，采访分了上下两个部分，今天放出了上辑。

采访者是一位名气不小的音乐博主，聊完新专辑后，笑着问他："你写了这么多歌，有关爱情的主题却只有寥寥几首，且似乎都比较悲伤，后续会考虑出一些小甜歌吗？"

贺迟晏思考两秒后，点了点头，回答："会考虑。"

采访者大概没想到他这么干脆，有些惊讶，又有些好奇地调侃道："创作都是跟随心境，考虑甜歌是因为最近好事将近了吗？"

贺迟晏敛眉，少顷笑了下，答道："人生每个阶段都有不同际遇。"

这与直接说"是的"，何异？

"这样啊。"采访者夸张地"哦"了一声，不知道还能不能继续问下去，最终一咬牙说，"我代表观众问个问题哦。"

贺迟晏轻轻挑了挑眉，伸手示意"请"。

"如果你谈恋爱了，会告诉大家吗？"

他几乎没有犹豫，很笃定地说："会。"

垂眸想了想，他又补充："那天来临的时候，与其让大家有众多猜疑，不如由我来公布。"

她看到了。

风吹散了四目相对间产生的热意。

良久，贺迟晏沉声开口："那么多人都看出来了，但你好像总在不确定。"

"本来想等明天节目结束再直白地说，但我现在没办法忍了。"他弯腰躬身，让两双眼睛停留在同一个高度，专注而认真地在看。

这般不容退却的目光让江岁宜感到心慌，血液几乎凝固。

"江岁宜。"他喊。

"贺迟晏喜欢你，只喜欢你。

"不是误会，更不是你自作多情。"

几乎停滞的心脏高高悬起，又重重落下。

再然后，跃动得太快，似乎就要蹦出胸腔。

"采访里说想公布的另一半是你，想写的歌也是为你，全都是你，始终都是你。"

声音不大，但坚定有力。

空旷天台似乎反复播放着这句的回声。

这句结束，他轻轻呼出一口气，低声说："岁宜，你大概不知道，活了这么多年，我所有觉得庆幸的瞬间，都与你有关。

"比如此刻。"

她额前被风撩起的碎发，被他动作温柔地别在耳后，他一字一句地说："庆幸，在我赶到你身边之前，你没有喜欢上别人。"

他认真地跟她确认："你现在应该也是喜欢我的，对吧？"

那双眼睛直直地看过来，不拐弯抹角的话直冲心房，江岁宜整个人几乎被按下了暂停键。

他这句话虽是问句，语气却暗含笃定。

江岁宜没办法接，腹腔中的沸腾不停叫嚣着，让她缴械投降。

于是她别开眼睛，轻轻地点了点头。

怎么会不喜欢呢？

他有一颗鲜活的心脏，满载热忱和滚烫，最终流淌成眸底耀眼的星光。

不管是多年前为几封信记住一个人的赤心，还是今天站在这里，坦荡而热烈的真诚。

都如出一辙地叫人心动。

运动场上正在进行中场表演，音乐声混着人群的叫喊声稀碎地传来，但周遭好像一切都静止了。

五彩的气球在头顶毫无目的地飘扬着，仿佛为这一幕喝彩。

"岁宜。"

贺迟晏郑重地叫出她的名字，凑近了些，低声商量着："我非常非常感谢，也庆幸你的喜欢。这很珍贵，所以别跟我要回去了，我不会还给你。"

别要回去了。

就一直停留在他身上，一直喜欢他吧。

江岁宜觉得自己心里的那根弦快要彻底绷断。

她试图说些什么，但好像说什么都不太合适，于是只轻轻应了一声。

她声音太小，贺迟晏弯腰，整个人贴近，鼻尖只差半指就可以相抵。

她下意识地想要后退，却被他的手揽住后脑勺，动弹不得。

"岁宜，我没有你想象的那么好，我其实很自私，但——"

咫尺的距离，耳边传入的声音像散落的魔音，令人倏然颤抖。

"请你和我，在一起。"语调轻而低，带着不易察觉的诱哄意味。

近乎称得上是庄重。

"谈恋爱吧，行不行？"

这般的请求，江岁宜很没出息地，几乎毫不犹豫就要答应。

心跳声响如鼎钟，剥夺了此刻的听力。

运动场上正在进行"百米飞人"大战，倏然爆裂的尖叫声唤回了她的神思。

江岁宜默了片刻，轻声问："节目，真的是明天录制结束吗？"

贺迟晏"嗯"了一声。

"那好，"好像过了很久很久，江岁宜语气认真，"我确实喜欢你。"

这话，自己知道，和从她口中说出来，完全不一样。

贺迟晏闭了闭眼，垂下眼睫，费力地呼吸。

兴奋到极致是什么样子，大概是一种诡异的平静。

江岁宜脸上闪过一丝别扭："但我们现在立刻就谈的话，可能有概率会算是，'师生恋'。"

贺迟晏被她的"立刻就谈"搞得心悸，听到后面那几个字又哑然失笑。

原来，她一直担心的是这个？

贺迟晏低笑出来，尾音微微拖着："所以呢？"

江岁宜耳根一红，尽量让自己显得正经，小声说道："所以，明天录制结束的那一刻，我们就谈恋爱。"

空气寂静一瞬。

她用忐忑又故作秉正的眼神看他，带着一点"你不同意我就不要你了"的奶凶模样。

殊不知，一点没达到威慑的目的，反而，乖巧得很。

这么多年都等过来了，贺迟晏也不在乎这不到两天的时间。

"那我现在是，预备男朋友？"

"嗯。"

明天录制时间一到，就要第一顺位继承正式的那种。

贺迟晏突然开始笑，带着那种悬浮在空中的气音，无端让人心脏发麻。

她还没来得及抬眸去看他笑成了什么样子，就感到面前的男人倾了身体，两双眼睛忽然对视。

鼻息间的轻微气流都能感受到。

"做什么？"这么近。她有点紧张。

他一时没说话，直到修长手指从发丝中捏出了一根极轻的羽毛，不知道什么时候落下来的。

　　贺迟晏这才稍微拉开了点距离，话音促狭："放心，还没转正，不会怎么样。"

　　江岁宜不知道自己应该是觉得侥幸逃过一劫，还是更该失落。

　　正当心里的小人疯狂打架时，就听见眼前男人喉结轻滚，补充道：

　　"不能亲。

　　"那你能抱抱我吗？"

　　开头那直白的字眼，让江岁宜呼吸顿时一滞。

　　她蒙蒙地看着对方，少顷，僵硬地试探地伸出手臂："你稍微低点头。"

　　纤细手臂一只圈住男人脖颈，一只扣住男人腰胯，有种触电感在指尖升腾。这个拥抱很虚，但她仍能感受到身前人在轻颤。

　　贺迟晏刚想伸出双手，江岁宜却心有所感地松开，退后，小心地伸出食指："就一下。"

　　他笑："至少证明了，不是在做梦。"

　　4

　　两人再回到运动场地时，今日的比赛几乎都要结束。

　　何徐行谨慎地过来，向江岁宜报告班级得奖的情况。

　　还不错，积分在年级里属于靠前的水平。但她听得不太专注，因为思绪有些混乱。

　　何徐行凑到吴媛媛身边，小声问："你说成没成？"

　　吴媛媛："你看我哥那个样子……"

　　何徐行往后排观众席上一扫，看见贺迟晏松松地靠在椅背上，手背抵住眼睛，可嘴角分明勾出了笑。

　　今日运动会项目结束，散场得早。

　　江岁宜在学生都走光之后，去办公室整理完东西也准备回家。

　　正要出教学楼，忽然又被叫住。

　　她微微回头，疑惑地"嗯"了一声。贺迟晏就停留在她身后，没再多走一步。

　　"没别的，就是想说——"

　　江岁宜静静等着他说完后面的话。

　　"我第一次谈恋爱，也太喜欢你，怕我克制不住自己。所以，如果你觉得进度太快，或者分寸太过，请你一定告诉我。"

　　败了，败了。

　　还没谈呢，江岁宜几乎要把这辈子的心跳加速都给用完。

　　她身体里仅剩的能量只够她走回去，再难想其他乱七八糟的事情。

　　在附中宿舍度过的最后一个夜晚。

何徐行抱着被子"痛哭流涕",硬是要拉着他哥互诉衷肠。

贺迟晏恰好失眠,在书桌旁一遍遍地翻数学书用以缓解。

中途收到了节目组的通知,他思忖片刻,转头对何徐行说:"有件事,请你帮个忙。"

录制的最后一天。

趣味运动会结束之后,他们再回到班级里,见证明星的告别。

"同学,可以接受我们的采访吗?"工作人员补充道,"不会涉及隐私。"

整个八班热热闹闹的,平常不轻易进班的手持摄像师都来了。

何徐行大手一挥同意了,身后背景是为了欢度国庆才换的黑板报。

"请问这一个月,你对贺迟晏的看法有什么样的改变吗?"

临近告别,连问题都是这种总结性的语句。

何徐行挠了挠头,面露伤感:"以前,觉得晏哥离我们可遥远。他是娱乐圈顶流,歌曲在大街小巷播放。可是一起度过的这一个月,我都快忘了他原本的身份了,好舍不得他……"

同样的场景也发生在江岁宜身上。

工作人员问:"作为高中同学,简短概括一下你眼中的贺迟晏吧。"

江岁宜想了片刻,引用了网络上的一句话:"远征星辰大海,归来仍是少年。"

贺迟晏今天还是套了那件和八班学生一样的蓝白校服外套,里面却是白衬衫黑裤子。

江岁宜接受完采访,回到班级时,看见所有学生都围着他,边哭边笑地在讲话。

好像在经历一个毕业季。

那件校服外套被脱下,背后大面积的空白处,被一个接一个地用记号笔画上涂鸦,留下感言或祝福。

"江老师!"人群中传来何徐行的高喊,"你也来写一个吧!"

校服后留下的空白已经不算多,江岁宜接过笔,一时不知道该写什么。

她歪了头,问贺迟晏:"你有什么想写的吗?"

他看出她的局促,指着衣服的一个角落说:"那就祝我,美梦成真,得偿所愿。"

讲台上的男人,像刚来那天一样,稍稍倾了倾身体,微笑着说:"《重返十七岁》录制的这一个月来,打扰大家颇多。依然很高兴能回到附中,能遇见这么多可爱的同学和老师。"

他说了许多,大多是和八班学生相处的瞬间。

底下一群人闹着起哄。

"以后,你的每张专辑我都会买来听的!"

"回去给你应援!"

贺迟晏微笑着,半垂下头,解下左胸口别着的姓名名牌,将之置于江岁宜的手心,然后慢慢走出八班教室,留下挺拔顾长的背影。

一个个感性的小孩抹着眼泪，跟着他的步伐走出去，一群人浩浩荡荡地目送他离去的背影。

他们最终止步于梧桐大道这头，沉默着看那个消失在尽头的白点。

可能是受了特殊氛围的感染，江岁宜攥着手心里的名牌，也红了眼眶。

何徐行领着其他同学先行退场，给她留了句话："江老师，你往前再走一走吧。"

梧桐叶飘旋打转着落下，日暮渐沉。

江岁宜抬脚，顺着贺迟晏离开的路，向前一步步走。

暮色深沉，梧桐大道沿途的灯光都陆续亮了起来。

没多久，那边尽头，倏然出现一个身影。

长长的大道上，树荫蔽日，离去复返的人，伴着簌簌的风声，在林荫道上迫切地狂奔。

沿途灯光随着他的步伐，一盏盏亮起，在它们的映衬下，他似奋不顾身向神明奔来的飞鸟。

就像是回到了这个综艺开头的第一幕画面。

然后，飞鸟拥抱了她。

江岁宜落入一个温热的怀抱，单薄的肩膀被揽住，他宽大的手掌落在后脑勺。

这回真的很紧，严丝合缝的，不留空隙的。

他的下颌落在她的肩颈处，搂住脊背的双手轻颤着紧紧相贴。

体温相互交叠，分不清彼此差异。两颗心脏滚烫剧烈地同频跳动着。

鼻息间浸满他的气息。

"女朋友。"他说。

贺迟晏的声音有些许嘶哑。

这短短三个字，带着经年意难平的自我和解，和一如既往纯粹炽热的爱意。

从他去而复返，到飞奔拥抱，前后不过短短几分钟。

江岁宜一开始看他回来时面露震惊，后来缓缓地张开双臂。

原来"再往前走一走"是这个意思。只要她往前走一步，剩下的长路自会有人来完成。

她略显无措地揪起贺迟晏的衬衫衣角，鼻尖微红，问："你怎么回来了？"

节目的所有其他明星和工作人员都已经离场，只有贺迟晏没有丝毫预告地，还停留在附中。

"因为你说，"体温熨帖，贺迟晏的五指抚上女孩后脑的秀发，"录制结束的那一刻，我们就开始。

"我等不及了。

"想立刻看到你，想立刻拥抱你。

"想马上行使作为男朋友的权利。"

也想给够她安全感。

男朋友。听到这个词，江岁宜耳根都快要烧起来。

她这就……谈恋爱了？完全没有实感。

江岁宜感受身前紧贴的温度，目光根本无所适从，脊背无意识地挺得很直。

贺迟晏微微侧了侧头，两片薄唇轻轻碰了碰她平滑的额头，转瞬即逝。

温热触感传来，她确认了此刻真实，也缓过神来，调整呼吸。

"你收敛一点。"江岁宜眨了眨眼睛，"现在是在学校里面。"

教学圣地，不容玷污。

更何况，万一有人突然经过梧桐大道，看到他俩这样……她以后在附中，不要混了的吗？

耳朵上方传来一声低低的笑，贺迟晏说："放心，我让何徐行帮忙了，不会有人来。"

行，早有预谋。就是不告诉她是吧。亏得她因为他离开，还陷入了片刻的伤感中。

须臾，知道她脸皮薄，贺迟晏将怀抱一点点抽离。

江岁宜手里握着被取下的名牌，愤愤不平地把它别回了他的衣服上。

贺迟晏笑着看她动作："好，不闹你了。我借了半小时才回来的，马上要离开了。"

"陪我走一段路？"

江岁宜没想到分别这么快，看不清神色地"嗯"了一声。

两个人并肩走在梧桐道上，一时间气氛有些安静。

江岁宜目光下落，他的手松松垂在裤缝中间，骨节分明，之前受伤的疤痕也在好转，青筋明晰。

她莫名想起了那天练"螃蟹背西瓜"项目时，十指相扣的感觉。

她不动声色地往他那边靠了靠，指尖轻轻逼近，却倏然听见他问："会不会有点后悔？我这个职业，可能没办法和你把恋爱谈得自在。"

贺迟晏蹙了蹙眉："也许在你需要时，我不能及时陪在你身边。"

江岁宜的手指停在他手边，但是他没反应。

想了想，她赌气地小声嘟囔："有点。"

贺迟晏霎时攥住她戳过来的手指，微屈手腕，张开五指，覆上她的手背，再取空隙扣了进去。

契合的慰藉在心脏升腾。

"后悔也没用了。"

紧密地描摹骨节，相贴间，甚至能感受到对方脉搏跳动的节奏。

他唧叹一声："现在光明正大了。"

江岁宜"喊"了一声，晃了晃手："后悔没再拖你一会儿。你说你要追求我，这才四天，你就得手了，我好没面子。"

贺迟晏似乎笑了一声，轻轻挑了挑眉："四天？我怎么觉得，四年都过去了。"

紧接着，他又叹一口气："四年好像也不止，八九年吧。"

这人怎么突然变成这样？就……不太正经。

路灯下两个影子交叠相抵,这段路不长,快走到附中南门时,他们停了下来。

逆着光,贺迟晏偏过身,瞳孔闪烁细碎星光:"我认真的。

"假设某天有人问起你,你要义正词严地回答他说——

"是贺迟晏追的我,并且,他喜欢我很多年了。

"他好不容易才得手,别笑话他。"

他声音很轻,但似乎载着沉沉的重量。

虽然江岁宜觉得他在开玩笑,不过仍有一阵无名浪潮向血液奔涌而来,心脏像被轻轻捏了一下。

"……哦。"

附中的大门就在咫尺距离,他们才在一起半小时,就要告别了。

贺迟晏解释道:"明天中秋晚会直播,今晚要赶飞机到滨城彩排。"

江岁宜"嗯"了一声,她在网络上看到了晚会官宣的嘉宾阵容。

"那你没什么事了的话,赶紧……"

"有。"

江岁宜难掩诧异地抬眸看他,还有什么事?

贺迟晏用食指点了点她的手背,盯了她少顷:"中秋没办法团聚。

"江老师,国庆有空吗?"

江岁宜的手上传来酥酥麻麻的痒感,她顿了下:"怎么了?"

"约会。"

她不自禁地抬头看他,他神色如常,掀起眼皮看她,一副理直气壮的样子。

也确实应该理所当然,就是……她还不太习惯。

想了想,她刚准备说什么,手机铃声响起。

贺迟晏扫了一眼,看到来电备注,示意她接起,他轻抬下巴,等着她结束。

"喂,王主任。"她垂着眼睫,认真在听对方说事,时不时"嗯嗯"两声。

半分钟后,她嘴巴微微张大,眼眸抬起,不可思议地看向贺迟晏。

顾忌那边话没讲完,她又赶紧愣愣地回过神认真听,不停地"嗯"或"好"。

挂了电话,江岁宜愕然看向面前人:"……你骗我。"

手机被她紧握贴住胸口,一副受了惊的模样。

被指责的人却无动于衷地矢口否认:"没有。"

"你有。"江岁宜嘴角一抽,语气笃定,"你明明保证,综艺是今天录制结束。"

贺迟晏不置可否地"嗯"了一声。

"那你解释一下,为什么我接到通知,还有告别演唱会?我不信你不知道。"

他微微点头:"我知道,但'录制'的确结束了。"

演唱会不会录制。

搁这儿玩了一个文字游戏。江岁宜哭笑不得。生气吗?没必要。

他们又不会因为这个不在一起。

她顿了顿,不太理解地问:"那你为什么推荐我,成为最后的发言人代表?"

明明有更合适的人选,比如那些更有经验的老教师。

191

贺迟晏很平静，似乎并不觉得这件事需要什么专门的解释。

"你是一个真正关心学生、体贴学生的好教师。虽然入职不久，但学生无一例外都很喜欢你。

"从少年时期就在积蓄发光的能量，毫不吝啬地对别人释放最真诚的善意，并且一直持之以恒地朝着你的梦想前进。

"没有人不会被这样的人触动。即便踏入成人世界，也依然纯粹，这与《重返十七岁》节目组的初心不谋而合。"

贺迟晏的脸被昏黄的灯光镀上了一层朦胧的温柔，他盯着她看了片刻，又开口。

"从我个人角度来说。

"或许曾受困于少年时期的黑暗，但被你眼底的灿烂照亮。因此——"

他一字一句，认真道。

"只要你在，我就爱这世间。

"我怎么可能不选你。"

江岁宜愣怔着看了他好一会儿，半晌才从心跳"怦怦"中缓过神来。

她拉长语调"哦"了一声，主动伸手环住他的脖颈，把人往下拉了拉。

她下巴抵在他坚实宽阔的胸口，耳根迟钝地染上薄红："你以后能不能不要这么说话？"

贺迟晏环住她纤细的腰肢，垂着眼"嗯？"了一声。

就是令人很羞赧。

"你这样让我觉得，我太重要了，我怕我忍不住会飘。"

贺迟晏眉梢微挑，淡声道："那怎么了，我给你兜底。你飘完记得回来的路就行了。"

麻了，真麻了。

江岁宜凝滞一下，想起接电话前的那个话题，打算说下去："国庆我可能……"

"抱歉，只是询问一下。"宋敏英抱臂站在附中南门保安室的门边，贸然出声打断道。

"已经超了半小时又十分钟了。你们……还打算黏糊多久？"

宋敏英撩了把头发，平复了下自己的心情，解释道："虽然我非常喜欢看到目前这个场景，但是赶不上飞机也很伤神。"

江岁宜猛地推开面前的男人，欲言又止半晌，她僵硬地打了个招呼："宋老师，晚上好。"

她没记错的话，这两人在中秋晚会上要合作一个节目。

国民女歌手此时温和地笑着："江老师好。"

她的视线在两个人之间不动声色地转换，又细细扫了一遍江岁宜的脸，叹了口气："最多再有十分钟哦。小贺，你抓紧点。"

宋敏英随即不留恋地转身，踏出校门口，上了车等着。

等她的身影消失，江岁宜收回目光。

江岁宜的脸红了个透,顿了半天,小声抱怨:"都怪你。"

抱是不可能再抱了。

贺迟晏目不斜视地点头:"你继续,国庆怎么了?"

谈及这个,江岁宜有点心虚,她小心翼翼地吞了吞口水,道:"我跟李梦言约好了,去邬海市那边找她。"

见他神情淡淡,情绪并不外显。

她缓慢眨了下眼,轻咳一声:"我不能'鸽'她。毕竟是我先约的她,而且约的时候我们还没谈谈恋爱……"

贺迟晏点头,"嗯"了一声:"所以,要抛弃我是吧?"

这个词,不能瞎用的,显得她多么负心一样。

她明明没有。

江岁宜犹犹豫豫地开口:"你看,这事得讲究一个先来后到吧?"

"能理解。"就是不太爽。

李梦言这姑娘,大大咧咧不留把门,心大,人也虎。

平常多数时候喊江岁宜叫宝贝,飘起来就连老婆也没少叫过。

他能理解……理解什么?酸都酸死了。

江岁宜听他语调平静,但过于敏锐地感知到他并不是很开心。

不过他不说。

江岁宜了然地点点头,往他身边凑了凑,故意说:"那我要在她那儿待到假期结束,你也理解的吧?"

贺迟晏顿了须臾,然后神情自若道:"理解。"

江岁宜蓦然有这样一种感觉。

好像比起她,面前这个男人在这段关系中的安全感更不足。

她拉长语调"哦"了一声:"那好吧,我多虑了。我本来想,你要是不高兴,我就争取早点回来陪你。"

贺迟晏愣怔片刻,垂着眼笑:"我要是不高兴,就这?"

他那漆黑的瞳孔直直地望着她。

江岁宜低头看了眼时间,已经快到十分钟了,她稍稍犹豫两秒开口:"那我哄哄你。"

他没有动作,好整以暇,一副要看她怎么哄人的样子。

回忆着李梦言平日里如何贴贴她的模样,江岁宜取其精华,加以创新性改造。

她抬手,轻轻攥住贺迟晏手腕,然后微微晃了晃他的手臂,低声道来——

"你这次就,大人不记小人过。

"之后我肯定优先考虑你,好不好?

"男朋友?"

第八章 喜欢你,只喜欢你

1

快凌晨一点,江岁宜清醒到能立刻做一套高考试卷。

换了无数个姿势,在床上滚了又滚,想来想去不知道跟谁说,最终熬夜的李梦言惨遭骚扰。

消息还没发出去,李梦言倒是先给她转发了视频。

李梦言:贺迟晏这个采访!我才刷到,他怎么这么勇啊?

又甩来一张截图,微博广场上议论纷纷,大约都是在探讨他的感情状况。

李梦言:还没谈呢,就想着公开承认了?

她退出视频播放,按键盘敲字。

江岁宜:忘了和你讲。

江岁宜:……现在谈了。

江岁宜:和我。

李梦言发来满屏的问号,看样子大概已经语无伦次了。

李梦言:我谢谢你,现在告诉我。

李梦言:我不睡了,你也别睡了,请立马写出一份"如何把明星搞到手"的千字心得。

这人能不能注意一下措辞,什么叫搞到手?

江岁宜:没有心得……我好像什么都没做。

很神奇。

她只是站在原地,就收获了一个男朋友。

李梦言又发来一堆问号和感叹号，不过江岁宜间歇性地忽视了一下，因为此时另一个人的消息出现了。

江岁宜：你先平静会儿，我男朋友下班了。

李梦言：……

她想骂人。

贺迟晏结束彩排后，从助理手中拿过手机。

看到江岁宜久久没有动静的朋友圈，转发了一条睡眠冥想法，他笑了下，打字：睡着没？

宋敏英侧头瞄了他一眼，戏谑地问："小江老师？"

"嗯。"

"录综艺的第一天，我就看出来，小贺你不对劲。"宋敏英"啧啧"感叹，"但确实没想到……"

她话锋一转，问："她就是那个，'飞鸟'要拥抱的'神'？"

宋敏英作为前辈，眼光毒辣，更何况和贺迟晏私下关系不错，也算了解他。他这个人，看着云淡风轻的，其实最执着。

贺迟晏看着江岁宜委屈地发来的"没有……"，边点头边回：那在做什么？

宋敏英对如今流量为王的局势有所了解，轻挑了下眉，问："后面打算怎么办？对人气还是有影响的吧。"

虽然贺迟晏走实力路线，没立过男友人设。但毕竟从出道以来零绯闻，仍然有不少女友粉。

"会公开。"贺迟晏轻描淡写地说，"我一直都是这个态度。也有在尝试幕后工作。"

宋敏英没想到他能做到这地步，甚至愿意放弃出现在大众视野里，惊讶地深吸一口气。

"不至于，不至于……"

不过转念一想，比起歌手，贺迟晏好像确实更像一个制作人，全能型创作者。

贺迟晏笑了一下，没再说话。

江岁宜收到他问她在做什么的消息，犹豫了会儿，决定如实回答：想你。

发出去以后，又觉得有点尴尬。这话，好令人难为情啊！

可是，她确实，是在想他。

手比脑子快地撤回以后，江岁宜又紧急补救了下：我睡不着，你给我唱首歌。

她哪是想听歌，只是在掩饰自己的羞意。

贺迟晏也没问她要听什么。

没多久，他发过来一条语音。

江岁宜边点开边在猜测，他会选什么歌。

低沉温润的男声响起，好似有一阵夏夜的风包裹绵软四肢。

"黑黑的天空低垂，亮亮的繁星相随。"

她没想到，他会选这首儿歌。

"虫儿飞,虫儿飞,你在思念谁。"

嗓音温柔得像皎洁月光洒在地面。

一段唱完以后,语音条还没结束,他顿了下,开口道:

"撤回做什么,觉得不好意思吗?但我看见了。"

"我也想你,比起你只多不少。

"听完了就快点睡,晚安。"

江岁宜先停滞两秒,随后把头蒙进枕头里,捶了两下床。

过了一会儿恢复平静,平躺下,点了语音重播,然后安然睡去。

中秋节,江岁宜和父母一块儿过的,家里也来了亲戚。

几个长辈在厨房忙碌,客厅的电视开着,在播晚会节目。

江岁宜看了网上流传的节目单特地调的,就为了等贺迟晏出场。

等到一顿饭吃完,大家都坐在沙发上闲聊,电视放着也只当个背景音。

江岁宜正被拉着当表姐的对照组。

表姐结婚得早,如今孩子都快上幼儿园了。程女士恨铁不成钢地说她连个对象都没有。

"有时候就是看缘分,这事也急不来。"姑妈笑着道,"岁宜愿意的话,我给你介绍介绍?"

江岁宜嘴角一抽,果断拒绝:"不用了。"

许是语气太过生硬,引得几个人频频注目。

恰在这时,贺迟晏和宋敏英的节目开始了。

老江"哟呵"一声,聚精会神地盯着屏幕。

程女士听着声音,瞥了电视一眼,觉得眼熟,但舞台造型繁复,又一时没想起来在哪儿见过。

姑妈继续笑着说:"没关系,就认识认识,交个朋友也行。"

江岁宜思忖少顷,最终正色回答:"我有男朋友了。"

空气霎时被按下了暂停键。

一时间电视和手机都被舍下了,她被团团包围。

"条件怎么样啊,在哪儿工作,怎么认识的?"

江岁宜在询问中盯着屏幕,描摹出男人的轮廓:"条件蛮好的,工作比较复杂,是高中同学。"

程女士瞪她一眼:"你这都不说。哪个同学,说来我听听?"

"才谈不到两天,我说什么啊?"

程女士"嘁"了一声:"指不定我还见过呢。"

江岁宜心想:是啊,您是见过,现在您还在电视上看着他表演节目。

见她不愿多讲,况且没谈多久,程女士也懒得再问。

下一个节目开始后不久,江岁宜收到了贺迟晏的消息。

贺迟晏:吃饭没?

江岁宜老老实实地回：吃完了。你一结束就给我发消息呀？

贺迟晏很敏锐：你看了？

糟糕，暴露了。

不过这有什么关系。她理直气壮：我男朋友表演节目，我还不能看了？

她都能想象出，他看到这句话时会笑成什么样子。

大概就是那种，微微气音从鼻腔共鸣，带着电流一般。

贺迟晏：能，怎么不能。

紧接着，他问：今天在父母那边住吗？

江岁宜回：不是，回自己的房子[可怜]。

贺迟晏：那你等等我。

"啊？"

散场后，江岁宜回到家，忐忑到坐立难安。

在今天快结束前，有节奏感的敲门声响起，江岁宜立刻从沙发上弹了起来。

她走过去开门，露出个脑袋在外面，隔着门跟男人对视两秒。

鸭舌帽和口罩遮住大半张脸，在昏暗楼道里压根看不清表情。

终于在声控灯快要熄灭时，江岁宜把门的空隙拉大，让他进来，问："你赶回来干吗呀？"

虽然微信聊天的时候，她一口一个男朋友叫得可高兴，但是真见到了……就有点不自在。

她想了想，可能因为觉得不太真实。

那个在人海中闪闪发光的大明星，真的成了她男朋友？

可是明明昨天抱都抱过了，怀中留下的体温似乎还可以感受到。

贺迟晏进了门，将鸭舌帽和口罩摘下，随意搁置在桌上。

偏过头，看见江岁宜端正站着，脊背绷得挺直，动作拘束。

这哪是见男朋友，见学家家长还差不多。

迟迟没有听到贺迟晏的回答，江岁宜疑惑地抬眸，眨巴眨巴两下眼睛。

他在看她，带了点好整以暇的笑意："岁宜，你好像有点紧张？"

她带着些许慌乱挪开视线，半个字都说不出来。

怎么可能不紧张啊。月黑风高，孤男寡女。这要是在电视剧里，可不得发生点什么事。

"你明天去找李梦言，我今天要是不赶回来，接下来好几天都见不到你。"

男人倾身，灯下的影子霎时间贴近。

"刚谈恋爱就异地，让你男朋友独守空房。你还问我为什么？"

贺迟晏微垂着眼睛，盯了她半响，喉结明显地轻滚下，下了个结论："小没良心的。"

江岁宜听到这评价，不可置信地抬眸看去。

纯属是诬陷！她哪有。

他这个人真的是越来越不正经了。

谈恋爱以后，像变了个样子一般。或者说，他可能本来就是这个样子的。

黏人。

四目相对。

"……那我不是哄过你了。"她蔫头耷脑，对他的控诉拒不承认，"你昨天明明应该是被哄好了的。"

两个人都顿了须臾。

贺迟晏的目光落在她昨天拽着他撒娇的手上，少顷又克制地往上移。

空气太静了，连呼吸间空气流动的声音都能听得一清二楚。

半晌，他轻叹出一口气，耍赖道："嗯，可不太够。"

不太够。

那他还想怎么样？

江岁宜小口呼吸着，觉得自己已经使出浑身解数了。

她扭过头，想让他给个提示，她还能怎么做。

结果他倏然把她圈住，居高临下地看她。

脑子里无数个念头打架，心脏"怦怦"直跳，江岁宜最终妥协地扣上男人腰肢，指间都能感受到男人腰腹的肌理。

"这样总够了吧？"

头顶掠过一丝慰藉的喟叹，贺迟晏没说满不满意，只是顺着她仰头的动作，目光下落。

然后移动到女孩子饱满的唇瓣，没涂任何东西，却显得格外柔软，甚至还有微突的唇珠。

江岁宜怔怔地感受到，原来一个人的目光也能令人生痒。

寂静的空气似染上火热，他终于开口说话。

声音很低沉，是温柔商量的语气，却又带着点不容拒绝的强势。

"能亲吗？"

江岁宜脑子蒙了，完全不知道应该作何反应，她费力地调整了呼吸。

谈恋爱……进展应该是这么快的吗？

呼吸交错间，时间流淌都变得无比缓慢。

大约过了很久，江岁宜从嗓子里小声地嘤咛出一句："这还要……"

提前问吗？

话没说完，贺迟晏又开口了，虽说意义表达和之前那句差不多，却不再是问句。

"你不拒绝，我就当你同意了。"

他的手下移，按到她的肩膀上，随即压住她的脖颈。

他缓缓低下头，额头和鼻尖相抵，江岁宜连呼吸都屏住，她能感受到面前这个人热得要命。

"之前说，你觉得快的话可以让我停下，但是这次可能不太行。"

贺迟晏抬手摸过她的耳垂，顺着下颌线，微微提起她的下巴。

"岁宜，现在，我要和你接吻了。"

这种如同通知一般的语气，没来由叫人浑身震颤。
但根本没给她反应的时间，他不由分说地倾身而上。
唇瓣相贴，呼吸完全交缠，乃至融合。
所有感官前所未有地被无限放大，意识浮浮沉沉，大脑发晕。
但还没结束。
一开始只是在两片唇周围试探，直至他轻轻咬了一下她的下唇，逐渐一发不可收拾。
江岁宜条件反射性地"啊"了一声，属于另一个人的气息趁势探入。
舌尖探索新领域，所迄之处无一例外地被引燃，承受着另一个人的气味。
贺迟晏惯常那么平和的一个人，此时此刻，也真是称不上温柔。
江岁宜被迫保持微扬起头的姿势，胸膛剧烈起伏中，她被人抱了起来，压在进门处的墙壁上。
后背抵上坚硬的冰凉墙面，身前是滚烫的体温，巨大的差异让人几欲心悸。
困囿于一方小小天地，无处可躲。
她就那样用极端无措的眼神看着他，湿漉漉的，带着点控诉意味。
"别这样看我。"贺迟晏施舍般地抬起一只手，摸上墙壁的开关，指节稍稍一屈。
灯灭了。
江岁宜攥着他的衣摆，喘着气疑惑地"嗯？"了一声。
他说："会让我不想做人。"
吻又重重落下，相较之前更放肆了些，更潮湿。
黑暗像是给予了人巨大的勇气和冲动。玻璃窗外，夜色中高楼大厦的霓虹灯若隐若现地探入微光。
缺氧到憋得脸颊通红，江岁宜无意识地叫他的名字："贺迟晏。"
有点像求饶。
他的攻势太猛烈了。从来没有人跟她讲过，接吻是这种感觉。
以前上大学时，也看到过不少情侣在宿舍楼下旁若无人地亲吻，但如今才发现，那只能算作浅尝辄止。
他真的是第一次谈恋爱吗……未免也太会了。
跟他比起来，她就是个什么也不懂的菜鸟。
舌尖轻微发麻，呼吸全乱，江岁宜蹙着眉，侧开视线转移注意。
借着斑驳月光，她看到旁边全身镜中，两个全然交叠在一起的身影。
纤细的腰肢被他有力的手臂紧了紧，当作她不专心的惩罚。
指尖所到之处，引起滚烫的像电流通过的麻意。
实在太过缺氧，江岁宜又叫了一声他的名字："……我喘不上气了。"
贺迟晏"嗯"了一声，终于退开，开了灯，漆黑的瞳孔一眨不眨地盯着她看。
女孩子脸蛋通红，鲜艳唇色泛出粼粼水光，眼波流转间同样如此。
江岁宜急促地呼吸，想说些什么，可瞄到他的表情，又闭上嘴巴。

他那副神色，看着倒像是被她蹂躏过一样。

平白无故看出点易碎感。

额头相抵，贺迟晏垂着眼看她，半晌又用唇瓣蹭了蹭她的嘴角。

"别害怕。"他将脸贴在她的肩上，温柔地抚慰。

江岁宜顿了两秒，愣怔着说："……没有。"

顶多是有些跟不上他的节奏，需要一点时间来缓冲反应一下。

"嗯。"他微微闭了闭双眼，搂住她肩背的手发紧。

他问："那你喜欢吗？"

江岁宜脑子一片空白，睫毛轻颤两下。

这种事，怎么好问喜欢不喜欢？

见她支吾着不回应，贺迟晏换了种问法："你喜欢我吗？"

"喜欢。"这个好回答多了，她直截了当。

上次同样是这个问题，她犹豫了，但这次没有。

"喜欢谁？"

"你。"

"我是谁？"

"贺迟晏。"

他这一步步诱哄的问法，像极了没有安全感的小孩。

她迟钝了一下，最终妥协地把句子补全了主谓宾语。

"江岁宜喜欢贺迟晏。"

平平无奇的陈述句，贺迟晏却像受了极大刺激一样，重新吻住了她。

"我也喜欢你，只喜欢你。"

翌日。

李梦言去高铁站接江岁宜时，看江岁宜戴着个口罩捂得严严实实。

"今天天气这么热，你干吗呀？这不得闷死。"她说着，伸手就想帮江岁宜摘下。

"别——"江岁宜退后两步，抬手抵住了她的手臂。

李梦言被江岁宜的应激反应搞得根本摸不着头脑。

到了家里，江岁宜不得不摘下口罩，李梦言看她的眼神突然变得无比耐人寻味。

她扒着江岁宜的脸左瞧右瞧，摇摇头，"啧"了一声："这得多激烈呀，嘴唇都破皮肿了，难怪不敢摘。哎，你可别糊弄我说，是不小心磕破皮的！"

江岁宜有些无语。

"我之前还说速度慢，你看看，这一旦谈了恋爱，不就跟坐火箭似的提上来了？"

江岁宜沉默半天，卸力瘫在沙发上，问："你不觉得，进度好像太快了吗？"

她听老江和程女士讲他们的恋爱故事，貌似一切都是慢慢来的。

"快什么呀？"李梦言轻嗤一声，睨了江岁宜一眼，"我连你们孩子幼儿园在哪儿上都想好了。"

见她是这个反应，江岁宜不由得反思自己，是不是太保守了。

李梦言又哼了声："我敢说，你比你班上的那群高中生还纯情。"

江岁宜抿了抿唇，话是这么说，但就是有点被贺迟晏惊到了。

想起这种事，她既羞涩又难为情，不知道怎么面对他才好了。

幸好在李梦言这里，可以当几天缩头乌龟。

还在发呆的她，被进门时她随手丢在桌上的手机突然响起的铃声惊醒。

李梦言顺手帮她递过来，扫一眼来电显示，戏谑道："啧，这才分开多久，就来查岗了？"

江岁宜双手捂了一会儿脸，挣扎着接过手机，点了接通。

按理说，作为明星，贺迟晏的行程是很满的，但他就是能挤出时间来。

甚至今早，还是他送她到的高铁站。在车上分别时，他又亲了她。

所以见到李梦言时，她才是这副样子。

可她，好像天生不知道怎么拒绝他一样。

"到了？"他声音有点低沉，那边有杂音，好像是在什么活动现场。

"嗯。"江岁宜撇过视线，忽视掉李梦言的姨母笑，轻声问，"你在工作吗？"

"结束了。"他顿了一下，"留守男朋友，不工作能做什么？"

江岁宜有气无力地说："我过几天就回去了。"

那边传来低低叹息，话语中将自己的姿态放得很低："你生我气了吗？"

虽然没有指明，但两人都心知肚明，是指什么事。

"没有。"

江岁宜否认得很快，随即又补充："就是，李梦言笑话我了。你下次，能不能注意一下？我要出去见人的。"

下次？她到底在不经脑子说些什么呀。

目光瞥到李梦言，她叉着腰，就差义愤填膺地上来质问了。

贺迟晏果然笑了一声。

"我下次，"他着重强调了一下，后又带着点小心翼翼，"一定会先顾及你的感受。"

江岁宜无可奈何地应着。

"这几天不打扰你了。"贺迟晏说，"记得说晚安。我很想你。"

挂了电话之后，江岁宜动作小心地把手机放在茶几上，抬眼看李梦言的神色。

"见色忘友。"李梦言哼哼两声，抱臂坐在江岁宜旁边，"啊，对对对，是我笑话你。"

江岁宜讨好地拽李梦言的手臂，好言好语地哄人。

李梦言的一点怨气消散后，又开始拉着江岁宜絮絮叨叨。

她好奇地问："和大明星谈恋爱到底什么感觉啊？"

江岁宜："也没什么特殊的吧。"

"我看贺迟晏的微博,他平常那么平淡,有关私生活的博文都没几条。"

李梦言回忆起方才所听,"嘶"了一声:"没想到,他原来这么黏人啊。"

说着,她还打开手机,登录微博,找到贺迟晏的主页,往下翻。

"咦,昨晚有动态,啧,终于不是转发官方博文了。"

江岁宜凑过去看。

@贺迟晏v: 月亮[图片]

配图就是普普通通的中秋圆月。

评论区五花八门,有祝中秋安康快乐的,有吹"彩虹屁"说晚会唱得很好的,还有不少人在发自己拍的月亮。

李梦言放大看了一眼说:"这也没有什么特别的啊。"

皎皎月辉洒落于万千灯火。

也许特别之处在于,那颗在黑暗中滚烫的心脏,终于跳动得到了圆满。

国庆前几天,江岁宜都在和李梦言在邬海乱逛,旅游热门大城市,到处是人挤人。

她这次来,有一个原因也是为了来邬海这边的一家手工坊。

李梦言在店里左看右看,没发现有什么特别的:"你准备给贺迟晏挑什么生日礼物?"

陶艺,手工DIY饰品,或是绘画?

事实上,是树皮画。

给贺迟晏送礼物真的还蛮令人头疼的,他不缺钱,见识也更广。

她想了很久,决定送点有意义的东西。

江岁宜挑了很多粉色的树皮,在工作人员的指导下认认真真地做。

李梦言也来了点兴趣,挑了一个图案在做。

一个多小时过后,她往江岁宜的画上瞄了一眼,惊道:"好漂亮啊!这是什么花啊?"

江岁宜做的是一幅洋桔梗画,黯淡粉色,用树皮勾勒轮廓线条,花瓣用的是干枯的真花。

树皮画永不褪色,真正映衬了洋桔梗的花语:永恒的爱。

这是"手工废"江岁宜的巅峰水平,她做得很精细。

说起来,这个创意来源于高中时一个匿名男生送给她的纸玫瑰和洋桔梗。

做完以后,她们俩赶赴了一场同学聚会。

高中同学有不少在这个城市发展,正好国庆放假就约着吃顿饭。

约的地点在中心商场,没想到去到那儿以后,人山人海。

好不容易挤进去,江岁宜松了口气:"怎么这么多人啊?"

李梦言耸了耸肩,表示不知道。

进去餐厅以后,发现其他人都已经到了,正在你一言我一语地讨论楼下的动静。

李梦言进了包厢,大大咧咧地随口一问:"你们聊什么呢?"

高中班长也随口一答:"贺迟晏啊。"

李梦言条件反射性地转头看江岁宜,然后又回过头问:"他怎么了?"

"他待会儿在楼下有个品牌活动。"

江岁宜眼皮一跳。

李梦言坐在她旁边悄悄扯她的袖子:"你知道这事?"

江岁宜摇头。她这几天就每天乖乖按照叮嘱说晚安,脸皮薄,也没说些别的。

李梦言努努嘴:"追人都追到这儿来了。"

"没有。"江岁宜掐她一下,"他这是工作。"

李梦言嗤了一句:"我不信他不来找你。"

江岁宜不说话了。

文科班女生占比更高,大家吃着饭,热火朝天地聊着,话题还是回到了贺迟晏的身上。

有人像是突然反应过来一样,对江岁宜说:"他不是回附中录节目了吗?好像还在你班上。"

江岁宜点点头,心虚地补充道:"节目已经录完了。"

"唉,可惜高中时候没注意到他。"

有人回她:"那我可不一样,那时候在理科红榜那边看到他名字,就觉得很好听。"

班长想了想,抬头对江岁宜说:"你高中时应该跟他还蛮熟的吧?"

"……没有,不太熟。"

班长回忆道:"有天没上晚自习,我忘拿练习册赶回教室,正好看到他往你桌上放了东西。"

江岁宜"啊"了一声:"什么?"

班长顿了一下:"好像就是你生日前一天?没太看清楚,看着像一束花。"

这么一提,有好几个人都搭腔。

"你这么一说,我想起来了。那时候附中高三运动会,不是有个穿着皮卡丘玩偶服的人陪岁宜跑了一千五百米吗?后来我在调度室看到他了,现在一回忆,貌似是贺迟晏。"

"对对对,我也有印象,岁宜当时还摔了一跤,皮卡丘第一个冲上去,但最后被魏旭扶着去了医务室。"

"开幕式举牌的时候,皮卡丘就一直在岁宜旁边吧?我还心说这是哪个班的呢。"

"还有还有,本来发年级报纸的活是我揽的,但后来岁宜受伤了,就变成贺迟晏了,她伤好了就又成我的活了。"

"提到受伤这事,岁宜刚骨折那会儿,我们不是组团去家里看望嘛,当时就有个男生跟在后面。现在一想,不会也是他吧?"

"你们注意看毕业的年级合照了没?贺迟晏一直在望向我们班的方向哎,拍照的时候留的是侧脸。"

众人七嘴八舌地在拼凑自己视角的一隅。

最后他们笑闹着得出结论,看向江岁宜:"这要都是真的,贺迟晏当时是不是暗恋你呀?"

江岁宜从他们讲出第一句话开始就发蒙,所有话都停在喉咙里,无所适从。

李梦言挥一挥手,笑着打圆场:"大家都怎么回事,啥都敢嗑呀!"

后面的饭,江岁宜吃得索然无味。

她满脑子都是,怎么可能,以及,好像是有这种可能。

两个小人在疯狂地打架。

他们俩有过极短暂笔友的关系,他也承认早就认出她来。

可这,代表他早就喜欢她吗?

他之前说的,喜欢她很多年了,到底是开玩笑,还是认真的?

思绪最终被手机的振动打断,贺迟晏给她发来消息:什么时候结束?

李梦言贴近她耳边,碎碎念道:"对不起啊,我一时没忍住,告诉你男朋友,我们在楼上吃饭——"

江岁宜猛然站起,众人愣怔地看着她。

正打算问她有什么事,李梦言倏然出声:"你要去洗手间啊,快点。"

他们又了然地收回目光。

江岁宜攥紧手机,顺着他发来的消息,被指引到无人的安全通道。

当贺迟晏将她抵在紧闭的通道门上时,江岁宜头脑一片空白。

这一切究竟是怎么发生的?她全无印象,只觉自投罗网。

贺迟晏穿着一件黑色外套,漆黑的瞳孔专注地凝着她。

好半晌,江岁宜问:"你怎么过来了?"

贺迟晏笑了一声,勾了勾她的手指:"山不来就我,我来就山。"

"是工作,也是来找我女朋友。"

江岁宜拽着他的袖口,小声说:"我好想你。"

总得选一个吧。

"那……拥抱,还是接吻?"他问。

餐厅包厢内,有人发现江岁宜迟迟未归,便出声询问:"去洗手间要这么久吗,怎么还不回来?"

李梦言看着手机屏幕上她发来的消息,嘴角一抽。

江岁宜:不回来了,结束时帮我拿下包,拜托拜托。

她就知道。

李梦言打出"你们不会要私奔吧"几个字,还没来得及发出去,紧接着又收到一条消息。

江岁宜:不跟你说了,我们俩去看电影了。

呵,女人。李梦言咬着后槽牙想。

大约是人流都集中在了品牌活动现场,这场电影看的人并不算多。

入场时,灯光已经全数熄灭,大银幕正在播放来年贺岁档的片单广告。

隐匿在黑暗之中的,是两只一直牵着的十指相扣的手。

两人找到座位坐下,江岁宜攥着票根,稍一偏头,借着闪烁的银幕灯光,观察旁边人。

贺迟晏摘了帽子,却没摘口罩,眼睛看着银幕,似乎很专注。

江岁宜抿了抿唇,在思考刚才在安全通道里的事。

他好像真的听取了她的话,不敢吓着她一样,亲得隐忍又小心。

浅尝辄止,只有唇瓣相贴的温润触感。

虽然说这算是江岁宜曾经想象中的温情,但她好像完全不习惯。

这个想法冒出来后,她被自己吓了一跳。

不会吧,她难道是期盼他像之前那般亲吻吗?

一想到这儿,江岁宜不自在地敛了敛下颌,思绪继续发散。

其实李梦言说得对,现在大家都很开放,贺迟晏之前那样大抵是正常的。

只不过自从她说过,希望他注意一点,他也就真的放慢下来,打算顺从她的脚步,走比高中生还纯情的恋爱路线了。

可是她觉得,这样也不太好。

但这事不好开口。她纠结着轻叹了口气。

贺迟晏倏然靠近,俯身在她耳边,低声问:"怎么了?"

江岁宜发着呆,完全没感受到他的贴近,闻声猛地一颤,撞上他的视线。

"……没,我在想,你怎么会想到看这部电影。"

是个文艺片,名字也清新。

"卫路宇主演的。"他说。

江岁宜轻轻"哦"了一声。卫路宇,校园综艺的另一位嘉宾,是个男演员。

电影开场了,江岁宜收回视线,专心致志地看了起来。

开头部分看着像一部纯粹的校园片,从校服走到婚纱。

很普通而常见的设定。

结果中间剧情反转,它其实带有科幻色彩,剧情开头已经是男主的第二十四次时光穿越。

实际上是一个男主角为拯救暗恋的女主角,而甘愿重来千千万万次的故事。

情感特别细腻,只不过基调是悲的,注定是悲剧收场。

最后一次穿越,男主角狂奔着去见女主角,却最终选择擦肩而过。

灯光亮起,片尾曲奏响,熟悉的歌声一出,江岁宜的情绪顿时绷不住了。

睫毛上挂着微微水珠,她有点兴师问罪的意思:"你怎么没说,片尾曲是你唱的?"

贺迟晏递纸巾给她擦了擦,食指在她与他交握的手背上轻轻点了点,用作安慰。

"对电影没什么影响。"他解释。

是对内容没什么影响。但是对她的心理有影响啊。

等到人群全部离场,他们才并肩往外走。这时候夜幕已经降临,两人在老城区的小巷里行走。

江岁宜脚步微微落在他身后,踩着他的影子,回想刚才的电影,又联想到今天聚会上同学们的猜测,她倏然试探着开口:"为什么会有暗恋这种情感存在呢?喜欢就说出来不就好了。"

前面人的脚步一顿。

衣料传来摩擦的声响,江岁宜毫无准备地撞上他的后背。

"不是每个人都有勇气。"贺迟晏转过身,揉了揉她脑门,顿了一下说,"喜欢一个人会不可避免地陷入自卑。"

"你现在也会吗?"

他看过来的眼神包含千言万语,整个人沐浴在月辉下,像是孤勇过后,把世界递到她面前。

"会。"

江岁宜惊讶住。她明明觉得他一副胜券在握的样子。

那双漂亮的眼睛直勾勾看过来,她心下一软,问:"可是我们不是已经……"

贺迟晏笑了笑,"对,但我没办法控制住自己。我会担心是否有哪里做得不够好,或者让你感到不开心了。"

江岁宜怔了一下,思绪万千,好半响才挤出句话来:"其实喜欢一个人,应该要变得自信大胆,它是利剑,也是铠甲。"

"嗯?"

"就像这样。"

在贺迟晏愣神的片刻里,江岁宜踮起脚,单手搂住他脖子,将他拉下,另一只手再扣上去,解开他的口罩。

她倾身上去,主动将唇相贴。

窄窄的小巷隔绝了闹市的沸腾,在安静的氛围中,连衣料的摩擦声都变得格外明显。

他大概是被她突如其来的动作吓到了,没有做任何回应,只是呼吸很重。

跟她想象的不太一样。

少顷,江岁宜退开,热意喷洒在彼此脸上,很不好意思地说:"……我不会了。"

她这意思很明显,就是要他主动。

贺迟晏轻叹一声,低下头来,横过腰侧把人束在怀里,回吻住她。

"我教你。"

这次是很缓慢细腻的,不过分激烈,也不过分小心,给她心脏跳动留出了更多缓冲时间。

唇齿之间,完全被填满。

后来被很克制地放开时,江岁宜只觉得头脑中还有很多留白的细节。

"所以……"她开口,被自己哑着的嗓音略微吓到,于是脸微微发红,声音更软和了些,"你其实可以大胆一点。"
"喜欢才不是一个人独演的哑剧。"

贺迟晏提前离开去参加综艺告别演唱会的彩排。
坐在回宁宜的高铁上时,江岁宜越想越不对劲。
尤其在高中班长发来一句"不要在意那天饭桌上开的玩笑"后,又补充"但我说的事不是编造的"。
江岁宜想起问贺迟晏对于暗恋的看法时,他表现得的确奇怪。
她手指停在手机键盘上,不知道该怎么开口问,索性闭上眼睛思考其中的逻辑。
她是被李梦言的消息吵醒的。
李梦言:转发链接。
李梦言:你看看吧。
打开链接,是上次那个采访的下辑,在今天被发出。
依旧是那位音乐博主在采访,他问道:"一直有网传消息,《飞鸟遇神》这首歌曲是你写给初恋的,要不要趁这个机会打假?"
贺迟晏笑起来,须臾又放下嘴角,想了想问:"暗恋,算初恋吗?"
那位博主明显惊了,眼睛圆瞪,停顿了一会儿才说:"当然算。"
业内人都知道,贺迟晏是个在镜头面前说话滴水不漏的人,今天这般,也不知是想干什么。
"怎么会?你还需要暗恋?"博主笑了笑,"那个女生后来知道了吗?"
贺迟晏微微蹙了眉,摇头。
博主又愣怔一瞬,八卦道:"你最后也没说出口啊?不说的话,好歹毕业时递封情书呀。"
贺迟晏垂眸思索了会儿,良久才说:"其实写了。"
他抬眼看向镜头:"连同我已知的最好的祝福,一起写给了她。"
可是,她大概永远也不会看见。
太过隐蔽的喜欢,太过拙劣的手段,太过自以为是的误会。
未得灿烂,只愿她往后顺遂平安。
江岁宜看到这儿,无措地放下手机,仿佛被海啸席卷,全身动弹不得。
她拿起水杯,吞咽了几口,勉强抑制住喉间干涩。
高铁上,旁边乘客轻微的交谈声都变得无比遥远。
怎么会呢。
好不容易挨到宁宜,她拖着行李箱直奔家里。
乘电梯时,采访视频被她看了一遍又一遍,耳边"嗡嗡"响着,思绪乱成一团麻。
祝福。
心脏像被攥住了一样,她快要不认识这两个字。

207

一打开门,她丢下行李箱,直奔书房。

那个收纳箱随着她搬家也挪到了新房子。可真要打开了,她又有点不敢相信的胆怯。

之前拆开的那朵纸玫瑰花瓣被搁置在角落。

"生日快乐"。

"万事胜意""岁岁平安""前程似锦""一往无前"。

之前看,最多只是唏嘘。可现在,为什么平白眼眶就要红了。

江岁宜尽量让自己的手不要那么抖,轻颤着去拆了剩下那几朵纸玫瑰。

连着三朵,都是与第一朵一般无二的四字词语祝福。

剩下的,开始逐渐变得不同。

不再刻意压抑自己要写得工整,露出原来的样子后,那个熟悉的字迹这样写。

"愿你被美好青睐,永远平安快乐。"

"我喜欢你。"

江岁宜拆到最后一朵,看到上面的落款时,情绪几欲决堤。

"无名同学,贺迟晏。"

困惑,不解,酸涩,心疼。她的眼睛里满是复杂的情绪。

她挣扎着站起来,手臂触到书架,碰倒了几张照片。

那是大学毕业时在校园里拍的照片。

江岁宜拾起打算放回去,目光下落一瞥,看到照片角落的那个身影。

也许之前认不出来,但是现在她对他太熟悉了。

她捏着照片,盯着那堆四散花瓣中的字迹,闭了闭眼睛后,拨打了电话。

接通后,她不说话沉默了很久,贺迟晏耐心地叫了好几声她的名字。

"嗯。"江岁宜的声音带着明显的哽咽。

豆大的泪珠像断了线的珠子一样,不受控制地往下坠,她颤着声音开口:"你的情书,我看到了。"

两边都陷入长久而深刻的沉默。

多年前不曾说出口的退却,经年流转,他终是融温柔月色于坚定脚步,只为一个人而来。

江岁宜抬起手背覆住眼睛,无端想起贺迟晏醉酒的那一次。

那般脆弱又令人心疼的"很想很想你",原来是对着她说的。

在他的视角里,综艺不是阔别多年的因缘际遇,而是目的赫然的暗恋成真。

原来真的有人,能不求回应地喜欢别人,且等待一年又一年。

贺迟晏终是应了一声,又故作轻松地笑了一声。

"看到了,然后呢?"

他那声笑里带着一点不易察觉的狼狈,和轻微的自我嘲讽。

"岁宜,我早就说过,我是一个自私的人,我没有你想象的那样好。

"从回到附中的第一天开始,我就带着目的。察觉到你对我有温柔的好感,我几乎克制不住自己告白的冲动。"

心中凝结着为他意难平的郁气。

有时候，共情能力太强不是什么好事。

比如此刻，江岁宜在想，怎样说话，才能不算践踏他的真心。

写下的文字无一例外都是陈述句，他甚至不需要她任何回应。

好半晌，她整理完自己的情绪，哑着声音开口："我也不是什么大度的人，我很小气。"

许多年前的话，已经没办法再用当时的心境回应，但她无比珍重。

贺迟晏："为什么这么说？"

江岁宜颤了颤眼睫："因为，即使你明明已经喜欢我这么久了，我仍然，想让你继续保持下去。"

电话那头轻轻呼出一口气，叹息声夹杂着微弱电流声，他说："这算哪门子的小气。"

那边有工作人员叫他，江岁宜这时也思绪混乱，她慌乱地丢下一句："明天还得开演唱会，你快去你快去，然后早点休息。"

挂断电话。

她昏昏沉沉地睡了很久，梦中不断回忆起高中时候的事。高中同学提起的那些事情，她全记起来了。

那道高瘦的身影想尽办法出现在她的身边，在人群中温柔地注视着她。

可她没有停留一下，一次都没有问过他的名字。

江岁宜是极受欢迎的那种女孩子，父母是老师，相貌出众，学习好，待人善良温和。

她收到过不少信，但没有一封是他这样的。

猝不及防从梦中惊醒时，江岁宜抬手摸脸，眼角有泪珠滑落在枕头上。

她揉了揉头发坐起来，想：我要回信。

不管多晚。

即便曾经擦肩而过，那也是无数值得珍惜的相遇瞬间。

第九章 爱是世间最好的相逢

1

10月8日。

《重返十七岁》综艺的告别演唱会在宁宜市中心体育馆举办。

附中包了大巴,将上千名学生都运了过去,位置都是靠前的内场票,剩余的票都低价出售给了粉丝和路人。

吴媛媛终于能光明正大地看演唱会了,捧着一小束鲜花坐在江岁宜旁边,在车上就开始叽叽喳喳。

"江老师,你看,我把上次给你和晏哥的合照打印出来了。"

吴媛媛"嘿嘿"一笑:"我要把它贴在班级后墙的宣传栏,以后就是咱班的班级文化。"

江岁宜略微语塞地看向照片。

她微抿着唇,一本正经地看向镜头,浅淡地微笑。

但是贺迟晏没看镜头。

大抵是在拍照的那一瞬间,他歪了头看她,微垂着眸,露出一贯流畅的下颌线。

怎么会看不出来呢?江岁宜反思自己。

有人光凭眼神,就已经将自己整个都出卖了。

场馆外热闹非凡,不少粉丝摆摊发放应援物,不少学生看个热闹,领了应援手幅和手环。

吴媛媛和何徐行围着江岁宜，拉着她将入口处的海报和人形立牌一一看去。

"虽然我喜欢的是才华和作品，可这张脸真惊为天人啊！"吴媛媛换了只手捧花，笑了下说。

江岁宜仔细看了看。

照片上的人没有笑，面部平整度极高，鼻梁高挺，温和中又带着清冷疏离。

检完票穿过通道，位置在内场，离舞台中央挺近，上面放着中控荧光棒。

还未开场，到处是纷繁杂乱的说话声。

吴媛媛拽着江岁宜的衣服，颤着声说："江老师，我有点紧张。"

江岁宜心想，你的紧张大概不及我半分。

何徐行疑惑："你又不是第一次看了，紧张什么？难道不应该花点时间期待下待会儿有什么歌？"

"当然是《飞鸟遇神》！谁敢信这都变成冷宫曲目了，好久没在演唱会上唱过。"

隔壁班有人搭腔："我也是！我的白月光歌曲！昨天的采访你们看到了没？震惊我一万年！"

"看到了看到了！贺迟晏竟然也会暗恋！"

场馆刹那间陷入黑暗，隐隐有细碎的声音从上方响起。

江岁宜抬眼仰视。

一架发着光的旋转钢琴从天上缓缓降落，随之而来的是翻涌滚动的琴音。

屏幕上映出贺迟晏的放大身影。

他穿着黑色钉珠衬衫，坠着白色珍珠流苏，坐在琴凳上手指翻飞，漆黑的眼瞳低垂，眼睛周围贴了碎钻，神色从容平静。

江岁宜的心脏大概有两秒处于停滞状态，后又在众人激烈的尖叫声中恢复了跳动。

麦克风置于琴上，他开口了，把清冽与沉磁融合得很好。

贺迟晏拔了麦，转身朝舞台中央走去，其他几位综艺嘉宾也陆续出场，五人合唱《重返十七岁》的主题曲。

江岁宜被他的嗓音勾得更回不过神来，热气直抵心脏，掀起滚烫。

她难耐地眨了眨泛着酸意的眼睛，大屏幕上的人影已在朦胧中模糊。

接下来的江岁宜好像脱离了人间，不知今夕是何夕，只知道托着腮专注看，温柔而沉溺。

贺迟晏迈到场边，捡起一瓶矿泉水，仰头灌下，露出修长脖颈，禁欲诱人。

屏幕给了握着矿泉水瓶的右手一个特写——指骨分明，修长白皙，戴了装饰用的戒指。

"啊啊啊啊啊！这手！受的伤终于恢复了！"

尖叫声经久不息，气氛太热烈，荧光棒被甩得飞起。

吴媛媛没控制住把捧花扔了上去，引得几位明星注目还开着玩笑，于是底下的观众暗恨自己没花可扔。

江岁宜其实也带了花，却是纸做的，她折了好久。

吴媛媛一偏头，发现她的花，揶揄道："江老师，你也一起来啊。"

她稍微犹豫了一下，对准贺迟晏，稍一用力，朝着舞台扔了出去。

那朵纸玫瑰在空中旋转了好几圈，经过一个漫长的抛物线，抵达台上时——

贺迟晏抬头，刹那间抬起右手，那朵花的花茎落入掌心虎口，被他稳稳接住，攥紧。

他高举在头顶，仿佛是什么胜利的勋章。

他接住了她的爱意。

人群沸反盈天地"嗷嗷"叫，旁边几个嘉宾也震惊到调侃："我的天哪，好准头啊！"

贺迟晏低头笑了一下，却没说什么。

几位嘉宾是轮流演出的，贺迟晏不在台上时，江岁宜垂着眼发了好一阵呆。

直到有工作人员过来提醒她，可以去后台做准备了。

王主任交给她的任务就是，在这场演唱会的最后，作为附中教师代表，对综艺做最终总结。

造型师给她整理完，她就在百无聊赖地等着上场。

贺迟晏步入后台，正和宋敏英说着话，目光下落，和江岁宜的视线交汇。

空气涌动间，像肆意磅礴汹涌的海。

宋敏英戏谑道："我马上要表演，来不及换装了，就不打扰咯。"

只剩下两人四目相对。

江岁宜看向他手里握着的东西，眨了眨眼，小声道："你接得好准。"

贺迟晏看了她一会儿，抬了抬手腕："里面写字了？"

猜得好准。

江岁宜眼神飘忽了一会儿，半晌微微点头："……嗯。"

于是他从善如流地开始动手拆，完全不避讳她。

这种当着面被审视的感觉，让江岁宜不安得红透了耳根。

贺迟晏看了会儿，倏然笑了一下，他念上面的字。

"我会一直陪在你身边。

"生日快乐，无名同学。

"落款，贺迟晏圈外女友。"

他嘴角的弧度越来越高，少顷，他忽然开口说："岁宜，其实我很保守。"

"嗯？"

"我没办法喜欢上别人了。所以，你要做好和我白首的准备。"

江岁宜捧着稿子上了舞台，脑子里还是贺迟晏刚才那番话。

幸好台下一双双清澈的眼睛，让她立马找回了身为一名教师的感觉。

她调整了下立麦的位置，努力让自己在万人的注视下，声音显得不那么抖。

"首先，我想代表附中感谢《重返十七岁》节目组，感谢融入普通高中校园生活的各位明星同学们。一个月不长，但我们的生活中好像已经处处留下了你们的影子。

"在录制的过程中，明星同学们的正向作用引领了新时代校园的风气，节目也从成人视角展现了学生群像。

"与其说它像真人秀，不如说它是一部记录成人和少年青春碰撞的纪录片。纯粹真诚，是少年人给予这个世界最大的触动。"

…………

"最后，愿所有同学都能好好享受当下十七岁的青春；所有成人，如果年少留有遗憾，那么祝福你们，假以时日的每一步前进，都是旧梦成真。"

还未说完谢谢，观众席突然传来一阵阵惊呼："哇——"

江岁宜顺着他们的动作，疑惑地抬头看去。

一片漆黑中，在火树银花的舞美映衬下，彩带喷射机倏然启动，只是漫天飞舞着的，不是彩带，而是一片片纯白的羽毛。

带着炫目的光晕，像拖着尾巴的飞鸟一样，落在每个人的身上。

不过转瞬，黑发就披上了白色头纱。

此生也算共白头。

江岁宜情不自禁伸出手去接，一片羽毛缓缓降落在手心。

漫天的白羽飘扬而下，舞台背景音乐欢快而绮丽，像置身于一场绚烂的梦中。

江岁宜转过头，去找贺迟晏的身影。

可他不在。

其他明星早就料到一般，含笑冲她招了招手，然后拿起麦克风宣布："最后一首歌，贺迟晏的《飞鸟遇神》。"

台下一阵一阵的尖叫像是要把喉咙喊破了。

告别演唱会本该到此结束的。

可是没有。

一束追光灯打下，贺迟晏从升降台慢慢上来，他的服装很衬这首歌。

曾经看他的音乐节时，他用一片羽毛征服观众。

这次，他穿了一件白色衬衣。伴着纷扬落下的飞羽，充满了宿命感。

江岁宜看着他迟迟挪不动目光。

视线像被固定住一样，一动不动，仿佛置身于真空环境，尖叫声、心跳声交杂着，分不清彼此。

几万人逐渐安静下来，等着他开口唱。

少顷，如雪后融化般清冽的声音响起。

这首歌被改编过了，原来那股清冷伤感的劲突然消散，反之充盈着无数美好。

可是莫名想叫人流泪。

江岁宜捏住那片落在手心的羽毛，学着当初贺迟晏在音乐节上的动作，平直地伸出单臂，对准他。

她透过随风摆动的羽毛，去看贺迟晏的表情。

他好像笑了。

她好像也终于懂得了，他那时的感受。

直至所有观众退场，全场亮起灯光，江岁宜又被带往后台，都没太反应过来。

再一次视线交汇，江岁宜盯着他漆黑碎发上的白色。

良久，她很笃定地问："这场白羽海，是你为我设计的吗？"

他竟低沉地轻笑了一声，声音有点哑，让人身体窜起电流，心脏发麻。

好像若有若无地听到他叹了口气，非常非常轻，带着妥协意味似的，低声启了唇。

他说："不过来抱抱你男朋友吗？"

有首诗是这样写的：我只会在雪地上写信，写下你想知道的一切。来吧，要不晚了，信会化的。

可是他的信永远都不会融化。

掌中的羽毛由于卸了力道，慢悠悠地从空中落向地面。江岁宜深呼了一口气，上前拥抱了那个身影。

温热宽阔，却又带着清冽，和没来由的香甜。

她吸了吸鼻子，肩膀微微颤动："我有好多话想跟你说。"

他从来不告诉她这些细节，好像做过了，他一个人知晓就可以。

那天李梦言转发完采访链接，问她是什么感想。

她什么都不敢想。

世间真诚爱意本来就难得，多的是追赶和走散。

可即便中途迷失，也有人会循着来时的方向回去找你。

她不敢不珍视，也不敢沾沾自喜。

假如呢，假如没有《重返十七岁》这个节目，他们该怎么再遇见。

贺迟晏知道她想说什么，他轻轻拍着她的脊背，像是为她解答疑惑一般说。

"我说过了，我很自私，但凡有万分之一的得偿所愿的可能，也不会放弃。

"即使没有《重返十七岁》，我也会在得知你近况后，用另一种方式和你重逢。"

馆内绚烂的音乐在响，白色羽毛仍然满场馆地飘，甚至飘到了场馆外面。

贺迟晏轻轻吻了她眼角的水珠，漆黑的眼睫垂下，郑重道："即使用尽千方百计，我也会找到你。"

2

江岁宜其实还有话想讲，不过此时后台混乱嘈杂，她思绪被打断，也知道贺迟晏还有工作要处理。

于是她眨眨眼睛，道："我先回去了，你忙完了再来找我，好不好？"

不知道是不是她的错觉，她竟然在贺迟晏脸上看到了一种名为落寞的情绪。

可怜兮兮的，像被遗弃的小狗一样。

江岁宜犹豫着，钩着他的小拇指，小声道："那你早点结束。"

她走后，贺迟晏一直抿着薄唇，眼角下压，不笑时看起来有点严肃。

告别演唱会结束，节目组办了一个类似杀青宴的场子。

他这份心不在焉持续到最后。

卫路宇终于纳闷到忍不住问："他这干什么呢？费那么大周章准备惊喜，现在这是什么表情啊？"

宋敏英重重地拍了拍卫路宇的肩，以前辈的身份，语重心长地说："不过就是小情侣的情趣。"

卫路宇了然地点头："懂了，卖惨的手段罢了。"

毕竟，会哭的小孩有糖吃。小江老师就吃这套。

卫路宇又蹭过来，神秘兮兮地问："你那暗恋多年的白月光，不会就是小江老师吧？你们现在在谈？她是你女朋友？"

如果是平常，贺迟晏大概会平和地点头承认。但是现在，他脊背往后一靠，没什么情绪地反问："否则是你的？"

卫路宇憨憨地耸肩摊手，表示自己绝无非分之想，继而偏过头小声吐槽："你还有两副面孔呢，小心我告诉小江老师。"

贺迟晏很轻地挑了一下眉："你怎么知道，我女朋友不喜欢我这样？"

无声片刻，卫路宇暗骂一声，有女朋友了不起啊。

别人录综艺是为了工作，就你是为了追女朋友是吧。

宋敏英笑了两声，放下酒杯："今天搞这么大阵仗，网友又得猜来猜去了。"

"猜吧，反正没多久就要被证实了。"

贺迟晏垂眸看了眼手机时间，起身，指节微屈，拎起椅背挂着的外套衣领。

"你们继续，我先走了。"

"哎哎哎，你——"

卫路宇接到节目导演的通知，今天是要给他惊喜过生日的，蛋糕都买好了，哪里能让主角跑掉。

贺迟晏扫了他一眼，看了几秒后，突然开口。

"你怎么知道，我女朋友在等我回去？"

……行了，知道了。你和你女朋友双向奔赴。

他们五个录综艺的时候建了个群聊，卫路宇此时在里面刷屏发言。

卫路宇：贺迟晏人设崩了。

卫路宇：不要跟他说话，会变得不幸。

卫路宇：@及时雨，蛋糕我们分了，生日你别过了。

江岁宜回家的路上，手机收到微博的热点推送，发现"#宁宜 白羽海#"上了热搜。

一堆人抱着好奇的心思点了进去，是现场录制的视频。

视频中，密集的白羽奔着镜头而来，无数观众伸出双手，带着笑容仰头惊呼。

背景音乐是改编版的《飞鸟遇神》，温柔而美好。

在视频最后，全场在白羽纷飞中，自发地唱起了《生日快乐歌》。

有营销号直接大开脑洞编写标题：飞鸟落羽为哪般，贺迟晏初恋现身？

评论区的反应也不尽相同，有说怎么什么都能往绯闻上扯，也有说这也太浪漫了。

江岁宜那时候在台上发完言还没下来，于是在某些照片里，能看到她和贺迟晏离得不远不近的身影。

她想了想，点进了那个许久没看过的双人超话。

然后，她目瞪口呆地发现，超话的头像已经换成了今天这张。

一张紧握白羽、被光晕选中的女孩，和大明星遥遥相望的神图。

@我嗑的CP都是真的：这张拍得真的很牛，满满的宿命感。

@玛卡巴卡：北极圈就是好，可以大胆嗑，呜呜呜，小情侣配一脸。

@钟爱甜文：这张图，递笔给太太，求万字更新。

江岁宜扫了一眼超话粉丝量，竟然已经有三位数了。

这都是怎么嗑到的？她明明在综艺里都没几个镜头。

正想着，李梦言发来了多条消息，江岁宜看到她对自己肉麻的称呼，眉头一蹙，关上手机，进了一家还开着的蛋糕店。

她左挑右选，最后提着一个包装漂亮的盒子出来。

打开家门，江岁宜被家里亮如白昼的样子吓到了，定睛一看，程女士正靠在沙发上津津有味地看综艺。

"妈，您怎么到我这儿来了？"

程女士头也不回："怎么，我还不能来了？"

"没有啊。"

就是……她也不确定贺迟晏什么时候来找她。

程女士听她语气犹豫，略显疑惑转头一看："今天穿这么好看……你买蛋糕干什么？"

江岁宜心虚："我嘴馋。"

程女士大手一挥："正好，心情正不好呢，一起吃。"

程女士仿若随意地开口："我跟你爸冷战，今儿在你这儿住一晚上，他给你发消息千万别回。"

江岁宜手机振动好几下，果然看见老江试探着问她，程女士有没有到她这儿来。

……老夫老妻了，还能整离家出走这出。

她一边神情自若地回消息，一边问："爸干什么惹您生气了？"

程女士哼了一声，在细数老江的"恶行"，话锋一转，又说："快拆，吃蛋糕。"

江岁宜语塞道:"那什么,今天太晚了,还是不吃了吧。"

那是她给贺迟晏准备的。

她又点点头以示确信:"容易长胖,不健康。"

程女士刚想说什么,立马被江岁宜打断:"我爸发消息来了。"

她装作不在意:"说什么了?"

江岁宜一看消息,深觉完蛋。

老江:在你那儿我就放心了,我明天去接她,现在她看见我就烦。

老江:帮你爸说点好话[笑脸]。

"他说,对不起您,今晚跪搓衣板深刻反省自己,明天来接您。"江岁宜睁眼说瞎话。说完以后欲哭无泪,程女士在这儿,她怎么见男朋友啊。

程女士不置可否地应一声,关了电视,起身打了个哈欠:"困了,我睡客房,你也早点睡。"

江岁宜心里松了口气,动作轻点的话,贺迟晏来也不会被发现吧。

这怎么谈个恋爱,还跟做贼似的呢?

她刷着手机等待一会儿,正打算问问他那边什么时候结束,消息过来了。

贺迟晏:开下门。

江岁宜立刻从沙发上弹起,快速跑到玄关开了门。

见到门外戴着棒球帽和口罩的人,她不由分说地用手捂上他的口罩,用食指比了个"嘘"的姿势。

又一句话没说,拽着人家一路小心翼翼地从客厅进了自己房间。

小心翼翼地锁上门之后,她才转身。

房间内留了一盏昏黄的落地灯,贺迟晏被朦胧灯光罩着,垂着眼半真不假地问:"我们……这是在……"

江岁宜顿了两秒,轻咳一声:"我妈今晚住在我这儿,要注意点儿。"

"哦。"贺迟晏笑一声,"原来我还没有名分,见不得人。"

他那个笑,似漫不经心,又似委屈巴巴。

反正令小江老师感到非常愧疚。

江岁宜安抚他道:"有的有的,我妈妈知道我有男朋友了,就是不知道是你。你看啊,你这个身份,得给他们一点缓冲的时间,对不对?"

贺迟晏"嗯"了一声:"你说得对。"

他这副全然顺从的样子,让江岁宜更感到愧疚:"先赊账,之后一定加倍还。"她主动牵起贺迟晏的手,"我男朋友最善解人意了。"

两人来到放置蛋糕的书桌前。

蜡烛早就插好,江岁宜点燃后,顺手把房间的落地灯关了。

微弱的烛光描摹出男人的轮廓,两个贴近的人影暧昧至极。

狭小的空间里,呼吸交错,江岁宜扭头说:"许愿,吹蜡烛吧。"

但是贺迟晏没有。

他借着烛光盯了她少顷,然后像是没忍住似的,在她嘴角啄了一下,继而连眼睛都没闭上,径直吹熄了蜡烛。

于是一瞬间,黑暗来临。

他说:"我的愿望,已经都实现了。"

江岁宜疑惑地"啊"一声,人心贪得无厌,哪有愿望都实现的人。

"愿望不就是介于有把握和没把握之间的事吗?"贺迟晏解释道,"对于现在的我来说,没把握的事很少,除了你。"

她是唯一可以称得上是愿望的,愿望。

月光朦胧,江岁宜不太看得清他的表情,迟钝地"哦"了一声。

然后她问:"那我帮你,再把它实现得彻底点?"

炽热的吻落在唇上,江岁宜被抱坐在了书桌的侧角。她没有支撑的重心,只能勾住身前男人的脖颈。左手被掌心十指相扣,按压在桌面,硌得手腕发疼。

她今天这身衣服是为了上台发言特地穿的,脊背稍露。圈住她身体的大手蹭过脊椎骨时,她不可避免地轻颤了一下。

贺迟晏轻轻咬了一口她的下唇,保证道:"这次不会过分。"

交缠舌尖轻微发麻,江岁宜难耐地呼吸。

门把手倏然传来下压的声音,伴随着程女士的呼唤:"岁宜,你睡了没?"

江岁宜惊得把人推开,惊慌失措地瞪圆眼睛看向门口。

和贺迟晏交握的手,却怎么也用不开。

程女士又敲了两下门,嘟囔道:"这个点,按照平常,应该还没睡啊。"

她又扬声道:"就我们两个人,你锁什么门啊?"

房间里传来一声沙哑的回应:"来了——"

须臾后,江岁宜打开了门,清了清嗓子。

全然的黑暗从门缝透出,程女士蹙了蹙眉,唠叨开口:"怎么不开灯啊?讲了多少次了,关灯玩手机对眼睛不好,这么大人了,还需要我提醒……"

江岁宜把头点得像只鹌鹑一样,一副乖乖受训的样子,然后小心翼翼地问:"妈,您怎么还不睡,有什么事吗?"

说到这个,程女士就非常无语:"这个天,不知道哪儿来的蚊子,咬得人睡不着觉,花露水搁哪儿了?"

江岁宜往客厅指了个方向:"在电视柜下面的第二层。"

程女士:"行,你早点睡。"

再一次反锁上门,被她情急之下塞到门后的男人,很轻地挑眉:"加倍还?"

江岁宜踮起脚尖,亲上男人的喉结,然后沉着冷静地开口:"还,肯定还。"

当天夜里,《重返十七岁》的五人小群。

距离上一条消息已经过去数小时。

及时雨:@喂喂喂卫。

及时雨:你怎么知道,我女朋友给我过生日了?

3

接下来好几天,两人的联系都是断断续续的。

一方面,附中组织高一年级全体学生进行了一次社会实践,是去体验为期三天的封闭式农耕生活。

地点是在安棠郊区的一个农场里面,手机信号不是太好,总是时有时无的。

另一方面,是江岁宜自觉羞耻。

因为她得知了自己之前喝醉酒后的所作所为。

事情是这样发生的——

当晚,程女士喷完花露水回房间睡觉后,江岁宜摸着鼻子,缓解了一下尴尬:"这还是第一次,异性进我的房间。"

看,多特殊的优待。顺毛效果应该还不错吧。

谁知贺迟晏表情并无变化,漫不经心地"嗯"了一声:"恐怕不是第一次。"

江岁宜:"嗯?"

他坐在她工作时常坐的转椅上,往椅背一靠,似笑非笑地看她。

"小江老师,你忘了,搬家那天晚上醉酒,自己是怎么睡到这儿来的吗?"

他目光稍一下落,就到了她此时坐着的地方。

房间里只有一把椅子,江岁宜自然而然只能坐在床边。

她顺着他的视线看向自己身后,回忆起好像是有扶她回房间睡觉这么个事,还未作声,就又听见他开口。

"你对我做的那些事,更是一点都不记得了,是吗?"

贺迟晏轻叹了口气,摇摇头,又无奈又落寞,继续道:"看来,终究是错付了。"

江岁宜蒙蒙地看他演独角戏,默了两秒,小心翼翼地问:"我对你做什么了?"

贺迟晏扫了她一眼,手一撑转椅扶手,站起来,不过两步,就居高临下地站在她面前。

她抬头看他,心尖微颤。

再然后,他蹲下了。视线与她平齐地达到同一高度,漆黑的瞳孔深邃而直白。

"你这样。"贺迟晏固定住她的手腕,继而指腹上移带动她的手指,触碰上自己的脸。

"再这样。"从眉眼开始,再往下,摸了摸长而密的睫毛,再到鼻梁,到嘴唇。

他把她那天做的事,完完整整复刻了一遍,认真而缓慢。

江岁宜感觉到指尖痒得难受,碰到他唇瓣的那一刻,已经控制不住开始颤抖了。

怎会如此。她怎么会在还没确定关系的时候,就摸他的脸,这真的是她能做出来的事吗?

但是贺迟晏告诉她,远远不仅如此。

"还没结束。"他说,"还有这样。"
他攥着她的手来到脖颈,这儿凸起的弧度很惊人。
她刚才亲的时候,就已经感受得很明白了。
贺迟晏吞咽一下,那东西就跟滑轮一样,上下滚动。
接着往下来到锁骨,他带着她往窝里戳了戳。
震撼太强烈,她晕晕地想要缩回手,但是抵不过对方的力气。
江岁宜近乎艰难地问:"没有了吧?"
再往下,就真的很可怕了。可是贺迟晏的眼神告诉她,并不是这么一回事。
"有。"他倏然站了起来,她的手腕也被握得微抬。
视角的正前方是纽扣扣得严丝合缝的衬衣。
江岁宜恍惚想起了曾经梦中的场景,那些,不会都是真的吧?
像是为了解答她的疑惑,贺迟晏覆上她的手背,往前一靠。
她触电般地想要缩回,却听见面前人不依不饶:"你觉得到这儿,结束了吗?"
江岁宜震惊不已,艰难地吞咽,反问:"难道没有吗?"
"没有。"贺迟晏轻飘飘地甩下一记惊天大雷,"你不仅摸了,你还咬了。"
她被震得头脑发蒙:"咬、咬?"
他挑眉看她,一副"怎么,不信啊?"的戏谑模样。
江岁宜不是不信,她是太信了,以至于快把自己吓死。
她哭丧着脸,不讲道理地小声指责他道:"你好缺德,为什么要告诉我?"
人面对黑历史,就该失忆一辈子。
贺迟晏没说话,但脸上表情明摆着写着:"不是你问的吗?"
啊啊啊啊啊啊,她没脸见人了。
她在他心里到底是个什么形象啊?
"还有。"他松开她的手,依依不舍似的,微顿了一下。
还有!
"别……"江岁宜整个人都快虚脱,差点捂住耳朵说,我不听我不听。
"你很喜欢我耳垂这颗痣吗?"
这个问题听起来很好回答,她没怎么犹豫地点点头,但又困惑于他问这个问题的目的。
贺迟晏思忖一下,轻"啧"一声,道:"那我还是不打耳洞了。"
她不解:"嗯?"
"这样,方便你以后咬。"
江岁宜沉默良久,好半天,才说:"你飘了,贺、迟、迟。"
当事人"嗯"了一声,半轻不重地说话,还带着一点点骄傲。
"这叫恃宠而骄。"
于是此刻,坐在郊区农场的宿舍里,江岁宜看着断网几小时后信号恢复的手

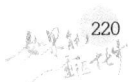

机,犹豫着要不要给男朋友发条信息。

还未考虑好,就弹出了微博推送的热点新闻:著名钢琴家郑音荣因病去世,临终时坦言现乐坛歌手贺迟晏是其亲子。

江岁宜皱着眉看完博文,又点开评论区看了看。

@我只好沉默:妈呀,郑音荣不是和夫人很恩爱,一直没有孩子吗……

@凉凉的冰雨:私生子啊,这么炸裂。

@章鱼哥:难怪一出道就爆红,这是给亲儿子铺路吧。

@头发快回家:宁宜附中校友不请自来,帮老师整理过学生档案,看到过贺迟晏的双亲一栏填的是无。

@这博是一天都读不下去了:楼上校友!应该是真的,每次开家长会,他的座位都是空的。

江岁宜不打算再往下看了。

虽然贺迟晏从没提过他的家庭,但从高中那时的接触来看,必然是不如意的。

人往往困囿于家庭带给自身的束缚。

她现在只想听听贺迟晏的声音,但是手机突然没信号。

正想重启手机时,同事叫她:"江老师,学生们已经挖完紫薯了,咱们马上要去后面山上的寺庙祈福了。"

手机重启后,仍是没有信号,江岁宜只好点头说:"来了。"

故园寺在宁宜名气不小,即便位于郊区丘陵,来访的游客也是络绎不绝。

江岁宜读书时跟着父母来过不少次,中高考这样的大考前必来。

学生们在庙里乱窜,江岁宜在后庭禅院里找信号。

现在科技发达,连寺庙供奉香火都可以用扫描二维码付款,果不其然,她终于可以打电话了。

贺迟晏接电话算快,但是一接通,江岁宜反而不知道说什么了。

他现在应该也被热搜的事情困扰得焦头烂额吧。

于是她话到了嘴边,转了个弯:"新专辑什么时候能弄完呀?什么时候回宁宜?"

女孩子声音温温柔柔的,想达到宽慰的效果,却自然而然地带上撒娇意味:"我想你了。"

贺迟晏不答反问:"感冒了?"

江岁宜看着回廊那头气派的大殿,知道自己瞒不过,老实道:"昨天跟学生一起下地干活时,淋了点雨。"

十月的天气变化多端,一场雷阵雨猝不及防降临。即使躲得够快,也不可避免地受凉了。

贺迟晏又问:"吃药了吗?"

"吃了。"

其实没有,这儿比较偏,没有药店,况且她也不严重,幸好没有学生着凉。

他"嗯"了一声,道:"还有几天才能回来。"

"哦……那我现在没有打扰你吧?"

其实她也就客气问一下,但是这人不按常理出牌。

"打扰到了。"

"啊?"

他平静自如地开口:"满脑子都是你,工作效率很低。"

这话很腻歪,但是听起来又很平淡。

光凭语气,完全察觉不出是在讲情话的程度。

明明是打电话关心他,怎么绕来绕去话题又到自己身上了?

江岁宜犹豫了一下,说:"我看到热搜了。"

那头顿了几秒:"嗯,是真的。"

"我虽然不知道是怎么回事,但是……"江岁宜想了一下措辞,带着点鼻音正色开口,"你不会再孤单,有很多很多人喜欢你。"

温软中又掷地有声的声音说:"还有,你现在有我了,我也是。"

贺迟晏低低笑了一声:"也是什么?"

"喜欢你。"

"嗯,谢谢我女朋友的喜欢。"他轻叹一口气,解释,"不用担心,这件事对我影响不大。"

他又笑:"这热搜上得也值,至少能让你跟我告白。"

……这怎么能算告白。

江岁宜仔细留意,发现他确实好像没有因为这件事困扰。

寺内有僧人在诵经,严肃庄重,敲木鱼的声音不疾不徐,听着就让人心静。

声音传到贺迟晏那边,他问:"你在故园寺?"

正殿门口的香炉正袅袅飘着烟,江岁宜盯着看了一会儿,说:"嗯,学生们都在这儿祈福。"

"那帮我个忙吧。"他说,"替我给我妈妈上炷香。"

听他大致讲了讲父母的事情后,江岁宜上了香,虔诚地跪在蒲团上,默念了会儿祝愿。

其实概括起来也挺简单。

声名鹊起的钢琴家与初出茅庐的长笛手,两个人因音乐产生缘分在一起,她不知道他有婚约,一度想谈婚论嫁,但他也许只是想跟她玩。

怀孕很久之后她才被告知真相,那时已经迟了。

她顶着异样眼光来到安棠郊区,独自抚养一个孩子成长,在贺迟晏初三时郁郁而终。

"我出道之后,在一次晚会上,他认出了我。"贺迟晏平静地说,"但我早就已经不在乎了。"

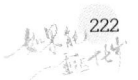

空气静默良久。

江岁宜换了个话题调节气氛："你这么好的音乐天赋，跟我在一起，会不会有点浪费啊？"

毕竟她五音不太全，唱歌跑调是家常便饭。

"浪费什么？"

"就是音乐天赋的遗传也是有概率的啊……"万一以后小孩遗传到我。

话说一半，她突然停下。天哪，她在讲什么离谱的东西。

口不择言，口不择言。

贺迟晏果然笑了，他顿了一下："原来你都想这么远了。"

江岁宜挣扎了一会儿，自黑道："我真的没有音乐细胞。"

她看向寺内葱郁的树，突然想到一个事例作论证："我初三的时候，来故园寺祈福，碰见一个男生，我给他唱歌，结果给人家难听哭了。"

她以为，他会笑一声，然后安慰她说我可以教你唱。

但很奇怪，电话那头好半晌都没有声音，空气陷入莫名其妙的凝固。

信号断了？

可是少顷之后。

"那是中考前两天吗？"他问。

江岁宜一愣，的确是。

香炉的烟在眼前飘过，她眨了眨眼睛，不可思议地张了张嘴。

"不会，是你吧？"

"应该是吧。"他低着声音说。

那时候母亲刚去世，他来寺里为她祈祷，虽看起来不显狼狈，但一切都是悬浮着的。

在心里和她说完话后，他走到无人的禅院，很平静地坐在阶梯上。

不平静的，是不知道从哪儿冒出的姑娘，语不成调，却在小声唱歌给他听。

他听她唱，本风平浪静的内心却突然泛起波澜，无端落下了两滴眼泪。

"不是被难听哭的，"他叹了口气，宽慰地说，"是因为好听哭的。"

江岁宜沉默了两秒，轻声念叨："那我们早就见过了啊。"

倒也没什么，就是有点遗憾。

庆幸的是，有种注定轨迹相交的宿命感。

良久，她听见他说："江老师是听话的好学生，又不会跟我早恋。"

伤感的氛围一下没了。

江岁宜尽量表现得理直气壮："那留着当预备男朋友呗，一毕业就转正的那种。"

贺迟晏笑，不逗她了："我受你影响而做出的决定，实际上每一步都是在朝向你。也就是说——无论如何，我们迟早会相遇。"

毕竟，爱是世间最好的相逢。

"我也很想你。"

4

不好好吃药这事，给了江岁宜莫大的教训。

从寺里返回农场宿舍后，她竟然发烧了。

晚上办的活动她也没参加，下午一回来，昏昏沉沉地发了条消息，就在单人间的宿舍内睡得昏天黑地。

中途醒过来一次，似乎看见了她男朋友。

她觉得大概是她烧迷糊了。

彻底醒来是在天快亮的时候，隐隐约约看见床边靠着个人。

她掐了把自己，发觉不是在做梦。

江岁宜迟钝地对着男人发问："你怎么来了？"

其实这个问题的答案，在江岁宜打开手机的那一刻就已经知道了。

她烧得迷糊，竟然给贺迟晏发了信息，"想见你"。

她想见他，所以他就来了。

贺迟晏俯身摸了下她的额头，发现已经差不多退烧了，给她倒了杯温水。

然后坐在她身侧，垂着眼眸，回答她的上一个问题。

"我黏人，不行吗？"

狭小的房间里突然安静了几秒，江岁宜被水呛到，一边咳一边用奇怪的眼神看他。

他怎么把锅都揽自己身上了。

他黏人？好吧，确实好像挺黏人的。

江岁宜理直气壮地拖长尾音："我们家大明星，当然想怎么样都行。"

贺迟晏被逗乐了，倏然一笑，理所当然地点点头："这可是你说的。"

他拨了拨她睡翘起来的头发，然后倾身过来亲她嘴角。

江岁宜把头歪到一边，故意躲他："你别，我感冒没好呢，传染给你怎么办。"

借着微弱透进的晨曦，贺迟晏看她从脖子一直到耳后都染上薄粉。

"那怎么了？"

"你是歌手呀。"江岁宜眨了眨眼睛，轻声反问，"感冒了还怎么唱歌？"

她摆出严肃脸："要好好保护嗓子，不能失业。"

他故意问："失业了怎么办？换个新男朋友？"

江岁宜听不下去他在这儿胡说，伸手去捂他的嘴。

贺迟晏也不逗她了，笑了一声说知道了："不会的，毕竟要赚钱给你花。"

江岁宜小口喝完水，又重新躺下，看了眼时间，距离今天的活动开始还有几个小时。

她乖巧地问他："你怎么找到这儿来的？"

贺迟晏很轻地挑了挑眉："内部有人。"

差点忘了。综艺过后，八班学生个个是他的人脉。

"你过来点。"江岁宜躺着，伸出细白胳膊向他招了招手。

贺迟晏也没问干什么，听话地俯身贴近。

江岁宜的手捏上他的脸，随意地往各个方向扯，扭曲出各种形状。

她一边动作一边嘟囔："看来是没整容。"

……算了，不跟生病中娇气的人计较。

"没意思。"她一撇嘴，"你都不谴责一下我。"

他还没说什么，江岁宜又捏了捏他脸，碎碎念道："不过你谴责也没用，我恃宠而骄。"

贺迟晏就那么看着她，没忍住，笑了一声。

江岁宜勾着他下巴，仔细地又看了两眼："你不会一晚上没睡吧？你这黑眼圈，可以去跟国宝做伴了。"

热搜的事情的确对他影响不大，但处理起来还是要花不少精力。

收到她信息，他脑海里只有一个念头，他也想见她，抱抱她。

他不回答，但这事也显而易见。

江岁宜犹豫了一下，伸手拍了拍旁边的位置："你上来，跟我一起睡。"

这农场宿舍的屋子很小，只有床勉强还算得上是大，同时睡两个成年人应该是不成问题。

贺迟晏的表情变得有点奇怪，不知道是想到了什么，缓缓挑起半边眉毛，隐隐看出几分戏谑。

江岁宜看他神色怪异，好半晌，才意识到自己这句话可能存着点歧义。

她不知道别人谈恋爱是怎么样的，但她只是直白地想对自己男朋友好一点。

"你别想歪，"她迅速假咳了两声，不太自在地视线飘忽，佯装镇定，"是很纯洁的意思。"尾音越来越轻，与之相对的是，耳根越来越红。

"没想歪。"贺迟晏略扬起下巴，神情自若地说，"就是觉得，你也太信任我了。"

过了少顷，旁边靠上一个微带凉意的身体。

起初离得比较远，后来等暖意上来，他才自发贴近。

江岁宜不是很适应地动了动。心跳得快从胸腔里蹦出来。

她转移注意力，戳着手机屏幕在设闹钟，念叨着今天的安排："九点钟要去地里挖紫薯，下午学生们分组四散去附近村民家帮忙准备晚餐，哦，那下午可以休息一会儿了。"

"还可以睡两个小时。"她戳了戳男人的手臂，"你什么时候离开啊？"

"不走了。"他故作正经地答道。

"真的？你不会真失业了吧，有这么闲吗？"

江岁宜蹙着眉，疑惑半天，最终眯着眼睛说："拉钩上吊一百年不许变，骗人就是……"

话还没说完，贺迟晏朝她这边侧了个身，漆黑的瞳孔盯着她。

空气突然安静下来。

好半晌，一声"汪"横空出世。

不带什么情绪，平静淡然，像在讨论什么正经事一样。

他怎么能用这张脸，怎么能用这种语气，发出这个字的音节。

舞台大魔王，平常又温柔正经，私下突然变小狗，一人千面，可爱极了。

虽然表情淡，但是她就是感觉很可爱。不知道别人怎么样，反正江岁宜很吃这套。

"骗你的，晚上走。跑这么远过来，好歹得陪你一天。"

贺迟晏揉了揉她脑袋，把人轻轻往自己这里按了过来。

江岁宜得寸进尺地靠上他颈窝："那我待会儿跟着学生去挖紫薯，你也去？他们会吓到的吧。"

或许，有种《重返十七岁》还没结束的恍如隔世感。

贺迟晏说："要是吓到，你就骗骗他们，说是节目的返场彩蛋。"

江岁宜"喊"了一声，她才不骗人。她又不是小狗。

但他好像也从来没想过瞒着他们的关系，一切都是光明正大的。

"快睡吧。"江岁宜慢吞吞地说，"我都怕你突然困晕过去。"

整个人被揽住，熟悉的气息萦绕在鼻间，很安心的感觉。

在即将快要彻底睡过去前，江岁宜突然想到一个事情，口齿含糊地道来："我昨晚梦到你妈妈了。"

虽然从来没见过她，但就是梦到了。

"她跟我说了好多话。"已经困得快张不开嘴了，她还是继续说道。

"她说，不管你怎么样，你都是她心目中最完美的小孩，占据了她全部的世界，她很高兴你能成长为现在这副模样。"

"最后，她只希望你能够平安快乐。"

贺迟晏的回答她没听清，只是感受到对方把她搂得更紧，在她发顶轻轻落下一个吻。

他们是被闹钟吵醒的。

江岁宜闭着眼睛摸到手机，摁掉闹钟，然后缓缓睁开眼睛。

天光大亮，透过窗户洒下一大片令人眩晕的阳光。

她迷迷糊糊地想要坐起来，却被禁锢脖颈的手拦住。

还没清醒的神志一下震颤，她被吓一跳。

睡醒之后，突然发现身旁有个男人什么的，的确是需要时间来习惯的。

江岁宜手肘微微撑在枕头上，看着她男朋友神游发了会儿呆，连他什么时候醒的她都没注意到。

"再看要收钱了啊。"贺迟晏睫毛一掀，懒着声音说。

江岁宜愤愤:"你前面还说,赚到钱要给我花,怎么还反向收钱?"
"行,你记得就好。"他神色不变,"考验一下,怕你忘了。"
好吧,不管怎样他都有理。
她把他手臂推开,支着身体坐起来,自顾自地晃荡着下床。
贺迟晏不动声色地靠在床头说:"睡都睡过了,你要对我负责。"
此睡非彼睡好嘛!
"或者我立刻对你负责也行。"
江岁宜吐槽:"你能不能矜持和保守一点?"
他轻轻皱了下眉,看她:"我没记错的话,是你让我跟你睡的。"
"还有,"他看起来很诧异又委屈,"我不保守吗?"
"不然为什么,一生只谈一次恋爱,现在就想跟你结婚。"

等江岁宜洗漱回来再见到贺迟晏时,他已经衣衫整齐地靠在床边,戴着耳机在跟人说话。
"挖紫薯我就不去了,"他指着耳机道,"开个专辑的编曲会议。"
"下午有空,陪陪我?"
他就算不说,她肯定也是要陪他的,谁知他又漫不经心地来一句:"毕竟我比较黏人。"
于是看着学生挖紫薯的时候,江岁宜耳根的红晕还没完全消下去。
锄头一次又一次地被推入地里,没有经验的学生们抱怨着:"江老师,咱们已经连吃两天的紫薯宴了,什么时候能换换口味呀?"
她趁机宣布了,今天下午分组走访附近村民,然后留下帮忙完成一顿晚餐的事情。
学生们得以逃脱紫薯,一个个跃跃欲试。下午成群结队地背着包,窜一样逃离基地,沿途询问自己去的是哪户人家。
何徐行悄悄蹭过来,神神秘秘地问:"江老师,晏哥还在这儿吧?"
原来所谓的内部人员是他。
江岁宜顿了顿,问:"有什么事吗?"
他挠了挠脑袋,犹豫着说:"就是想拜托他把这个礼物转交给我妹妹,听他说,下午要去附中分校。"
分校?江岁宜诧异接过,他没同她讲过。
下午,果然贺迟晏要带她出去。
他坐在驾驶座,手松松搭在方向盘上。两个人对视了数秒,他给了她一个"怎么还不上来"的眼神。
江岁宜拉开副驾驶车门,规规矩矩地系好安全带。
目视前方玻璃,看起来严肃又正经,一点没有去约会的自觉。
贺迟晏偏过头,漆黑的眼睛盯了她一会儿,轻"啧"了一声:"都不问去哪儿啊？"

"又不会把我卖了。"江岁宜随口一接，又哼了一声，"我也有内部人员的好吧。"

还是同一个呢。

贺迟晏弯唇笑了声："那谢谢你？这么信任你男朋友。"

"你好烦。"江岁宜想到他早上的发言，就忍不住羞耻地歪头望向窗外。

平常看他微博，冷冰冰转发官博的物料，别提多平淡，谁知道私下是这样。

车缓缓启动，旁边传来问询："岁宜，你嫌我烦了吗？"

是那种温柔到溺死人，但是又有点可怜兮兮的声音。

江岁宜立马脑补出一百个经典影视剧作品中，属于观众的温柔男二。

好嘛，开始卖惨了。但是小江老师确实吃这套。

"没有的事。"她轻轻咳了一声，转移话题，"咱们去附中分校吗？"

他点头，但是又扯回话题："我第一次谈恋爱，难免会不由自主黏着女朋友。你要是不适应……"

江岁宜顺口道："你就改过自新？"

贺迟晏沉默了一会儿："我可能没办法控制自己，不然江老师大发慈悲，习惯习惯？"

听着车窗外风簌簌而过，江岁宜的呼吸声和心跳声一同奏鸣："好吧，我试试。"

本就在安棠区范围内，分校离得并不远，车开了一会儿就到了。

虽然贺迟晏说，他们迟早会相遇，但是错过这么久，难免有点遗憾。

下车时，他给自己戴上一顶鸭舌帽，顺便往她头上也扣了一顶。

她伸手扶正了帽子，仰头，抬睫疑惑地看他。

他却一副理所应当的表情。

江岁宜想笑，他们俩这样，看起来应该还挺有 CP 感的吧？

贺迟晏应该早就沟通好了，牵着她的手跟门卫说了两句，就被放行了。

一进校园，江岁宜去拿手机回消息，松开了他的手。

她以为他发现不了。

但是，贺迟晏倏然轻声开口问道："怎么突然就不牵我了？"

空气都沉寂了两秒。

倒也没有什么，就是当老师的时间不算短了，感觉这样走在校园里，有种被抓早恋的心虚感。

不过，既然他都提了，江岁宜把手机塞回去，又自然地牵上他的手，十指相扣。

"我们这是去哪儿？"她从来都没来过分校，对这里的一切都很陌生。

"先去何徐行的妹妹，不是有东西要交给她？"

江岁宜被他牵着，并肩走在小路上，像个好奇宝宝一样到处观望。

有梧桐叶窸窸窣窣的，在地上投下斑驳树影。

江岁宜感叹:"分校布局和本部挺像的。"

这就是他高中前两年生活的地方。

现在应当是上课时间,小径上荒无人迹,一路穿过来到教学楼。

何徐行的妹妹,之前在合唱演出上见过,很乖巧的小女孩,拿到哥哥送的东西惊喜不已。

她对两人明显也有印象,看着两个人牵在一起的手,露出一个甜笑,说:"那天接我去本部的大哥哥说得果然没错。"

她说的应该是开酒吧的付仁舟。

江岁宜想要暂且挣脱一下,当着未成年的面,她很有压力好不好?

看出她脸皮薄,贺迟晏松开,留着她跟小女生说一会儿话。

没想到离开两三分钟回来,她身边已经围了好几个男高中生,笑得可灿烂呢。

贺迟晏不动声色地揽上她的腰,往身边一带:"聊完了没?"

江岁宜老实道:"差不多了。"

于是她就被带离了教学楼。

看出男人有一点点不高兴,江岁宜主动戳戳他手臂。

"怎么了?"

贺迟晏没什么表情,语气平淡:"小江老师,都换了个学校了,还是这么招学生喜欢。"

被他这么拦腰抱着,江岁宜并不是很自在,但不妨碍她做阅读理解,听出他口中暗含的酸溜溜。

她很想笑:"不是吧,贺迟迟,你不会是吃醋了吧?"

见男人绷着嘴角,江岁宜哭笑不得地解释:"我只是在向他们解释进入本部的政策。"

经年流转,分校优等生进本部的政策还保留着,只是信件交流被取消了。

分校近年也不似多年前那般学风不好,现如今教学质量也在提高。

贺迟晏点头,"哦"了一声,别提有多别扭。

江岁宜思忖片刻,犹豫着勾着他的脖颈,踮起脚,往他脸侧亲了一口:"这样行了吧?"语气里还有一点点撒娇的意味。

贺迟晏垂眸看她,想说不太行,但是在学校里,知道她要面子,也就放过她了。

他盯了她半天,然后轻叹一口气说:"你要是以后每天都这样,就好了。"

……她又被带着往不知道是哪里的方向走。

想起付仁舟的事,她问:"你们俩在高中前两年的关系很好吗?"

"不是。"贺迟晏说,"高一时我还沉浸在我妈妈离世的痛苦中,不在意身边的任何一个人和事,所以一开始收到你的信,没有想过要回。

"付仁舟是我同桌,一开始是来学校混日子,后来我跟你成为笔友,认真学习想拿到去附中的名额,他受我影响而努力,虽然没去到本部,但最后考得不错。"

贺迟晏正色说:"你从少年时期,就已经影响很多人的命运了。我喜欢你,是天生宿命。"

"……哦。"她出声回应,"我应该也是吧。"

喜欢他的宿命。

江岁宜出着神,不知道被他带到了什么地方。

是一栋旧楼,他们一路爬到三楼。

"这是我高二时的教室。"贺迟晏解释,"那年以后,新楼扩建,旧楼就废弃了,所以一直被保留下来,当作活动教室使用。"

他指着一张课桌说:"我的桌子,同样也是。"

江岁宜靠近去看。

学生时代,谁没有往课桌上留下过字迹?贺迟晏同样也是。

那张课桌上,有一小块密集地写着同样的两个字,"随意"。

"我后来想了想,也许在还没见到你之前,我就已经喜欢上你了。"

男人站在她面前,身姿挺拔颀长,瞳孔漆黑,神色认真。

"如果能重返十七岁,我一定在你给我写第一封信时,就尽最大的努力去回信。

"没有久别重逢,只有一直陪伴。"

江岁宜心尖一颤。

然后,又听到他继续说:"没有如果的话。

"没关系。

"我也永远爱你。"

第十章 在我眼中，你是不同

1

"贺迟晏和他女朋友被拍了！"

"什么什么，真的呀？"

江岁宜正领着学生在运动场进行一年一度的体质检测，在看台上喝着水观望时，听到后面两个体测的工作人员旁若无人地讨论。

矿泉水瓶被她"刺啦"一声捏紧，然后迫切地被拿开，她疯狂咳嗽。

被拍到了？

可是这段时间，他们明明聚少离多呀。

且不提他一个大明星，行程多到全国飞；她这段时间也很忙，期中的十校联考刚过没多久，各种会议和考后复盘总结。

要不是她男朋友随时随地主动分享工作进度，她可能还比不上他那些粉丝了解他的动态。

"还能是假的呀？微博热搜爆词了！"

"我火速赶去'吃瓜'！"另一个人边说边在手机上戳着，"谁啊谁啊？谁这么牛？圈内的吗？"

牛人江岁宜深吸了口气，掏出手机，打开微博。

虽然早就知道，贺迟晏会有公开的一天，但没想到是先被拍到，打了她一个措手不及。

"不是不是，好像是圈外的。"

在后面两人交谈过程中，江岁宜也点开了大批营销号搬运的图片。

竟然是那天他们去附中分校的时候被拍到了。

这些被捕捉的瞬间，江岁宜印象也很深刻。

她好像很招学生喜欢，贺迟晏虽然不说，但是她隔老远都能闻到酸味。

小心眼吧，这个人。虽然心里吐槽，但她还是笑盈盈地停下来，主动揪他的衣摆去哄他。

谁知男人垂眸盯了她半晌，"啧"了一声，然后从外套口袋中拿出崭新的口罩，慢条斯理地拆封。

修长骨感的手指从她耳侧轻缓滑过——他在给她戴口罩。

神情专注又认真，不知道的还以为在做什么极细致的手工活。

再然后，他把她戴的帽子再往下扣了扣，位置低到她眼睛都被完全遮住了。

"你这样，我还怎么走路啊？"

"牵着我。"贺迟晏的声音轻飘飘地落在她耳朵里，"或者我抱你走也行。"

江岁宜说："其实你看，你这样完全没有必要，对吧？刚才明明也有很多小女生在你眼前晃呀，她们也都很喜欢你。"

这种喜欢，就是那种很纯粹的欣赏，没别的什么意思。

"我又不需要她们的喜欢。"贺迟晏声音里带了点好笑，"你喜欢我就够了。"

她彻底说不出来话了。

被拍到的照片，有他帮她戴口罩的，有他去扣她的帽子的。

阳光倾洒，给他侧脸镀上一层耀眼光晕，眉眼柔和，嘴角勾着笑，很温柔的样子。

照片里的男人，很明显能看出是贺迟晏。

但是她被遮了整张脸，只能依稀看出是一个皮肤白皙的女人。

最后还有一张，他们俩牵着手走出校门的背影。

江岁宜在"瓜田"里转了一圈，找到了最开始的发帖者。

@不考到年级前十不改名：啊啊啊啊啊！幸好我今天偷偷带了手机，看我今天在校园里拍到了什么好东西！俊男靓女，好般配啊！（ps：感觉这个男人帅得有点眼熟。

发帖时间很早，但没带大名没带标签，现在才被有心人发现，营销号纷纷转载，就上热搜了。

江岁宜放下手机，没有看评论。

互联网上肯定会有很多不同的声音，算了，别给自己找不痛快。

后面两个人的讨论还在继续，江岁宜一边观察操场上正在跑八百米的女生们，一边竖起耳朵听。

"圈外的？"女声带着显而易见的惊讶，"不会是暗恋的那个吧？"

"有可能哎。"

"真要是她，那这也太不可思议了吧，都好多年过去了。"

是啊，都好多年过去了，但她从来没被忘记过。

"看贺迟晏回不回应吧，他要是敢承认，我立马路转粉。"

"承认也没什么吧,他粉丝本来就是内娱最理智的。而且前段时间家庭身世被爆,大家都知道他是没人爱的小孩,虐得女友粉都转成妈粉了。"

"说到这个,郑音荣也真是不干人事哦……"

八百米结束,江岁宜也没再听下去,她起身让学生走一走缓缓,然后领着排好的队伍去体育馆里量身高体重。

忙活一天,江岁宜下班回家写完近期工作总结后,洗洗倒头就睡了。

中途是被不间歇的振动声吵醒的。

她昏昏沉沉地摸到手机,看了一眼,是李梦言在给她发信息。

密密麻麻的一串,看得头疼,她索性直接回了个电话过去。

"我天,你看到了吧?你跟贺迟晏被拍了!我今天在公司忙得连轴转,一下班上网就刷到这个了!"

江岁宜平静地捂着嘴打了个哈欠,蔫蔫道:"看到了。"

她抓了把头发:"我都捂成那样了,你还能看出来是我啊?"

"废话,"李梦言无语道,"咱俩多少年的交情了,你化成灰我都认得出来。"

李梦言语速极快,叭叭说了一堆,又问:"什么时候回应?他跟你联系了吗?"

"没,我看一下。"江岁宜翻出微信去看贺迟晏昨天给她发的消息,"他现在在录音棚里,预计八点出来。"

一阵沉默过后,李梦言"嘶"了一声:"他不会前一天晚上就把第二天的行程全发给你吧?精确到小时的那种。"

江岁宜不以为奇地"嗯"了一声:"他怕我联系不上他着急呀。"

"……是我自取其辱。"李梦言咬牙切齿地暗恨道,"这种时候,就无比想抓前男友出来挨骂。"

电话切进来,江岁宜说:"不说了,我挂了啊,他给我打电话了。"

贺迟晏打的是视频电话,他穿着黑色卫衣,背后是一堆看起来高级的设备。

"我刚知道。"他看起来有点不太平静,"吓到了吗?"

"没有啊,我早知道会有这么一天的。"

他一时没有说话,盯着视频里的她好一会儿才问:"你会觉得不自在吗?如果我现在公布,网络上会出现不好的言论,会对你产生诸多猜疑。"

话音虽淡,但能听出有点忐忑和紧张。

江岁宜想了下,说:"你按照你的节奏来就好了,你觉得时间合适就可以。"

"跟你谈恋爱我很开心,我从来没有觉得不自在,舆论也对我造不成影响。"

"我只会说,贺迟晏是天底下最好的男朋友。"

她换了个角度趴在床上,手肘抵着枕头,撑着脑袋说道。

随着她的动作,视频里露出纤细修长的脖颈。

睡衣的领口有点低,精致的锁骨显露无遗,再往下没入衣领,起伏若隐若现。

见他好久不说话,江岁宜还反思是不是自己讲得太肉麻了。

结果她一抬眼,从小窗窥见自己现在的状态。她火速翻了个身,换了仰躺的姿势，脸都烧起来了。

那边终是传来一声低低的笑："拿准了我现在不在你身边是吧？"

"别刺激我。"那语气又似警告，又似逗趣。

脸更红了。视频里面，女孩子面颊粉嫩，从耳根绵延到脖颈。

江岁宜丢下一句"我没有，你快忙"，匆匆挂断了电话。

随后，她裹着被子在床上滚了几圈，然后躺平。可能最近太累了，她不知不觉又睡了过去。

睡得早，次日天还没亮，她就醒了。

拿起手机一看时间，距离平常上班起床的生物钟还有一个多小时。

锁屏界面赫然显示，夜猫子李梦言在凌晨一点给她发送了消息。

她侧身躺着，慢悠悠地点开来看。

李梦言：[链接]

李梦言：服气了，你男朋友是真行，给他跪了。

江岁宜心脏陡然一跳。

……他回应了？

她抿了抿唇，点进链接，跳转到了贺迟晏的微博主页。

往下翻，最新一条是在零点十一分。

@贺迟晏v：[转发微博]现在，飞鸟拥抱了神明，我等到了她。

点赞、评论和转发都高到吓人。

这句回应事实上是挺正常的，不知道李梦言的"跪了"是指哪里？

不过，这个"转发微博"是什么？

江岁宜点进去，然后呼吸一屏。

他转发了自己2016年的微博，它是这样写的：

你像神明在世，看我一眼，珍藏的心动就得到眷顾，于是我甘作飞鸟，永远奔赴，永远忠诚。

这条微博的点赞评论并不算多，原因是，此前从来没有人看到过。

贺迟晏的微博之前一直设置的是半年可见。

这篇博文的日期远远超前于他的出道日期。也就是说，他一出道，它就被隐匿了。

很多明星在出道后，会选择注册一个新的账号，用作社交，再另外开小号分享生活。

但他不是，他只有这一个。

账号是在附中的计算机课上注册的，当时计算机老师让随便发点什么。

于是第一条是为她，出道前发的每一条都是为她。

江岁宜费劲地往下翻，从最早的一条开始看。

"祝你生日快乐。"

"希望你早日康复，又自私地希望没有那么快，毕竟这是现在我和你唯一的交集。"

"宁宜下雪了，听到你朋友说初雪时适合告白，你也喜欢吗？"

"新年快乐，岁岁皆宜。"

"高考喊楼时，我就站在你后面，但是你没看见。祝你高考顺利。"

"毕业快乐。年级合照上，我们站在同一横排，却隔了二百三十八个人。"

"我要出道了，希望以后，你抬头就能看见我，哪怕只是念念我名字也好。"

……………

最后一条是："我会一直为你祝福。"

再接下来，就是他以歌手身份出现在世人面前了。

此后的博文几乎不带个人色彩，多是转发活动、代言。

从 2016 年到 2023 年，他将自己这些年的所有全部公布于大众面前。

所求也很简单，正是凌晨那条博文的第一条评论："于我而言，她是世间最真诚善良的女孩，愿她被温柔以待，谢谢。"

评论区也很键盘下留情，无论粉丝还是路人，多是祝福。

因为太真诚，也太珍重了。

这是一份迟到了很多年的初恋。

半个多小时，江岁宜终于从下往上看完了所有内容，心脏一直被揪紧。

当暗恋不再是一个人的哑剧，而是两个人的美梦成真时，被暗恋者很难不愧疚地想，为什么不早点发现呢？为什么不早点回应呢？

但是还好，最终结局是好的。

既然他坦荡地告诉全世界，他喜欢她。

那她好歹，也不能露怯吧。

江岁宜起床收拾好，在出门上班前，发了一条微信消息到"相亲相爱一家人"。

烫手小棉袄：谈恋爱了。

烫手小棉袄：[图片]这是我男朋友。

想了想，她觉得还不够，她又把这段时间在网上搜到的神图，一股脑全甩了出去。

烫手小棉袄：没开玩笑，我认真的，不能再认真了。

发完这条，微信又进了几条新消息。

是高中时的班长。

班长：是你吧，一定是你吧！

班长：我特地把年级合照找了出来，仔仔细细地数了五遍！同排隔了二百三十八个人，有三遍数出来都是你！

班长：生日也能完全对上。

班长：原来我高中看到的都是真的！

江岁宜沉默了一会儿，又想笑，心里又酸涩饱胀。

班长数了五遍，那么贺迟晏呢？

235

他到底数了多少遍,才能确保二百三十八这个数字是正确的。

这个娱乐新闻的热度真的很高,办公室里都有不少老师在讨论。

江岁宜难挨了一天,终于在傍晚下班时迎来了周末。

研究了一下贺迟晏给她发送的工作安排,她联系了他的助理小维。

她想去找他。

贺迟晏被邀请参加一个综艺的决赛直播,担任助唱嘉宾。

返回酒店已经临近深夜。

小维欲言又止,最终提议说:"要不要点个外卖?"

这话其实很突兀,因为他跟了贺迟晏几年,知道对方很少吃宵夜。

果然,他蹙了蹙眉说:"不用。"

小维默默低下头,这可是你自己没听出我的暗示。

进了房间门,灯还没打开,突然有个人窜出来抱住他。

贺迟晏动作倏然顿住。

但是气味太熟悉了。

人们说,气味最能储存一个人的记忆。从落入这个怀抱开始,身体记忆都在叫嚣着回应。

现在是深秋的天气,他从外面进来,身上还带着一时难消的寒意。

江岁宜蹭了蹭他脖颈,小声说:"我现在在你身边了。"

贺迟晏住的这房间,在酒店的高楼层,能俯视壮阔的夜景。

等待他从浴室出来的过程中,江岁宜接了李梦言的电话。

"又加班又加班,打工人的命不是命!"李梦言躲在公司咖啡间,蹲着向江岁宜吐槽,"羡慕有编制的生活,你现在肯定躺下了吧。"

江岁宜老实道:"没有。"

李梦言一看时间:"不会吧不会吧,你现在也开始熬夜啦?"

江岁宜揉了揉太阳穴,决定说实话:"我来找我男朋友了。"

李梦言喊出口:"我不活了!加班就算了,还没有对象陪……"

那头还在絮絮叨叨说着,江岁宜的注意力却已经不受控制地望向从浴室走出来的人身上了。

这件深蓝色条纹睡衣,她在和他打视频电话时看到过,在做梦时见过,却独独没有在现实里见过。

现在看到了。

明明很普通,但是穿在他身上,莫名显得很特别。

江岁宜猜想,是因为他皮肤白,而且露出一点精致锁骨。

李梦言碎碎念了半天没等到回应,于是大喊道:"老婆!我的岁宜老婆!你人呢?不要弃我于不顾啊!"

我的天,她这不管不顾胡言乱语的习惯什么时候能改改?

江岁宜头皮发麻,猛地掐断电话,然后抬头去看贺迟晏的表情。

他很微妙地微微挑了挑眉,明显是每一个字都听得清清楚楚。

半晌,他落坐在江岁宜身边的沙发上,似好奇地开口问:"谁的老婆?"

江岁宜硬着头皮,含糊地答道:"李梦言开玩笑说的,你别当真。"

但贺迟晏不依不饶:"我的,还是她的?"

江岁宜脸色爆红。

什么你的,我的,她的。她听不懂好不好。

她没回,但是贺迟晏偏头打量了她一会儿,确信道:"我的。"

"她不许叫。"

"我会跟她说,让她换个称呼。"

江岁宜心跳如雷,快得能从胸腔里蹦出来。

深夜酒店,孤男寡女,还是双向奔赴的男女朋友,她很难不紧张。

不过他看起来又很正经,应该没事。

江岁宜主动说起另一个话题:"你连轴转了好几天,累不累啊?要不然……"

"累。"贺迟晏很平静,悠悠开口,"所以,要老婆抱抱。"

对方还是一副理直气壮的样子,大有"李梦言能叫,我为什么不能叫"的架势。

叫她说不出任何反驳的观点来。

江岁宜为难地看向身侧,他们俩如今都坐在沙发上,这怎么抱啊?

不过少顷,她妥协地动了动,横跨到贺迟晏的腿上。

她双腿屈起跪在他两侧,人的小半个重量都压在他腿上。

江岁宜伸手,环住了他的肩颈。

有一会儿了,她问:"现在应该好些了吧?"

几乎是立刻,贺迟晏将她反压下来,从耳后吻到脖颈。

"深夜飞过来找我,但不说。现在又这样。"他手肘撑在她耳侧,埋在她颈间,轻声说,"你先激我的。"

轻柔且温情的动作一下变味,手腕被重重握住按在沙发软布上,忍不住后仰脖颈,拉出一截白皙纤长的弧度。

江岁宜想说点什么,但断断续续地发不出声音。

他的手在她脖颈后面打着圈,眸子深沉得要泅出墨来:"现在,所有人都知道我们在谈恋爱了。"

"我们可以光明正大。"炙热的温度再一次落在脸颊。

江岁宜眼前蒙上一层水雾,不由自主地伸出手去摸摸他的头发。

莫名其妙地,她还有闲心想:他发量可真多。

不过很快所有注意力都被召回。

很久之后,江岁宜躺下,闭上眼睛没看他,平息着急促的呼吸。

江岁宜在此之前,真的没想过今天来找他,会变成这副模样,她整个人好像都变得迟钝了。

不久后,小维拎着外卖来敲门,是江岁宜给他开的。

此时贺迟晏正在浴室洗第二次澡,小维探头探脑地把外卖一给,溜得飞快,身后像有洪水猛兽在追。

江岁宜吃了一点，然后实在疲累，刷了牙就躺下了。

微带凉意的身体贴上来时，她不安地往后退了退，但是反抗无效，又被搂回来。

"你下次……"江岁宜感觉自己脸都要烧起来，话说到这儿又不知道怎么接。

她是真的有点吓到了。

这进度条，一下横冲直撞往前窜了很多，和她预想的慢慢来完全不同。

贺迟晏"嗯"了一声，重复："下次。"

"下次就没有这么容易了。"

他无奈地叹了口气："这样你都难挨，后面可怎么办。"

这说的叫什么话！江岁宜伸手去捂他的嘴，连带着身体也往他那边靠了靠，柔软的手心触碰上唇瓣，呼吸相撞间四目相对。

她下意识松开了捂嘴的手。

所以他又开始讲话了："你最好是别乱动。"

他说话的时候一副心不在焉的表情，叫人没办法和言语内容联系在一块儿。

江岁宜眨了眨眼，正想挪远点，耳朵里被塞了一枚耳机。

听歌来平静吗？

这曲调她之前没听过，也没有正儿八经的歌词，听起来像是一种未知语言。

"新歌的小样吗？"她仔细听了会儿，曲子已经很完整了。

很清爽，而又青春飞扬的感觉。

贺迟晏"嗯"了一声："写给你那帮学生的，后续会请他们来作词。"

"那班歌有着落了。"江岁宜摸着下巴，"这首叫什么？"

贺迟晏表情变得奇怪，好久才说："附中 2023 级八班。"

江岁宜正欲说这名字也太随便了，然后倏然想起自己看到过的一个帖子。

发帖者是这样说的：据说贺迟晏的电脑和手机里有几百首未发行的歌曲 demo（样带），每首都会标一个简略名字提醒他自己创作的意图是什么。

这样一想，帖子的真实性还是很高的。只是这名字也太简略了。

江岁宜思忖了一下，突然发问："不会有歌曲小样，被冠上的是我的名字吧？"

贺迟晏被她这个问题问笑了。

他回忆道："大概有那么几十首吧。"

虽然早就有预感，但是此刻听到还是挺酸涩且难受的。

所以几乎在当下，她决定原谅他刚才对她做的所有过分行为，不再计较了。

江岁宜抿了抿唇问："那我能听听吗？"

"当然。"

贺迟晏有条不紊地在手机上操作着，随意选了一个。

她又问："几十首，都叫江岁宜吗？"

然后再用数字进行序号排列？比如江岁宜 1 号作品，江岁宜 2 号作品，江岁宜 3 号作品……

"给其他人写的歌，类似是这样的。"他顿了两秒，眼皮微微耷拉，"但对待你，我没有这么随便。"

空气沉默片刻。

跟他谈恋爱，真的需要注意自己心脏跳动的频率，否则一不留神，可能就迷失到找不着节奏。

音乐开始从头播放。

江岁宜往上蹭了蹭，把脸埋到他颈窝，闷声问："那现在播的这首歌，叫什么名字呀？"

"它叫——"贺迟晏环过她的脑袋，揉了揉她的头发，然后下颌抵着她额头，缓声道，"与江岁宜对话。"

这首歌曲做小样，只填了一半的词。

至于为什么叫这个名字，江岁宜听了前面一小截就明白了。

它就是一首对话歌曲，应该是由两个人你一句我一句，一来一回完成的。

他唱的每一句歌词，后面都该紧跟着她的回应。

但是没有。

每一段低缓的人声后面，都留出了长段空缺。

与其说，这是他与她的对话，不如说，这是贺迟晏心中，念了一万次的独白。

"嗨，岁宜，还好吗？"

"你有没有，变成想要的样子啊？"

…………

"勇敢走上前，去紧握未来的鲜花。"

"但是照顾好自己，可以吗？"

…………

"无论今天明天，太阳升起落下。"

"我一直陪在你身边，好吗？"

…………

"会不会，存在这样一种时差。"

"遇见在前路等待我的你啊？"

…………

"枯树生出芽，风也加快步伐。"

"请，再等一等我吧？"

…………

这首歌曲放完，江岁宜闭上眼睛，不想让他看见，自己眼角发酸到已经泅出泪珠。

静默了好半响，她吸了吸鼻子，勉强弯起嘴角，故作轻松地说："我不会写词。你问我的话，我只会给出回答。

"幸好，我没有错过，那个等了好久的傻瓜。"

这还押韵押上了。

谁说江岁宜不会写词。这就是她予他的最好的回答。

贺迟晏搂着她的腰，去亲吻她的眼睛，泪水被唇瓣擦拭着："哭什么，这又不值得感动。"

怎么就不值得了？

他是觉得过去就过去了，他不提，她不知道也没事。道理她都懂，但是还是意难平。

就比如说，他那些未公开的微博。如果不是为了减少公开恋情时舆论对她的攻击，想必也不会告诉她。

他总把自己放在一个低位姿态，默默地事事有回应，声声有回音。

她紧紧蹙着眉，嘴也抿着，往他手臂上，猫似的挠了下。

埋在他怀里好久，江岁宜才颤着沾了水的睫毛，抬眼看他。

"你怎么这么烦啊？"她红着眼眶开口，带着无限怅惘，"你要是每首歌都写成这种样子，我眼泪都不够流的。"

女孩子的柔软发丝擦过皮肤，留下一阵馨香。

"小哭包。"他看了她一会儿。

"是有点后悔。"他若有所思地垂下睫毛。

"早知今日，我一定写更多赞美我女朋友的歌，才不会让她这么伤心。比如，《顾盼生辉江岁宜》《人美心善江岁宜》《楚楚动人江岁宜》。"

她被逗得哭也不是，笑也不是，于是小声骂了一句："你是不是有病啊？"

贺迟晏不以为耻，反以为荣："大概是有点吧。"

他笑着说："我还是比较喜欢你在别的时间流泪。比如刚才。"

这话仿佛一针止泪剂，江岁宜语无伦次："……你、你、你给我闭嘴。你不要再说话了，我不想听。"

他身上本来带着令人心疼的易碎感，但现在一开口，易碎感依然还在，只是变成了碎嘴的碎。

她把头扭到一边，撩起头发遮住泛红的耳郭。

"咚咚！"

心底最柔软的地方像被羽毛不断挠着触碰，痒得不行。

良久，江岁宜攥住他的小臂晃了晃，小声说："我现在有点想亲你。"

但是又怕他反应太大。

局势变换得或许太快，还没反应过来，她又被他压在身下。

"那就亲。"他说。

次日，江岁宜在酒店睡了一天，傍晚时候才被小维带着去看综艺决赛的演出。

那是个选秀综艺，昨夜彩排，今天出道夜直播。

贺迟晏是表演嘉宾，到中段才会出场。

江岁宜坐在观众席，看完几个小组的演出，也不知道是自己耳朵被贺迟晏养刁了还是怎么的。反正听那些"爱豆"唱歌，哪儿哪儿都觉得不对味。

甚至有一个小组，表演的就是贺迟晏的歌，她觉得对比很惨烈。

中场，大屏幕在放宣传片，底下的观众在窃窃私语。

旁边一个举着"爱豆"手幅的姑娘，转过头问她："姐妹，你喜欢哪个？"

江岁宜一个都不认识，尴尬了老半天，最后老实道："我来看贺迟晏的。"

"哦哦。"她点头，松了一口气，"不是对家就好。"

她又疑惑地打量了江岁宜好几眼："你穿这么厚实干吗？场馆里这么热，不脱吗？"

江岁宜不是不想脱，而是不能。

她压了压头上戴的棒球帽，转移话题："你喜欢哪个？"

女生兴奋地给她讲了名字，自顾自地说了半天："哎呀，你不知道，他的实力在节目里数一数二，但是今天音响好像出了什么问题……"

大屏幕的宣传片已经放完了。全场突然暗下来，追光灯打到了一处。

女生用肩膀撞了撞江岁宜："你老公出场了。"

江岁宜顿住。

"不对。"女生神色复杂，"他有女朋友了，你应该不是女友粉吧？"

江岁宜脸不红心不跳："不是。"得把"粉"字去掉。

女生感叹："那还好。我昨天吃完了整个瓜，把他微博翻了一遍，我都被感动了，这也太专情了。"

她真心实意地说："你眼光还挺不错的。"

"……谢谢。"

贺迟晏一开口唱歌，身边女生立马止住了话。

好半天，她不可思议地丢下了一句。

"原来音响没坏啊。"她怨极而斥，"那他们前面唱成那副鬼样子。"

不同于以往略显繁复华丽的舞台装，贺迟晏很少穿这么正式。

女生说："……他是打算唱完，就领着女朋友去结婚吗？"

江岁宜艰难地想，应该不是吧。

"其实我也挺好奇的，他暗恋的人到底有什么魅力，能让一个大明星这么多年念念不忘？"

好问题，她有时候也在思考，但是没有一个确切的答案。

女生认认真真听了一整首歌，然后捂着心口说："我感觉我要移情别恋了，粉他不比粉小'爱豆'强。"

追星人变心得有这么快吗？江岁宜沉默。

"你看贺迟晏唱高音时脖子上的青筋，这绝对是全开麦。"

江岁宜看向大屏幕。

的确，青筋条条分明，皮肤下狂澜暗藏。

女生嘤嘤半天，然后转头看江岁宜："你不是他的真爱粉吗，怎么一点都不激动？"

她神情一顿，胡说道："我不激动，是因为我生性就不爱激动。"

直播结束已经是深夜了。

江岁宜明天就要赶回宁宜,按理说应该早点歇息才行。她在心里默默催眠自己,快睡着吧,快睡着。

但是事与愿违,因为她还有问题想问。

江岁宜缩在被子里,欲言又止地看向被她驱使着去倒水的男朋友。

"怎么了?"贺迟晏把玻璃杯递给她,慢悠悠地问。

她小口抿着水,假装自己什么都没做过,一切都是他的幻觉。

喝完以后,她又理直气壮地把杯子还给他。

贺迟晏盯着她看了一会儿,然后倏然垂睫问:"我昨晚是不是太过分,惹你生气了?"

她本来都快忘记这事了,他又提醒她。

看着胳膊、肩颈、腰侧的痕迹,她觉得自己是该生点儿气。

但偏偏生不起气来,因为她真的拿贺迟晏这个人没什么办法。

"没有。"她慢慢往下滑到被子里,顺便把头也埋了起来,像只鹌鹑一样。

身侧传来微微动静,江岁宜才探头出去,眼睛里像含着一汪泉水似的。

"体谅你。"贺迟晏叹了口气,"你今天别招惹我。"

"……哦。"她翻了个身,盯着房间里的陈设好半响,然后突然开口。

"我就是想问很久了。"她又重新翻回贺迟晏的怀里,安静地注视着男朋友。"你到底为什么喜欢我呀?"她皱着秀气的眉头,"还坚持了这么多年。"

贺迟晏没有多大反应,似乎觉得这件事理所当然,并没有什么好解释的。

"娱乐圈里那么多女明星,你随便谈一个,都比我强。"

"随便谈一个?"他倏然像被笑话逗乐一样,漫不经心地笑着开口。

"那叫寂寞,不叫喜欢。"贺迟晏很轻地挑了挑眉,有点不解地扬起下巴,"我看起来,有那闲工夫?"

好嘛,知道了,你是大忙人。

"你不要贬低自己,谁说的,随便拉一个娱乐圈的女明星都比你强?"他轻嗤了一声。

"都说了,我们岁宜,顾盼生辉,人美心善,楚楚动人。"

她一时半会儿还不知道怎么接这话。

少顷,江岁宜伸手揉了揉他耳垂上的痣:"但我还是没明白,我也没有那么特别呀。"

"特别到,值得你惦记这么多年?"

"世界上真诚善良的人有很多,我那点美好品质,几乎已经泯然众人了。"

贺迟晏扶在她腰后的手,顺着脊椎骨慢慢上移,引起她轻颤后,松开手,笑了下说。

"可是你忘了,人天生就有一种天赋。"

江岁宜诧异,人天生就有的天赋?

想了一会儿没想到答案,于是她戳了戳他的锁骨:"什么天赋呀?"

他一时没说话，认真地看了她一会儿，然后很郑重地，又似妥协地叹了口气。
"人不就是，擅长在众里找不同？"
他注视着她，直白地说。
"——在我眼里，你就是那个不同。"

正式步入十二月，两个人都忙得不可开交。
年底文娱活动多，贺迟晏几乎是不间歇地在全国各地飞。
江岁宜发着呆，看着期末复习卷从打印机里一沓一沓地吐出。
捧着卷子回办公室的路上，在楼梯间遇到几个"圣诞老人"。
是附中的学生会的人员扮的，贴着假白胡子，一个班接一个班地发糖发礼物。
附中是惯会搞这些的，楼底下几棵亮闪闪的绿色圣诞树就是证明。
看到这番场景，她突然产生了一个想法。
下班回到家，她从犄角旮旯翻出了很久没碰过的吉他。
虽然她五音不全，但小时候，程女士也曾试图将她培养成琴棋书画样样精通的女孩。
大概在晚上九点。
贺迟晏收到了江岁宜发来的信息，一句看起来像群发的圣诞快乐，和一个一定不是群发的视频。
他点开，视频加载了一会儿，终于开始播放。
江岁宜一身红白色的针织外套，头发上戴着一个鹿角发卡。
视频一开头，她正调试着设备，白皙小巧的脸放大出现在镜头里面。
然后，她逐渐退到沙发那里坐下，拾起旁边的吉他。
和弦一出来，贺迟晏就听出来是什么歌了。
江岁宜在很认真地唱，尽量控制着自己的每一个音调都是准确的。
"嗨，我很好呀。"
"已经成了自己认为的，了不起的模样啊。"
…………

"Alright，我停下啦。"
"已成了我的牵挂，等待你出现的刹那。"
…………

她在给那首对话歌曲填补空白。
至此形成一首完整的作品。
江岁宜在沙发上坐了一会儿，等来了贺迟晏的电话。
她先发制人地问道："怎么啦？"
贺迟晏缓声说："怎么突然想到唱这首歌？"
地板很凉，她缩了缩脚，盘腿坐着："因为今天是圣诞节呀。"
她弯了下嘴角："我要当圣诞老人，帮你实现愿望。"
"什么都可以吗？"

243

"对啊。"她叹息一声，"你要不要，再去看看我的微博？"

贺迟晏没挂，退出通话界面，打开微博，点进"经常访问"。

江岁宜在一小时内转发并评论了他早期的所有博文。

"祝你生日快乐。"

——"谢谢，祝你所有节日都快乐。"

"希望你早日康复，又自私地希望没有那么快，毕竟这是现在我和你唯一的交集。"

——"现在有很多很多交集了。"

"宁宜下雪了，听到你朋友说初雪时适合告白，你也喜欢吗？"

——"喜欢。以后每次下雪，我都会想起你了。"

"新年快乐，岁岁皆宜。"

——"今年我也要亲口跟你说。"

"高考喊楼时，我就站在你后面，但是你没看见。祝你高考顺利。"

——"我很遗憾。祝你工作顺利。"

"毕业快乐。年级合照上，我们站在同一横排，却隔了二百三十八个人。"

——"但是现在有很多张两人合照啦。"

"我要出道了，希望以后，你抬头就能看见我，哪怕只是念念我名字也好。"

——"贺迟晏，贺迟晏，贺迟晏……"

"我会一直为你祝福。"

——"我也是。"

一段长久的沉默后。

贺迟晏渐渐笑了起来，他向她确认："真的什么都可以吗？"

"可以啊，你说。"

"如果我向圣诞老人要你的话，圣诞老人会给吗？"

江岁宜噎了一下，然后小声嘟囔："你不是早就得到了吗？"

他的笑声更明显了些："那你开下门，我来拿礼物了。"

江岁宜立马跑过去开门，甚至因为动作太迅疾，拖鞋还跑掉了一只，她也懒得管了。

没有地暖的瓷砖地面，透心的凉，开了空调也没用。

她金鸡独立地蹦过去，撑着门框打开门。

贺迟晏很明显是从活动现场赶过来的，有种风尘仆仆的感觉。

黑色外套，黑眸黑发，衬得人清冷疏离。

他视线落下，看她这副怪异的模样，轻微地皱了眉。

知道他接下来要说什么，江岁宜无辜地回视道："刚才太急了。"然后还顺便甩锅，"早知道买一个有地暖的房子了。那样，就算冬天，也可以光着脚在屋子里跑来跑去。"

她在网络上刷视频的时候，看到网友的猫猫在有地暖的瓷砖上瘫着，她都想化身成人家的猫。

但贺迟晏拎她就跟拎猫没什么区别。

他一把将她抱起来，三两步就放在了柔软的布艺沙发上。

他转身回头，捡起地上的拖鞋，又细致地给她穿上。

最后，他躬身盯着她眼睛半响，在她脑门上轻轻敲了下："着什么急，我多等会儿又没事。"

这动作倒像是老师对待学生那样，只不过是无比轻柔版的。

"贺老师。"江岁宜伸手摸了摸额头，"你最近，好像恃宠而骄过头了。"

"都敢对我这样了。"

贺迟晏的手顿住，轻声应了一句："江老师教得好。"

江岁宜哼哼一声。

其实她虽然这么讲，心里却知道贺迟晏对她真的无可挑剔。

以至于她现在，可能再也没办法喜欢上别人了。

"怎么这么凉？"贺迟晏摸着她脚踝问。

他从外面刚进来没多久，照理说手应该更冰些，但江岁宜的脚更甚。

"我就是这个体质呀，一到冬天就这样。"她长吁短叹，"四肢发寒，手脚冰冷。"

贺迟晏看着她思考了会儿，慢吞吞地说："搬过去跟我一起住？"

不知道话题怎么飞跃到这儿的。

同居。江岁宜的下意识反应是想拒绝，毕竟程女士从小教导她说，做人应该要矜持一点。

她刚想装作义愤填膺地调侃他，忽地听见他说："我那儿有地暖。"

软垫一陷，江岁宜"啪"一声坐了回来，有点心动。

他忽然又开口："你要是允许，我搬过来也行。我给你暖床。"

说这种话，竟然还能够一本正经的。

放着他那几百平方米的房子不住，竟然要来她这个"蜗居"。

但心脏还是被柔软地触动了，没办法，她就是挺吃这套的。

江岁宜语塞了一会儿，状似无意道："我要考虑考虑。"

过了一会儿。

"你打算什么时候给我个名分？"贺迟晏受了很大委屈一样，凑上去亲亲她的嘴角。

说到这个。那天江岁宜把自己谈恋爱的消息公布在"相亲相爱一家人"以后，引起了老江和程女士的混合双问。

总体来说，可以概括成两个字：不信。

她回过神来，犹豫着说："春节，你来我家吧？"

他亲人都不在了，一个人在团圆的时候会很寂寞吧。

想到这事，她又觉得胸腔酸酸胀胀的。

一偏头看到被放置在旁边的吉他，于是她拖长声音开口说："这样吧——

"你给我弹唱首歌，我满意了，就去你家享受地暖。"

但这个条件，对他来说，几乎聊胜于无。

贺迟晏瞅着她。

半晌，他才失笑，轻叹了口气："你让我拿你怎么办？"

最后他神色平静地弹唱了《飞鸟遇神》，她却最受不了他这种样子，简直毫无抵抗力。

被迷得晕头转向后，她点头说满意得不要太快。

江岁宜手忙脚乱地收拾东西，脑子里乱糟糟的。

她怎么就这么轻易地同意了呢？

没事没事，就单纯睡个觉，他们俩也不是没有睡过同一张床。不要多想。

在衣柜里翻找一通，她还要考虑自己的穿搭形象问题，心好累。

她收拾好东西走出卧室，和客厅站着的人沉默着对视了一会儿。

贺迟晏扫了她两眼，耐心地说："生活用品我那儿都有新的，你再看看，有没有私人物品没有拿？"

江岁宜左看右看，没明白他指的是哪种私人物品，于是用眼神发射了一个问号。

他提醒道："抱枕。"

"我睡觉不用抱枕啊。"她奇怪道。

"我以为你会用。"贺迟晏顿了一下，平淡道，"毕竟你每次都闹着要抱我。"

江岁宜是第二次到贺迟晏家里来。

大平层，是很简约的风格，黑白为主。全景玻璃落地窗，能窥到宁宜市中心繁华的景象。

上一次来的时候，她还误会他，险些让自己难受到崩溃。

结果后来发现，她就是大明星暗恋多年的那个对象，之前都白伤心了。

洗完澡，江岁宜安安分分地坐着，观看今晚《重返十七岁》的结局篇。

贺迟晏出来的时候，她完全没办法将此刻的他，与电视上那个穿校服的人重合。

纯黑的丝质睡衣，发梢还湿润着，水珠下滑顺着凹起的喉结，滚到衣领以下，消失不见。

江岁宜视线停了两秒，又不太自然地偏头回去看电视。

清纯和性感竟然能同时出现在一个场景里。

身边的沙发下陷，贺迟晏落座，陪她看了一会儿，然后意兴阑珊地开口："我帮你吹头发？"

他帮她吹头发，她低头在玩手机。

注意力不太能集中，她索性点进了好久没逛过的双人超话，让北极圈的寒冷冰冻她一下。

结果一进去，她却被里面的盛景吓到了。

粉丝数什么时候变这么多，互动量怎么这么高？

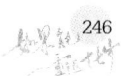

"你最好别动。"贺迟晏突然出声,"一方面,这样不便于吹干;另一方面,我会受到刺激。"

女孩子的睡衣是很修身的,单薄的肩颈,一截不堪盈盈一握的腰肢。

头发被他撩起时,露出的脖子,白到要发光了。

江岁宜闻言老老实实地坐正,再也不敢乱动。

等他吹完,她犹犹豫豫着开口问:"……那,我去睡觉了?"

贺迟晏盯了她一会儿:"有事叫我。"

"哦。"江岁宜说。

她慢吞吞地挪动了一下,倏然听到侧方传来一个悠悠的声音:"岁宜,你难道不觉得,我值得一个晚安吻吗?"

她就知道,没这么容易。

他那张脸在柔和的灯光下,缀着暖意,实在是勾引人。

江岁宜犹豫了两秒,伸出右手大着胆子勾住他的脖颈向前,仰着头亲了上去。

左手扣着他的手腕,借此探听身旁人的脉搏,原来跳得快得很。

上一秒还温声细语的人,下一秒就变得毫不客气。

细致绵密的吻不断深入。

"我明天要工作。"她蓦然出声提醒。

"知道。"

后来他也没做什么,只是这样抱住她,一下一下地顺着她的头发。

仿佛通过这不断重复的动作,能获得一些别样的平静。

喘息间,热意尽数喷洒在江岁宜耳边。

12月31日,附中办了个元旦晚会暨2023年颁奖仪式,办完之后,从下午开始放假。

高一语文组的教师们商量出的节目是T台走秀。

为此,他们天天苦练,反正也称不上专业,就给学生们添个乐子。

江岁宜的服装还是贺迟晏准备的。

大概是什么牌子的限量款,她不太了解,穿在身上也没什么特殊感受,但是有懂行的老师看着她啧啧称奇。

礼堂里,红色座椅阶梯式排开,暖气充足,学生们兴奋地观看节目表演。

何徐行研究完节目单,匆匆跑出后门口,回来时领了一个戴着帽子和口罩的男人。

贺迟晏走进来时,江岁宜的节目刚刚好开始。

几乎在同一直线上,两人遥遥相望。

他在最后一排落座,专注地看着舞台灯光下的她。

黑色的礼服裙衬得人皮肤极白,手臂腰肢纤细,一本正经走秀时,笔直的小腿若隐若现。

这个节目一开场,就赢得了学生们的青睐,起哄声、叫闹声要将礼堂屋顶掀翻。

后面的颁奖环节,大抵就是奖励成绩优秀或进步的学生,但今年新增设了教师奖项。

台上的学生主持人高喊出她的名字:"年度最佳新人教师,恭喜,高一(8)班的江岁宜老师!"

江岁宜也很惊讶,蒙蒙地上了台接过奖杯,轻声细语地发表感言。

贺迟晏靠在椅背上,看她于最显眼处熠熠生辉,心里在想。

其实她也是,他的明星。

启明星。

晚会结束得早,走出礼堂,发现校园里已经积落了层层雪粒。

"我的天,下雪了!"

"宁宜终于下雪了,我等好久了!"

于是少年人也不急着回家了,转道就去了操场打雪仗,在雪地上留下一串串交织繁复的脚印。

江岁宜裹着长款羽绒服,转头问贺迟晏:"我们要不要也去看看?"

他打量了一下小腿还暴露在外面的人,蹙眉道:"不去,回家。"

江岁宜撇了撇嘴。不去就不去。

贺迟晏知道她是想帮他弥补高三时的那个雪天遗憾,但没必要。

"我们以后还会一起经历很多雪天。"他轻"啧"了一声。

江岁宜哼哼两声,听着很顺耳,于是心情不错地坐着他的车回去了。

今天跨年,贺迟晏晚上还得去参加跨年直播,幸好场馆就在宁宜,还能陪她一会儿。

一进到开着地暖的家,她忽然感觉到小腿已经被冻到发麻。

"我想洗个热水澡。"话音一落,她立马去收拾衣服,直奔浴室。

好半响,里面没有一点动静传来。

门被打开一条细小的缝,江岁宜探头探脑地叫人:"贺迟迟!贺迟迟!你过来帮我一下。"

贺迟晏走过去,垂眸瞧着门缝里的那双眼睛:"怎么了?"

她张了张嘴,有些气恼,又有些理直气壮:"这衣服太高级了,我不会脱。"

贺迟晏看了她表情一会儿,然后笑了一声:"那你好歹让我进去啊。"

"……哦。"江岁宜把门打开,让他进来。

羽绒服早被脱下,为了解开背后的扣子,她把长发也全部撩到了一侧的胸前。

手肘还绕过脖子,抵住后脖颈上方。

她以背示人,想让男人看清,衣服解不开的症结所在。于是露出单薄白皙、形状漂亮的蝴蝶骨。

"下面应该还有一颗扣子,我弄不开。"她郁闷道。

身后迟迟没有声音传过来,江岁宜刚想问他怎么了,只听得他淡淡应了一声。

然后身体一悬空,她被抱起,放了洗手台上。

两人的视线突然平齐,江岁宜愣了两秒,略显无措道:"你干吗呀?"

"方便,帮你脱。"

明明很正常的事,怎么从他嘴里说出来,那么奇怪呢。

微凉手指贴上皮肤,引起不经意间的战栗。

她看不见背后,但能感受到他是真的很认真地在研究怎么解那个扣子,手指灵活地触碰跃动着。

"可以了。"问题被完全解决,礼服欲落不落地挂在她身上。

他重新回到她身前,但眼神已经和之前不一样了。

这个神情,江岁宜是熟悉的。

熟悉到,她看到就自然而然地产生眩晕。

长久沉默对视中暗藏着波涛汹涌。

"可以吗?"好久,贺迟晏问。他总是这般,有些小心翼翼的。

江岁宜能深刻感受到,他真的很喜欢很喜欢自己,此刻颤抖的眉心、滚动的喉结无不昭示着这一事实。

江岁宜不自禁地碰了碰他的嘴唇,描摹他的唇形,用行动回答了这个问题。

"我可能,比你想象中的,"她舔舐着他耳垂上的痣,慢吞吞道来,"还要喜欢你。"

可能比不上他的喜欢,但已经很多了。

他们在洗手台亲吻,什么时候换了位置,她也记不清了。

地暖实在开得太高了,江岁宜觉得自己整个人都要热到沸腾。

贺迟晏的脖颈线条锋利流畅,这是江岁宜一直都知道的。

但今天,她大概才真正见识到了,忍到极致,那个线条究竟可以漂亮成什么样子。

亲吻结束的时候,贺迟晏的额角已经出现了极其细密的汗。

她眼前是朦胧的,只听得到略微暗哑的声音伴着喘息声问:"不反悔了吗?"

江岁宜其实很紧张。她没说话,鼓励自己一般,用手指攥住并扯开了他的系带。

这一下,真的没办法回头了。

得到她的回应,贺迟晏轻轻笑了一声,稍微退开,拉开旁边的抽屉。

开始时是在敞亮的白天,窗帘都抑制不住日光的透射,结束时却已至雾蒙蒙的黑暗。

热水澡最后还是洗成了,她泡着,恢复了点力气,却越发昏昏欲睡。

睡着前,她还想到一件事:那件高定裙子,以后大概再也不能穿了,好可惜。

江岁宜一觉睡醒起来,天已经完完全全黑透了。一看时间,竟然十一点半了。

贺迟晏早就已经出发去了跨年演唱会场馆。

他是零点跨年嘉宾,距离出场还有半个多小时。

江岁宜打开客厅的电视机,再忍着酸软的胳膊,伸手拉开全景玻璃落地窗的帘子。

室内外的温差使得窗户蒙上一层薄薄的水雾。

市中心，高楼林立，五颜六色的霓虹灯在窗外朦胧变换着。

万家灯火，尽收眼底。

下雪了，外面变成了一个银装素裹的童话世界。

已经有烟花在不远处的天穹绽开，穿透夜空。

雪粒拖着长长的尾巴，带着绚烂亮堂的光晕，坠入凛冬的夜。

她瘫在沙发上，打开一下午没有接受宠幸的手机，各种消息迎面扑来。

李梦言：女人，元旦放假，我回宁宜了，陪我出来逛街！

一连发了好几条，她都没有得到回应，索性也就歇着了。

几个小时后，李梦言也察觉到这么长时间不回消息不是她的风格，于是开始新一轮轰炸：你人呢？失踪了？别管我了，我要打110报警了！

一连串不好的猜想之后，她最后发来的消息是：你不会，被拐到男人的床上了吧？

江岁宜抽了抽嘴角，给她回了个省略号。

几秒后。

李梦言：牛。

李梦言：战况很持久，现在才回我。

李梦言：你男朋友在跨年晚会直播开场半小时后，才被站姐拍到赶到现场的图片。

李梦言：你该庆幸，他是零点嘉宾，压根不急这一会儿。否则舞台空缺，还得找人救场。

江岁宜想打字回复她，但是指尖又发软，于是点开语音录制，结果一开口就被自己吓到了。

那个两秒的语音，被下意识松开手发出。只有一声，残破发哑的气音音节。

虽然她很快撤回，但李梦言还是听到了。

李梦言：不知道还能说什么。

李梦言：竟然能有幸见证此等场景。

李梦言：你老公快出场了，不打扰你，你去看吧。

李梦言：我只是，不被允许叫老婆的可怜闺密一枚呀。没关系的，你不用在意。

…………

接到贺迟晏的视频时，是十一点五十八分。

手机屏幕里，他露出上半身，西装外套缀着亮片，头发做了好看的造型。

在人群中一眼能看得见的，闪闪发光的大明星。

她的大明星。

很奇怪，明明已经在一起很久了，但见到他这个样子，还是会不可遏制地心动。

江岁宜正看着电视机里，几个主持人在你一言我一语地控制时间，只等着十秒倒计时的来临。

"你这时打电话干什么呀?"江岁宜着急道,"不是还有几分钟就上台了吗?"

"想见见你。"贺迟晏观察了下她现在身处何地,瞳孔漆黑,神色认真道,"否则,待会儿我没法好好唱。"

江岁宜哽了一下,不知道他这股腻歪劲是怎么来的。

"那你现在见到了,快去做准备呀。"

他一时没回应,笑了下:"这么着急赶我走啊。"

"没……"话一出口,她才想到,他对演出可比她有分寸多了,根本不需要她多虑。

主持人们已经开始异口同声地倒数:"十、九、八……三、二、一!祝大家新年快乐!"

"新年快乐,岁宜。"他开口比主持人还快了零点几秒。

然后,他提醒她说:"不要看我。"

"向右抬头。

"这是十七岁的贺迟晏想给你看的。"

"嘟嘟"声响起,尾音消逝在突然中断的电流中。

电视机里,主持人已经大声地喊出了贺迟晏的名字,邀请他出场表演,观众的尖叫呐喊声不绝于耳地传来。

江岁宜却下意识顺从他的话,没有看电视机,而是转头望向玻璃窗外。

钟表跳跃到,零点零一分。

不远处,矗立着的商业楼一齐变换了色彩,向外投射出炫目光芒。

几栋楼中间围成的区域,形成一个缩小版的圆形银河。

混乱的星系,无数飘浮着的陨石和小行星带,地球,月球,蟹状星云,粉色的樱花树星云。

随着灯光闪烁,它们还在真实地动态运行着。

我见银河。绚烂,磅礴,不可思议。

大雪从光晕中穿扬而过,像坠落的流星,远道而来拥抱亲吻大地。

烟火在空中升腾,一簇接着一簇,又落下。

黑夜亮堂如白昼,又保留着初始的神秘。

此时此刻,不计其数的人探出头来,惊讶地围观这一幕,然后纷纷掏出手机拍下记录。

"太漂亮了,恨词汇量太少,我只会说,太漂亮了,呜呜呜。"

光影落在窗内的江岁宜脸上,浮跃出猝不及防的震惊。

十七岁,是什么都敢想的年纪。

江岁宜曾在作文里写过,想将浩瀚的宇宙用眼睛私有。

现在,有人帮她实现了,这个现在看来令人发笑的愿望。

贺迟晏也帮她配好了见证此时此景的背景音乐。

直播舞台上的人,松松地握住话筒,很轻地弯了下嘴角,唱着。

零点十一分。

江岁宜漆黑的瞳孔中倒映着的绚烂消失，场景落幕。

贺迟晏连唱了两首歌，后被主持人拉着采访，聊了几句。

江岁宜握着手机，胸腔发涩地等着去给他打一个电话。

她都还没有来得及，跟他说一声新年快乐。

"岁宜。"突如其来的低沉的声音，"你应该能听见吧？"

哪里来的声源？

手心传来振动，她惊讶地低头看去，原来是她手机的闹钟响了。

贺迟晏竟然录了一段话作为铃声，并且给她手机定好了时间，只等着这一刻响起。

"首先，祝你新年快乐。

"我知道你有遗憾，我同样也是。

"但是没关系，我们一起弥补。"

他似乎是笑了一下，"刚才那是十七岁的礼物。接下来，请你去掀开我的枕头，下面有九个信封。"

江岁宜支起身体，跑去卧室，如他所说找到了东西。

"这是十八岁到二十六岁的。"他说。

"你按照序号看，全看完之后，可以打开录音机，去听我要说的最后一段话了。"

铃声戛然而止。

很轻很薄的九个信封。

江岁宜舒了口气，慢慢地拆开来看。

全都不是纸质书信，而是物品。

十八岁，圆形珍珠发簪边夹。

十九岁，弯月圆形耳钉。

二十岁，星空盘手表。

…………

二十四岁，水晶手链。

二十五岁，钻石项链。

其实越往后拆，越能显现出这些东西的共同点。

全都是圆形的。

由这个规律推测，二十六岁，应该是，她猜应该是——

江岁宜闭了闭眼，然后睁开，平静了下内心活动，将最后一个信封里的东西倒了出来。

小巧的，圆润的。

镶嵌在指环上的，是熠熠生辉、精致梦幻的钻石。

是戒指。

录音机里，显示着今天日期的录音，被她轻轻颤着的手指戳开。

"圆形，是起点亦是终点，是无限循环的代表。"

声音不轻不重,带着点哑意,低沉却温柔地道来。
"也就是说,即使中途错失步伐,最终也能回归正轨。
"和我们很像,对吗?"
十七岁擦肩而过,二十六岁相见,轨迹最终还是交汇。
一段长久的停顿过后。
"所以,岁宜。"他轻声喊她。
像是要通过录音,抵达几小时后的她身旁,正式而郑重地询问她。
"你要不要,在未来的有限人生里,和我无限圆满?"
江岁宜僵在原地,愣愣地反应不过来。
要不要,和他——在有限的人生里,无限圆满?
这算是……求婚?
他人不在这里,江岁宜惶然无措,没有办法做出任何回应。
可到这儿并没有结束。
带着笑的声音继续道:"你大概还有五分钟的时间考虑,我想我这个时候,差不多该回来了。"
"或许你觉得有点快,"他顿了须臾,喟叹一声,"但我实在已经等太久了。"
他说完了。
江岁宜呼吸都要被堵住。
约莫过了几分钟,门口传来轻微的响动声。早就蹲守在旁边的江岁宜先他一步,帮他打开了门。
男人头发、肩膀上落着细细碎碎的雪,眉眼清冽,那双好看的眼睛浅淡弯着。
她扑入了带着一身雪意的怀抱。
"要!"她轻声开口说了一个字,然后才说出了这句祝福,"新年快乐。"
十七岁时,江岁宜幻想过,将来会和什么样的人在一起。
梦中,那个男人兜兜转转地在门外徘徊,但她始终没有打开门去看清他的样子。
经年流转,光阴重叠。
二十六岁的江岁宜告诉自己。
现在,门铃响了。
门开了,她看到他的样子。
贺迟晏伸手擦拭掉了她眼角的泪,嘴角弯起,叹了口气:"怎么又哭?"
江岁宜的心脏像在醋里泡透了一样,又酸又涩。
最终她瓢着声音说:"……我这不是在祝贺你嘛。"
"什么?"
江岁宜看向他:"恭喜你,美梦成真,得偿所愿。"
贺迟晏只是笑。
时间和选择分岔,通往无数不同的未来。

但没关系,在无数命运分岔的循环里,他们迟早会相遇。
未来那么长,希望身边人一直是,偏爱彼此的对方。
如果能重返十七岁。
别太惊讶,那是因为——
想你的人,已经找到了你。

番外一 他是我人生的童话

1

新年的第一天,房间的窗帘就一直拉到日上三竿。

工作的缘故,江岁宜从来都是早睡早起,结果现在被迫接连打乱生物钟。

她现在很烦,要是收假以后,习惯改不回来了可怎么办。

之前听人家说,谈恋爱容易上瘾,她还嗤之以鼻。等真轮到自己,发现一点儿也没有夸张。

只不过论起上瘾,明显某人的瘾更大。

但这个人就很神奇,无论多晚睡,第二天仍然能正常时间醒,甚至还精神抖擞。

贺迟晏开门进来的时候,江岁宜正埋在被子里,像一头冬眠的熊。

听到动静,"小山丘"动了一下,翻身换了一个方向,连带着整个人都蜷缩了。

"岁宜。"他唤了一声。

没动静,没回应,被子越团越窄。

"你再不起床的话,待会儿可以直接吃午饭了。"

依旧没有反应,好像在说,那就直接吃午饭好了。

贺迟晏在旁边站定了几秒,很轻地拽了拽被子,用刻意压着的声音喊了句:"宝宝,你是在害羞吗?"

简直完美复刻昨晚的声线,叫人一听就脸一红。

被子里窸窸窣窣地传来动静,好半天,闷闷的声音才从里面传来:"……你闭嘴。"

"能不能好好说话?"

255

贺迟晏短促地笑了一声:"行。那,小江老师打算什么时候赏脸起床?"

江岁宜慢悠悠地露出一颗毛茸茸的脑袋,扒开被子,坐了起来。

小小几个动作,就让她联想到大学军训时,连着做完蛙跳和深蹲,第二天腿酸到不能轻易动的感觉。

贺迟晏给她拿了抱枕靠在后背,示意她穿好毛衣。

江岁宜蹙着眉看他,突然开口说:"动不了,我不想起。"

"也行。"贺迟晏语气随意地应着,"那就不起。"

……好歹劝她一下,哄她一下吧。

还没等她说出什么来,贺迟晏转头就出了房间。

江岁宜满头问号,心头火起。

果然,男人的本性,得到了,就不知道珍惜。

不过,很快火苗就被浇灭了。

贺迟晏进进出出,一会儿拿来了挤好牙膏的牙刷、牙杯,在床上给她支起了一个小桌子,方便使用。

等江岁宜坐在床上刷完牙之后,他又仔仔细细地用洗脸巾帮她擦脸。

洗漱结束后,小桌子上又放上了今天的早餐。

"贺迟迟,你是不是有点太夸张了?"江岁宜喝着粥,咬着荷包蛋,转念一想,"不对,我是不是太夸张了?"

贺迟晏没什么反应,很淡定地应着:"还好。"

"这好像在哄小朋友。"江岁宜憋了又憋,小声说,"你也太纵容我了。"

比程女士还纵容她。

"我小时候,冬天缩在被窝里不想起床,和我妈妈撒娇,希望她也能像现在你做的这样对我。"

贺迟晏笑笑:"然后呢?"

"然后她说,"江岁宜模仿了一下程女士的语气,"不想要四肢,可以捐出去。"

一声没抑制住的气音音节响起。

江岁宜又想生气,又想跟着一起笑,最后给他递了个威胁的眼神。

贺迟晏轻轻挑了挑眉梢,敏锐地澄清道:"我可没有喜欢过小朋友。"

重点是这个吗?

"但如果你和我撒娇,我也不介意。"他特地一字一句放慢语速,期待之意溢于言表。

江岁宜无语,偏过头去假装没听见,专心致志地吃早饭。

其实她只是有这样一种感觉:

长大好像就是一瞬间的事。明明有时候还觉得自己是小孩,但一毕业开始工作,就再也不能任性了。

因为除了父母,再难有人无条件地包容你。

人生什么阶段该是什么状态,似乎是被刻板固定好的。

想到这儿,江岁宜偷偷地瞄了一眼他。好了,现在除了父母,又多出了一个人。

贺迟晏坐在床沿,逮到她的眼神后,伸手轻轻捏了捏她的脸颊:"没关系,你可以在我这儿永远当个小孩。"

江岁宜的声音黾黾的:"你不是不喜欢小孩?"

他"无辜脸":"江岁宜小朋友例外。"

男人心,海底针。

她一下有点想笑,但想想又觉得有点无语,最后蹙眉评价道:"幼稚。"

他照单全收地点头,应她的话:"年龄是困住一个人的枷锁,但爱是钥匙。

"我被解锁了,幼稚是应该的。"

他说这话时,神情很淡,但是江岁宜莫名听出了隐隐的得意。

其实如果从这个角度讲,她应该也挺幼稚的。

吃完早饭,贺迟晏收拾桌面,江岁宜又心安理得地躺了回去。

但再也睡不着了,于是她开始刷手机。

越是刷,那种混吃等死的愧疚感越是升腾,她突然长叹一声:"我妈要是看到我现在这副样子,应该会提刀来砍。"

贺迟晏端着热好的牛奶过来,把玻璃杯塞到她手里。

"那我给你当人型肉盾。"

沉默一会儿,江岁宜说:"算了,君子动口不动手,我们还是好好沟通吧。"

她喝了几口牛奶,想到刚刚刷到的上了同城热搜的灯光银河,于是疑惑地问:"贺迟迟,你真的是第一次谈恋爱吗?"

简直不要太会了,她根本招架不住。

他垂睫,有点委屈地扯过纸巾,摁在她沾了奶胡子的唇边:"怎么,你在质疑我的贞洁?"

江岁宜愣了一会儿。

不知道他怎么给她扣了这么大一顶帽子。

搞得她像个负心汉一样。

"绝对没有。"江岁宜飞快否认道,"我就是觉得,你也太会搞浪漫了,偶像剧都没你夸张。"

贺迟晏垂下眸,揉了揉湿润的纸巾,倏然笑了一声:"这种东西,不需要经验,又没有套路。"

"面对你,无师自通。"

他没说完。

如果一颗心能真诚到,想把全世界的美好绚烂捧到对方面前时,脑海中就会随时自然蹦出太多想法。

他说得轻轻松松,倒叫她不知如何开口了,只好掩饰性地将杯子里的牛奶一饮而尽,然后自己扯了张纸擦干净嘴角。

贺迟晏看着她这副乖巧的样子,没忍住俯下身,凑过去亲她。

江岁宜躲了下,触感落在嘴角,她伸出右手推了推:"你别。"

"怎么了?"他没退开很多,还保持着躬身的姿势。

"我不相信你的自控能力了。"她微皱眉头，动了动发酸的腿，斩钉截铁道，"杜绝失控，从源头开始。"

江岁宜提了提被子，往下缩了缩，只露出上半张脸："我又要睡了，你出去。"

贺迟晏哭笑不得，在她鼻梁上轻轻刮了一下："小没良心的。我整个人都是你的，你说什么就是什么吧。"

江岁宜忍无可忍："贺迟迟，你怎么变成这样了？明明录节目的时候，你没有这么……这么不正经。"

"那时候，总是要装一装的，"他不以为耻，反以为荣，"否则怎么把人骗到手，吓都被吓跑了。"

江岁宜睡了一天，最终是躺累了，才决定要起床。

腿一沾地，颤抖的感觉一出，她又有点想生气。不过可能是歇了一天的缘故，稳了几秒的她觉得尚可以承受。

天都快黑了，家里没亮灯，江岁宜找了一圈，在书房里找着了人。

贺迟晏坐在书桌前，神色专注地在做什么事。大约是完成了，他放下东西，抬起头就看到倚在门框的江岁宜。

她边走过去边问："你在做什么呢？"

他伸手一拉，她就从善如流地坐到他腿上去了。

"证明我是个正经人。"

环着她腰的手可不能印证。

"什么？"

贺迟晏展臂，伸手从旁边取来了红色印泥，然后把刚才做的东西递给江岁宜。

"我整个人是你的，这句话你不是说不正经吗？现在可以正经了。"

江岁宜："嗯？"

她低头一看，那是个印章，寿山芙蓉石刻成的名章，小篆字体，她依稀辨出来刻的是"江岁宜印"。

刻刀还放在旁边，字体设计的样稿也在桌上，这就是贺迟晏自己做的。

贺迟晏打开红色印泥的盒子，做了个"请"的姿势："我不介意你给我打上烙印。"

他笑道："是不是很正经？而且非常符合我们岁宜语文老师的身份。"

江岁宜沉默半晌，搞不明白他哪里来的这么多想法。

像是看出她疑惑，他还补充："我特地问候李老师，向她请教了。"

附中开设立篆刻社团，教过他们的语文李老师是社团的领头老师。

江岁宜深呼吸一口气："你没有工作要处理的吗？这么闲。"

这个章，少说也得做几个小时吧。

贺迟晏理所当然："这点时间还是有的。"

他这样子，她也不好辜负。

江岁宜蘸了红色印泥，左看看右看看，不知道戳在哪里，显眼的地方肯定不行,最后掰开他手心,摁了下去。

鲜红的字出现在掌心,贺迟晏仔细观察了下,又看着她喟叹一声:"有主了。"

江岁宜心跳逐渐加快,小声嘟囔一句:"什么跟什么呀。"

贺迟晏低低笑了声:"现在能亲了吗?"

……原来等在这儿呢。

她想从他腿上起来,但是被捞回去,两只手十指相扣。

很久后,江岁宜看着掌心蹭上的未干红色印迹,轻微咽了咽口水,瞪了旁边人一眼。

可惜没有什么杀伤力。

"贺迟晏,你是个大明星。"

"嗯?"

"你粉丝要是知道你这样,他们的滤镜会破碎的。"

"哦。"他没什么特别的反应,不为所动地问,"他们为什么会知道?"

江岁宜语塞:"反正,你以后要懂节制。"

贺迟晏不轻不重地"嗯"了一声,问道:"晚上想吃什么?"

一拳打在棉花上的感觉。

但吃和睡是人类的永恒话题,江岁宜的注意力很快被转移,老实答道:"火锅。"

元旦放假,现在外面人山人海,出去吃火锅排队肯定都要好几个小时。

贺迟晏点头:"出去买点食材回来,我来弄?"

江岁宜躺了一天,想想也该出去走走,于是就同意了。

穿上外套,贺迟晏又帮她把围巾、口罩和贝雷帽仔仔细细戴上。

她很无语地提醒道:"我又不是明星,没必要这么全副武装。"

对方神色自若地收回手,简短答道:"防寒。"

下了一夜的雪,外面一片银装素裹,呼出口气都雾气腾腾。

冬日的天黑得早,贺迟晏拉回踩雪踩得不亦乐乎的人,牵着她的手进了超市。

逛超市的一大弊端就是,购物车里面会多出许多目标之外的东西。

江岁宜看着满满当当的推车,大手一挥:"今天我来付款。"

贺迟晏默默看了她一会儿:"小江老师,涨工资了?"

"没。"江岁宜规规矩矩道,"学校给每个老师都发了购物卡券,作为元旦福利,不用很浪费。"

贺迟晏轻叹一口气,半真半假地说:"我还以为,我可以吃上女朋友的软饭了。"

江岁宜无语。他真的很夸张。

他们两个人走在灯火明亮的超市,即使捂得比较严实,也还是挺吸引人眼球的。

毕竟,气质这种东西,根本没有办法掩盖。

但是贺迟晏完全无所谓,自从公开以后,他行事真的是一点儿也不遮掩。

江岁宜拿了几盒酸奶，一回头发现围上来两个目光灼灼的，看着像大学生的女孩子。

隔着不远不近的距离，两人你推我我推你，欲言又止、别别扭扭。

显然就是一副认出贺迟晏的小粉丝模样。

对于真爱粉来说，戴口罩完全起不到什么隐身作用。

"打扰一下，那个……请问，可以问你们要个签名吗？我们是——"

"可以。"

她们急忙取下背包，翻出一个精致的手账本，小心翼翼地递了支笔过来。

贺迟晏伸手接过，眼尖的女孩子立马瞧见了他手心有一片模糊的红色，方方正正的。

但只有一瞬间，她又怀疑自己是不是产生了幻视。

贺迟晏签完名，其中一个女孩子怯生生地转向江岁宜："还有……"

江岁宜愣了一会儿："我也要签名吗？"

这个女孩子一开始说的也确实是"你们"，只不过被选择性忽视了。

女孩子望过来的眼神清澈又恳求，江岁宜有些为难，幸好贺迟晏解围道："抱歉，她不签。"

女孩子遗憾地"哦"了一声，转头又满血复活地问道："晚上回去以后，我可以发微博吗？"

为了澄清自己，她还补充道："我不会乱说话的！"

贺迟晏没什么反应，很平淡地说了声"行"。

女孩子激动到连连弯了好几次腰表示感谢，最终和同伴依依不舍地离开。

半个多小时后，终于逛到收银台来结账。

排队时，就在旁边货架那里，贺迟晏站定，扫了一眼，姿态随意地抬手从上面拿了东西。

五颜六色的小盒子，四四方方的，好几个品牌，全拿了。

江岁宜正拿着手机回消息，一抬眸看见晃过眼前的东西，用呼吸骤停来形容都不为过。

太夸张了，她耳郭泛红到要烧起来。

贺迟晏神色自若地结账，想到什么似的还偏头说："这个还是别用学校发的卡券了吧？"

江岁宜飞快地撇开视线，假装低头看手机，不理人了。

开车回去的路上，江岁宜欲言又止。

"我有个事……"她扬声，吸引身边人的注意，"想和你商量一下。"

"嗯？"他应着。

江岁宜讲道理地步步引导："你看，资本家压榨劳动工人，还会给他们安排假期的。"

"我们是不是，做这种事，也要有规律地歇一歇？"她觉得自己说的非常有

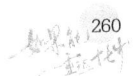

道理，逐渐理直气壮。

但是贺迟晏不按套路出牌。

他停好车，拉上手刹，思忖了一会儿，抬眼看她说。

"资本家为了赚回放假时的利润，有两种方式：第一，延长工作时长，也就是增加剩余劳动时间；第二种，提高劳动效率，缩短必要而延长剩余劳动时间。"

"岁宜，你拿这个做类比，是想选择哪种方式补偿？"

……资本家太可怕了。

贺迟晏看过来的时候眉梢微微挑起，一副好整以暇看她怎么办的样子。

玩不过，江岁宜选择哪种都不要。

尽管这个事情算是谈崩了，但晚餐，江岁宜仍然享受到了细致周到的火锅服务。

酒足饭饱后，她靠在沙发刷手机，贺迟晏收拾碗筷去厨房。

想到超市的那个女生，江岁宜没忍住，去搜索了相关内容。

@情投宜贺床头的灯：啊啊啊啊，偶遇贺迟晏和他的女朋友，好般配！

洗完澡出来，江岁宜收到提醒：

> 你关注的@贺迟晏回复了评论"啊啊啊啊，偶遇贺迟晏和他的女朋友，好般配！"
>
> 纠正一下，是未婚妻。

近段时间，江岁宜发现她男朋友有些奇怪，具体来说，好像是网瘾变重了。

空闲的时候总是捧着手机，好像在研究什么学术论文一样。

但还没来得及探究原因，她就已经陷入疯狂的期末考试周中。

学生叫苦不迭，老师同样也是。元旦过后的半个多月来，江岁宜天天参加临考晚自习答疑，回到家洗漱完倒头就睡。

对此，贺迟晏毫无办法，只能期盼期末考试早点结束、寒假快点到来。

他自己也忙，但留在家里的时间还是很多，比起转成陀螺没空理他的女朋友，是要轻松点。

清晨起床，有人做早餐；夜晚睡觉，有人拿手臂给她当抱枕；懒得去拿的快递，都有人帮她拆好放在该放的地方。

她好像也变得黏人了起来。

江岁宜看着他鞍前马后，有些愧疚地画大饼道："等我忙完这阵子，就好好陪你。"

贺迟晏穿着松垮的家居服，视线离开握着的手机，看她一眼，轻"嗯"了一声："这可是你说的。"

说罢，他又低下头去，没什么表情地翻着手机。

他到底在看些什么？江岁宜实在不解。

好不容易等到考试结束，她又要去改试卷、写期末总结评语、登分数、拉表格分析成绩数据。

这天晚上,贺迟晏拎着外套从晚宴回来,发现人已经趴在书桌上睡着了。

电脑还亮着,表格尚未做好,一只手还摁在键盘上。

还没有什么行动,江岁宜听到他的动静之后自己醒了。

脑袋还晕乎乎的,她就自然而然地指使她男朋友:"贺迟迟,简单的数据分析会吧?帮我做……"

一抬眼,话音就止住了。

相比于平时宽松卫衣加身的男大学生装扮,贺迟晏今天穿得很正式,板正挺直,打了领带,斯文又禁欲。

意外的……性感。

江岁宜小声咳了两下,移开视线,自以为不露痕迹地继续着刚才的话:"帮我做表格。"

贺迟晏将外套挂好,几步走到她旁边坐下,"嗯"了一声:"怎么做?"

她解释了好一通,然后把鼠标塞到他手里,一副千万不要让我失望的模样,理直气壮地说:"交给你了。"

然后她歪在转椅靠背上,心安理得地掏出手机。

"我小时候,每到期末出分时,我妈妈都会让我帮她登分,搞这些琐事。"她的理由也很充分。正因为自己淋过雨,所以也要把别人的伞扯开。

程女士让她帮忙,她现在也要让男朋友帮忙。

贺迟晏笑了一声,挑了挑眉,慢悠悠地开口:"你让华语乐坛新生代唱作顶流,给你做表格啊?"

他最近实在是飘了,都知道给自己叠加这么多标签了。

江岁宜无辜地睁大双眼:"那不然,除了我,你还想给谁做?"

一分质问,三分狡黠,剩下的全是叫嚣着的撒娇。

"好处呢?"贺迟晏将手肘漫不经心地撑在桌上,偏头看她,"阿姨叫你做这些,让你白干的?"

那自然不会是。再不济程女士也会给她涨点零花钱什么的。

但贺迟晏肯定不缺这点小朋友的零花钱。

江岁宜轻轻咬了下舌尖,微微躬身往前凑了点,往他嘴角亲了下。

退开后,看见当事人的表情,大概只能用两个字来形容:"就这?"

她稳住心态,努力没让自己露怯:"你先做,做完我们再谈报酬。"

他神情倏然变得意味深长。

顿了两秒,他才笑起来:"先叫声好听的试试?"然后立马补充,"如果是贺迟迟,免谈。"

江岁宜火速把已经滚到嘴边的称呼,咽了回去。

那还能叫什么?

她瞥了一眼撩眼皮看她的人,小心地试探:"贺·华语乐坛新生代唱作顶流·迟晏?"

这一声出来，差点没把自己给尬到，哪有人是这么叫他的。

他没反应，眉梢还是轻挑着。

"贺老师？贺同学？"她又试探了两次。

他依旧神情很淡。

其实，她倒也不是不知道他大概想听什么，但是很羞耻。

不过现在是两个人独处时光，她勉强还能克服一下心理障碍。

思及刷到过的网络短视频，那些女孩子都是怎么喊人的。

江岁宜心一狠，闭了闭眼睛，揪住了他的黑色衬衫袖口轻轻晃了晃："迟晏哥哥——"

那语调，大概就像山路十八弯，连着转了好多个音。

她一说完就立即伸出两只手掌，不留一丝缝隙地将脸捂住。

人这辈子，总要经历几个羞耻到无可比拟的瞬间，才能学会成长。

虽然看不见，但旁边的笑声越来越明显，那种从鼻腔闷出来的气音，光是听着就叫人满身热意。

"你别笑了。"江岁宜张开一点手指，从缝隙里匆匆瞅了一眼，"再笑，我不喜欢你了。"

贺迟晏在盯着她。

虽然很老实听话地没再发出声音，但唇边的弧度根本压不下去。

他拖着长长的尾音，状似有些疑惑："只是叫一声称谓，你也能害羞成这个样子？"

有时候吧，脸皮太薄也不是什么好事。

江岁宜忽然觉得，人有两只手压根就不够用，比如此刻，她不知道是继续捂脸，还是转去捂耳朵。

无奈之下，她愤愤地丢下一句："少、管、我！"

然后抓着手机，远离这个人，坐到了稍远一点的小沙发上。

"知道了。"贺迟晏还在笑，良久敲键盘的声音响起，"公主的事情，肯定妥善完成。"

他好烦啊。

贺迟晏拉表格分析数据时，江岁宜趴在小沙发上，抱着手机和李梦言连麦组队跟人打斗地主。

他时不时分神看她，但这姑娘压根懒得给他递一个眼神。

蹙着眉头，看手机分析局势，专注又认真，看样子还在算牌。

连输好几把后，江岁宜账号里的豆子都没了。

无语了数秒，她让李梦言等她一会儿，她换个账号再进房间。

"贺迟迟，你手机借我一下。"

"查你男朋友啊？"他调侃道。

"我才不干这种事呢。"江岁宜小声嘟囔一句，遂提高声音，"是打游戏！"

贺迟晏起身，两步走过去把手机递给她。

"查也没事。"他很淡定，敏锐地澄清自己，"清清白白的。"

锁屏密码她是知道的，不过也用不到了，面容直接解锁。

哎呀，毫无成就感。

带着满当当的豆子杀回房间后，江岁宜连赢了很多把，一下觉得索然无味了起来。

正好李梦言被领导一个电话召唤去修改策划方案，于是两人都暂别了游戏。

江岁宜百无聊赖地退出，刚想把手机还给贺迟晏，一刹那想到他近段时间，不同寻常沉迷网络的行为。

于是她盯着手机屏幕，脑海中天人交战。

少顷，她认为食言是非常正常的事情，所以挣扎完，立马开始调查。

这么多应用软件，从哪儿开始呢？

稍微犹豫了一下，她决定先去看看他的微博。

找了半天，这么多图标，居然没有一个是。

不可能吧？

大明星怎么可能不上微博，他今天还转发了一条活动预告呢。

所以，只有一种可能，在手机的另一套隐私系统里。

江岁宜悄悄地抬眼看了看正在认真做表格的男人，心说肯定有鬼。

不过又不能随便开口问，她轻轻叹一声，得来贺迟晏一句询问："怎么了？"

"没事。"江岁宜冷静地转移话题，"你这壁纸用了太久了，我想给你换一个。"

贺迟晏眼都没抬，"哦"了一声："你喜欢就好。"

话说都说了，江岁宜打开图库开始选，猝不及防地看见一张长图。

密密麻麻的文字，在那张超长图里挤着，和蚂蚁差不多大小。

她看了下图片的保存时间，是今天下午，强烈的第六感告诉她这有问题。

拨弄屏幕，放大文字后。

什么东西啊，这是什么她不认识的哪国文字吗？也不像啊。

看着是……很奇怪的中文。

她略微蹙起眉，疑惑地在研究。

倏然，灵光一闪，她点击镜像翻转，文字霎时变得熟悉了些。

再将图片翻转一百八十度，规规整整的汉字出现在眼前。

情投宜贺同人文。

图片右下角还有水印：@情投宜贺床头的灯。

江岁宜震惊到匆忙把手机倒扣，睁大眼睛，都不敢大喘气。

同、人、文！

贺迟晏恰在此时做完了表格，点击保存，一回头看见江岁宜魂不附体的样子。

也就是在这一瞬间，他突然想起了什么。

空气陷入长久的沉默。

良久，江岁宜艰难地偏过头开口："贺迟迟，你、你居然……"

她扯了扯嘴角，带着点不可思议："……居然看我俩的同人文？"

好半响,贺迟晏离开座椅,走到沙发边,站着垂眸看她。

"没有。"他处变不惊,否认得很快。

但江岁宜觉得这是垂死挣扎。

她说:"我都在你手机图库里看到了,这么长的图。"

她边说,边用两只手比画了一下图片的长度,故意弄得很夸张。

又是一长段时间的沉默,沙发下陷,贺迟晏坐到她旁边,淡定道:"那是随手存的。"

江岁宜冷哼一声,把头一歪:"不信。"

知道糊弄不了,贺迟晏索性承认了,不仅承认,还倒打一耙:"是的,我看了,我为什么不能看?"

江岁宜:"嗯?"

他倏然伸手,拿过被她丢在沙发边上的手机,气定神闲地打开,然后,就神色自若地坐在她旁边,岿然不动地开始看。

骨节分明的手指,在屏幕上缩放又翻动,别提有多散漫。

江岁宜一下噎住。他这个人,怎么回事啊?脸皮都不要了。

怎么能旁若无人的,当着她的面看!

江岁宜此时坐立难安,想做些什么,但做什么都不太合适。

她悄悄地探出手,想不动声色地把手机抢过来。

但是贺迟晏早有准备,把手机往上提了一点。

她扑了个空,反而不受控制地钻他怀里,一手撑住他的脖子,来平衡自己。

"投怀送抱啊?"

江岁宜蹙着眉,羞恼地小声说:"你别看了。"

可他偏不。

不久后,贺迟晏摁灭了手机,扔在一旁,撩起眼皮,轻轻挑了挑眉,看她说:"看完了,你交代的任务也做完了。"

他笑了一声,又道:"现在,我们可以来商量报酬的事情了吧?"

许久,她"啊"了一声,缓慢地眨了两下眼睛,装傻道:"什么报酬?我们这种关系,还要讲报酬吗?多伤感情啊。"

"除非你不爱我了。"她强词夺理。

江岁宜眼眸里闪烁着"你快放过我"的期冀,亮晶晶的。

贺迟晏微微眯了眯眼睛:"身为教师,也能赖账吗?"

一提及这个,江岁宜就蔫了。

"那你想怎么样嘛。"她凑过去拽了拽贺迟晏的手臂,他躲了一下,被她不由分说地抓了回来。

幼稚。

贺迟晏淡着神情哼了一声:"明天是不是放假?"

"别想骗我。"他轻"啧"一声,止住了她想要脱口而出的善意谎言,"我在你班上,可是有人脉的。"

你都知道了，还问？

江岁宜不情不愿地"嗯"了一声："但是，后天得去学校开期末总结会。"

意思就是，你千万别太过分。

"好，说到报酬。"贺迟晏了然地点头，"小江老师，应该知道一句话。"

"什么？"

"实践是认识的目的。"

"嗯？"

这跟他们现在讲的事有什么关系吗？

贺迟晏一展臂，捡起手机，亮起屏幕展示给江岁宜看，扬眉道："这不得好好实践一下？"

"不行。"她顿了好几秒，猛地摇头拒绝，"绝对不行。"

少顷，贺迟晏看着她，轻声叹了口气："算了。"

江岁宜闻言刚想放松，又听见他说：

"不就是被女朋友冷落大半个月吗？"

"不就是做女朋友的免费劳动力吗？"

"不就是我女朋友打算言而无信吗？"

众所周知，排比句式会逐渐增强语势，使情感直击心灵，给人一种无法反驳的感觉。

至少在这个地方是这个样子的。

最后，他又重重地叹了口气："没关系的，我都接受。"

委屈，可怜，惨兮兮。

她最受不了他这种样子。就吃他这套以退为进。

眼看这人打算站起来就走，江岁宜一急，不经思考地说："行！"

"行？"他顺着被扯的力道坐回来，靠着沙发靠背上。

江岁宜视线闪躲，越发小声："……行吧。"

感觉她也就欲拒还迎一下，其实本来都快说动她了。

现在就是后悔，刚才没好好看下这篇文到底写了些什么东西，就毫无防备地答应了。

贺迟晏松了松衬衫领口，下拉温莎结，扯下了领带。那动作干净利落，又漫不经心，带着几分禁欲。

江岁宜稍稍咽了下口水，不想承认自己为色所迷。

"你先看看？"他把手机递给她，"我去洗澡。"

她脸都要红透了，慢吞吞地回到电脑前整理完文档，然后深吸了口气，打开图片。

看到一半，江岁宜倏然反扣下手机，以手为扇，频率极快地上下挥动，试图驱散周身的燥热。

这时候，贺迟晏已经出来了，换上宽松的衣服，水珠还顺着发尾往下滴。

江岁宜坐在那儿，一时间说不了一个字。

良久,她开口叫他名字:"贺迟晏。"
"嗯。"
又不知道该说什么了,空气一下缄默起来。
江岁宜脸红到脖子根,特别轻声地说:"哥哥。"
贺迟晏把她抱起来,笑了一声,低沉又哑的声音在耳旁落下:"听到了。"

这天晚上,江岁宜得到的教训是,自己的工作要自己做,不要试图将它扔给别人。
毕竟,天道有轮回,苍天饶不过她。
次日,江岁宜被手机铃声吵醒,摸到手机以后,睡眼蒙眬地接通。
程女士温柔又危险的嗓音席卷而来,叫人心底生出凉意。
"小江同志,请你解释一下。为什么你的房子,已经人去楼空了?这一个月,你人都在哪儿?"
完了,完了。
此时江岁宜脑海里只循环播放这几个字。
另一边,程女士仍然在等着她的回应,压迫感通过手机丝毫不减地传过来。
她到底为什么会忘了这一茬啊?
江岁宜立马坐了起来,艰难地吞咽了一下,小心翼翼地说:"妈,你又跟我爸冷战啦?"
否则,没事根本不会到她房子那边去,继而发现她多日未归的事实。
程女士冷哼:"少给我转移话题。"
"我……"
"正面回答我的问题。"
这么多年特级教师不是白当的,程女士一严肃说话,她女儿只有缩成鹌鹑的份儿。
虽然程女士思想算是前卫,但江岁宜不能保证,她能接受这个事儿。
正在绞尽脑汁地思考怎么糊弄过去,贺迟晏开门进来:"岁宜,你——"
即便她动作很快地伸出食指抵在唇边,蹙眉带着祈求,但仍没来得及完全拦下他的话。
他声音不轻不重,带着点哑意,低沉却温柔,很好听的年轻男声。
她相信,电话那头的程女士,也是这么认为的。
因为空气骤然陷入一种诡异的沉默。
好半晌,程女士冷笑一声:"江岁宜,你出息了。"
程女士懒得废话,给她下了最后通牒:"后天,我要在家里看到他人。"
江岁宜小声试探:"要是看不到呢?"
"看不到?"程女士"呵呵"道,"那他这辈子别想进我们家的门了。"
说罢,干脆利落地挂了电话,不留给江岁宜一点试图争取的时间。
江岁宜无意识地揪紧了怀中的被子,无助地抬头看向来人,先发制人:"都怪你。"

"嗯，是我的错。"贺迟晏对江岁宜的甩锅照单全收，缓缓走过来，"所以，怎么了？"

她接电话时，神情乖巧，背绷得挺直，却又带着点难以察觉的心如死灰。

无意去探究究竟是谁打过来的，毕竟贺迟晏心里只有一个想法：可爱极了。

"反正全都怪你。"太累了，江岁宜又躺了回去，歪过头朝另一边，蒙上被子，不想跟这个人说话。

不爽归不爽，又不能真的让他这辈子进不了她家。

于是没多久，她又把头偏回来，揪下被子的一个小角，探出眼睛。

"后天，你有空吗？"她声音闷闷地问。

"有个采访。"贺迟晏被她一连串的小动作逗乐了，就站在床边看她。眼见这姑娘表情又开始极为丰富地变化，他没忍住笑了一下，拖长尾音来了个转折。

"但也不是不可以推掉。"

江岁宜不知自己是该庆幸还是该失望，"哦"了一声，说："我爸妈想要见你。"

贺迟晏躬身的动作瞬间停滞，顿了一秒后，接着往床边一坐，脊背靠在床头。他看似没什么反应，只是垂眸，摸摸她的头发，轻轻"嗯"了一声。

这么淡定？江岁宜狐疑地看向他，重复强调："我爸妈想要见你！"

贺迟晏："知道了。"

跟预想中的完全不一样，江岁宜眉头一皱，没意思。

少顷，被角被很轻地扯了扯，旁边躺下一个人。

江岁宜嘴上说不想理他，但是身体还是诚实地去抱住，埋在他胸前，去听心跳的起伏。

好像有点快？

"你父母……"贺迟晏沉默片刻，垂下眼睫看她一眼，"喜欢什么样的？"

看吧，看吧！江岁宜悄悄弯唇笑了一下，他就是紧张！

装得跟真的似的。

"这个嘛。"她拖长声音，故意道，"我之前确实听他们提起过。"

贺迟晏伸手托住她的背脊，把人往他这里压了压，再往上拎了拎。

两人鼻尖相抵，漆黑的眼眸近在咫尺。

"说说。"

"首先，"江岁宜也不算撒谎，程女士的喜好可谓是被她摸得透透的，"我男朋友最好是有极稳定的工作，类似公务员、在编教师或者在国企工作为佳。"

工作跟稳定二字毫无关系的贺迟晏沉默。

她压着笑意，故作正经地看他，果然他嘴角已经收敛了些弧度。

"其次，家境要跟我们家相当，不能太过有钱，门当户对最好。"她还补充解释了一句长辈的刻板观点，"因为男人有钱就会变坏。"

家底还不错的贺迟晏仍是沉默。

"最后，"江岁宜看着他表情，越发难忍笑意，戳了戳他鼻尖，"我父母挺看重学历的，我是硕士研究生，我男朋友至少应该跟我一样吧？"

本科毕业后就一直在娱乐圈务工的贺迟晏继续沉默。

一条都不符合，是不是可以直接宣告完蛋了。

良久，贺迟晏"嗯"了一声，神情自若地问："没了？"

还装。江岁宜慢悠悠地哼唧："没了，就这三条。"

长相、人品、性格……是一点儿都不谈。

一直没听到旁边人的回答，江岁宜刚想出声询问，就感觉到腰间覆上一只大手，在很暧昧地揉。

"你别弄我，"她攥住那只胡作非为的手，义正词严道，"讲正事儿呢。"但没制止住。

触感还在向上，贺迟晏的另一只手还在摸着她的脖颈，他的气息尽数喷洒在耳边，江岁宜抿唇之际，只听得他妥协似的问："那让我怎么办？"贺迟晏顿了片刻，"小江老师，换个工作稳定、门当户对、学历相配的男朋友？"

他边说边叹："那个戴眼镜的，王老师？好像就挺符合的。"

人家明明是姓陈。

这个人一副"不必多说，你找他去吧"的模样，演戏都没他夸张。

江岁宜又心疼又想笑，最后实在忍不住，指尖轻抚他的脸颊，借了点力吻了上去。

"我才不要。"就吻了一下，然后就退开。

她眨了眨眼，弯起嘴角笑："贺迟迟，真的没有导演找你去演戏吗？"

江岁宜勾了一下他的下巴，感慨道："多可惜啊。"

很漂亮的笑容，眉目舒展间，又带着松弛的狡黠，让贺迟晏有一瞬间的恍神。

"是有过。"他回忆了下，承认道。

"那为什么不去？"江岁宜有点疑惑地抬眸问。

他这张脸，明明演戏也很有说服力。再不济，在偶像剧里也能当个氛围感男主角。

贺迟晏沉默了一下，说："饰演一个角色，不可避免要代入他的所有，我不愿意用他的躯壳和情感，体验爱上别人的感觉，因为我自己的就足够珍贵。"

"另外，"他轻笑一声，"不想让你通过角色来认识我。"

江岁宜迟钝地反应过来，心脏"怦怦"直跳。真是败给他了。

她"哦"了一声，言不由衷地嘟囔道："我看你，就是演技太糟糕。"

贺迟晏还在笑，从善如流地应了。

"那么，小江老师。"他慢条斯理地把人给勾回来，"教教我，怎么演，才能让叔叔阿姨喜欢？"

江岁宜推了推他："你不用演。"

"嗯？"

"我妈妈是颜控，你站在那儿都不用动，就赢了。"

贺迟晏顿了两秒，然后低低叹了一声："那我还有点庆幸。"

"而且，她也就是不知道我男朋友是你，才这么硬气。我之前明明给她发了你照片，她又不信。"

他很不厚道地笑了。

江岁宜又絮絮叨叨地说了一些程女士的事情。

贺迟晏思忖了一会儿："那你爸爸呢？"

江岁宜立马闭上嘴。老江虽然看着好说话，但是遇到这事，八成比程女士还难以搞定。

不把拱了白菜的人揍一顿就不错了。

长久的沉默中，贺迟晏也明白了。

少顷，他慢悠悠地开口："看来，是得下点功夫。"

江岁宜昨天被他折腾到很晚，一大早又被电话叫醒，经历一番心惊胆战后，现在放松下来讲了很多话，又开始困了。

保留着最后一点意志，江岁宜轻轻拍了拍他，安慰道："是人都有弱点，我爸爸的弱点，大概就是宋敏英老师……"

所以，投其所好。类似签名专辑、限量版杂志什么的，绝对能达到一定的收买效果。

以上的话还没说完，江岁宜就已经呢喃着睡着了。

贺迟晏"嗯"了一声，伸手环住她，帮她把不听话的碎头发整理好，静静地盯了她半天。

待她呼吸平稳，完全熟睡后，他缓慢起身，掖好被角。

轻微响动过后，她额头轻轻落下一个吻，耳边有一个很低的声音说："知道了。"

次日，江岁宜去学校总结完期末情况，再交代完假期作业，寒假就到来了。

但这并不意味着她就解放了，还有说课比赛和课件比赛等着她准备。

贺迟晏也一反常态，没有再像之前那样黏人。

江岁宜忙着做PPT，也没多问。

其实不用问也知道，他就是在为见家长这事儿紧张，表情有多风平浪静，内心就有多紧张。

而当去她家里的这一天到来时，天还没亮，房间里光线仍是昏暗，江岁宜就感觉身边人坐起来了。

紧贴的热意消逝，她习惯性地伸手去拉他胳膊。

贺迟晏尝试着抽了下，没反应，又不敢动作太大，于是弯着腰仔细地打量她。

"还早，再睡会儿。"他轻声安抚，"醒来，我一定在你身边。"

兴许是朦胧中听见了，攥着胳膊的五指逐渐松开。

江岁宜醒过来时，日头已经很盛了，睁开眼缓了没多久，就看见贺迟晏正慢条斯理地将外套挂在房间一角。

"你出去过了?"

他"嗯"了一声:"快点洗漱。"

莫名感觉他怪怪的,但又说不出哪里怪。

江岁宜洗漱完,被他攥住手,像牵小朋友一样牵着出了房间。

来到客厅,看到沙发上坐着的人时,江岁宜终于知道这份不对劲从哪里来的了。

原来他早起出门,是去接人了。

宋敏英看着两人相牵,狡黠地眨眨眼睛,朝她挥了挥手:"小江老师,好久不见。"

"……宋老师好。"江岁宜难以置信地小幅度挥了挥手。

她说老江喜欢宋敏英,结果他直接把人请过来了。

未免有些太过夸张。但想想,好像真人确实是比专辑和杂志有冲击力得多。

打完招呼,她又想笑又无语,带着贺迟晏的手往他腰上捶了一下。

贺迟晏给她去拿热好的牛奶,再把面包递过来,规整地放在她面前。

"吃完早餐我们就出发。"他这神色,看不出是期待,还是紧张。

江岁宜喝了一口牛奶,嘴巴鼓鼓地点了点头。

宋敏英就在一旁笑着说:"哎,你别看小贺现在这么淡定,联系我的时候不知道有多忐忑。"最后轻哼一声,"他这个人啊……"

江岁宜咽下一口面包,接着她的话说:"是惯会装的。"

宋敏英笑出声,给她竖了个大拇指。

吃完早餐,他们立即出发,江岁宜震惊地看着贺迟晏往车上拎东西。

他这是要把她家当储藏室吗?

江岁宜和宋敏英坐在后排叽叽喳喳地聊天,贺迟晏专心地开车,一言不发。

宋敏英凑到她耳边,小声笃定道:"小贺在紧张。"

虽然她也是这么觉得的,但是他压根没有表情,怎么看出来的?

宋敏英解释:"他这小孩就是这样,越紧张越面无表情,或者是极淡地笑。你看过他在舞台上的样子吧,又松弛,表情张力十足。"

好有道理。江岁宜仔细一想,确实是这么回事。

但是,宋敏英喊贺迟晏"小孩"?这么讲确实也对,毕竟他还没出生,她就出道了。

就是……她刚刚还嘴甜地叫人家姐呢,一下就差辈分了。

看完他的笑话后,她不免疑惑:"您怎么会答应他要过来呀?"

宋敏英不紧不慢道:"我是看着他出道,一步步走到今天的,圈内大部分是浮躁的人,但他不一样。我很喜欢他的才华和性格,也真的把他当作疼爱的晚辈。

"而且,我也参加了《重返十七岁》,怎么着也算得上是你们俩的见证人吧?不来实在说不过去。"

"当然，还有最后一点。"她慢悠悠道，"我下张专辑，跟小贺约了歌。"

江岁宜沉默两秒，不知道怎么回，最终说："谢谢您。"

宋敏英倏然笑起来，又带着郑重："他是真的很喜欢你。"

此时，另一边。

程女士在客厅来回走动徘徊，老江坐在沙发上微眯着眼睛，不发一言。

暗流涌动中，不由得令人想起了前天。

夫妻俩又因为一点儿小事冷战，俗称情趣，程女士扭头就去了女儿那边。

正思考着怎么把老婆哄回来，犹豫不决时，人居然自己回来了。

老江：还有这种好事。

他甚至还乐呵呵地打趣："气这么快就消啦？"

不过，很快他就笑不出来了。

程女士换完鞋子，往沙发上一坐，抱臂冷静道："你闺女被人拱了。"

此时他还没意识到事情的严重性："谈恋爱了，这不是早就说过了吗？"

"你放心，时机成熟了，小宜自然就把人带回来了。"他还安慰。

程女士闭了闭眼，压抑住胸口剧烈的起伏，沉声开口："我说——

"你闺女早就已经住到人家里去了。"

老江拍了拍耳朵，反应了两秒，突然惊起："你说什么？你再说一遍？"

"我闺女……住哪儿去了？"

五雷轰顶，老江的手都在抖。

看他这样，程女士倒是一瞬间平静了。

"问得好。"她解锁手机，打开到拨号界面，"你去问她，现在的住址具体在哪儿。"

两人面面相觑了一会儿，程女士又道："我让她带着人后天回来。"

老江咬牙切齿："一开门，我就要揍那头拱白菜的猪！"

在他眼中，江岁宜肯定是被人带坏，被哄骗的。

于是在门铃被按响的那刻，老江急匆匆地赶去拿了把扫帚，看姿态就是要跟人去干架。

程女士淡定地拦下他，像在憋大招："先把他们晾在门外一会儿。"

老江点头，盯着门似是要将它盯穿。

良久，门外动静消失，程女士的手机铃声响起，她才不慌不忙地指使道："你去吧。"

老江恢复气势，拎着扫帚就去开了门，没承想，门一开——

一个长相明艳、气质却温婉的女人进入眼帘，唇边挂着淡笑："您好。"

老江手一抖，扫帚应声倒地，差点惊到把门甩上。

他掐了自己一把，又飞快地眨了眨眼睛，好像不是幻觉。

"宋……"

"爸，您和妈在干什么呢，怎么这么久才开门呀？"忘带家门钥匙的江岁宜如是说。

老江愣在玄关，视线久久不能挪动，半天吐不出一个字。

程女士许久没听见动静，出来观望，结果一眼和身姿挺拔颀长的男人对视上，然后差点没忍住掏出手机，研究对方和图片里是不是同一个人。

贺迟晏沉吟片刻，略微弯了弯腰，微扬嘴角："叔叔阿姨好，我是贺迟晏。"

父母二人的目光顿时全集中到了他身上。

空气沉寂了好半晌，程女士才缓过神，拉着老江退开，让出一条路，挂上礼貌笑容："是小贺啊，都快进来吧。"

宋敏英微微颔首："叨扰了，我是贺迟晏的姐姐，宋敏英。"

老江一步三回头："认识的，认识的。"然后得到了程女士的一巴掌。

江岁宜一进门就看到了地上的扫帚，疑惑道："它怎么在这儿啊？"

老江赶紧捡起来，嘴角抽了下，呵呵一笑："刚在扫地。"

贺迟晏把带的东西规整地放在门口，程女士笑："来就来，还带这么多东西，累不累啊？"

他礼貌地回答着所有问题。

等都坐下之后，程女士捞过江岁宜的手，一下一下地抚着说话。

骤然摸到一处凹凸不平，她低头一看，女儿左手已经戴上了戒指，亮闪闪的，很大一枚。

她想说什么来着？突然就全忘了。

其实江岁宜平时压根不会戴着它招摇过市，不过因为今天情况特殊罢了。

眼见老江拉着姐弟俩聊得很嗨，程女士侧过头，小声盘问："到底怎么回事？"

江岁宜："我早就跟您说过了呀，我男朋友是贺迟晏。"

程女士沉默，你丢一堆网络上存的高清帅照在家庭群里，水印都没抹，这谁信啊？

她又戳着那枚戒指："这又是怎么回事？"

"就……"江岁宜咳了两声，摸了下鼻子，"他跟我求婚了。"

虽然短暂地颜控了一下，但程老师仍然保持着清醒的逻辑："我没记错的话，你们俩是因为录节目才重逢的，这才多久？半年都还没到！"

意识到声音可能大了些，她克制地压了压，忧心忡忡道："半年！实在太快了……"

程女士觉得女儿单纯善良，没什么心眼，一不留神就要被人骗。

更何况，这段时间经过了解，也知道贺迟晏是大明星，这种身份，谈过多少任女朋友都不知道。

正巧，老江正开玩笑说到上次见面，笑呵呵道："我说对你小子有印象，就岁宜高三那会儿，在楼下看到过你好多回，她们母女俩还不信。"

宋敏英喝了口水，笑着歪头调侃地问："小贺，是不是你啊？"

贺迟晏顿了下，承认说："您没记错，是我。"

这下，程女士都不自觉地望向了他。

"我一直喜欢岁宜，如今应该有九年了。"

短短不到一天，程女士刷新了自己对明星的固有认知。

不是说助理环绕？不是说游走名利场？

这个熟练下厨的人是谁，给江岁宜剥橘子的人是谁？到底谁是主谁是客？

她觉得，她女儿才像那个生活不能自理、需要人照顾的女明星。

吃饭时，江岁宜陪着兴致很高的老江喝了两杯。结束后，宋敏英先离开去了机场。

江岁宜喝得满脸通红，没什么形象地贴着墙图凉快。

程女士看了半天贺迟晏哄人，最终妥协地长叹了口气："你带小宜回去吧。"

江岁宜大半个身子往他身上靠，就差成挂件挂他身上了。

拉扯良久，她干脆迷糊着声音理直气壮："背！"

程女士看着两人出了门的背影，心里一时感伤，不由得想起了一篇名为《目送》的文章。

江岁宜趴贺迟晏肩上，戳了戳他的脖子，说："你喜欢我。"

他"嗯"一声，肯定道："喜欢。"

"是从十七岁以来，永远不会落下句号的喜欢。"

她突然没头没脑地喊了一声，却几乎要让另一人失去理智。

很轻的一声，几乎要散尽在空气里："老公。"

她毫无预兆地喊出一句轻飘飘、像在呓语的称呼。

贺迟晏起初认为是自己出现幻听，但很快反应过来，那不是。

那是无比虚幻的真实。

他哄着她再喊一声，但是她已经晕乎乎地睡过去了。

贺迟晏开车回家的这一路，她都在安然地躺着，丝毫不顾清醒的人是何种状态。

躺了一会儿，江岁宜酒意稍退，逐渐恢复了一点清醒。

江岁宜拨开肩颈上披着的外套，歪头看了眼，已经到家里的车库了。

贺迟晏在车外站着，只留下一个背影，不知道在沉思什么。

喝得不算太多，她对自己讲过的话还留有印象。

羞赧是有一点，但更多的是，庆幸自己趁着大胆时说出了自己想说的话。

其实她有强烈的感觉，他在这段感情里，安全感一直不足。

江岁宜动作轻缓地推开车门下去，犹豫了两秒钟，有些摇摇晃晃地走过去。

只剩一步距离时，江岁宜伸出手臂，很轻地拍了三下他的肩膀。

"老公。"她笑着喊。脸还是红的，可能是因为醉酒，也可能是因为羞。

她看着前面的人突然僵直脊背，愣了一会儿后，转过身来。

只平静了不到两秒，然后——那滴眼泪没有征兆地落下来。

比她手上戴的那颗钻还大、还闪。

贺迟晏微低头，骨节分明的手覆上了眼睛，遮掩了部分神情。

他哭了。

人生海海，他终于站到了——她的未来。

临近春节那几天，程女士天天打电话过来问江岁宜什么时候回家过年。

话里话外都提到："带小贺一起回来啊。"

贺迟晏的家庭情况，在上一次见面时就已经了解清楚了。程女士为人师表多年，最是心疼这样的小孩。

但偏偏这些天他又是最忙的，即使推掉了除夕夜的晚会直播，有意识地减少了活动，但还是有不少。

这天，江岁宜醒得很早，习惯性地往旁边蹭了下，没摸到人。

她这才想起来，贺迟晏昨夜去参加了一个视频平台晚会的录制，结束应该是凌晨了。

还没回来吗？

她掀开被子下床，都走出去两步了，又回来乖乖地把拖鞋穿上。

年前，在各个城市工作的朋友都回了宁宜，几个关系不错的商量着要聚一聚，就约在了今天，年二十九。

洗漱过后，江岁宜来到客厅，发现吧台上有牛奶在温着。

除了贺迟晏给她热的，不做他想。

他回来了，那人呢？

江岁宜找了一圈，发现人睡在了客房，想来他应该是快天亮才回来，怕吵醒她，就找了其他的房间睡。

那么晚回来，都记得要给她热好早餐的牛奶，实在不知道该说他什么。

她轻手轻脚地进去，托着腮，蹲在床边观察他。

他呼吸绵长，睫毛颤也不颤，看起来睡得很熟。

应该是真累着了。贺迟晏睡眠很浅，一点小动静就能把他唤醒。据小维说，这是他刚出道那会儿留下的后遗症。

江岁宜安静地看了好一会儿，正打算转身悄悄离开，手臂就被攥住，不轻不重地往回一拽。

她不受控制地倒在柔软的床铺里，和那个本该熟睡的人四目相对。

贺迟晏安然地躺着，目光平直地看向她，微微扬了扬嘴角。

"怎么不多看一会儿？"他的声音里还带着些未睡醒的哑，低沉的，还挺勾人。

江岁宜莫名其妙地听出了，一股不要脸的感觉。错觉吧。

贺迟晏合了合眼睛，拖着点尾音又继续说话："我装睡又不辛苦。"

贺迟晏将手移到她的背后，把人往自己这儿压了压："太累了，我要充一充电。"

她本来还有点生气，但一听他卖惨，又没有什么原则地打算原谅他了。

江岁宜妥协地收回了自己推开他的手："就允许你抱一小会儿。"

身体严丝合缝地相贴，熨帖着收缩的心跳。

一想到让步带来的后果,她就语速极快地补充:"今天还有很多事情要做,贴春联、同学聚会……"

反正大好时光,不能只浪费在床上。

说是只陪他一会儿,结果最后江岁宜自己睡着了。

于是在贴春联的时候,她满是怨怼:"都怪你,今天的计划又全被打乱了。"

贺迟晏的修长指节捏着几张写着福字的红纸,递给她,不动声色道:"对,我的错。"

人家常说,小吵怡情,吵架可以增进感情。可是以他这副事事纵容的样子,压根吵不起来。

仔细回顾在一起的这么久,确实风平浪静。

江岁宜小声说:"你不要老是这样。"

"哪样?"

"无条件地回应,会把人惯坏的。"她深刻反思了自己,"我妈都说我最近越来越幼稚了。"

贺迟晏停了一瞬,妥协地盯她一会儿。

正当江岁宜以为他会说出什么来时,他开口:"那不然呢?不惯着你,我惯着随便哪里冒出来的无名氏吗?"

江岁宜不理他了,转而执起毛笔,在红纸上"唰唰"写下福字。

她从小练书法,以往过年时,家里贴的对联之类的都是她和老江写的。

写完之后,她指使着贺迟晏去贴,然后抱着膝盖坐在沙发上,安静地看他动作。

这人真的是,随意做一个动作都好看,毕竟手长脚长,垂睫低颈间,显得游刃有余。

江岁宜莫名想到了,刚才贺迟晏说,这是他第一次帮家里贴春联。

春节这个日子,其实,对他来说,和其他任何一个假期并没有什么不同,不过都是一个人孤独度过罢了。

江岁宜托着腮,视线岿然不动地跟随他,心里突然涌上了一个很突兀的想法。

"贺迟晏。"她叫他。

"嗯?"

"你有没有考虑过,"江岁宜思忖了下措辞,"我们什么时候……"

结婚。

是的,结婚。

这个想法猝不及防地冒出来的时候,她自己先吓了一大跳。

从前遇到某些长辈提起这个话题,甚至表姐结婚的时候,她第一反应是退缩和恐惧。

即使程女士和老江婚姻幸福,但现实中有太多失败的案例告诫她,长久是世间难得。

尤其是,在组建一个家庭时,注定有一方要牺牲。

她怕自己牺牲,也恐惧另一方做出让步,这让她有一种利益交换的感觉。

江岁宜也很好奇，李梦言谈过那么多段失败的恋爱，为什么却还依然向往。

李梦言回她说，因为身处现实，所以才更想拥有美好童话。

她又说，如果只谈恋爱却不想结婚，那还是因为不够爱。

从前她觉得不能理解，但现在，看着眼前的这个男人，她突然意识到，李梦言是正确的。

"什么？"贺迟晏贴完了，走回来坐到她旁边，偏头看她问。

"我们什么时候……"话说到一半，电话铃声突兀地响起。

勇气有时候就是一瞬间的事，过了这村，再想找回当时的感觉就难了。

特别是她也认为，现在讲这个可能有点不合时宜。

于是江岁宜飞快地接起电话，李梦言和魏旭的声音接连响起，咋咋呼呼地问："什么时候来啊？人都陆陆续续来了，你不会还没出发吧？"

"……马上就来。"她吞下刚才的冲动，立刻站了起来。

李梦言还超大声地补充了句："可以带家属哦。"

江岁宜果断掐断。

魏旭和徐蓉，一个不关注娱乐圈，一个工作太忙，两个迟钝的人，都后知后觉才知道她和贺迟晏恋爱的消息，接连发送表示震惊的消息过来。太熟了，她还不能不回。

心很累的。

她看向没什么反应的贺迟晏。不会吧，刚才声音那么大，他不会没听见吧？

江岁宜摸不清他什么想法，只好老实道："我要去同学聚会了。"

贺迟晏淡声："不是还没到时间点？"

这年头，准时就是迟到，掐着点赶到是要挨骂的。

江岁宜眨眨眼睛，解释了两句。

然后他不轻不重地"嗯"了一声，依旧没什么表情。

相处这么久，再不知道他有什么想法，她就是傻子了。

贺迟晏分明就是刚才听到了李梦言的话，现在搁这儿蔫着呢。

江岁宜犹豫着，试探道："要不，你跟我一块儿去？只要你觉得自在。"

她又连忙接了下一句："但是作为交换，你得牺牲一下。"

他偏头看她，应："可以。"

想到所谓的牺牲，江岁宜没忍住笑意："别动啊。"

她拿起刚才写字用的毛笔，在贺迟晏的鼻尖糊了一层墨汁，再往他额头三两下写了个"王"。

然后她迅速地拍了照。

再定睛一看他的表情，些许错愕，些许无奈。

不过好在目的达成了，他自然不会计较。

在贺迟晏开车的路上，江岁宜把这张照片发了条微博。

她之前转发贺迟晏的微博，被他手滑点了个赞，于是一群歌迷顺藤摸瓜，私信问她是不是江岁宜。虽然她没有回应，但昵称、IP地址以及过往发表的博文已经足以让她"掉马"。

自那以后，她很长一段时间都没敢登录，再一打开时，粉丝数都快涨到两百万了。

这账号留着也不知道有什么用，缩手缩脚也不是她的作风，索性就还是正常地发东西。

一发出去，立刻就有人评论了。

江岁宜还在往下翻着评论，约好的聚会地点就到了。

包厢门被推开的一刻，大抵谁也没想过贺迟晏真的会跟着江岁宜一起来，里面的众人皆是一愣。

不过好在大家都是关系好的熟人，倒没有其他特殊的反应。

除了魏旭，其他人高中时与贺迟晏也并不熟悉，所以一时场面陷入寂静。

那几位朋友的眼神一直若有若无地往他们俩身上瞟，想说什么，最终又忍住了。

直到李梦言突然出声："今天是不是应该换人来请客买单了？"

魏旭很快接了她的话："谁说不是呢。"

众人开始笑，附和着说对："岁宜原来可是我们的团宠，啧啧啧，现在不一样咯。"

这一个比一个不正经，江岁宜的脸都要被臊红了。

贺迟晏垂眼笑了一声："应该的。"

江岁宜落座以后，李梦言悄悄扯她的袖子，在餐桌底下默默给她比了个大拇指。

之后的一切和前些年也没什么区别，该吃吃该喝喝该聊聊。

明星也是普通人，更何况都是高中校友，惊讶劲过去了，也就这样了。

贺迟晏往椅背上一靠，侧脸去瞥旁边聊得正欢的人。

去年这时候自己是什么心态？当时只是个探听墙脚的路人，现如今，成了局中人。

最后散场的时候，李梦言喝得烂醉，口无遮拦地指着贺迟晏哭诉："……你知道我为了你们俩付出了多少吗？"

她扒拉了把自己的头发，转瞬掉落了一小撮："这就是证明！"

江岁宜想叫她别发酒疯，谁叫她老熬夜，脱发才是正常。

哪知贺迟晏却笑了声，回应道："知道。"

李梦言撇了撇嘴，嘟囔道："那你还不好好感谢我。"

"谢谢。"他从善如流地接过她的话，并且递出一个红包，"辛苦你了。"

李梦言只是借着酒意大胆了些，还不至于到认不清局势的地步。

她转头疑惑地看向江岁宜，眼神无声地询问：什么情况？我真的只是随便说说。

江岁宜回以一个"我也不知道怎么回事，我不知情"的眼神。

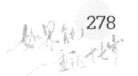

"压岁钱。"贺迟晏看她一眼,解释,"聊表心意,新年快乐。"

李梦言看这红包挺轻薄的,收下的时候,并没有什么心理压力,走的时候还留下了句:"婚礼我一定要坐主桌啊!"

"婚礼"这两个字,恰好戳中了江岁宜今天没说完的话,导致她一听,心脏就重重一跳。

所有人都离开后,江岁宜好奇地问:"你给她包了多少啊?"

"怎么?"他偏头看她,眉梢轻轻一挑,"怕我给少了?"

知道他是故意这么说的,江岁宜索性也就顺着他讲:"那可不嘛。"

贺迟晏好像笑了一声,问:"她年薪大概多少?"

江岁宜顿了两秒,犹豫了下能不能说,思索了下,说了个数字。

"啧,那是有点少。"他神情自若,大概是带有一点点的懊悔,"才抵得上五年的年薪。"

是不是有点夸张呀?这是散财童子啊。

贺迟晏弯了唇,垂着眼思忖说:"毕竟她为我们俩,确实付出还挺多的。"

"至于魏旭。"他沉默两秒,"这样算的话,应该倒扣他钱才是。"

零点的钟声敲响,转眼已经到了除夕。

与此同时,贺迟晏给江岁宜手里也塞了个红包。

江岁宜嘴上说这是小孩子才要的玩意儿,心里却促使她很诚实地接过来:"不会也是我五年年薪吧?"

他看着她,面色平静:"我的所有,包括我,不都是你的吗?"

这种话明明很腻歪,偏偏他语气又很淡,叫人心脏都被裹挟着变得软趴趴。

江岁宜一边心想,那还能是什么,一边打开来看。

真的是他的所有,乱七八糟的东西装了一堆。江岁宜又想生气又想笑。

可偏偏又说不出什么话来。

他缓慢合上眼睛又快速睁开,变换了个话题。

"那天你说你梦到我妈妈。

"但她一次没有来过我的梦里,所以我无法判断是怎么回事。"

贺迟晏垂下漆黑的眼睫,呼出一口气:"我从来不信鬼神,可那一刻我却有点害怕。"

因为梦见的时候江岁宜在生病,害怕她因这个困扰,也开始害怕莫须有的鬼神之说。

他攥住江岁宜的手腕,稍稍用了些力,将人拉入怀里。

不同于冬日的阵阵凛冽,他的怀抱宽阔而温热。

讲到这儿,贺迟晏顿了片刻,又接着说道:"我连夜写了一封信,紧跟着又去了一趟寺庙里。"

火焰卷起单薄的信纸,吞没了一笔一画写下的郑重字迹,烧成的灰随着风飘。

他给母亲寄出了那封信。

"你想知道,我都写了什么吗?"

江岁宜的额头上滑过轻轻拂过的唇印,她颤了一下,小声地问:"写了什么?"

他之前从未跟她讲过这些细枝末节,她也压根没想到,这种事情还会有后续。

她被勾起了好奇心,贺迟晏却避而不答,反而问起一件毫不相关的事。

"你喜欢什么日子?特殊的日期,有意义的节日,或者特殊的数字?"

他抱得很紧,微小的动作倏然让江岁宜产生了一种感觉:他好像在紧张。

她以为是自己的错觉,他有什么可紧张的,于是不明所以地摒弃了这个念头。

"没有。"她想了一下,解释道,"每一天都值得纪念,都有其存在的价值和意义,都独一无二。"

"好。"

贺迟晏低声应了一句,然后退开,微微低下腰身脖颈,平视着她的眼睛,专注而认真地说:"那就尽快。"

"啊?"什么尽快?

"你当时告诉我,我妈妈只希望我快乐。"贺迟晏很轻地笑了一下,缓缓道来,"我写信给她,说我已经很快乐了。只不过——"

他敛了几分神色,一字一句认真地接着说:"只不过,还有最后一件事。"

到这儿,江岁宜突然有些心有所感。

纵然迟钝,但好像……知道他接下来的话可能是什么了。她心脏倏然不受控制地"怦怦"跳,手指不自禁地蜷缩着。

她又有点想笑。

他们两个人,还不知道谁更紧张点呢。

"我想有个家。"

是什么在腹腔中剧烈跃动着,一阵一阵地掀起翻涌。

这句话并不完整,江岁宜眨了眨眼睛,颤动睫毛望向他。

下一秒,贺迟晏弯起嘴角,将话补充完整。

"我跟她讲,我要和江岁宜有个家。"

那封信他写得没有什么逻辑,想说的话总是断断续续又零零散散,逻辑性并不好,但也正是这样,才显得格外真挚。

末尾那段大致是这样写的:

> 岁宜说梦见了您,也将您的话尽数转达了给我。谢谢您一直挂念我,我也非常想念您。
>
> 但我也注意到,您似乎没有提到她。这件事是我的错,因为我似乎从来没有向您介绍过她。岁宜是个很优秀的人,从年少时就开始积蓄发光的能量,直至现在仍然值得敬佩。我惧怕黑夜,她就为我散发光亮。
>
> 写这封信的目的,是想告诉您,我很爱她,年年如一日地爱她。并且,迫切而坚定地,想和她有个家。
>
> 最后,如果您下次再想去她的梦里,您可以说一句爱她,或者祝福我们吗?

——贺迟晏

他直白到,连名带姓地讲出这句问询的话,引得江岁宜心重重一跳。
家,和房子这个词不一样。前者有温度,后者反之。
她当然明白这是什么意思。
但是他一点儿都不想让她去猜,因此接下来更加直接。
"岁宜。"贺迟晏轻声喊她。
她安静地看着他,小声"嗯"了一句,等待他接下来的话。
"和我,结婚吧?"
他垂下眼睫,敛起了所有神色,眸子里只剩下庄重和认真。
虽是问句,但语气明明更偏向陈述句。
与求婚那次相同,也不同。
上次,眼前一切皆为实景;而这次,仿佛世界都沦为陪衬,忽而飘远。
半晌,江岁宜才轻轻"嗯"了一声。
她想,真是应了贺迟晏新专辑采访里的那句话。
谁说现实世界没有童话?
他就是她,人生中的——最后一篇童话。

如果问江岁宜最不愿意回忆哪个春节,那么一定是今年这个。
一想到各路叔舅拉着贺迟晏以各种奇葩造型唱《向天再借五百年》,她就要捂脸,觉得心累。
幸好,他的假期也没几天,开工得很早。
年中,宋敏英直播采访时,毫无预告地丢下一个"大瓜",爆出自己非常欣赏的后辈的婚讯,引发了一连串的猜测评论。
如今江岁宜的微博公开,一群人涌入她的私信和评论区询问,但均未得到回复。
相关猜测沸沸扬扬,但一直没有任何回应。直到这天,江岁宜的微博账号突然上传了一个视频。
点开一看,主题很简单:[高中语文教师的一天]
一群叫嚷着想看VLOG(视频日志)的观众涌了进来。
视频的第一个镜头,闹钟响起,江岁宜关掉之后,手臂往旁边一伸,习惯性地想抱人,却没摸到。
她蒙了一下,眉头皱得很高,随即缓慢地坐起来,清醒了一会儿。
△肉眼可见,小江身边的位置有塌陷!
△啊啊啊啊救命!小情侣睡一张床上!天天睡一块儿!
△楼上这不是废话吗?请让我睡他们俩中间。
△那个男人去哪儿了,被害羞的小江藏起来了吗?哈哈哈哈。
下一个镜头,是江岁宜闭着眼在洗漱,昨晚刚洗的头,还有几缕呆毛翘着,

她随便扯了两下。

她一边刷牙,一边对着镜头小声吐槽:"放了一个寒假,已经调整不过来作息了,好困。"

△好可爱呜呜呜呜呜,素颜也好美。

△现在觉得是小贺高攀了。

△漂亮老婆谁不爱,小江就是我的菜。

接下来,江岁宜坐在梳妆台前涂抹,解释道:"今天有个很重要的事情,所以要好好化个妆。平常工作的话,都是随便捯饬两下,比较随意。"

她给镜头展示了一下手机时间:"现在是六点,但愿我能在六点半前结束。"

△锁屏!

△拉进度条回去看了,啊啊啊啊啊是小贺!

△这是什么造型啊,睡衣睡颜贺!

讲着话的时候,背景里有一个很朦胧的声音,好像是在叫她名字。

这段被江岁宜剪辑掉了。

△一听就是那个男人,不用掩饰。

画面一转,江岁宜正在往餐厅走,边走边说:"第一次录,不太熟练,不知道大家想看什么,就随便录点日常了。"

△这样就很好了!

△这个妆好漂亮!给我亲亲!

"今天是我的早读,所以必须早点赶到学校。"她走到吧台前坐下,转瞬间早饭便被一双手呈了上来。

△所以是小贺做的早饭吗?居家好男人哈哈哈哈,绝世神仙男友。

烤得金黄的吐司,煎成可爱形状的鸡蛋,再配上两三片培根,看着很有食欲。

最后还有一个玻璃小碗,盛放着水果捞,布丁一晃一晃的。

"其实之前都不在家里吃早饭,上完早晨的课,会去学校食堂里吃一点。"江岁宜絮絮叨叨地说,"但有时候上午连着四节课,结束都可以去吃午餐了。"

她用勺子舀了一口酸奶,继续说:"所以我现在就被监督啦。被迫早起十分钟,留在家里吃饭。"

△哈哈哈哈,句句不提他,句句都是他。

△嫌弃中又带着一丝宠溺。

△小贺一本正经:要好好吃早饭。

江岁宜吃了一半就结束了,她把剩余的食物推到旁边,义正词严:"不许浪费。"

△看饿了,现在半夜,决定立马搞一个情投宜贺同款。

下一个画面,江岁宜穿上外套,拎上包准备出门了,她道:"现在是六点四十二,准备出门,今天有免费司机,应该能比平常提前到。"

△没有工作的小贺=免费司机

△我也想有这样的司机。[可怜]

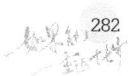

江岁宜坐在副驾驶，拿出保温杯喝了口水，然后说："驾照拿到手，都没开过几次，现在怀疑我已经变成马路杀手了。"
　　△哈哈哈，我也是，拿证三年，一次没开过。
　　△没有关系姐姐，你想去哪儿，小贺随叫随到。
　　下一个镜头，江岁宜已经来到教学楼了，刚到工位把包放下，课代表就抱了堆作业过来。
　　小姑娘哼唧道："江老师，咱们再选个课代表吧。自从贺同学走后，我压力倍增。"
　　△好怀念啊啊啊啊，《重返十七岁》真是我的宝藏综艺！
　　△那真是青春浓墨重彩的一笔啊，多久都不会忘吧。
　　江岁宜改了几本作业，拿好教材去了八班，边上楼梯边说："今天一共有四节课，上午两节，下午两节。但下午有很重要的事，所以全都调到上午去了。"
　　△画重点，很重要的事！已经提到两次了，究竟是什么事啊？别吊我胃口！
　　△刚刚镜头扫过后方宣传栏，那是什么？情投宜贺的合照！
　　△这群学生都好熟悉呜呜呜，小何同学、小吴同学……想他们。
　　"上课啦，一会儿见哦。"
　　中间是一小截加了速的上课片段，江岁宜剪辑的时候配上了音乐。
　　△啊啊啊啊啊是《飞鸟遇神》！
　　镜头切换，江岁宜生无可恋脸："四堂课结束，感觉身体被掏空。"
　　"现在再去备会儿明天的课，然后去吃午饭。下午见啦！"
　　正当网友们以为这支 VLOG 的平淡日常会贯彻始终时，下午江岁宜开头的几句话，就给了他们暴击。
　　黑屏过后，江岁宜又重新坐在了副驾驶座上。
　　"哈喽大家好，接下来就要做早上提到的那件很重要的事了。"她笑着朝镜头挥了挥手，"猜猜我要去哪儿？"
　　△太好看太温柔了，呜呜呜，小贺高攀了！
　　△猜不到一点，小情侣干出什么事儿来我现在都觉得正常。
　　△盲猜去见家长。
　　△楼上，宋敏英老师不是说见过家长了嘛。
　　江岁宜举着摄像机，笑着说："不卖关子了，我们现在在去——
　　"民政局的路上。"
　　△你们比我想象得还要勇！
　　△什么！民政局！
　　△大喊一声昭告世人：我的 CP 结婚了！！！
　　"新婚快乐"塞满弹幕，同样如此的还有"啊啊啊啊"。
　　江岁宜之前说的是，没有什么特别偏好的日期，结果贺迟晏转头就想拉着她立即领证。
　　虽然说的确没有，但这种日子，还是得讲究一下仪式感吧。

283

镜头稍微偏了偏,终于露出了男人的侧脸,轮廓很优越,鼻梁高挺,此时嘴角勾着淡淡的弧度。

△小贺!好帅啊!
△小贺,整个人洋溢着一种欣喜若狂的粉红泡泡。

她歪头看了男人一眼,然后对镜头说:"这位理科生,对今天这个日子情有独钟。因为,通常大家都会用3.14这个近似值来代表圆周率进行计算。

"π,我们都知道,是无限不循环小数。"

江岁宜回忆起什么,一边说一边笑:"有限人生,无限圆满。他大概就是这么想的,然后和我微妙地达成了共识。"

旁边不轻不重地飘来了一声"嗯"。

△嘴角下不来了!
△不愧是你贺迟晏,不愧是你,不愧是你。

"你怎么看起来这么淡定?"江岁宜有些愤愤不平,"我好像有点紧张。"

△你别看某些人表面淡定,然而内心很慌!

"你看我淡定吗?"贺迟晏说。

△在姐姐的镜头下,见识到了小贺不同于舞台的另一面。
△原来小贺私下是这样的哈哈哈哈!

江岁宜哼了一声。镜头一转,她拿着一张单子,对着镜头小声说话:"马上就到我们啦。"

下面就是抽血体检,流程全都走完之后,镜头再变换,两个人就人手一个小红本本了。

江岁宜翻转了一下镜头,采访道:"请问这位先生,你现在是什么心情?"

"还行。"他的声音依旧听起来淡定,随即补救道,"比第一次领到金曲奖激动一点。"

△我会信你?
△声音都在颤,哈哈哈哈,面对万人演唱会他都从来没有颤抖过。

"现在我还要回学校处理一些工作。"她说着,捂上了摄像头,"待会儿见。"

字幕"很久之后"。

"现在在等正式开饭。"江岁宜坐在吧台上,小口咬着烤串,"这个味道还不错。"

"哎!"她顿了一下,又喊道,"贺迟迟,给我拿罐冰汽水。"

△突如其来的转折,听起来好生硬。
△贺迟迟,哈哈哈哈哈!

窸窸窣窣一阵声音响起后,递过来的是一杯热牛奶。

江岁宜眼神控诉,转而却赢得一下轻轻的栗暴:"听话。过几天再喝。"

△像极了我生理期还要吃冰激凌的样子。
△真的好可爱呜呜呜,怎么样才能得到这样一个老婆?
△回复楼上,魂穿成小贺就可以。

画面再变换。

"现在是晚上九点。"江岁宜调试了下镜头，对着客厅沙发。

贺迟晏出现在镜头里的时候，刚洗完澡，头发还是湿漉漉的。

只闪现了三秒钟，很快退了出去。

△你躲什么躲！在座的可都是家人！

江岁宜扶了下镜头，脸逐渐放大，后知后觉，不可思议地说："很难想象，我居然已婚了。"

画外音："不难想象，我等太久了。"

江岁宜起身去书房拿了一个收纳盒，低头在里面翻找着东西。

这个收纳盒，会存放一些她觉得有纪念意义的东西。不光有贺迟晏的，也有其他同学和朋友的。

她一边动作一边说："今天是个好日子，所以打算和你们分享一下喜悦，也不知道你们愿不愿意看。"她把找到的东西展示给镜头看，"这是他以前写给我的信，高二的时候了。"

△高二！好早！居然保存到现在吗？

说着说着，她又掏出了一捧纸花："这是他第一次送我的生日礼物。应该折了很久，夸一夸手工不错，花里面还写了一些字。"她笑笑，"字我就不读啦。"

△读！我想听！

△是不是情书！

"这里还有一个皇冠，是高三的时候送的。"江岁宜颠了两下，往头上戴了一下，"但是跟我头围不太合适。"

"不过……"她眨了眨眼睛，有些狡黠，"后来又有了一个，这个就完全吻合。"

△是附中运动会开幕式那天戴的那个吗？

"这个是我们第一次去抓娃娃抓到的。"江岁宜又展示了下那个库洛米背包。

△这个！我有印象！小贺背过！

"哎！"江岁宜喊了一声在不远处静静等待的贺迟晏，"帮我去书房拿本书。"

贺迟晏抬眸看了她一眼，没反应。

△第一，我不叫哎。

△第二，"我是你老公"。

中间画面漆黑，不知道经历过什么事，反正江岁宜最后是拿到了书。

脸颊和耳根都红红的，引起弹幕一片猜测。

"他第一次送我的花，是枝洋桔梗，我做成干花当书签了，就在这本书里。这本书也推荐大家看看，汪曾祺先生的《人间草木》。"

△这是什么绝美爱情啊，双向奔赴。

△好真诚，所有的东西居然都还留着。

江岁宜说："其实留着这些回忆也挺有意思的。那感觉就像——

"抖落藏满珍宝的匣子。"

然后抖着抖着，抖出他一匣一匣的爱意。

镜头切换，江岁宜护完肤，在浴室刷完牙："好了，现在是晚上十点半了，我准备要睡觉了。早睡早起是教师的必备素养。"

△进度条你撑住！

△不要啊！我还想看！

最后一幕，江岁宜躺在床上，朝着镜头挥了挥手："今天的日常到这儿就结束啦。"

说完，她又很蒙地反问自己："日常？"谁家的日常是去领证啊？

"算了。"江岁宜笑了下，"祝愿看到这儿的小伙伴们，眼睛里都有幸福的倒影。"

"拜拜啦。"

旁边那个鼓鼓的被子山包里，轻声传来："晚安。"

△小贺是被藏起来了吗？哈哈哈哈！

△小江：不准抢我镜头。

视频末尾，出现一个像电视剧结尾上下滚动的演职员表一样的东西。

拍摄：江岁宜

剪辑：江岁宜 / 贺迟晏

特别鸣谢：宁宜附中、宁宜市民政局、小晏火们、小羽毛们以及所有真诚善良的人。

这条 VLOG 一经发出，很快成了微博热门。

江岁宜开着弹幕看了一遍，觉得还是有点羞耻，而旁边这位就如此平静。

"贺先生。"她戳了戳对方，"真的没什么感言要发表吗？"

"感言就是，终于合法了。"

贺迟晏轻轻叹息一声。

"或者说，我终于属于你了。"

番外二 贺迟晏的九年

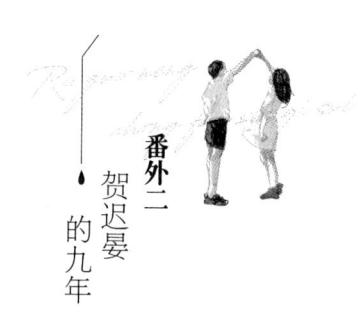

1

贺迟晏清楚地记得,那天是个晴天。

他百无聊赖地站在操场队伍末端,参加进入附中以来,高三的第一次升旗仪式。

主席台上发言的人换了一个又一个,可他完全没有心思听。

早就寄出的信件迟迟没有回音,一句话、一个字都没有。

他从不往坏处揣度她,因此猜测,或许是某种原因,那封信并未出现在"随意"面前。

但是附中太大,人也太多,凭着昵称和字迹,根本无从找起。

恰在此时,轻软的女声通过广播落入他耳中,听得出来带着些许紧张。

"尊敬的老师们、亲爱的同学们,大家上午好,我是高三(4)班的江岁宜,今天我国旗下讲话的题目是……"

并未有什么特别的,但贺迟晏还是抬头了。

因为名字有点像。

夏末阳光洒在女生校服一侧,大屏幕上,她的侧脸被镀出一层金黄色的光晕。

前面有两个男生在讨论她长得好看,他没有插话,因为觉得无趣。

正欲重新低下头,那句话就毫无征兆地从女生口中说了出来。

"被上天眷顾或许很重要,但更重要的是,你想要做到。"

贺迟晏一瞬间忘了动作,近乎只凭着本能去用眼睛刻画她的模样,最终与脑海中的形象重合成了一个人。

一双漂亮而干净的眼睛,里面像盛放着拂晓的星。

原来是她。

那感觉就像是,荒芜干涸的世界中,终于落下了雨滴,水面一圈圈漾着波纹。

前面两个男生的讨论仍没有停止,从他们那里,他听到了与她关联的另一个人的名字,魏旭。

刚到附中没多久,自己班里的人他还无暇去认识,于是魏旭成了他第一个记住的名字。

只是此刻,他也没有意料到,这个名字会持续出现在之后的那么多年里。

2

得知江岁宜的生日是一个意外,贺迟晏没有丝毫准备。

所以,他第一次在附中翻了墙。

那些折成纸花的英文报纸,他选了很久,无一例外上面都是寓意极好的英文故事。

在里面写字,本不是他一开始的想法,因为他害怕自己的字迹会被认出来。他不想贸然去打扰。

但最后还是想为她祝福。

况且,那些心意实在太隐蔽了,她不会发现。

会用那么多不同的颜色写,也是因为那天遇到她。

升旗仪式结束后,江岁宜和她的朋友去了小超市买汽水。

两个女孩子被一窝蜂拥入的男生挤到了一边,只能空出地盘让他们先从冷柜里挑,她们俩则转道去买其他东西。

贺迟晏不是故意要跟在她身后,只是反应过来时,眼睛已经在追随她的背影了。

她朋友看她从文具区拿了那么多支笔,毫不留情地吐槽:"你的笔加在一起,长度可以绕地球一圈,再打个蝴蝶结了。"

而江岁宜则理直气壮地反驳:"工欲善其事,必先利其器。"

对此贺迟晏是知道的。

她寄来的那堆资料,上面总是有不同颜色的痕迹,甚至还有卡通贴画。

所以,他凭着记忆,把她买的笔,完全复刻着买了一套。

他折了很久,做完已经很晚了。这几天没有上晚自习,所以教学楼空无一人。

贺迟晏下了三层楼,熟练地来到四班,却不小心撞上了他们班班长。

所幸对方只是神色匆匆地来取东西,随意瞥了一眼他,就离开了。

江岁宜应该是很喜欢这个礼物的。

因为隔天,魏旭就在全年级寻找这个匿名人士。

3

作文写得糟糕这事,其实一半是李老师的误会,一半是他故意。

第一次月考,作文考了一个偏记叙文的题目,出题者的目的是要他们往亲情上靠拢。

但他写不来。

所以不出意外地被叫到了办公室。

李老师苦口婆心了半天,最后无奈看他一眼,给了他一沓两个班的优秀试卷,让他从里面挑一个研究,次日交一份点评报告给她。

他怎么可能不选她。

那份试卷短暂地属于了他一个晚上,每一个角都被抚平数次。

所以,后来他想了个办法。

即使之后不再写这种他无法下笔的记叙文,他仍然故意跑题。

但度又拿捏得很好,只是稍稍偏一点,让老师觉得他还可以迷途知返,又是在一点点进步的。

李老师多半认为,是江岁宜带给了他启迪,所以之后每次都会宽容地准许他参考她的卷子。

这件事还连带起了另一件,也就是江岁宜骨折。

她好几天没来学校,在家里休养。但他没有任何立场和身份去关心她。

之后得知,有同学组队去家里探望她,于是他跟在了后面。

也没考虑那么多,当时只有一个念头,想要靠近一点,留在她的身边。

一个星期后,她回学校上课了。

贺迟晏找到李老师,不露痕迹地讲到,最近写时政类作文有些困难,提议由他来负责分发高三年级的每日报纸。

后来,大概就是他第一次出现在江岁宜的视角里。

他只是想拥有一段短暂的无声陪伴,但是没有料到,她会叫住他,塞给他一把糖。

不过也不意外,她向来如此。

彼时他的形象也真的称不上是好,因为他尽量把自己的存在感弄得很低。

逃避与同学交往是一方面,不想被她注意到是另一方面。

只是当被江岁宜叫住的那一刻,他很后悔,后悔没有以一副好的模样出现。

好在,她没问他姓名,只是留下一句"平波水面,狂澜暗藏"。

当时的贺迟晏想,她可真是一语中的。

只不过此波澜非彼波澜。

他心里掀起的狂澜,永远只因为她这场雨。

后来在学校里,他们还接触过很多次。

运动会、初雪天、高考喊楼夜……

几乎都是他蓄意靠近,而她一无所知,全无印象。

家长会那天是个例外。

他一般不会主动去想起父母，但这种日子，很难避免。

当时他漫无目地坐在运动场边的石阶上，她的出现，简直像沙漠中长出了一朵玫瑰。

真的很奇怪。每当身处阴霾时，光就会如约而至地照亮他的生命。

可能是对他还留有点印象，也可能看出他的落寞，江岁宜在他旁边断断续续地说了很多话。

那天她讲的一个冷笑话，他到现在还记得。

——"今天菜太咸了。"

——"哦，没关系，因为时间会冲淡一切。"

可是这句话应该错了。

否则为什么，随着时间流逝，他反而再也喜欢不上任何人了。

4

高考结束后，拍毕业照那天。

贺迟晏去了趟附中南门对面的理发店，修剪了快遮盖眼睛的头发。

他把度数很低的眼镜摘下来，理发师盯了镜子里的他半响，感叹："你眼睛真好看，学校里应该有很多人关注你吧。"

好看吗？

她如果喜欢就好了。

后来回附中录综艺，他对这家理发店仍有印象，不过从江岁宜口中得知，它已经成了一家书店。

附中拍毕业照分成两部分，一张是班级合照，一张年级合照。

那张年级合照展开实在太长了，隔着一眼望不到尽头的人群，他精准地看到了她。

拍完之后，大家各自回班写同学录。

他平常不太和同学说话，而且只短短相处了忙碌的高三一年，可以说和他们完全不熟。

但莫名其妙地，大半女生都来找他写。

望着她们看他的眼神，他终于在这一刻意识到，外貌是一件利器。

魏旭从楼下带着一小沓活页纸上来，叫喊着想给江岁宜写同学录的，可以去他那儿拿。

十九班，在文理分科前，有一小部分人和江岁宜也是同学，关系不错的人自然没有拒绝这个机会。

他们写完就把纸放在了魏旭桌上，贺迟晏也趁人不备，写了一张。

不过没有留下自己的任何信息。

他用左手写的，只有一句话。

"愿你在未来不曾相见的日子里，熠熠生辉。"

再往后，江岁宜给每个写给她的人都回写了，他这个没有留下名字的例外同样也是。

也只有一句话。

"如果你也发光的话，我才会更炙热。"

后面挂着一个笑脸。

其他同学收到的，都仔细留了类似联系方式这种的详细信息。虽然他没有，但问他们要到了。

毕业之后，大家不约而同地从 QQ 转向微信。

贺迟晏谨慎地对照着记下来的字母数字，忐忑地发送了好友申请。

事实上，他没有妄图更多，只不过是想在她列表里当一个安静的存在。

但这个愿望也没能实现。或许因为江岁宜只加关系好的朋友，而他申请时只有一个单薄到她都没听过的姓名。

所以最后辗转加上了她的朋友，李梦言。这个女生不问来历，几乎秒通过他的申请。

高考成绩出来的第二天，高三全体回了附中领毕业照。

无意中，他拥有了和她的第一张合照。

难以想象他在李梦言朋友圈看到这张照片的心情，欣喜又卑劣地打印了下来，裁剪拼成了两个人。

没多久，贺迟晏去问魏旭的志愿选择。

其实或许都不用多问，他知道她想成为什么样的人。

十七八岁的时候，他尚且还不知道自己如何发光。

只是依靠本能，他要离她近一点。

5

他们俩的大学虽然只隔了两条街，但几乎没偶遇过。

人越长大，才越发现世界大得可怕。在茫茫人海中遇到想见的人，概率实在太小了。

但是没关系，他会创造概率。

贺迟晏或许比江岁宜更像她学校的学生，他关注了该校和她所在文学院的所有的官方社交账号。

偶尔幸运，能看见官号发布的图片中，有一两张有她的身影。

与高中时不同，贺迟晏在大学里已经渐渐展现出完全不同的一面。

他很受欢迎，有很多人喜欢他。或许因为长相，或许因为才华。

但他的心平淡无波。

他是校音协的领头人。加入这个组织的原因很简单，和她有关，因为会时不时去大学城路演。

他想，但凡能有一次，她看见他了呢。

这一天来得很快。

那次路演是在她的大学里，正巧碰上学校举办草地音乐节，搭了很大的舞台。

有很多围观的大学生，在熙攘的人群中，他一眼看到了她。

到这儿，他也不免苦笑。他恐怕是自带一套能发现她身影的雷达系统。

表演的曲目是临时更换的，换成了《飞鸟遇神》。

这首歌其实他早早就写了出来，但从未在人前唱过，那是第一次。

台下欢呼声很盛大，而他只注意到，她笑了。

天公不作美，表演完，一场大雨突如其来。

人群四散，手机没电，他背着吉他去了不远处的校内咖啡店檐下等雨停。

没有想到会在这儿，撞入她的眼睛。

那一刻，大概悄无声息地发生了一场海啸，风暴奔袭，席天卷地。

江岁宜在打电话，对方很急的样子，在跟她要资料，她一边撑伞一边应着："我回宿舍后，就给你送过去。"

她匆匆扫了一眼他，好像认出来了，他是隔壁学校过来表演的。

于是人都迈出去好几步了，又折返回来。

她示意他摘下耳机。

其实早在看见她的第一眼，耳机里的音乐就停了。他听的是他的心跳。

贺迟晏顿了一下，顺从地摘下，温声问："怎么了？"

"这把伞给你用吧。"她指了下他的吉他，"你应该比较需要。"

太久没亲耳听见她的声音，贺迟晏愣怔，机械地顿在原地，不知作何反应。

见他迟迟未接，江岁宜解释："我宿舍不远，跑几步就到了。这把伞也是参加活动送的，没花钱，你不必还了。"

说完也没等他回答，她很急地塞给他，两只手掌撑着额头进入雨中，背影逐渐朦胧。

贺迟晏站了一会儿，才微微垂眸看向手里的东西。

刚才短短五分钟，像做了一个美丽的幻梦。

现实的雨虽然大，但无一滴沾染他的灵魂。

而她这场雨，即便落在过去，也能将未来的他全然淋湿。

6

贺迟晏被音乐公司联系了。

起因是，之前的路演被拍摄下来放在了网络上，做成了合辑，引起了一波不算小的轰动。

起初，他毫不犹豫地拒绝了。

后来不停地换人来劝，他也嫌烦，差点报警把人家送到派出所。

改变想法是因为两件事。

一件,是在通宵咖啡馆中遇见她。那是进入大学以来唯一一次偶遇。

可惜什么行动都还没来得及做出,江岁宜就被突然出现的魏旭带走了。

冲动被倏然浇灭。

贺迟晏也逐渐意识到,他们之间还横亘着很多东西,不光是魏旭,还有他自己。

孑然一身,他几乎什么都不能给她。

即便没有魏旭的存在,他也根本不配。

另一件,是宋敏英的出现。

乐坛的大前辈,她在他还没出生时就开始红了,见到她说不惊讶那是假的。

宋敏英好像能通过他的音乐,知道他心里在想什么一样,对他说:"如果飞鸟没有翅膀,不能脱困于囚笼,又怎么去拥抱神明?"

最终贺迟晏同意了。

不是为了能拥抱神明。

而是,至少让她能抬起头来,能看见他的名字。

至少在那时,他没有妄想过拥有。

贺迟晏在她学校上课的必经之路上,徘徊了两天,为了看她一眼。

江岁宜径直走过他,进入了教学楼;而他目送她背影后,转身踏入了娱乐圈。

贺迟晏红得很快,但随之而来的也是密集的行程。倒不是公司压榨,而是他对于自己太苛求。

连轴转了大半年,没有一天是休息的。

累到极致的时候,贺迟晏就把从李梦言朋友圈保存的图片从头翻到尾。

也从文学院的公众号推文得知,江岁宜保研本校了。

他为她高兴。

得知消息的那个晚上,他刚从一个节目录制中出来,连夜买机票赶去了她的学校。

没有任何目的,也没有任何奢求。

可能,只是想和她在同一个地方,分享同一份喜悦。

后来贺迟晏又以这副状态度过了半年,除了修学分,就是在赶行程。

这时候他已经凭着运气、实力和努力,成为拥有千万粉丝的人了。

但他依旧使自己忙碌。

这种情况下,他最终病了。

耳鸣。

对于歌手来说,可谓是重重一击。他的职业生涯可能就到此结束。

贺迟晏开始整夜整夜地睡不着觉。但凡事皆有利弊,他在这种极端情况下,灵感像喷泉一样迸发。

那年的演唱会,他打了两针封闭针,才能安稳地站在舞台上。

结束之后,因为住院,他大概消失了一个月。

后来才有意地减少自己的行程。

因为贺迟晏怕这样的事情再多来几次,他可能站不上舞台。
那她就再也看不到他了。
他不怕不被坚定选择,他只是害怕被遗忘。
贺迟晏自己的毕业典礼过得潦草,但给江岁宜准备得精细。
那段时间,他推掉了所有活动,几乎都是在学校打转。
江岁宜和同学、朋友在校园里合影留念时,他伪装成路人,悄悄陪着。
那天傍晚,绚烂的花火从地平线上跃起,穿破夏日夜空,照亮整个校园。
盛大而灿烂。
不会有人知道,那个晚上,贺迟晏无声地说了千万遍:江岁宜,毕业快乐。
希望你,未来鲜花和掌声滔滔不绝。
我在发光了,因此你也要更加熠熠生辉。

7
研究生三年,魏旭和江岁宜还是校友。
贺迟晏偶尔能在李梦言朋友圈看到他们几个人聚会的合照。
他也说不清自己是什么心态了。是希望他们能够幸福,还是希望他们不要那么长久。
假如不是自己的这份私心,他倒是愿意承认,魏旭这个人是挺可靠的。
她研三那年春节,贺迟晏回到了宁宜。
漂泊在外面,很久不回来,他觉得这个城市很陌生。也许不是陌生,只是,没有归属感。
漫无目的进了一家店,无比巧合的是,那里是她同学聚会的地点。
不在包厢,就在外面的大厅,几个女生再加一个魏旭。
贺迟晏包裹得严实。宁宜的冬天很冷,他这样,混在人堆里也不奇怪,没人注意到他。
他一个人坐在隔壁桌,淡然地听那边的声音断断续续地传过来。
他们聊的领域很广泛,后来竟然还提到了他。
"没想到贺迟晏竟然是我们附中的同学!最近才知道,当时居然没有听说过他!现在人家都是娱乐圈顶流了……"
魏旭评价说:"他只是很低调,不显山不露水的。高中那时候就很厉害了,但是没想到最后会进娱乐圈。"
贺迟晏对他们的评价其实感到无所谓,他只是在意江岁宜一直没怎么说话,他想听听她讲话。
他没想到,她倒是插上了嘴。
"啊?真的吗?"她惊讶道,"他原来是附中的呀,和我们同一级的吗?"
几个女生笑到颤抖,打趣着问:"岁宜,你平常是不是不上网啊?"
她否认说:"我怎么可能不上网?贺迟晏那么红,大街小巷都能看见广告牌,我肯定认识啊,就是不知道他是附中的而已。"

其实这样就很好了,贺迟晏想。

在她心里留下一个微不足道的小小位置,就足够好了。

这个话题很快就被揭过。

他们又聊起了研究生毕业的就业问题。有两个人选择留在读大学的城市工作,魏旭则是要回到宁宜,问起江岁宜时,她说:"我肯定回宁宜啊。"后面她说了什么,因为太小声,他没听清。

不过这也够了。

后来,贺迟晏联系了小维去找合适的房子,他最终决定将自己的常住地定在宁宜。

归属感,就是从那一刻开始来的。

小维问他,对房子有什么要求?

他说没有。

好半晌,又食言了,开口说,希望房子是有地暖的。

她怕冷。

他明明知道不可能,但还是想以她为先。

8

贺迟晏的"红"很稳定。

原因之一,是每年都有高质量的作品输出,歌曲红遍大街小巷。

原因之二,得益于他过分出众的长相。

原因之三,是他实在没什么黑料。

记者蹲守他一周,最后无奈地评价:"这小子真清心寡欲,事业狂!"

新入坑的粉丝会觉得,他是个无比温柔的人。

只有经历过他不要命时期的老粉才有这样一种感觉:他对世界温柔,但对自己狠心。

从这种角度来说,其实贺迟晏演技很高明。

因为他都快要把自己骗过去了。

他骗自己,万事落空都没关系,不被选择也没关系。

然而,梦里时常出现同一个人,这警示他:

至少有一些时刻,他骗不了自己,他想醒来立刻就能见到她。

不是没有剧本递过来找贺迟晏拍戏。

毕竟他流量够大,颜值够高,即使没拍过戏,演演氛围感偶像剧也造不成什么不好的影响。

甚至连有的粉丝也提到,希望他可以去尝试尝试。

但他没有办法演好别人,因为——

贺迟晏一刻也不能躲在别人的灵魂躯壳里,忘记或回避自己爱江岁宜的事实。

这就是他一直不演戏的原因。

《重返十七岁》的导演联系他,并不在意料之中。

业内都知道,他最多只参加音乐类综艺,不会参加这种沉浸式真人秀。

但导演很真诚,也给出了十分充足的理由:宁宜附中是他高中母校。

贺迟晏很感谢附中对他的培养,更感谢附中给予他机会和江岁宜相识。

但坦白讲,这并不足以使得他接下这个综艺。

更何况,那里实在积攒了太多遗憾,有太多令人触景生情的地点。

他犹豫了很久很久,几乎已经准备彻底放弃时,李梦言的朋友圈更新了:恭喜宜宜成功入职附中!曾经是学生,现在也是一名光荣的高中语文教师啦!要好好为祖国的教育事业贡献一份力量哦!

并且她还评论了:同病相怜的我俩,事业无比顺利,但两个人硬是凑不出一个男朋友,甜甜的爱情什么时候才能轮到我们?

贺迟晏把她发的每一个字,都仔仔细细地研读了,看了不下五遍。

因为他不敢相信。不敢相信他竟然等到了这天。

几乎是立刻,他决定同意《重返十七岁》的邀约。

他想,万一呢。

万一有这样一种可能,他能再重新认识她一次,而这次,结局不一样呢。

上天已经眷顾他了,如果他不珍惜机会,以后肯定会后悔。

或许不是以后,因为他早就后悔了。

9

这档综艺没有台本,像个纪录片一样,沉浸式拍摄明星的校园日常。

贺迟晏做了很多前期的准备工作,因为录综艺不是他最主要的目的。

这个准备工作,一方面指的是他重新自学了一遍高一的课本,甚至还做了好几套卷子。

另一方面,相比之下要困难得多。

他在演练自己见到江岁宜的全过程。他要控制自己的表情,要琢磨自己该说什么话。

如果真是毫无预料地重逢见面,他想他应该一句话都说不出来。

因为单单是紧张这一种情绪,就能把他淹没在铺天盖地的海洋里。

他设想过无数种和江岁宜相见的场面,在楼道里、在食堂、在小卖部……却独独没有想到,她的名字会出现在他的证件上。

她成了他录制节目时所在班级的班主任。

那时候的情绪,应该叫——惶然的生涩。

奔跑是下意识的举动,毕竟那时候,无数打好的演技草稿都全然作废,只剩下一句。

想见你,想见你,想见你。

他以为他做好准备了,但其实只要一见面,他就发现,之前下的功夫都是白费。

台词全都忘记,几乎只是凭着本能在讲话。所幸,他这些年来,还是学了一点睁眼说瞎话的本事。

说出来都让人不信,一个在万人体育馆开过数次演唱会的歌手,竟然会在面对一个人时露怯。

而且,这么多年,让他生出怯意的,都是同一个人。

"我想要,才更重要。"这句话是江岁宜告诉他的,他也一直坚信着,并为之付诸实践。

贺迟晏想要。

幸好,在喜欢江岁宜的第九年,他得到了。

番外三 假如我们拥有无尽夏

1

宁宜的八月很热，烈日当空，蝉声如沸。

三十九度的高温，人一站到太阳底下，仿佛就要被融化，树木都被烤出一种混合的清香。

附中作为省内重点已经开启了暑期的补课。

江岁宜抱着收上来的语文假期作业，穿过长长的走廊，来到办公室。

一进门，空调冷气扑面而来，让她一下子活了过来。

李老师正埋头改着作业，江岁宜把本子往办公桌上一放，李老师若有所察地抬起头。

还没等她开口询问，江岁宜就熟练道："老师，一共有三个人没交，原因我都写在字条上了。"

李老师笑眯眯地调侃："有默契。"

江岁宜也笑："那必须的。"

"……知道。"身后有一个清冽的男声响起，带着微微冷淡。

"以后在附中好好努力……"

隔壁是数学彭老师的工位，江岁宜一进来就注意到，有个穿着蓝白校服polo衫的男生站在他的办公桌旁。

脊背挺拔，身姿颀长，清瘦却不单薄，背对着她在和彭老师说话。

声音很好听，像夏日里打翻的薄荷气泡水，江岁宜因而走神了两秒。

很快,她收回心思,礼貌地说:"那老师,没什么事,我就先回去啦。"
李老师点头:"行。"
她转身就要离开,却不想彭老师却瞅见她,叫住:"等等啊,岁宜。"
她才迈出去两步的脚停滞住,再一回身,没承想那个男生也侧过身抬起眸子来,看不出什么情绪,冷静又锋利。
这种冷淡劲可能还出于他显得过长的头发,遮盖了些许眉眼,有些生人勿近的感觉。
江岁宜撇开视线,返回去,礼貌地问:"彭老师,有什么事吗?"
彭老师指了指那个男生:"帮个忙,把他领到十九班去。还有,在这张单子上填一下你们班班长的名字。"
讲完这话,他就拿起不断响铃的手机,左滑接起。
转校生?
高三还能转校吗?而且附中生源卡得很严,没点实力和门路压根没办法入学。
不过这种事情肯定不能现在问,江岁宜点头:"好的。"
她拿起笔填了班长名字,随即偏过头,友好道:"同学,你跟我走吧。"
对方好半天没反应,一直盯着她落笔的地方看,少顷才轻"嗯"一声。
她写的字很奇怪吗?不应该啊。
少年身形很高,江岁宜走在他旁边,余光只能窥见对方利落的下颌线,和耳垂上的一个黑点。
耳洞?应该不是。她思忖一下,觉得可能是颗小痣。
离得近了,身旁人校服上若有若无地传来柔顺剂的香。
说不上来是什么味道,干燥的木香混着阳光味。
江岁宜对他有些好奇。十九班是理科重点班,多少人挤破头都进不去,他这人倒有些本事。
似是察觉到她的目光,他微微侧脸,扫了她一眼,没说话。
江岁宜不知道他在想什么,反正她有点尴尬。
空气一时陷入诡异的安静。
还好十九班也不算太远,上三层楼梯就到了。她把人送到门口:"就这儿了,你进去吧,以后好好加油呀。"
正当她转身要离开时,一直没说话的人终于有了反应。
"岁宜?"那个好听的声音喊。
她下意识地应了一声,但很快反应过来不对劲。
他应该是跟着彭老师喊的这个称呼,但叫她做什么?
这么想着,江岁宜便直白地问了:"怎么了吗?"
少年的眼瞳漆黑,盯着她的视线毫不偏移,忽然没头没脑地说了一句:"很高兴认识你。"很轻的一声,像呢喃的自言自语。
如果他说这话时能稍微笑一下,她可能会真的相信他。

毕竟她现在连他名字都不知道，往后在附中的这一年，估计交集也不会太多。

像是才反应过来似的，他缓慢地扬起了点嘴角。

不过他可能太久没发自内心地笑过了，看起来有点儿僵硬。

"我是贺迟晏。"

他眼睛其实生得特别深邃好看，但被刘海挡了点，遮住了专注看人时的有神，以及少年人自带的锋芒。

江岁宜的视线不自觉地多留了会儿。

念及他都自报家门了，她也不好无礼，于是回应："我是江岁宜。"

这个名字，被他在口中仔细地过了一遍。

"记住了。"他嘴角那两个小括号的弧度，终于自然而流畅了起来。

大概是他们俩在门口磨蹭太久，被里面的人注意到了。

人声鼎沸的教室突然窜出一个男生，冲他们俩打量一番，神色揶揄。

"小江，你和他这是……"

无聊。江岁宜微瞪了魏旭一眼，眼神制止住未尽言语。

她转过头来，视线又和贺迟晏不期然碰上，漆黑的眼眸像一池幽不见底的潭。

他好像一直在看她。太奇怪了，她脸上有东西吗？

江岁宜没空多想，外面实在太热了，她迫切地想回到空调底下去。

她指了指旁边的人，对魏旭说："这是你们班的新同学，好好照顾人家。"

魏旭"哦吼"一声，摸着自己的小圆头，一边心里嘟囔着"这个节骨眼儿还有转校生"，一边拍拍胸脯对江岁宜说："放心。"

江岁宜笑了，虽然魏旭这人有点不靠谱，但办事还是让人放心的。

虽然才跟贺迟晏接触不到一刻钟，但好像能窥见他隐蔽的一角。

中途转校过来本就不容易融入集体，再是这种性格的话，就更难了。

他其实笑起来很好看，低垂的眼睫如鸦羽，应该是会受到别人喜欢的。

江岁宜有心帮一帮他，魏旭这样的，就适合带动他。

"行，交给你了。"她转头，不躲不避地对上贺迟晏，认真地说，"你别嫌弃他话痨，不适应的话就找他，他不怕麻烦。"

那双眼睛清澈而干净。

贺迟晏比她高一头多，自然地垂下眼，无声地盯着她看。

他明白她的意思，也感慨于她的良善。有时候，这种善意，反而会加剧人心中的渴念。

片刻，他低"嗯"一声，若有所思地问："你是要走了？"

这是什么奇怪的语气？

总不至于，她是他在附中认识的第一个人，就对她产生了类似依赖的感觉吧？

江岁宜点头，想了想这个局面应该怎么办，最后妥协道："实在有事，也可以去楼下四班找我。"

好人做到底，送佛送到西。

莫名其妙,她就心软,就摊上事儿了。魔幻。

待回班之后,江岁宜才松了口气。今天还没正式上课,教室里聊得热火朝天,左右不过是些常驻女生口中的人名。

轻微汗湿的额发被空调风吹得冰凉,江岁宜揉了揉太阳穴,心不在焉地听着。

李梦言听完八卦回来,看她这副样子,疑惑道:"你跑八百米去啦?"

江岁宜灌了几口水,稍微解释了一下,李梦言更不解了:"不可能吧,附中哪是这么好进的。"

李梦言又举例:"之前有个初中同学,托了好多关系想来借读,也没成功。"

江岁宜摊手:"不然我问我妈探听探听?"

程女士刚送走一届高三毕业生,开学了教高一,现在准高一还在放假,全校只有高三在。

李梦言顺势挽住江岁宜的手,把头靠在她肩上,腻歪地问道:"人帅不帅啊?"

还没等她回答,李梦言倏然惊呼一声弹起来:"不会是那个吧?"

那个是哪个?

江岁宜的眼神表示,她并没有跟上对方的脑回路。

"就是那个啊!"李梦言摇着江岁宜的手臂,兴奋道,"分校来的!"她还闲置了一只手,比画了下,"去年,我们不是写信了吗?"

"我还记得,跟我通信的是一个姓付的男生。"她一边回忆一边说,又不知道从哪个犄角旮旯翻出了笔记本,扉页上记了对方的QQ号。

"他们那边,不是有一个人有机会,在高三转来附中吗?这样一来,就很合理了。"

李梦言要是不提,江岁宜已经快要忘记这件事了,但她这么一说,那些清晰的记忆又一闪而过,眼前纷纷杂杂地闪过很多画面。

耳边传来的阵阵轰鸣告诉她,那是一种强烈的预感——

也许贺迟晏就是那位——无名同学。

不知道为什么会有这个预感,可这种感觉很笃定。

但只是猜测,没有任何证据,贸然前去询问也显得她很奇怪,更何况连他是不是分校的都还没弄清呢。

"你还没回答我,人帅不帅?"李梦言思维跳跃得很快,压根不纠结。

江岁宜思索了下,评价了一句"高岭之花"。

轮廓分明俊朗,人又高又瘦。倘若露出卓越的眉眼,恐怕那群八卦的女生现在嘴里聊的人就要换了。

正在喝水的李梦言差点一口喷出来,咳了几声后,不可思议地望向她:"真的?我倒要去见识见识。"

但她没机会了。

因为老师紧接着进来,宣布了半小时后摸底考的消息。

没有任何提前通知。一放完暑假就考，真真正正的"摸底"，这一摸就摸到了晚自习结束。考试还尤其影响放学速度，因为对答案是必备流程。

江岁宜收好东西，等着李梦言舌战群儒，抄着书追着抬杠的男生穷追猛打了一番后，她终于跑累了回来歇息。

"文科这东西真有该死的魔力，"李梦言扼腕叹息，"为一道题争辩来争辩去，你选 A，我选 B，他选 C，结果答案是 D，问就是 D 最符合题意。真就完蛋。"

江岁宜笑出声："考试完没完蛋不知道，但可以肯定，现在回家完蛋了。"

楼外雨幕如瀑，一时半会儿根本没有停的意思。唯一安慰的是，滚烫的夏夜因为这场雨凉爽了不少。

李梦言哀号："但愿魏旭带伞了吧。"

他们三个从来都是一块儿结伴走，因为住得近，几站公交就可以到。

之所以不着急离开，是因为早就和魏旭约好了准确时间，在这层的楼梯转角等待。

但从楼上下来的不止一个人。

声控灯明明灭灭的，一片暗影里，楼上的人居高临下地俯视。李梦言一抬头，率先不动声色地惊叹了一句。

来人半边侧脸隐没于昏暗，但被灯光描摹得下颌线极利落清晰。

李梦言扯了扯江岁宜的袖子，小声地在她耳边飞快说了一句："感觉是帅哥。"

再一抬头，发现帅哥和魏旭在讲话。不应该啊，和他关系好的，她也应该认识才对。更不应该啊，是帅哥的话，她怎么之前没见过。

这么想着，李梦言就开口了："魏旭，不介绍介绍？"

魏旭快言快语，骄傲道："今天刚结识的兄弟，贺迟晏。"

江岁宜稍顿一瞬，觉得自己把人交给他来带的想法果真没错。

魏旭紧接着又给他介绍："这是我发小，李梦言和……"目光转向江岁宜，"这就不说了，你应该认识了。"

他颔首，轻描淡写地唤了一声"岁宜"。

李梦言听到这儿，蹙眉歪头，想询问，又想起来什么似的憋住了。

多年来的默契，让江岁宜递给她一个眼神，告诉她，没错，就是你想的那样。

"哥们儿，你住哪儿？"李梦言一点儿都不见外地问。

"嗯？"

"没带伞，就问问顺不顺路。"

贺迟晏手上拿了把长柄的黑色雨伞，李梦言觉得很酷。

他也没说顺不顺路，只团着校服外套，走到江岁宜面前，简扼道："走吧。"

魏旭也带伞了，两把伞本应该是两个女生打一把，但伞太小，两个男生不好挤。

从教学楼到南门的这一段距离并不长，但前面两个人格外针锋相对，恨不得要把对方给挤出去，结果就是一个都没捞着好处。

相比之下，江岁宜这边就好多了。

贺迟晏让她走在前面，他自己稍稍落后她半步，伞总是能跟上她的步伐，完全罩着她。

江岁宜觉得照他这打法，他自己铁定后背全湿，于是下意识和他挨近了点。

雨滴噼里啪啦地落在伞面，湿热的潮气扑面而来，混乱了人的感知。

江岁宜悄悄打量了下他，侧脸轮廓明晰，下颌线冷峻。

看起来是高岭之花，没想到人还挺温柔细心的。

"贺迟晏。"她叫了一声，试探道，"你应该和我们不顺路吧？"

"嗯，出校有点事。"

"你住校吗？"

他又"嗯"了一声。

附中走读生占了大半，住校的是少数。听到这个回应，江岁宜眼睫眨了下，心中那股猜测意味儿越来越浓。

"所以……你怎么会高三转学？"

这个问题算比较私密的，但当下，她非常想验证自己的猜想。

贺迟晏侧眸看她，少顷忽地出声："你对我好像很好奇。"

这语气很平淡，听不出来什么情绪。江岁宜稍顿一瞬："大家应该都挺好奇，只是我先问了。"

雨滴带来的黏腻感令人焦灼。

"哦，这样。"

两人的目光在空中撞了一下。

"随意同学。"他收回视线，不紧不慢又递出了一个反问句。

"不是你说——

"让我试试能不能来？"

什么意思？这是什么意思？她让他试试能不能来？

待到反应过来，江岁宜瞬间大脑空白，如当头一棒，豁开天灵盖。

真的是他。

贺迟晏就是那个，单枪匹马从分校杀上来的，不折不扣的热血主角。

也是，她的无名同学。

江岁宜的心一紧，很难说清自己现在是什么感受："……你怎么知道是我？"

通信早就是一年前发生的事了，没道理他能在见她第一面就认出来。

"字迹。"他言简意赅。

他看了太多遍，也模仿了太多遍，连她写字时的笔画顺序习惯都摸清楚了。

所以压根不需要特意去猜，她在办公室写下那几个字的时候，他就无比确定——

是她。

话音和雨声融在了一起，江岁宜随着贺迟晏的脚步慢了几拍，真心实意地说："能从这么多人中脱颖而出，你很厉害。"

他这时候轻轻地笑了一声,偏头看她,又是那个熟悉的开头:"不是你说——

"我想要更重要。"

他顿了下,说:"我想要来见你。"

贺迟晏很少坚持,但这一次,他想。

但她不懂,她有什么好见的。

两人又并肩走了几十米,江岁宜盯着地面,抿唇问道:"那你后来,怎么没给我写信?"

短暂的沉默过后,他说:"……写了。"

两个人同时愣了一秒,四目相对。

江岁宜刚想开口说什么,前面远远地就有人在扯着嗓子喊:"你们俩是乌龟吗?能不能走快点!"

魏旭和李梦言早就到达南门口,看样子已经抱臂等很久了。

江岁宜揪了一下书包背带,觉得现在问也不是好时机,于是说:"我们快走吧。"

快到门口,江岁宜才看见今天程女士竟然开车来接她了,可能是因为雨下得大。

她撑着一把大伞,手上还拿了一把,歪着头在跟李梦言讲话。

李梦言接过那把伞打开,小跑着过来接江岁宜:"幸好阿姨开车过来,否则回家可麻烦了。"

江岁宜自觉地从贺迟晏伞下挪到了她旁边,然后瞥了他一眼:"谢谢。"

"你办完事早点回宿舍休息吧。"她朝他挥了挥手,"明天见。"

在他看不见的隐蔽处,李梦言悄悄挠了挠她的手心,学着那个语气,更为夸张地说:"明天见——"

她反手扣上对方的手臂,拉着人就要走:"我妈要等急了。"

刚转过半个身子,却听见男生叫了她一声。

"江岁宜。"

这好像是他第一次叫她的全名。

她回头,微蹙着眉表达疑惑,正好对上那双好看的眼睛。

贺迟晏淡淡扬了扬唇,声音混着嘈杂雨声传到耳边:"留个联系方式?"

2

台风来得猝不及防。

江岁宜躺在医院的病床上,听着外面的风呼呼作响,想着。

开学没多久,像她这样在雨天平地摔成骨折,大晚上被送到急诊的,恐怕也不多见。

程女士观察了下她吊着的点滴,摇着头叹道:"你啊你啊。"然后拍了下老江,"我回家拿点东西过来,你在这儿先看着。"

快走出门时，被江岁宜叫住："妈妈。"

程女士"嗯？"了一声，江岁宜问："去年两校通信，安棠那边后来还有寄信过来吗？"

程女士敲了敲脑壳："对对对，你不问我都忘了，是有封信，我给收起来了。"他说了，写了。

"那您待会儿能一并找到带过来吗？"

程女士虽有疑惑，但也没多想，只当她是躺着无聊："行，我回去找找。"

她走后，江岁宜和老江大眼瞪小眼，江岁宜没忍住笑出来："爸，您这是什么表情啊？"

老江："我闺女遭了这么大罪，我还不能心疼一下了？"

江岁宜："又不严重，一个月后就可以拆石膏了。在学校，也有李梦言和其他同学照顾我。"

水吊完，老江说去楼下买点东西吃，让她先睡会儿。

闭上眼睛前，她看了下手机。

QQ显示有新的好友添加，头像是空白，昵称是一个字母"y"。

江岁宜还没点同意，脑海里已经浮现放学那会儿的画面。

心里像有个小人在打架，不知出于什么心理，她连备注都没改，给人放在了同学的大分组里。

她想了想觉得不对，又新建了一个分组，把他拉了进去。

恰在此时，手机响动了下。

y：没睡吧？

江岁宜愣住了。他这是……什么意思？

光标在输入栏一跳一跳的，好半晌，她回：还没。

y：好。

好是什么意思？

房门被敲了一下打开，她这张床位靠着门口，所以她下意识地看过去。

她以为是老江回来了，刚想开口说话，却看见是另一个人站在门口。

男生很明显淋了雨，衣服和头发被打湿了。

偏生校服Polo衫是以大面积的白色为底，沾了水后服帖地勾勒出腰身。

江岁宜一时间惊到无言，反应了一会儿第一句话竟然是："你剪头发啦？"

是剪了。

眼睛完整地露了出来，浸了水汽后更衬得瞳仁黑而亮，挂着点清冷，眼型是真的好看。

听她这句话一出口，对方反而稍垂了头，浅淡地弯了下嘴角，应了一声。

贺迟晏走到床边，把东西放下，说："买了点粥。"

本来她还想问他怎么知道她在这儿，但压根不做他想，李梦言就是个嘴里没把门的。

"我明天就能回去上课了,你大晚上过来干什么呀?"

况且,从现实角度来说,他们俩才认识没多久,这是不是有点夸张了?

他沉默一下,反问道:"不能来吗?"

倒也不是不能。

"天气这么差,出门很危险的。"江岁宜蹙了下眉,又说,"而且,你现在这样很容易生病。"

她的眼神太诚恳,贺迟晏手微微一顿:"过会儿就回去。"

江岁宜在他目光注视下小口喝了粥,然后实在是困了,眼睛半睁不睁。

他看出来了,轻声说:"睡吧。"

台风才触碰宁宜市的边界,现在隐隐有要转道去邻国的趋势,还在下小雨。上午在医院办了一堆手续,下午江岁宜才被送到学校,她人都还是被老江背上楼梯送到班上的。

也没像往常那样穿着校服,庆幸现在是夏天,可以穿宽松的裙子。

她人缘很不错,拄着拐杖进班时,果不其然迎来一大波询问和关心。

附中改卷速度出了名的快,老师加班加点,摸底的卷子已经发下来放到她桌上了。

江岁宜有条理地整理卷子,李梦言悄悄凑到她耳边,问:"你和那个谁什么情况啊?"

"你不是都知道了吗?高二通信的笔友啊。"

其实讲出这话时,江岁宜也有点慌乱。

因为程女士找出了那封信,她打开来看以后才知道他都写了些什么东西。

暂且不说其他的,就是他对她的称呼,她都呆了呆。

公主。过了幼儿园,好像再也没有人这么叫过她,遑论他那语气还挺正经。

但该说不说,她心里有一股说不清道不明的情绪。

李梦言撇撇嘴,有点不信:"你上午没来,不知道吧,贺迟晏现在已经出名了。"

"啊?"

"楼下红榜更新了。他一个分校过来的,直接冲上前排,堪称本年度最佳黑马。"

李梦言叹了口气,继续道:"本来这也没什么,毕竟我们附中,大佬还是很多的,而且我们文科班也不太关注他们理科那边。只不过他早上来我们班晃了一圈,已经出名了。"她指了指三三两两坐在一起的女生,"你没发现,她们聊的人已经换了吗?"

倒也真的没注意到。

不过也很正常,只要他愿意完整地展示自己,赢得喜欢,对他来说是很容易的事。

骨折以后，除了上厕所、接水不方便，其他的江岁宜觉得倒还好。

但她自己觉得麻烦的事，她也怕麻烦别人，所以宁愿不喝水，减少出座位的概率。

晚饭，其他同学和脱缰的野马一样，冲得贼快，只有她拄着拐杖，避开走廊上堆积的伞群，慢慢悠悠。

她看了一眼走在旁边的三个人："你们真不用等我，我自己可以。再不济，李梦言一个人看着我就行了。"

魏旭刚想说那也行，贺迟晏就开口了："怎么下楼？"

江岁宜看着眼前的楼梯，默了两秒。早上是老江背她上来的，现在怎么办？

好像只能抓着扶手蹦下去了。也就速度慢一点，姿势搞笑一点，还能接受。

正欲说话，李梦言就悠悠开口："不是吧，你们两个男生还背不动一个小姑娘？"

魏旭诚实道："对不住，我太菜了。"

"不用……"江岁宜话才讲一半，贺迟晏捏了捏眉心，倏然靠近，将她抱了起来。

突然失重的感觉，让她下意识一手勾住了他的脖子，作为支撑点。

李梦言和魏旭都惊讶了。

李梦言上前两步接过了她的拐杖，两眼望天："快走吧，快走吧，饭都快没了。这样应该快多了。"

周围还有三三两两的几个同学，窃窃私语地回头围观。

确实是耽误了人家吃饭，江岁宜也不好说什么，只能祈祷这段路程快点过去。

贺迟晏目不斜视，走得又快又稳，看起来很轻松。

江岁宜的裙摆都在风中飘逸成流动的花。

魏旭跟在后面，对李梦言说："他还挺有劲。"

李梦言对着他翻一个白眼："是谁太菜，我不说。"

好不容易到达楼下，江岁宜以为自己要被放下来了，结果贺迟晏丝毫没有松手的意思。

高三楼离食堂是最近的，为了方便准高考生吃饭。

快出教学楼的时候，贺迟晏突然转身对后面的人说："伞。"

李梦言把伞递给江岁宜，她就着这腾空的姿势撑起伞来，为他们两个人遮挡着。

一系列流程进行得流畅而顺利，等她反应过来，想问为什么不放她下去，路程已经过半了。

贺迟晏若有所察，垂下眸解释："路上积水多，弄湿了不方便。"

他说得确实没错。大摊大摊的积水，有的几乎快要没过她脚踝。

江岁宜难以说出什么话来，只好忽略这奇怪的肢体接触。

好不容易到了食堂，她也受制在位置上不准动，三个人给她打饭。

她无比怀疑，自己是不是废掉了。

天气又闷又热，她没什么胃口，吃了几筷子就放下了。

今天食堂阿姨约摸着是做饭时手抖，有两个菜都比较咸，她现在只想回去接水喝。

李梦言吐槽说："咸得我要质壁分离了。"

她转过头对江岁宜说："你今天都没怎么喝水，回去我给你接。"

回程，终于不是抱，是背了。

她心理素质实在没有那么强大，被围观是很羞耻的。

到了四班，贺迟晏也没急着走，目光落在她脸上，问她："水杯呢？"

江岁宜不知道，他是怎么做到，在一个陌生的班级里，却丝毫不觉得尴尬的。

她从书包里拿出杯子，老老实实地递出去。

贺迟晏出去了会儿，很快就带着被灌满水的水杯回来。

他半蹲下，让她处于一个视线高位，微仰着头问："明天想吃什么？"

她说随便，他弯着唇说好。

也不知道好什么。

贺迟晏起身走了之后，周围好几个女生迎上来："啥情况啊？刚才他又抱又背的，好帅！"

江岁宜咳咳两声："他这人，就是比较热心。"

几个女生见她无意多说，小声探讨着回去："热心吗？我听十九班的人说，他平常都不怎么和人说话的呀。"

好在晚自习开始了，教室里又恢复了寂静。

江岁宜翻着书整理摸底考的试卷错题，恰好在政治哲学课本上看到了这句话。

不是风动，不是幡动。

她在心里小声念了一遍，然后将书合上了。

也许她真的没讲错，贺迟晏他这人就是比较热心。

之后的这些天，他每隔两节课就从楼上下来帮她接水做事。

即便是暑假补课，只有高三一个年级在学校里，他们也要去做课间操。

贺迟晏也不知道用了什么方法，竟然拿到了发报纸的机会，也就顺理成章地留下来陪她了。

她问起的时候，他回："大概因为李老师觉得我时评作文写得太差。"

江岁宜略有耳闻，据说他语文成绩相比于其他科目，显得很弱势。

她想了想，说："以后语文方面有问题，可以来问我呀。"

这话听着有些不太谦虚，她补救了一句："只要我会的，我都会尽力给你解答。"

她又说："你也帮了我挺多的。"

贺迟晏稍稍歪头，蹙了下眉："我图的是你给的好处吗？"

那你图什么？江岁宜想问，但又压下心里那点不自在，没敢问。

贺迟晏那样子看上去像是有点语塞，却很快轻勾嘴角，妥协似的垂眸而笑。

"知道了，小江老师。"

她之前写信给他说，自己想当老师，现在就被打趣调侃了。

而且他人看起来还挺开心的。

不想搭理他。

报纸上除了严肃的新闻，其实也有不少有意思的娱乐信息。

江岁宜看到一条，指着它报复般地反击回去：

"你看这个，绿江卫视策划新综艺，要捧出新生代大明星，全国海选中。贺大明星，你不去可惜了。"

他没说，其实如果她想让他去，也不是不行。

见他讲不出来话，她才笑了。

中午吃饭的时候，江岁宜刚想支着拐杖起身，就被李梦言摁回座位。

"不用动了。"她说。

江岁宜蒙："啊？不动怎么吃饭？"

李梦言说："那当然是因为有人送饭啊。"

她边说边撑起手肘看江岁宜，"啧啧"两声："连我都沾了某人的光。"她又叹一句，"没眼看没眼看。"

这话意有所指得厉害，江岁宜不知为何，竟然顿悟了。

江岁宜从书桌里抽出一张数学卷子，鼓了鼓脸，吸了一口气开始写。

也没过多久，桌面就被人轻轻叩了下。

江岁宜从题海中醒神，骨节分明的手将餐盒放在她桌上，带着喘气声的音色低低响起："饿了没？"

李梦言扒拉开塑料袋子，惊呼道："贺迟晏你是真有本事。这家店不是不做外送吗？"

他也就笑了笑，没说话。

江岁宜小声道："之后还是别麻烦了，很耽误你时间。"她又抿了抿唇，"这个，我给你转账。"

高大的男生听了这话，不动声色地半弯下腰，跟她平视："我们不是朋友吗？"

江岁宜闷闷地"嗯"了一声。

"你跟我把界限划得这么清楚，"他轻轻挑了下眉梢，"我以为你跟我不熟。"

其实现在这样早就远远超过了他的预期。

只不过人向来本性这样，贪心不足。

"没有的事。"江岁宜想了想，说，"那我之后请你吃回来吧。"

贺迟晏笑得无奈。

男生脸上明显写着"我不太高兴"，但最后也还是应了声好。

贺迟晏现在是把四班当成了他第二个班，来去自如，完全不在乎他人眼光。

江岁宜这周换到了靠窗的位置，他一展长臂，就能往她桌上加塞东西。

一袋软糖。她经常买的牌子。

一瓶还冒着凉意的冻柠蜜。她刚还想和李梦言说，想喝。

…………

他这个人啊。唉！

她又听见他低声在念摊开课本上的内容。

"不是风动，不是幡动。"

江岁宜低头，看到了这小段话的下一句。

与此同时，他也轻声笑了一下，很温柔地开口说。

"是仁者心动。"

3

正式开学后几天，江岁宜才拆了石膏。

原定开学第一周，由她进行的国旗下讲话，也因此被她婉拒了。

也不知附中怎么考虑的，竟然索性直接将那天改成了放松日。

高一高二快速退场之后，体育组组长就带着他们高三生开始做游戏了，在操场上冥想、呐喊、玩击鼓颠球……

李梦言看江岁宜满场跑，心脏都快被她吓蹦出来："姑奶奶，您才康复，慢着点。"

最后一个活动是"背后留言"。

规则很简单，每个人分到一张四开的白纸，在纸最上面一行写下自己的姓名后，将白纸粘在背后，接着其他人可以在上面留言。

等到活动结束了，才可以拆开背后的字条，看他人都写了什么。

整个操场混乱不堪，所有人都在四处乱窜，去不同班级找朋友写。

江岁宜在自己班被留了一圈言，据李梦言说，背后的白纸已经快没位置了。

于是她犹豫了一会儿，忐忑地问李梦言："我们去找魏旭写吧？"

李梦言斜睨了她一眼，努努嘴"啧"了一声："只找魏旭？"

那个"只"字被着重强调，再配上一副似笑非笑的表情，江岁宜迟疑道："算了。"

"什么算了呀。"李梦言挽上她手臂，哼哼两声，"我要去找贺迟晏写，你就说陪不陪吧？"

她那副洞悉一切的神色，真叫人无力反驳。

江岁宜不自在地移开目光，刚想说"陪"，被提到的两个人已经先过来了。

魏旭得意扬扬地背过身展示自己的"战绩"，叉腰问："牛吧？已经集齐全班人的签名了。"

确实整张白纸都写满了，根本没有给她们俩留丝毫位置。

李梦言骂骂咧咧地找了一个犄角旮旯，写得很小才签下自己的名字，然后挪开笔，抬起手就转头问贺迟晏："你要不要？"
　　魏旭大剌剌地笑："他会要？你没看到吗？他身后那张纸，到现在都是一片空白！"
　　江岁宜惊诧地看过去，的确干干净净，一丝书写痕迹都没有。
　　贺迟晏也看过来，眼睛一瞬不瞬地盯着她。
　　少顷，他摊开手，江岁宜目光下落，看见掌心竟握着一堆五颜六色各式各样的笔。
　　他微微俯下身来，递到她面前问："这么大位置，够你发挥了吧？"
　　什么意思，她蒙了，他只让她写吗？
　　江岁宜心口被敲了下，呼吸都下意识地敛了敛。那是一种复杂的情绪，很难用具体一个词说清楚。
　　见她没反应，贺迟晏蹙了下眉，问："这些笔的颜色，都不喜欢？"
　　不应该啊，是她常买的类型。
　　她这才稍微反应过来，伸手接过笔。
　　望着他背过身的那一大片空白，江岁宜呆了一会儿，凌乱地在想自己要写些什么。
　　李梦言已经累得盘腿坐下来了，她手撑在膝盖上，托着脸说："不着急哈，慢慢写，多写点。"
　　江岁宜有些无语。
　　面前人实在太高，她手要抬起来，才可以触碰到。
　　那纸只是松松地被粘上，风一吹就开始乱飘，她写得费劲，只好摊掌将它贴合地按平在他背上。
　　这个动作一做，贺迟晏明显脊背一僵。江岁宜回神，快速落笔想要结束，"唰唰"写下一大串收了笔。
　　哪知这个人竟然当着她面儿，一手扯下了背后的纸，就这么开始看。
　　她都词穷了。
　　不应该活动结束才可以看吗？他是真的一点都不在乎规则。
　　幸好她写的都是大众化的句子，类似高考加油、前程似锦这类的，总之挑不出错处。
　　晚自习的时候，江岁宜把她的留言纸拿出来看。
　　她对班上每一个人的字迹都很熟悉，所以即使有的没写名字，也能猜出来对应的人是谁。
　　但她仔仔细细找了三遍，每一个角落都没放过，愣是没找到贺迟晏的在哪儿。
　　不可能。他写的时候，她明明有感觉。
　　那个时候，班主任视察路过，还调侃了句："哟，我看看都写了什么？"
　　没有，还是没有。

江岁宜递了张小字条，悄悄问李梦言：你看见贺迟晏给我写什么了吗？

李梦言摇头。

这事儿便也这么不告而终了。

江岁宜一度怀疑是贺迟晏在拿她开玩笑。

但她没找着机会问他。因为开学又进行了一次模拟考，算是对暑假补课的考查。

考完就紧接着遇上附中开放日，开了一次家长会。

程女士和老江各自也在主持会议，自然又一次放了她鸽子。

附中开家长会的习惯是，家长和学生坐一块儿一起听。每到这种时候，江岁宜都会背着书包在运动场附近找一个安静位置看书。

今天刚来，就看见贺迟晏坐在石阶那边。

他也没有家长能来吗？但他们俩的性质估计不一样。

自然而然地坐在他左侧以后，江岁宜才思考这会儿要开口说什么话。

"你……"

两个人同时偏头，眼皮掀起间，目光奇妙般地胶着着。

也没让她想方设法地开口措辞，他率先移开视线，讲了出来："我妈妈去世了。"

江岁宜心头猛地一怔，但她知道自己这时候不能做出太大的表情变化，否则相当于二次伤害。

贺迟晏说："没有别的意思，你也不用为我感到难过。说出来，只是让你多了解我一点。"

尽管他语气这样平淡，没有什么情绪的起伏，但江岁宜共情能力太强，很难将自己只当作是听客。

"我也没见过我生理意义上的父亲。"他随即否定自己，"也不能说没见过。应该这样讲，没有面对面见过。"

这倒是令她不解了。

他简短地概述了下故事。

江岁宜缓了缓，角度清奇地说："难怪你音乐天赋这么高。"

贺迟晏有点惊讶她的反应，笑了一声："但我以前很讨厌音乐。"

她接得很快："可你现在很喜欢。"

他定定地看了她一会儿。

"在我能把内心情感宣泄成旋律的时候，我才开始喜欢。"

江岁宜好奇地问："那是从什么时候开始的？"

贺迟晏一时没说话，好半晌，他兀自笑了一声，诚恳地说："你出现的时候。"

震颤一瞬间席卷了感官，江岁宜倏地捏紧指腹，紧绷着"啊"了一声。

她不知所措地抬眸看去，恰恰撞进一双守株待兔的好看眼睛里。

他问："你想听那段旋律吗？"

像是被他刻意压低的声音蛊惑了一般，江岁宜下意识地点头。

直到反应过来，她才好像悟出了那么点不一样的东西。

他的意思是，旋律是因为她才产生的吗？

江岁宜找回自己的声音，后知后觉地问："去哪儿听？"

书包被一只骨节分明的手拎起，他说："跟我走吧，今天过生日的公主殿下。"

完了。当时确实只有这一个念头。她也不问为什么他会知道今天是她生日了。

江岁宜的书包被他提着，只能跟在他后面，忐忑不安地问："你不会要带我翻墙吧？"

"贼船都上了，现在问是不是晚了？"

她犹豫着说："我不会翻。"

他笑了："怎么可能让你翻。"

江岁宜在附中两年多，第一次知道学校北门这个时间段是开放的。

人生第一次勉强算是翘课，她既紧张又兴奋。

等到达目的地，她不可思议："录音棚，你来录歌啊？"

她是真的没想到。

"不是我。"贺迟晏挑字眼地纠正她，"是我们。"

"啊？"江岁宜睁大眼睛，连忙摆手，"我不行，我……"

虽然很不想承认，但她确实是唱十句，走调九句。

"你行。"贺迟晏打断她，笃定道，"我能让你行。"

"再说了。"他说得可顺嘴了，"你当修音师是吃素的吗？"

江岁宜头一次在唱歌方面被赶鸭子上架，被贺老师带着训练了很久，戴着耳机站在麦克风前时，有种恍如隔世的感觉。

录音师在外面指挥，她拿着歌词机械地跟唱，耳返中时不时的鼓励，让她几乎认为自己脱胎换骨了。

其实分给她的歌词也没有几句，贺迟晏似乎只是想给这首歌署上她的名字。

等到摘下耳机，她才想起来要问："这歌叫什么？旋律很好听。"

"《飞鸟遇神》。"

结合歌词，江岁宜一瞬间好像悟了，他想表达什么。

但是她依旧不敢确定。

被他带着回去的这一路上，江岁宜整个人像被按下了静音键，沉默了一程。

直到他绕路去了附中南门，她才回神问："现在还不回去吗？"

再一低头看手上的表，竟然还没到家长会散场的点。

"先不。"

江岁宜咽了口唾沫，沉沉地开口问："你那天，给我写留言了吗？"

虽然没头没尾，但莫名其妙的，放在这个时间点，好像也不是那么突兀。

贺迟晏倏然停下，垂下眸子看过来。

就这么一眼，她好像已经获悉了问题的答案。

"现在才想起来要问？"他缓慢地勾了下嘴角，笑得短促。

她不知道说什么，只好"嗯"了一声。

"写了。"他回答得简短，但留给人的遐想空间却绵长。

江岁宜第一次，知道了"目光灼灼"这个词的具象画面。

"可是我找了好几遍，明明没有……"

她愣愣地和他对视，话一出口才反应过来。

"笨蛋。"贺迟晏接了话，那双眼睛里写满了打趣意味。

"你那么喜欢收集各种各样的笔，"他笑了一声，"难道不知道有隐形笔的存在吗？"

隐形笔。他到底是怎么想出来这种东西的？

那张留言纸还被她塞在书包里，她现在只想迫切地买一个紫外线灯去照，看他究竟写了什么。

"用这种笔也是无奈之举。"贺迟晏好似能洞察她的疑惑，解释道，"我又不想只是应付地写些什么。"

他凑近了些，导致江岁宜猛地一慌，下意识往后退，视野变得开阔起来。

他们现在停在马路边，过了斑马线就是附中南门，保安室的叔叔还在无聊地四处张望。

这身校服实在太过扎眼，要是保安叔叔一个眼神扫过来，指不定要出来抓人。

贺迟晏拽住她的小臂，让人不至于往后倒，等人重新站直之后，才指了指她身后："我去买点东西，和我一起吗？"

江岁宜转头看了眼，是"花想容"。他们班今天还在这儿给老师订了花束。

这家店毗邻的就是文具店，她犹豫了下，摇摇头："我在外面等你。"

"你把书包还我。"她抢过。

待贺迟晏进店之后，江岁宜快速溜进文具店，微喘着气问老板："有没有隐形笔？"

这笔一端用来写，另一端是紫外线灯用来照。

她买完之后，走到外面，半蹲着从书包里拿出留言纸，勉强冷静下来。

不放过一丝一毫的角落，仔仔细细地上下左右扫描着看。

正当才看到隐藏字迹的边角时，头顶上方倏然传来一句温声询问："想知道，怎么不直接问我？"

江岁宜耳根子红热起来，颇有一种被抓包的感觉。但她倔强地没移开视线，坚持要把内容看完。

说服自己的理由也很简单，买笔的钱都花了，总不能不用。

贺迟晏的字迹，和她的字迹有相似之处，非常好辨别。

他写。

"江岁宜。"贺迟晏声音并不大,听着像是随意喊她一声。

她也下意识地就想应。

"谢谢你。"

他说:"这六个字,需要看这么久吗?"

她还是那副半蹲着的姿势,压根不记得动,只是愣愣地抬头看着他。

他索性也就顺着她,躬身折颈,将视线与她平齐。

"谢谢你,曾经在有光的地方也能看到我身处黑暗。也谢谢你,现在能成为我的朋友。"

他等了很久,终于等来了她一声委委屈屈的"我腿麻了"。

将人扶起来,借着他的力站着,江岁宜僵硬地做手腕踝关节运动,脑子里一片空白。

"……哦。"她反问道,"你刚去买什么了?"

他在笑。

"最后一枝了。"他垂眸看向右手握着的花,"洋桔梗。"

距离被忽地拉近,当鼻尖只剩下两拳距离时,贺迟晏停住了。

江岁宜不知道他即将要做什么,只能一眨不眨地盯着他看。

他握着洋桔梗递到自己面前,将一侧花瓣印上了她的唇。

她看着他,从垂眸到撩起眼皮直视她。

短短一瞬,她心里只有一个想法。

这个生日大概此生难忘了。

4

后来的日子突然就变得快了起来。

贺迟晏高三时通过一档选秀节目成了熠熠生辉的大明星,但还是暂时推掉了大部分活动,回到附中专心准备高考。

三层楼的距离压根不是问题,贺迟晏经常旁若无人地踏进四班,给江岁宜送一瓶牛奶,或者给她讲两道数学题。

高考前喊楼。

广播里一首接一首地播放着歌,每个楼层的同学都持着各种颜色的荧光棒,呼喊着点亮了那个燥热的夜晚。

拥挤的人群,年轻又鲜活的身体。

江岁宜拽着贺迟晏趴在栏杆边,托着腮惊喜道:"他们放的都是你唱的歌哎!"

他刚拿冠军那阵子,每天都有许多拥上来的同学,争着抢着要签名。

半年快过去了,热度仍是不减反增。他仅有的那几条微博都快被盘烂了。

正当江岁宜陷入沉思时,楼里那数道嘹亮的音色,集结在一起声嘶力竭地喊道：
"贺迟晏，我喜欢你！"
"贺迟晏高考加油！"
"当了明星，以后能不能常回附中看看！"
因为以后就要隔着山海和人海了，所以仗着最后这点时间，不求回音地呐喊。
有些人只此一别，终不会再见。
想到白天发生的事，江岁宜问道："你给其他人都写了同学录，为什么不给我写？"
天晓得她看到自己给他的纸被退回来，是怎样一种心情。
想生气，但又念及即将高考，也就自己平息了。
贺迟晏笑得无奈："你翻过自己的小学和初中同学录没？"
江岁宜点头。
"你难道没有发现，"他措辞："那些人几乎已经和你失去联系了吗？"
她一愣，这么说，好像确实是。
就比如李梦言和她，好像都没有给彼此写过，因为知道未来还是会数年如一日地联络。
"不会走散的人，要写什么同学录。"
"誓师那天，在寺里你写了什么？"他们都没有互相告知过，她这一刻突然想知道了。
"我给从前的自己一句无法传达的祝福，也给未来的自己一句必要的嘱咐。"
"啊？"
"我祝福他青春得偿所愿；我嘱咐他，未来千万不能让江岁宜失望。"
说前一句时还笑容灿烂，讲到后一句，神色却无比严肃认真。
喊楼渐入尾声，教学楼里的灯光逐渐亮了起来，江岁宜连咳了两声："结束了，收拾收拾东西回家吧。高考加油！"

高考这几天身处其中时觉得很漫长，但最后一门结束，监考员在逐个收卷时，江岁宜歪头望向窗外的日暮，竟然有种怅然若失的感觉。
附中学生几乎都留在了本校考试，出来走廊，她看到好多熟悉的身影。
学校的广播开始播放音乐，江岁宜边听边慢悠悠地晃着。
出了教学楼之后，就能看见一大群解开缰绳的"野马"奔涌而出。
魏旭路过她身边丢下一句"太慢了——"，然后在前面跑着回头。
他倒着退了几步，朝着她做了个招手的姿势，喊道："快点啊！"
江岁宜和他对视一眼，不由自主地笑了起来。
这位哥们儿，考前就说要做第一个跑出校门的人，争做被记者采访的对象。
也不知道能不能如愿。
贺迟晏被排在高一楼，江岁宜垂着眼等在广场上的柱子旁。

脑袋里纷繁杂乱的思绪还没散完，手就被拉起，抬眸还没说出话来，她就被拉着跑。

于是在门外家长、记者、路人录制的视频中，出现了这样的一幕。

黑色的T恤下摆飞扬在身后，头发因为奔跑的动作蓬松得一起一落，贺迟晏侧脸对女孩说着些什么，笑容恣意。

也就在那一刻，少年的模样好像有了定义。

考完没两天，附中全体学生被召回拍毕业照。

校园小报的记者学妹举着摄像机，在走廊上随机抓毕业生采访，后来剪辑出的视频发在了附中官方公众号上，也因为有贺迟晏的出镜而在网络上广为流传。

采访的主题是"你的十七岁，以及对十年后的展望"。

一群人吵吵闹闹，乱窜入镜头，答案五花八门。

"十七岁啊……"李梦言整理好自己的同学录，思忖道，"好像很讨厌，每天都有做不完的试卷习题，但还是有很多有意思的人和事。回头看这一路，又好像挺喜欢的。"

"十年后，"她摸摸下巴，"应该会成为很厉害的人了吧，希望到时候不是单身吧。"

她用肩膀撞了撞江岁宜，问："你呢？"

"我嘛……十七岁这一年，应该算是人生中最离经叛道的一年了。"江岁宜笑出声，"但也是最无怨无悔的一年。"

"二十七岁，希望我能以另一种方式，还留在附中吧。"

李梦言惊讶："没了呀？你都不提一提那个谁？"

学妹表情揶揄："其实，学姐大可以不用避嫌，我们都懂的。"

是贺迟晏的出现解救了语塞的江岁宜。

他又利落地修剪了额发，精致眉眼展露无遗，身上是初见时的夏季校服polo衫。

学妹迅速转换了目标，贺某人的答案倒是独树一帜。

"二十七岁，"他旁若无人地伸手捏了捏她的脸颊，垂眸含笑，"按照计划应该已经结婚了。"

李老师默默地从门口飘过，视若无睹地提醒说："估完分赶紧下楼去广场拍毕业照哦。"

江岁宜耳根一红，拨开人就回班级里收东西。

等到达广场上时，年级千人的队伍已经整齐地站好了。

四班和十九班离得太远，站成四排的千人队伍一眼都望不到头。

摄影师连照了几张都觉得构图不对，于是和领导们商量着，是否能挪几个人到另一头去。

巧的是，贺迟晏就是那几个人中的其中之一。

317

他如愿地站到了江岁宜的右上侧的斜角，拍照时手还搭在她的肩上。

后来她拿到年级毕业照片，才哭笑不得地发现，他连镜头都没有看，全程视线下落。

在学校逛完之后，众人前往提前预订的谢师宴酒楼。

两个班订的小厅包间恰好在对面，人几乎全部来齐，他们迟到太久，此时走廊上空无一人。

江岁宜隔着门都能听见老班在里面慷慨激昂。

正当她准备进入时，贺迟晏拉了她一把，她猝不及防地差点撞进他胸膛。

"刚才在学校就想问了，"他说，"你打算什么时候给我个名分？"

江岁宜没想到这么突然，颇为目瞪口呆地结巴道："吃完饭再、再说？"

他凑上来，咫尺距离，眼睛上下打量她。

有一种——她要是说不出具体时间，就不可能放她进门的感觉。

江岁宜丢盔弃甲，妥协道："那、那现在就给吧。"

说罢，她稍一推人，转身就想往里面跑，却被面前人搂着腰，扣着脑袋。

嘴唇倏然染上过电似的麻意，她指控的声音被含糊咽下："你别……"

但四肢百骸已经难以控制，江岁宜只好被动地被他勾起下巴、托起脸颊。

中途出来准备去卫生间的李梦言，才将门打开一条细缝后，接触到男生的眼神，吓得毫不犹豫地关上。

直接成了半个门卫。

良久后，贺迟晏松开她，将脸埋进她的颈窝，静静地抱了好一会儿。

无尽的夏天终于到了。

没有留下遗憾，不用假以时日。

那个未来会回首无数次的青春，现在就在眼前。

番外四 有你在的未来

1

贺迟晏近来不常出现在大众面前,几乎都在做幕后工作,引得粉丝呼唤他露面。

江岁宜忙活了一年,终于在学年结束,选科分班时,卸下了班主任的重担。

一闲下来,她就开始计划着要出去旅行,拉着贺迟晏讨论了很久。

贺迟晏把人圈在怀里,看着世界地图在研究:"你想去南半球还是北半球?"

"北半球吧。"

"亚洲、欧洲,还是北美洲?"

"欧洲……"

"天气,热一点还是冷一点?"

"冷一点吧。宁宜的夏天已经快把我热昏过去了。"

一切想象得都很顺利,但做了两天攻略之后,江岁宜果断选择躺平:"好麻烦……"

正巧,贺迟晏工作室递了一个综艺节目的邀约过来。

他基本上是不参加真人秀节目的,这点业内也有听闻,但这个邀约很特殊,邀请的是夫妻两个人。

"《一起去吧,美好的远方》,"制作方发来视频简介,江岁宜坐在床上和贺迟晏一起看,她问,"不会是那种麻烦很多的国外穷游吧?"

她有这种想法也很正常,毕竟国内还真出过这种类型的综艺。

但仔细看完策划,她又觉得还可以。

这档综艺先录制一个星期,以"夫妻蜜月旅行"为主题,主打生活化的细碎日常,自由舒适的轻松氛围。

"你想去吗?"贺迟晏问。

"有点。"江岁宜放下 iPad,"我们本来就打算出去旅游,参加的话都不用自己做计划了,比较省事儿。"

相比之下,更犹豫的是贺迟晏:"24 小时摄像头跟拍,你会不会不适应?"

"《重返十七岁》也是 24 小时跟拍啊。"

"拍的是我,不是你。"

《重返十七岁》里素人的镜头还是比较少的,如果上旅游综艺的话,势必要全天暴露在镜头下,私密性得不到太多保证。

但是江岁宜觉得还好。她现在偶尔会拍些自己的日常视频放在网上,出去和他吃饭逛街也总被人认出来,已经差不多习惯了。

"贺迟迟,你不会是害怕了吧?"江岁宜激将法道。

"嗯?"

"都说情侣一旅游就会暴露问题,"她挑着眉,"你不会是怕我们吵架,然后就离……"

那个"婚"字还没讲出来,空气里就只听得见呜咽声了,他道:"没可能,你想都别想。"

密密麻麻的啄吻退开后,溺毙感减弱,她没好气地想:全天 24 小时跟拍也很不错,至少他总不至于在摄像机前这么过分了吧?

当综艺官博放出模糊的二人黑色剪影后,评论区被粉丝们承包了。

没办法,太有辨识度,一眼就能看出来剪影是谁。

△这节目收视稳了吧,小情侣综艺首秀!

第一期录制在家里,从收拾行李就开始拍摄了。

虽然做好了心理准备,但在看到那么多摄像头后,江岁宜确实有点不太习惯。

她接过麦克风,别在衣服上,看向镜头问:"现在就开始了吗?"

摄像师点点头。

说起来,这应该是他们拍过的,家里看起来最温馨的一对?

布置得倒没有多复杂,但每一件家具和装饰品都相得益彰。

门口的对联一看就是自己手写的,家里四处堆着书,贺迟晏的琴房里还有江岁宜收上来的学生默写本。

这种细节放大看真的很戳人!

贺迟晏在很有条理地收拾东西,分门别类地摆放好衣服、饰品和生活用品,而且还是成套搭配好的。

他一个人承包了所有,江岁宜就没事干了,甩手掌柜只能带着节目组的人随便逛逛。

工作人员忍不住问:"贺迟晏看起来很得心应手啊?"

他太细心了也太自律了。埋头收拾着，还时不时抬头望这边，怕他们拐跑他老婆一样。

"对，他经常出差。"江岁宜不好意思地笑了一下，"我比较少出门，没什么经验。"

工作人员差点被这一笑迷晕，恍神地想：就这素颜，难怪人家能成为初恋呢。

录完这个片段之后，他们两个人就分开了，各自坐到了镜头前接受采访。

"不要紧张啊。"工作人员小姐姐安慰说，"就只有几个小问题，很简单的。"

江岁宜点点头。

"先介绍下你的先生吧？"

……这个问题算很小吗？明明又宽泛又不好回答。

江岁宜犹豫着说："要不我先写个一千字小作文？"

"简单概括一下就好了，不用那么讲究遣词造句。"

"他有着超越同龄人的温柔细心，但有时候也能幼稚得令人无话可说；他理性而谨慎，可本质上感性得要命。赤忱又善良，算是比较贴切的形容了。"

"但是怎么说呢，"她微蹙了下眉，下了总结，"我说的话，远远构成不了他的万分之一，大家在节目里慢慢看吧。"

看出来了，一千字可能都不够发挥。

这个话题结束，转而到下一个："没结婚之前，你向往的老公是什么样的？"

翻译一下，就是问理想型。

"实话实说，"江岁宜沉默了一下，"我以前挺恐婚的。"

她补救道："其实就是脑海里并没有一个具体的形象，比较相信自己的感觉吧。"

"意思就是说，贺迟晏是非常符合你的感觉的？"

她笑："那不然呢？否则我也不会坐在这儿，你也不可能来采访我呀。"

"可以写一下初恋的名字吗？"节目组递来一张纸和一支笔，"这段我们会视情况决定要不要分享出去。"

底下工作人员在暗戳戳地想，这算不算是隐藏的修罗场？初恋得是什么样才能比过大明星啊。

贺迟晏知道了又会是什么表情？

他们思维发散，很嘚瑟地笑。

江岁宜神色怪异地取下笔帽，三两下写好，将纸递了回去。

副导演优哉游哉地低头扫了一眼，面上的笑容一顿。

"你确定？"他又瞪大眼睛看了眼。

没看错，还是那个名字。

江岁宜虽然有点疑惑于他的反应，甚至怀疑自己是不是写错字了，眨眨眼睛后还是诚实地点头："对啊。"

其他几个看到答案的小姑娘，一脸被狗粮塞饱的神情，内心却在狂叫："是双向奔赴啊！"

321

"最后一个问题哦,大家都知道贺迟晏暗恋你多年,那么你最后为什么会选他呢?"

江岁宜垂下眸去,顿了两秒,然后复抬起眼睫:"他那么坚定地选我,我没理由让他输。"

出国的航班很早,他们到机场的时候,还有一群粉丝过来送机。

江岁宜坐在行李箱上困到打瞌睡,小声对着旁边人控诉抱怨:"你太过分了。"

这人知道接下来一星期要在镜头前克制,于是昨天晚上完全暴露本性。

贺迟晏一只手托着她下巴,另一只手张开五指扣住她脑袋,将人往怀里塞,还哄着:"还没出发,先眯会儿吧。"

围观群众在找各种角度拍照,纷纷议论:"好宠啊!"

坐了好久的飞机,中间还转了一趟机,才到达目的地,雷克雅未克。

这个地方倒是完全符合江岁宜之前的想法,欧洲北部,地理位置上接近北极圈。也有人说,这是世界的尽头。

出了机场,他们才和另外几对情侣汇合。

节目组给他们预订的酒店条件还算可以。进了房间江岁宜仔仔细细检查了一下,竟然四处分散着不少摄像头,除了卫生间。

一想到睡觉还要被监控,江岁宜就感觉怪怪的,即使摄像头被毛巾遮住了。

准备关灯前,她才想起来今天节目好像放了先导片,于是悄悄打开手机看,因为有点好奇贺迟晏的采访。

和她的问题大差不差,只有个别有细微差异。

比如,编导知道他初恋是谁,所以转而问他一共谈过几次恋爱。

当那张白纸被立起来,得以看清上面的数字"1"。

再将江岁宜写下的初恋名字"贺迟晏"的画面叠在一起,弹幕立即炸了。

江岁宜缩在被窝里,轻轻叹息一声。

贺迟晏关了灯,抱住她问怎么了。

这声音还挺大,容易被节目组捕捉到。

"没。"江岁宜捂住他嘴,小声说,"就是打算原谅你的过分行为了。"

2

综艺毕竟还是要有综艺效果,自然少不了戏剧性环节。

早上五点半,卫路宇和女朋友柯宁蹑手蹑脚地走在走廊上,掏出节目组给的房卡后,卫路宇不确定地问编导:"真的就这样直接进去叫他们起床吗?"

后面跟拍的人齐刷刷地点头。

"万一有什么不能……"不能播的画面呢。

话讲一半,卫路宇又觉得,小江老师脸皮薄,应该不会这么纵容贺某。

想是这么想,在进入房间经过通往床的过道时,他还是有意提醒地喊了一声:"起床咯,起床咯!"

贺迟晏睡眠很浅,听到声音就缓慢地坐了起来,面向鱼贯而入的人群。

他蹙着眉打开床头的台灯,缓了会儿神,面无表情地跟卫路宇沉默对视,然后不动声色地把旁边的被子往上拉了拉。

黑发稍显凌乱,隐隐有种锋利感,卫路宇不自觉吞咽了一下,刚准备解释说都是节目组的骚操作,目光就顿住了。

江岁宜察觉到旁边原本抱住的热源消失,下意识地扬起手,越过男人胸前,抓住他另一侧的袖子,还晃了晃。

一种无声的挽留。

贺迟晏也懒得管面前那堆人怎么想,往下蹭了蹭,俯身搂住江岁宜的脖颈,给了她一个很轻的拥抱。

江岁宜借势扒上他腰,把脸埋到他胳膊那块儿,脑袋蹭了一下,声音小到可以忽略不计:"……困。"

尾音还又长又软地拖着,很可爱地在撒娇。

贺迟晏表情无奈地摸了摸江岁宜的头发,沉默了会儿,决定还是要告知她实情,于是凑到她耳边低声说:"起床了,节目组过来了。"

刚醒没多久的那种沙哑低音炮不是谁都能承受住的,至少江岁宜不太行。

她渐渐地发现,自己可能有隐藏的声控属性。

所以当下,她抱住身边人,脑子不太清醒地凝固了一会儿,然后后知后觉地睁开了眼睛。

看到床侧站了好几个人,动作先于意识,一下子吓得快速用被子捂住脸,一声不吭地把自己埋了。

怎会如此!

旁边已经有工作人员在偷偷地笑了。

情侣上综艺很容易为了对着镜头表现自我而显得像是在作秀,这种不经意间流露出的细节,依赖的动作,害羞的神情,才能让围观者感受到切实的甜。

最后还是江岁宜先起来了,她视线飘忽不定地问:"不用化妆吗?"

柯宁抑制不住地笑着指自己:"不用啊,全素颜出镜。"

什么?现在都不要偶像包袱了吗?

等到他们陆陆续续地将其他几对情侣全都叫醒,一群穿着睡衣的人前往楼下集合。

江岁宜给自己和贺迟晏戴上眼镜,耷拉着眼皮,无精打采地歪头说:"我人设崩了。"

贺迟晏笑了一声:"哪儿崩了?"

她蹙眉:"我明明应该是沉着冷静的理智形象……"

现在好像跟这几个词完全搭不上关系了。

众人围坐在一起,导演组宣布玩个游戏来决定每对情侣的早餐丰盛程度。

游戏也很简单,对视测心率,三分钟后两个人的心率数字加一块儿,哪组多哪组胜出。

都是相处很久的情侣了,要说突然间心跳加速也不大现实,更何况他们歪七八扭地穿着睡衣,毫无形象可言。

于是嘉宾们个个放大招,什么十指相扣,什么贴颈拥抱,连亲亲都没少见到。

这群人在镜头前可真放得开。

果然明星和素人的心理素质就是不一样,江岁宜扪心自问,她在摄像机前没法做到这样。

但她还是想好好吃早餐的。

她向对面看过去,也不知道贺迟晏会有什么做法。

她悄悄地探了一把自己的脉搏,好像还挺快的。

工作人员给她戴上测心率的手环,她把脸上的眼镜摘掉,抱着抱枕盘腿坐在坐垫上。

等提示宣布开始后,江岁宜看见贺迟晏也摘下了眼镜,就这么专注地看着她。

她仰头,他垂眸,旁边是其他人四散的起哄声。

老夫老妻了,她还感觉自己好像脸红了。怎么这么不争气啊?她默默想。

两个人也就隔着半米不到的距离,他那双好看的眼睛一览无遗。看他样子,倒还是蛮淡定的。

背后的屏幕上突然出现心跳数字,周围人全都倒吸一口凉气,随即开始笑闹:"不是吧,你俩是真的牛——"

他们明明只才安静地对视了几秒钟,什么动作都还没来得及做呢。

江岁宜不明所以地回头看自己的心跳,不看还好,一看,瞬间数字又往上升了几个数字。

一百三十二,霎时又成了一百三十八。

天哪,这未免也太夸张了。

居然光只看着人,就能到这种地步吗?可她真的不是很想承认自己是颜控啊……

她掩饰性地咳了咳,转过头看向贺迟晏那边的屏幕,然后诡异地沉默了。

一百四十九。怎么能比她还离谱!

贺迟晏分明看起来很平静,谁知道平波水面,竟然狂澜暗藏。

假淡定。

柯宁在旁边悠悠地说:"二位在日常相处中,真的不会得心脏病吗?"

要知道,他们这些嘉宾做尽甜蜜之事,最后得到的数字也就和现在差不多了。

结果人家开局即他们的巅峰。

这要是真的亲起来……难道不会引起宇宙大爆炸吗?

她一讲完,江岁宜忍不住失笑,心跳又上升了三个数字。

卫路宇恨铁不成钢:"你怎么还帮他们?"

柯宁一脸无辜:"你看不出来我这是在捣乱吗?"

后面的动作也没多夸张,贺迟晏半揽着江岁宜的肩,使她靠在他臂弯上。

她不太好意思地捂住脸,不用看都知道耳根应该红了。

从指缝间，观察到数字快到巅峰了，江岁宜想快点结束游戏，于是思忖一秒，直接凑到贺迟晏耳边，掩住嘴角小声地喊："哥哥。"

身边人霎时动作一顿。

他平静的面容出现了一丝裂缝，屏幕上显示的数字也跟着再次上升，他垂眸低声道："你最好是接下来这几天都这么叫。"

开局不过三十秒，情投意宜贺就破了前面的成绩，注定成为胜者。

贺迟晏轻抬下颌，扭头问："可以结束了吧？"

卫路宇冷哼一声："不行，你们这牺牲太小了，毫无游戏体验感，强烈要求你们换个玩法。"

"嗯？"

"改成心跳测谎。"他笑得贱兮兮，"夫妻间应该要坦诚相待吧？"

这种转折也是综艺里的神来之笔，节目组没理由不同意。

"哥哥还是弟弟？"问问题的多少有点不怀好意。

江岁宜都要怀疑节目组刚刚是听到她讲话，故意问这个的了，一个巨大的坑！

眼看对面人撩起眼皮翘首以待，江岁宜只好硬着头皮说："前者。"

"真话。"

她松了口气。

编导又问："岁宜偷看过对方的手机吗？"

"看过，但没偷看过。"她诚实地解释道，"锁屏密码我知道的，指纹和面容也都录入了我的。"

她看贺迟晏那副"我老实着呢"的样子，就很想笑。

心跳平稳，这个答案最终被证实是没撒谎。

一众男嘉宾人人自危，没看到自家女朋友眼珠子都瞪成什么样子了吗？

"下一个问题，还是问岁宜，对方手机里有什么不能见人的东西吗？"

虽然知道编导想问的是哪方面，而这个方面的答案明显是否，但江岁宜还是想偏以至于犹豫了。

最后说出来"没有"，心跳又往上飙了飙，显示是撒谎。

"咦——""哦——"这样的声音络绎不绝，江岁宜看贺迟晏微挑眉，有点拽拽的疑惑意味。

为了不让他英名受损，她只好补充："……他的小号。"

沉默蔓延开来，这小号是有多不能见人？

江岁宜腹诽，到底谁开小号的理由是为了追更转发同人文啊？

编导："接下来请问贺迟晏，会介意岁宜有很要好的异性朋友吗？"

"不会。"他答得可快速，但心跳结果却诚实地说出相反答案。

她身边一直都有这样的存在。

到今天，江岁宜才发现，原来魏旭一直在被疯狂看不顺眼。

口是心非的男人。

"最后一个问题，刚才为什么一对视心跳就飙升？"

"对啊对啊,讲实话!"

少顷,沉沉的声音从江岁宜头顶上传来:"面对喜欢的人,心跳飙升不很正常吗?"

卫路宇:"可是哪有你这种……"

哪有这种,年少情深,结婚这么久了还像在谈一场热恋期的恋爱。

"当然有。"贺迟晏"嗯"了一声表示肯定,然后弯了下嘴角,简短解释,"因为她是我永远最喜欢的。"

他被证实没说谎,但是江岁宜心跳快得将要跳出胸腔了。

白天他们去了黑沙滩看流动的海浪线,傍晚他们要去泡当地一个很有名的温泉,露天连接着大海。

为此,江岁宜都没敢多吃东西,怕泡温泉不适。而且……

她瞥了眼没什么表情坐在一旁的人,问道:"你把我的泳衣搁哪儿了?"

3

泡完温泉已经很晚了。

他们晚上都没怎么吃,所以一群人在街上溜达,试图找个餐馆吃饭。

这个点营业的店很少,他们随便进了一家店,店主是个外国人,见到他们一愣。打开手机确认一番,店主才上前用蹩脚的中文喊了贺迟晏的名字。

叽里呱啦说了一堆,大概意思是自己很喜欢他,他的演唱视频在国外视频软件上很火。

得知他结婚了且妻子就在旁边,老板一直在不间断地恭喜他们,还憋出了句中文"般配",于是大家都笑了起来。

饭吃得差不多时,贺迟晏被邀请到表演区去演奏音乐。

柯宁托着腮好奇地问江岁宜:"你喜欢他什么呀?"然后突然反应过来似的摆摆手,"我可不是自己想知道啊,我是替网友问的。"

江岁宜思考了一下,看着台上的人开玩笑道:"帅啊。"

……竟然让人无法反驳。

"没有,不是。"江岁宜低头笑了一下,"一开始不知道他暗恋我,我还对他带着点儿粉丝心态。其实他真诚、浪漫、毫不退缩,相处久了没有人会不喜欢他的。"

卫路宇"咻"了一声:"那我有个问题,他追到你用了多久?"

"……这一定得说吗?"

"这很难回答吗?"

江岁宜一闭眼,小声道:"四天。"

"牛。"

"太轻易了吧,好歹吊他个一年半载吧。"

柯宁又问:"求婚呢?怎么求的?"

江岁宜一带而过地简略讲了下。

柯宁声音转了一个大弯,然后感叹:"太浪漫了,是我我也沦陷得快。"她斜睨了卫路宇一眼,"学着点。"

江岁宜笑,贺迟晏从台上下来,右手斜横在她的椅背上,问:"聊什么呢?"

"说你呢,"卫路宇带着点怨气,倒了一杯酒,"我都变成你的对照组了。"

他把酒推给贺迟晏:"不过你不遗憾吗?等了这么多年。"

江岁宜对贺迟晏的酒量有阴影,刚想拦下,他却灌下了:"没有遗憾了。"

不是所有人都能旧梦成真的,但他可以。

爱的人近在咫尺,他不再有遗憾了。

回去的路上,贺迟晏身上酒气挺重,看着也是副后劲很大的样子。

上电梯的过程中,江岁宜半扶着他的腰,通过镜子,看见他脖颈泛着微微的红,喉结轻轻滚着。

她顿时闪过一个念头,没准儿她当时真就是因为这张脸才陷进去的。

她甩甩脑袋,又说服自己:人嘛,视觉动物,很正常,不必感到不好意思。

好不容易扶着人出了电梯,电话响了,江岁宜就着揽他腰的姿势接了起来。

是贺迟晏的助理。事情说大也大,说小也小,就是有点尴尬。

贺迟晏的小号被人扒出来了。

江岁宜其实只偶然性地看过一次他的小号,除了转发他俩的同人文,还发了什么,她也不太清楚。

所以她顺道去看了眼。

"掉马"原因很戏剧性,她在测谎的时候说过他小号见不得人,卫路宇还真根据蛛丝马迹找到了那个号,然后手滑地点了个赞,虽然取消得很快,但效果聊胜于无。

小号几乎保持着日更的频率,讲的话都有点没头没尾的。

及时雨啊雨:*深夜拷问,为什么这时候还有人在做公开课的PPT?*

江岁宜看了眼时间,那几天她的确在忙公开课的事,于是理所当然地将男人视若无睹了。

及时雨啊雨:*出差赶通告真的很讨厌。*

及时雨啊雨:*比我出差更讨厌的是,我休假,而她外出培训学习。[微笑]*

…………

手机翻到一半,江岁宜停下,开了房门。灯还没亮,人却被有力地一拉,后背抵着门,前面是横着的男人手臂。

"……你不是醉了吗?"

贺迟晏的瞳孔在夜色中亮亮的,他笑了一下:"这么点,还不至于。"

她就说,压根没感受到什么来自他身上的重量,敢情他一直在装。

像是知道她的控诉,他解释:"不装一装,我们现在回得来吗?"

也是。其他人精神抖擞,还聚在一块儿玩牌,他们这算是被特赦放行。

在被亲得喘不上气，差点天雷勾地火时，江岁宜抽空提醒了对方："你小号被扒了。"

他愣住的样子真的很有趣。

江岁宜抱着他脖子笑个不停："你在网络上怨气好重哦。"

在贺迟晏沉默的半分钟内，她乐不可支，然后终于意识到要照顾对方的情绪，笑声越来越小："其实也蛮可爱的。"

但是补救不成了。

贺迟晏"啧"了一声，垂眸看着她："那你要不要和这位怨气很重的男人离经叛道一回？"

"啊？"

"带你去找夜生活。"

瞒着综艺节目组，偷偷跑出来这种事，好像也不是第一回做了。

被牵着跑到外面的街上，江岁宜问："我们现在去哪儿？"

"追光。"他说。

贺迟晏其实早就查询到有极光的概率很大，他们在深夜出发。

零点左右，淡淡的极光带出现，后面越来越清晰，两点左右开始散布整个天空。

在这种情景下，总会有一种类似"感悟"的东西产生。

江岁宜很轻地眨了眨眼睛说："贺迟迟，你给我讲个故事吧。"

"你想听什么类型的？"贺迟晏开玩笑似的说，"林黛玉倒拔垂杨柳，薛宝钗温酒斩华雄？"

看来这位先生还是对"掉马"之事耿耿于怀。

江岁宜被一下逗笑，然后逐渐敛了神色，哼了一声："你讲讲——你是怎么在这么多人里选中我的故事。"

"逻辑错了。"他收敛起了那点漫不经心。

"嗯？"

"不是选中你，"他说，"而是因为你在，我才选择面向这么多人。"

认真而专注。

"你要明白，你先是我的无条件。"

心脏重重一跳。

空气凝滞几秒后，江岁宜轻轻叹了口气："你只是做歌手，太可惜了。"

"你开个班当老师，教学怎么讲情话吧。"她托着腮若有所思道，"我觉得卫同学绝对会报名。"

贺迟晏缓缓挑起了半边眉毛，轻轻"哧"了一声："教不了，这没法儿复制。"

山川湖海，自然大观总会有令人心静的能力，两个人回去的时候还意犹未尽。

4

最后一天，他们去参加了当地一对新人的婚礼。

也确实没有什么比以这个场景，更好的节目收尾了。

鲜花装饰教堂，新娘挽着父亲的手臂一步步往前走，当新郎被轻拍肩膀转身见到新娘时，眼泪止不住地开始掉。

哭得那叫一个惨烈，蓝眼睛里波光粼粼，跟海啸也没差多少了。

新娘倒是微笑着帮他擦拭泪水。

底下的观众开始笑，可笑着笑着又感动到想一起哭。

江岁宜无以复加地共情了，她忍不住扭头去看贺迟晏。

她脑子里倏然划过了许多画面。

他跑着穿越梧桐大道来见她，他在黑暗里说她是他的月亮，他说她就是与众里的不同，想那场大雪中的灯光银河……

主动的事都让他做尽了。

贺迟晏也在看她，他笑了笑，勾了勾她的手指。

江岁宜低头，轻抿了下唇。

耳边的英文宣誓词还在继续，刹那间，胸腔间涌上了一股热潮，她倏然抬眼。她向贺迟晏递上了婚礼给来宾赠的玫瑰花，塞到他手中。

然后顺着新娘的话，同步地用口型说道，很小声很小声。

"Yes, I do!"

这一刻，她是观众，也或许是新人。

贺迟晏就这么侧着脸，一动不动地垂眸看她。

江岁宜有种错觉，他下一秒就要眼眶泛红，说不准还要和台上的新郎一起流泪。

不一会儿，贺迟晏低头一笑，几度张嘴，又什么都没说出来。

他能怎么办？

他现在就只想，立即拉她，去他们的婚礼现场。

这一幕被镜头捕捉到，节目组的人都很激动，决定预告宣传片里必须要有这一段。

回去的路上，一群人还在讨论婚礼的事。

有女明星说道："我们俩工作都忙，加上协调不好双方父母，十多年了，婚礼一直都没有办，也算是一个遗憾吧。"

柯宁不太赞成："这个仪式对女孩子来说多重要呀！我小时候看电视剧，天天幻想自己穿上婚纱，还把家里的蚊帐披到身上假装是婚纱。"

这一番话逗笑了在场所有人。

江岁宜和贺迟晏倒是讨论过这个事儿，她想的是，不用太隆重，不要应酬媒体，不用请太多宾客，简单美好就行。

有人将话题一转，面向贺迟晏："这位'英年早婚'的人呢？"

卫路宇接到编导暗示，直接化身记者采访贺迟晏："你和小江老师也还没办婚礼吧？打算办吗？"

他的回答是毫不犹豫的："当然。"

"看你这回答，是已经定好了？"

329

贺迟晏停顿了好片刻，然后弯起嘴角，带着难以用言语表述的温柔。
"就在下个月。"他说。

今年，贺迟晏开了演唱会，地点是在宁宜。
还没在一起的时候，他对江岁宜说过，她什么时候去他的演唱会都不算晚。
她来，他请她。
所以这次他问了："要不要来看？"
当天，江岁宜手机收到消息：出发了吗？
虽然她已经坐在场馆里，但还是要故意逗他：不去。
她有理有据：把你还给你粉丝一会儿，否则他们可能会不高兴。
贺迟晏：你难道不算是吗？
哟呵，这人如今已经够不要脸了。
江岁宜把打好的字全删掉，想了想，"嗒嗒嗒"又回复：勉强吧。
贺迟晏：很好。
贺迟晏：半推半就。
贺迟晏：勉为其难。
贺迟晏：不情不愿。
一条接一条，几乎要把毕生掌握的成语都堆砌上来了。
怨气都要从屏幕里飘出来了。
江岁宜笑了半天，终于屈尊解释：骗你的，来了。
思考了一下，她又叮嘱：好好演出。
贺迟晏：你真棒。
她无情地揭穿：你是不是很紧张？
好半天，他才回：是有点。
贺迟晏：一半因为你。
她问：另一半呢？
贺迟晏听着上面的嘈杂喧嚣，从手机屏幕上抬起眼：他们会喜欢的吧？
心脏突然软了一块。
他不常表达自己，虽然在音乐里游刃有余，可有时也会为真诚喜欢自己的人，而变得无措。
江岁宜在人海中环视一圈，听着四周的讨论和大声呼喊，看他们磅礴汹涌地用荧光棒表达激动，"顶级舞美""良心票价""好期待"这样的声音层出不穷。
她斩钉截铁：会，一定会。
绚丽的灯光旋转亮起，还未见到人，大屏幕上已经出现一串花体字：找到了我吗？
"啊啊啊啊啊啊！"
"哪儿呢？"
"没看到人啊。"

还没等观众反应过来，歌曲的前奏已经响了，随之而来的是他的声音。

震耳欲聋的混乱中，他从舞台上方从天而降。

在一阵尖叫后，人群自发地开始了大合唱。

精致烦琐的服饰，眼尾点缀的细碎亮闪片，在灯光下皮肤泛着莹白的光泽。

舞台上，他这份万众瞩目达到了极致。

不用开口说话，所有人就具备了不约而同的默契。

这种体验感实在太过特殊，好似整个世界都在为之同频共振，血液都在为之灼烧。

正如有人说，人活着，不就是为了活这些瞬间吗？

贺迟晏一连唱了好多首歌，直至额间的碎发被打湿，汗水顺着流畅的下颌线没入衣领中。

他喘着气，在叫喊声中仰头看所有人。

紧接着，他用修长手指抵住唇，场馆安静下来。

他这才开口说："我一直都知道，从我们认识的那一刻起，陪伴的时间就在倒数。

"这么多年，有人走，有人来。我也想过，如果有一天没有人喜欢我了，我就退出这个圈子。"

"不要！"观众脱口而出。

他突然弯唇笑了一声，在舞台上缓慢地转了一圈，似是要把几万人全部看尽："但你们好像很长情。"

"陪着我从寂寂无名，孤身一人到现在，"贺迟晏偏离麦克风，歪头停顿了片刻，"到现在结婚，甚至以后有孩子。"

"非常感谢你们的包容。"

讲到这儿，他突然放下话筒，九十度弯腰，手搭在膝盖上，郑重地鞠躬。

"这些话我以前从未说过，因为我一直认为任何东西都是有受众的，音乐也是。我希望我们的关系是纯粹的因歌而结缘。

"既然你们现在在这里，就证明我们有双向选择的默契。假设，未来你们听到一段旋律，能感受到最初的悸动，获得前行的力量，也算不枉我们相识一场。"

满场哗然，人们声嘶力竭地喊他名字。

贺迟晏看着连成海的应援色，微仰下颌，视线平缓地扫过每个区域，然后低下了头。

他垂下眸，沿着台边走了几步，最后干脆坐下了。

呼喊声越来越整齐："贺迟晏，你值得！"

其实在被炙热的爱包围时，是会感受到无措的。

"我——"他只说了一个字，说完之后抿了抿唇，放下了麦克风，有些难以为继。

他仔细地在看歌迷的灯牌内容，然后很轻地笑了一下："我能被你们喜欢，也很值得。"

这句一出,像打了一针强效催化剂一样,已经有人绷不住,开始哭了。

江岁宜身边的姑娘泪如雨下,手忙脚乱地在擦,却反而越擦越多。

贺迟晏摸了下鼻子,举起麦克风,还没开口,又笑着向右撇下头。

过了片刻,他抬起眼,温柔地笑。

在大屏幕里,所有观众清晰地看到,他眼睛里闪烁着泪光。

就像黑塞所说:爱无须祈求,爱也无须索取。爱是内心坚定的力量。有了这种力量,人就无须去吸引爱,爱会前来。

"别哭!"一个雄厚的男声从不远处响起,引得全场寂静两秒后,开始"哇哇"叫。

"男粉!"

"不行,女粉不能输了声音和气势!"

贺迟晏不明所以地摘了耳返,静静听了一会儿"吵架",没明白发生了什么,只能继续讲。

"为了见我,你们也费了很大的力气,走了很远的路吧。"

他坐着转了个角度,伸手指了几个格外显眼的亮堂灯牌:"马来西亚、澳大利亚、泰国、美国……好像在集世界各地的邮。"

隔壁姑娘已经哭完一包纸了,江岁宜犹豫了下,从包里翻找起来。

"我太懂这种感受了。"他说,"为了见她,我同样如此。"

她递纸巾给小姑娘的手一顿。

场上逐渐寂静下来,大家都在听他讲。

他们都知道"她"指的是谁。

"我做歌手到今天,收获了包括你们在内的很多人的喜欢,我很感激。"

"但只有她。"贺迟晏歪头,精准找到了她的位置,重复了一下,"只有她。"

"她在还不知道我名字时,在我一无所有时,就偏爱我。"

隔着人海,他们无声地对视。

过了一会儿,贺迟晏缓缓地站了起来:"今天她在。"

观众条件反射地惊讶了一下,左右看了看,似是在找人。

导播切镜头的时候,有意地在江岁宜脸上停留了两秒,连带着旁边哭成泪人的姑娘一起上了大屏。

她也不扭捏,小幅度地晃了晃手掌。

体育场里爆发沸反盈天的尖叫声。

"今年是第十年,"贺迟晏往那边走了好几步,在边缘停下,"我等到她来见我了。"

起初只有一声,后来越来越多人加入,让那句"恭喜你"响彻飘浮的空气。

"轻舟已过万重山!"

"谢谢。"他低头说,然后抬起拨弄了下耳返,浅淡地笑。

"谢谢你们来看,我勇敢的二十七岁。"

"也让我见证了,爱人也自爱、再相遇时变得更好的你们自己。"

"别怕，"他笑，"把坚持的执着都实现，让山隘变成坦途。"

"好了，最后一首歌了。"贺迟晏返身走到升降台那里，挥了挥手，"待会儿见。"

他去后台换衣服了。

江岁宜想，一直有人质疑追星的意义。

可是，如果能把不断溃烂的梦带到阳光下，把在漫长甬道里奔跑的自己带到想见的人面前。

那无论如何，它都有意义。

旁边的姑娘终于缓缓停止了流泪，颤抖着从包里拿出一个信封，忐忑地戳了戳江岁宜。

江岁宜屈了屈背，凑过耳朵去听她的话。

"您好，很抱歉打扰到您。"她语无伦次道，"我是贺迟晏的歌迷，从他出道的时候就开始喜欢他了。这里有一封我一直没送出去的手写信，如果方便的话，能不能麻烦您——"

"好。"江岁宜笑得温柔，"我保证，他一定会看到。"

观众猜歌猜得起劲。

"最后一首到底是哪首啊？"

"猜不到，完全猜不到。作品太多了，还有好多想听的没有唱。"

"刚才那段话好像在告别，千万别告诉我这是最后一场演唱会了，真是这样我会哭的。"

"不可能。"有人斩钉截铁地说，"他只是在和一个时期的自己做告别。"

追光灯突然照到角落，升降台升起，贺迟晏的身影慢慢显现，他仰头环顾天空。许多人跟着他一起仰头，却什么都没看到，一头雾水。

"下一首，不是我写的歌，但你们一定听过。"

他舒了口气，视线落回观众席："我如愿了，所以也希望你们得偿所愿，所以最后一首歌——"

"《晏火》。"

话音落下的同时，乐器的清脆声从舞台上传出来。

梦幻的前奏一出，几乎就是要泪目的程度。

"是《晏火》啊！我不是在做梦吧！根本想不到！"

"我的天……"女生泣不成声，不断重复，"居然是这个，居然是这个。"

《晏火》这首歌是粉丝自创的应援曲，从歌名就能看出来对贺迟晏饱含的爱与祝福。

他歌迷中不乏很多有才华的人，这首应援曲因为质量过高而出过圈。喜欢他的人，一定听过这一首。

有生之年，竟然能见到偶像在唱粉丝写的歌。

好像一瞬间身童话世界，魔法降临。

他摘下耳机，摸了下后脖颈，然后右手食指在空气中轻点了几下，停在一个

333

高处，他微微仰头偏着去看。

食指顿住后，又缓缓伸出了小拇指，做成弓状。

观众仍不明所以地在大合唱。

贺迟晏唱到一半的歌词却停下了："准备好了吗？"

他左手拿着麦克风，做了一个拉弓的手势。

"砰——"箭射出去了。

那一瞬间，箭射出的方向，漆黑的夜空骤然升腾起接连不断绽开的焰火。

穿破空气的声音，伴随着有节律的鼓点声，一簇接着一簇，映亮夜空。

在焰火中听晏火。

红色，粉色，橙色，蓝色……足足放了好几分钟。

与之同时，五彩斑斓的彩带喷薄而出，彩虹落下了碎屑。

贺迟晏眼睛里有细碎的笑意，双手交叠背在身后，在舞台上闲庭漫步，视线掠过每一个在看烟火的人。

旁边的姑娘哭得比之前还凶了，像坏掉的水龙头一样。

江岁宜也没忍住，一起落泪了。

她坐在那里安静地在想。多幸运啊。

这个赤忱热烈、闪闪发光的人，是属于她的。

最后，一片尖叫哗然中，众人声音逐渐变得统一。

"贺迟晏，你一定要幸福！"

"贺迟晏，你一定要幸福！"

正如大家所说，你幸福的话，我会比你先流泪。

他在四面台上换了四个方向鞠躬，每一个都九十度停留了三秒以上。

那片彩纸飘着落在他的头发上，他说："她跟我说过这样一句话，'如果你也发光的话，我才会更炙热'。"

"现在，我把这话也送给你们。"他说。

"回去注意安全，下次再见。"

升降台降落而下，已经看不到人的踪影，背景音乐欢快而绮丽，观众挣扎着不愿退场。

江岁宜头一次看演唱会，就感受到了白月光的杀伤力。

回去之后，她坐在阳台上吹着夜风刷短视频。

大数据果然很可怕，她的所有社交软件都被他的演唱会承包了。

贺迟晏洗完澡出来，见她坐那儿发呆，蹲在她面前问："怎么了？"

霓虹灯下是沉沦的暮色，江岁宜望着他弯起的眼角，很轻地开口。

"就是突然发现。"她抿了抿唇，在想措辞表达，"我比想象中的还要爱你。"

知道这人进来越发得寸进尺，她及时打断，"我之前也很爱你。"

心脏倏然软了一下。

贺迟晏盯着她好一会儿，后来没忍住偏头笑了。

"一家人不说两家话，你见外了吧？"

男人的轮廓被夜色光影晕染,依稀能窥见舞台上的样子。

坦荡,强大,丰盈。他是很多人的骄傲。

也是我的。她想。

"对了,有个歌迷给你手写了封信,"江岁宜从旁边取来信封递给他,"我没有拆,你自己看吧。"

贺迟晏拆了外封,将信纸拿出来:"你给我念?"

也不是不可以。

江岁宜常念学生作文,情感把握这块儿还是很强的。

她清了清嗓子,开始:

> 亲爱的贺迟晏先生,你好。这样称呼是不是有点过于正式了?那我还是叫你小贺吧。
>
> 刚遇见你的时候,你才二十岁。
>
> 我在偌大的舞台上,一眼看到了你。那是你第一次登台,可你一点儿也不紧张,开口的那一刹那,我成了你的歌迷。
>
> 我性格内向,是个很无趣的人,从小到大没什么朋友。
>
> 初识你的那段时间过得很糟糕,母亲去世,考研失败,经历分手。很偶然的机会,我去了你的第一场专辑签售会。
>
> 然而表现得很差劲,我才吐出一个音节就开始哭。你当时应该很无措吧,但还是耐心地听我磕巴地说完,然后很笃定地说。
>
> "我们再赌一次,一定能赢。"
>
> 但后来我慢慢知道,其实你当时过得也很不好。
>
> 但所有不好的事情都过去啦。
>
> 第二年我考研上岸了,也遇到了我此生的挚爱。
>
> 我赌赢了,所以希望你也是。
>
> 现在我已经结婚生子,但只要你开演唱会,不远万里,我也会去看。
>
> 很幸运,我人生第一次也是唯一一次追星,追的是你。
>
> 你如今是别人的丈夫,未来会是别人的爸爸,再以后说不定还能当爷爷,哈哈哈。
>
> 可在我眼里,你好像还是当初那个站在舞台上的少年。
>
> 用爱意做成翅膀的飞鸟,终于越过高山,到达天空拥抱了他的神。
>
> 小贺,你是幸福自由的,所以大胆去爱吧,我们是你坚定的后盾。
>
> 人间路遥马急,下辈子我还要遇见你——
>
> 继续做你的歌迷。

江岁宜念到最后,已经抑制不住开始哽咽了。

贺迟晏一开始还有一搭没一搭地叩着桌子,后来没了动作,垂下眼睫一直无言。

江岁宜安慰道:"如果幸福的话,落泪也没关系。"

他却就着泛红的眼眶失笑:"她喜欢的不只是我,还有你。"

"嗯?"

"我给他们带来力量,可是。"夜色下,两个真诚的大人相拥,十指相扣,"可是,这么多年,一直是你给予我力量。"

"我身上到处是你的影子。"

5

演唱会结束后,贺迟晏就开始闭关加上筹备婚礼。

人间蒸发了一段时间后,从戒断反应中脱离的歌迷终于追到了江岁宜那里。

不久之后,又一期 VLOG 上线。

依旧是很简单的主题:[备婚日记]

江岁宜调整好镜头,挥挥手打了个招呼:"哈喽,大家好久不见。"

"这条视频,大概就是记录一下婚礼前的诸多事宜。"

"话不多说,现在要出门了。"镜头交接到了另一个人手上,某人直接化身为她的跟拍摄像,"今天和父母约了去南里巷吃早茶。"

江岁宜穿梭在老巷子里,回头跟贺迟晏说话:"你走快点,别拍我了。"

离得很近的男声应了一句。

老江和程女士早就等在了早茶店,一见她就使唤上了:"来得刚好——"

画面一转,又变成了江岁宜在拿着相机拍摄,她无奈地开口:"他已经快给爸妈拍了八百多张照片了,那老两口找着景就想拍照。"

上第一道菜的时候,他们终于回来了,程女士边坐下边赞叹:"小贺这个拍照技术是真的好哇。"

粤式早点,老两口吃得可开心,结束后拐个弯就到了旗袍店。

江岁宜给程女士挑完婚礼衣服后,一家人又去拍了全家福。

接下来的行程依旧很满,他们亲手制作了婚礼的请柬,并且亲自给在宁宜的朋友送去。

又仔仔细细地包了喜糖,没多久就出现在办公室同事的工位上以及学生的课桌上。

这条视频发出去后,有一条热评被送到了第一的位置。

△在我看见或是看不见的地方,请你们认认真真地幸福。

照顾程女士和老江的想法,最后婚礼是按宁宜这边的婚俗办的,比较传统。

李梦言如愿坐上了主桌。

但是作为一个尽职尽责的伴娘,她一点儿没打算饶过贺迟晏。

别的新郎被为难都是作诗、答题,到他这儿就变成了当场作曲。

所幸这种事对他来说倒不是很难,灵感来了十分钟就能即兴写一首。

李梦言处在震惊之中,她精心准备的为难关卡就这么被破解了?

不甘心,真的不甘心。

但当下,她只好不情不愿地承认:"你牛,你天生就是吃这碗饭的。"
贺迟晏倒是很冷静:"不然怎么赚钱给老婆花?"
……你是真的行。
最后到底是有钱能使鬼推磨,李梦言揣着红包,轻轻松松被贺迟晏搞定。
草坪婚礼,全程几乎都是贺迟晏策划的,最后几乎搞成了一个游园会。

宾客都是亲朋好友,热热闹闹地聚在一起玩乐聊天。
老江把江岁宜的手交到贺迟晏手里时,也忍不住落泪了,他哽咽了半天,最后只对他说了一句。
"你一定也很舍不得她难过吧。"是问句,是肯定句,也是嘱咐。
平常那么能言善道的人,这种时刻也只能说出这样一句简短的话。
到程女士发言的时候,她拿出了许多年前贺迟晏给江岁宜写的那封信。
"贺迟晏同学,"程女士正色道,"'人生海海,我要站到你在的未来',这是你写的。"
他轻轻地颔首。
程女士沉声下了结论:"恭喜,今天你实现了。"
他怔住,然而程女士的话还没结束:"所以贺迟晏,希望之后,江岁宜一直站在你的未来里。"
十年前的踌躇不敢前,十年后的大胆又小心。
热烈的掌声中,他们这对新人交换了一个温柔绵长的吻。
耳边声音嘈杂,江岁宜眼角挂着泪,余光瞥见了一众好友。
李梦言妆都哭花了,手背擦着眼睛在录像,嘴角却又勾着笑。
而近在咫尺的这个人。
平素他歌声高昂,他万众瞩目,但此刻,他泪流满面。

婚后仍然忙碌。
贺迟晏倒是还好,更忙的是江岁宜,尤其是到了高三后期,她都想过直接住在学校算了。
当然这是不可能的。
再忙也要抽出时间照顾某人情绪,得空就轧轧马路,看看电影,或者直接让贺迟晏听她试讲课。
他们经常被拍,有时候是狗仔,有时候是路人,有时候是粉丝。省心的是,从来没有传出过婚变的传闻,他们有在认真幸福。
分校第一进附中的活动还在继续,贺迟晏捐出了一笔钱用于资助这些学生。
这回高三过来的是一位小姑娘,也恰好在江岁宜班上,叫陆时宜,她觉得很有缘。

后来,江岁宜带的第一届学生毕业了。

可能对第一届学生的感情就像初恋一样,她真诚地希望他们好好长大,却也希望时间可以再长一点。

高考前一天,她走进班上的时候,所有人齐声给她唱歌,唱的还是贺迟晏的歌。本来不想流泪的,但最后实在没忍住。

她抱着他们送上来的花束,在黑板上签上自己的名字,批准了他们的永久请假条。

"仙女!别伤心,说不定明年还会再见呢!"

言外之意,打趣自己要复读。

江岁宜哭笑不得:"少来,千万别让我明年再见到你。"

那一届考得格外好,甚至班上还出了一个状元。

她想她今后如果对下一届学生说"你们是我教过的最差的一届",也算有理有据。

后来附中校庆,她还是见到了那帮已经踏入大学的孩子。

"江老师,我后来才知道,教师节是您的生日。"何徐行穿着附中校服,趴在她新工位的玻璃上,"所以当时录节目时,我晏哥都是故意的吧。"

"对对对,当时我晏哥做的很多事情,我都不太懂,现在全悟了。"

"是啊是啊,高考毕业后的那个暑假,我把《重返十七岁》又仔仔细细地看了三遍,发现哥真的是心机。"高一时的语文课代表如是说,"他哪是想当课代表,他只是想当您的课代表。"

江岁宜看看面前站立的七八个学生,摇摇头笑着说:"我请你们吃饭吧,咱们边说边聊。"

众人笑闹着说好,忽有一人问何徐行:"哥们儿,你女朋友怎么没来?"

"女朋友"这三个字的重音格外明显,巴不得想让她知道一样。

几个人七嘴八舌:"老师您猜猜是谁?"

看着他们笑意盎然,江岁宜神色自若地问:"媛媛呢?"

"您怎么知道?"

江岁宜故作惊讶:"这还不明显啊。"

"你们真当老师眼神不好使啊?"她拍了拍何徐行的肩,"好好对她。"

话音刚落,吴媛媛小跑着进来,挠着头,不好意思地说:"对不起,来迟了。我跑错楼层了,还觉得江老师在原来的位置呢。"

一群人见着她全在笑,吴媛媛疑惑:"干什么呀?"

众人皆是沉默不语,抿着嘴继续努力压笑。

她踩了下自家男朋友的脚,装出一副凶悍模样:"你说不说。"

江岁宜整理好东西,拯救可怜小何道:"走了,出去吃饭。"

领着一排人刚走出办公室的门,手机铃声响了。

一接通,贺迟晏直截了当地问:"我结束了,你下班没?"

百年校庆邀请了一大堆知名校友,齐聚在礼堂对新的高三生进行演讲洗礼。

贺迟晏自然也是受到了邀请。

更何况,他当年录节目在国旗下演讲的那一段,至今还流传在网络。

江岁宜回头望了望那帮听到她打电话,故意抓耳挠腮的小孩,低声开口回答:"下班了,但是计划有点改变。"

"嗯?"

"咱们俩的晚餐,多七八个人,你应该不介意吧?"

"介意。"贺迟晏不动声色地拒绝,"本来就多一个人了。"

这人真是……

"反对无效。"她反应过来他在说什么,本来就多一个人……顿了两秒,不容拒绝道。

挂断电话后,江岁宜抬起眼宣布:"今天有人请客,都别客气。"

憋了很久的少年们终于压着声音喊了声"耶"!

毕业之后,大家各奔东西,除却个别关系好的,再难得一见。

借着这次机会,大家顺理成章地聚在一起,谈天说地加八卦调侃,尤其是何徐行和吴媛媛这对儿,承担着饭桌上的主要火力。

小吴同学在偶像面前难免羞赧,不好意思地说:"你们聊点别的行不行。"

少年人嘛,想一出是一出,再反应过来时,江岁宜已经对着他们买的冰激凌垂涎欲滴了。

对此,贺迟晏表示:没门。

江岁宜气得不行,借着垂下桌布的遮挡去捶他西装裤包裹的腿。

但他不为所动。

她急切地推了他两下,可这人好整以暇坐着,完全没有纵容她的意思。

"就一个!"她从牙缝里挤出小声的请求。

贺迟晏抬眼,不轻不重地说:"不行。"

"你不爱我了。"她愤愤指责道,"你有小孩就不要大人了。"

吴媛媛吃冰激凌吃得正欢,竖起耳朵听到这话蓦然被呛了一下,何徐行给她扯了张纸巾擦,然而小吴没有精力分丝毫眼神给他。

"……小孩?"她视线下落,眼睛睁得贼大,惊讶地问,"您这是,怀孕了?"

她偶像的手指在桌上极轻地叩了两下,极度坦然地点头承认了。

一时间,江岁宜这边成了焦点。

桌上安静了几秒后,一群人看热闹不嫌事儿大,一声接一声。

"什么时候的事儿啊?"

"名字想好了吗?"

更有离谱的——"幼儿园在哪儿上?"

于是她的冰激凌彻底没了着落,所有人都和贺迟晏达成了统一战线。

回想起怀孕这事儿,江岁宜仍觉得奇妙,如果中彩票的概率也能像这样高就好了。

一群人聊到很晚才各回各家。

江岁宜近来随时随地都能感觉到困倦,当下坐在贺迟晏车里也忍不住开始犯困。

每当她眼睛快彻底闭上时,他都残忍地把她叫醒,理由很充分:"现在睡了,晚上会失眠。"

江岁宜不想痛苦地失眠,但她此时因为没吃到冰激凌而一身反骨:"就不要。"

贺迟晏歪头静静地打量她一眼,妥协地将车停了下来,进了家还在营业的便利店。

再回来时,慢条斯理地撕了冰激凌的包装,"最多一口。"

江岁宜想伸手去拿,但他不让,他只让她就着这喂的姿势咬一口。

很坏。

他把她咬剩的三两下吃完,继续开车回家。

望着车窗外飞驰而过的繁华夜景,再联想到今天与那帮见证过他们俩的学生再聚,一股怅然若失感涌上心头。

但与此同时,又觉得此刻和那时没有什么区别。

"老公。"

"嗯?"

"没事,我就是想叫叫你。"

"老公。"

"嗯。"

贺迟晏还不了解她嘛,这样子肯定就是有求于他。于是,他不动声色地静静等候。

果不其然,江岁宜率先没忍住主动招了。

"待会儿陪我看《重返十七岁》。"

这综艺过去数年,如今已经没什么人在讨论,但仍有一小波观众会定时重刷。

贺迟晏很少看,他看节目中的自己会觉得有点不自在,但江岁宜此不疲。

那首歌怎么唱的来着:"许多年前,你有一双清澈的双眼。"

她看这节目,就是这种感受。人永远都偏爱意气风发的少年。

回到家,两人坐在沙发上,江岁宜挽着贺迟晏的手臂,脑袋搭在他的肩膀上,找了一个舒服的角度从第一期开始看。

过去这么久了,她还能找到其中的一些细节点问他:"哎,你当时这样是不是故意的?"

贺迟晏就妥协似的开口:"对,我对你蓄谋已久,步步为营。"

她听到这儿就开始笑。

出了一会儿神,江岁宜倏然问他:"你有想过我们的孩子叫什么名字吗?"

贺迟晏目光平直地落在屏幕上,不紧不慢地"嗯"了一声。

这意思,就是想过了。

"那叫什么?"

"十七。"

"这么随意啊?"江岁宜不可置信地反问。

她作为一个语文老师绝不能忍受。

贺十七……她害怕孩子长大以后质问她，为什么名字取得如此草率。

"小名。"

"哦，那还行吧。"她想了想，认同道，"十七挺好的。"

不管男孩女孩，都还算适用。

这个数字，好像也和他们很有缘分。

电视还开着，贺迟晏把睡着的人抱回房间，静静端详了旁边的人一会儿，在她额头轻轻落下一个吻。

当晚，贺迟晏做了一个很久不见的梦。

梦中，他重新穿上校服，迈入附中大门。

穿过那条长长的梧桐大道，来到办公室门口，微闭双眼，轻喘了会儿气。

他睁开眼睛，叩了叩门。

再然后，见到了十七岁就开始喜欢的她。

从此，假以时日的每一步靠近，都是年少时的美梦成真。

"叮叮叮叮！"

女士们，先生们。

欢迎您乘坐本次列车。

时光重返。

列车运行前方到站梦时旧地。

欢迎回到，他和她的十七岁。

番外五 爸爸的三行情书

贺云深从小听到大的一句话是：你真是一个幸福的小孩。

他自己以前也是这么觉得的。

还没出生的时候，贺迟晏就给他写了首歌，《给我们的十七》。

词曲真挚恳切，传唱度很高，无数怪叔叔怪阿姨在歌曲评论区叫嚣着，想要代替他，做他爸爸妈妈的宝贝。

然而直至后来，他才从妈妈那儿知道——

他爸之所以把这歌写得这么温柔，是因为一直觉得出生的会是个女孩儿……

但是粉雕玉琢的男孩子决定原谅爸爸。

教师节这日，贺云深小朋友幼儿园放学，是贺迟晏亲自去接的。

糯米团子扑到高大挺拔的男人腿上，蹭了两下，发出夺命三连问。

"爸爸，妈妈什么时候下班？"

"爸爸，你早上悄悄给妈妈送了什么礼物？"

"爸爸，今晚你可不可以把妈妈让给我？"

"不行。"斩钉截铁。

"不告诉你。"毫不留情。

"至于下班……"贺迟晏蹲下来，轻柔地摸了摸他的小脑袋，"卖惨，会不会？"

贺云深："啊？"

附中办了个教师节晚会，学生在礼堂表演，老师在台下观看，预计八点多结束。

江岁宜接到电话的时候，第一个节目才刚进行到一半。

贺十七委委屈屈的声音从电话里传来："妈妈，你快回家，我头晕。"

贺云深的眼睛生得很像贺迟晏,属于那种即使犯了错,但是眨眨眼,就能让人没来由地心软放过他的类型。

关键这小子连讲话都遗传他爸,一套一套的。

譬如第一天上幼儿园回来,从老师口中得知妈妈生他很辛苦之后,默默地坐在琴房里半晌,然后过来和江岁宜说。

"妈妈,我以后不过生日了。"

"为什么?"

"我的生日,就是妈妈的受难日,我不要妈妈难受。"

因此,江岁宜时常在想,这小子长大以后恐怕又是一个祸水。

此刻听到他说头晕,她皱了皱眉:"爸爸呢?"

贺云深握着手机,瞥了眼在旁边安然坐着的男人,得到暗示后,道:"爸爸有事不在。"

那边江岁宜已经在和同事打招呼说有急事先走了。

贺云深松了口气,和爸爸对视一眼,突然有点悟了,卖惨好好用。

江岁宜赶回去,一开门就气笑了。

客厅里正播着古典乐,贺云往娃娃机里投硬币,操控机器抓娃娃。

说起来,这娃娃机还是她某年的生日礼物,做过一些改造。

贺迟晏歪在沙发上,挑眉看着小孩屡战屡败。

她摇了摇头。男人的嘴,骗人的鬼。贺迟迟就会教坏小孩。

于是在贺云深惨兮兮地说出"妈妈,我今晚能跟你一起睡吗?我想给你讲生日故事,唱生日快乐歌"之后,江岁宜看着一旁男人脸色渐黑,很愉悦地同意了。

贺迟晏能怎么办。教会小孩,饿死父亲。这真是搬石头砸自己的脚。

吃完蛋糕,洗漱完毕的贺云深在客厅里和自己抓到的娃娃玩。一想到今天可以和妈妈睡,他有点兴奋。

谁让在他很小的时候,爸爸就以"男子汉不能怕黑,一个人要学会勇敢"的名义让他拥有了一个独立的房间。

贺云深摆弄着娃娃,思考着今晚抱哪个入睡,却突然在自己最喜欢的机器猫的口袋里,翻出了一张折痕很多的信笺。

看起来,好像已经很旧了。

信笺上有三行字。他认出来,这应该是爸爸写的。

贺云深从小就展现了极高的学习天赋,但此刻受限于年龄,只能凭着自己不高的文化水平,努力辨认着笔锋遒劲的字迹。

"世界的……"贺云深一个字一个字地念,却在念到"温柔"这个词的时候卡住了。

聪明的小孩会知道取舍,他跳过这个词语,继续念:"……无人能……"

这个字又不认识了,好费劲呀。但机智的小孩会知道场外求助。

满怀好奇心的贺云深攥着薄薄的一张纸,去找妈妈。

江岁宜正在房间里准备儿子明天上学要穿的衣服,她叠整齐放在床边,刚准备出去叫小朋友睡觉,他就蹦蹦跳跳地跑进来了。

"妈妈,妈妈!你看我找到了什么?"贺云深抬高双臂,将纸张递给妈妈,委屈地控诉道,"我看不太懂爸爸的字……上面好像还有妈妈你的名字!"

江岁宜接过东西,顺势坐了下来:"妈妈看看。"

贺云深趴在妈妈膝头,指着纸上的字说:"这个,还有这个,我不认识。"

江岁宜念出来:"世界的温柔无人能懂。"

  世界的温柔无人能懂,
  然而倒映在我眼中。
  今后不见黑夜,江岁宜是唯一的月亮。

她念完之后,贺云深小嘴一撇,耷拉着眉头:"妈妈,这是什么意思啊,我听不明白。"

在小孩看来,这几句话压根没有逻辑,为什么会放在一起呢?

一点都没有童话故事有意思。

江岁宜笑吟吟地摸了摸他的头:"这应该是爸爸给妈妈写的情书。"

她又翘着嘴角看了一会儿,忍不住地开始回想。

那是什么时候呢……

结婚第一年的教师节,附中举办了一次以"给老师的三行情书"为主题的活动,通过这个活动来感恩老师。

江岁宜教两个班级的语文,学生人数加在一起有一百人。她这辈子都没收到过这么多的"情书"。

当年下班回家后,她将东西铺满了整个书桌,一封接一封地看起来。

学生们的文字风格各异,文艺风、沙雕风……但无一例外,都别具匠心。

而在爱意包围下变得越发幼稚的贺迟晏,没来由地就吃醋了。

江岁宜眼都没抬,"哦"了一声,对他说:"那你也给我写啊。"

贺迟晏更委屈了:"小江老师,你欺负我语文不好是吧?"

江岁宜只好又耐着性子哄他。

闹了很久之后,寿星大人提议说去江边散步消食,贺迟晏哪敢不从。

那天月亮被乌云遮挡,好在江面倒映着两岸万家灯火,影影绰绰地流动着。江岁宜踩着透过灯光延伸到脚边的他的影子,亦步亦趋,玩得不亦乐乎。

附近有一间很小的店面,里面在播放音乐,声音断断续续地传来。

有一句听得很清楚:"只是我对你的喜欢,三行也写不完。"

黑夜中,男人的表情看得并不真切。但听到那句歌词,他那声脱口而出的"是啊"格外清晰。

是啊。喜欢,三行怎么写得完呢?

后来江岁宜也没收到过贺迟晏的三行情书。她料想对方困囿于遣词造句,因此没能写出一封像样的。

没想到，他竟然写了，而且在这天被他儿子给翻了出来。

此刻贺云深仍在纠结："为什么没有人能懂世界的温柔呢？"

"爸爸眼中的是什么呀？"

"妈妈就是妈妈，又为什么会是月亮？"

江岁宜摸摸下巴，正在思索如何给小孩子解释"比喻""意象"等文学概念，却听到贺迟晏出声："贺十七，今晚自己睡。"

贺云深一回头，就看到爸爸靠在门边，不知道站着听了多久了。他愤愤不平："为什么？而且，妈妈都答应我了……"

贺迟晏眼皮都不抬："因为我要给我老婆，也就是你妈妈，解释你刚才的那些问题。"

话至此，他还补充了一句："等你哪天弄明白了，再来找妈妈。"

就这样，贺云深小朋友莫名其妙地就丧失了和妈妈睡觉的权利。

他失落地回到客厅，刚坐下，就看见爸爸的手机放在茶几上忘了拿进去，屏幕还亮着。

"我不明白，但可以用手机搜索呀！"贺云深为自己的机智点了个赞，拿起手机，却又看到一大串密密麻麻的字。

艰难辨认了很久，并不是所有字都认得，他想了想，拿了支笔，照着手机写写画画地摘抄了下来。

贺迟晏的备忘录——

> 不要让她熬夜备课。
> 要准备早餐给她吃。
> 记得把自己的行程发给她，不要让她联系不上。
> 尽量少吃点醋。
> 江岁宜就是贺迟晏的世界。

贺云深一边抄，一边忍不住委屈，小声地嘟囔道："爸爸是不是故意把纸塞到我的娃娃里面的……"

抄到最后一句，贺云深每个字都看明白了："如果妈妈就是爸爸的世界，那刚才的'世界的温柔无人能懂'……意思应该是，妈妈的温柔没有人能懂。"

"怎么会呢？"他很疑惑，"明明我就懂啊。"

贺云深在外面冥思苦想，而另一边的房间内，江岁宜躲开贺迟晏的亲吻，伸出右手推了推他："你不是要给我解释那些问题吗？解释呀。"

贺迟晏哭笑不得，在她的鼻梁上轻轻刮了下："怎么，你看不懂吗？"

江岁宜心安理得地回答："看不懂。"

他点点头，倏然笑了一声："那我只好在小江老师面前班门弄斧了。"

"小江老师"这四个字被咬得格外重，江岁宜掩饰性地咳了两下："你说。"

345

贺迟晏见她这副样子,还是没忍住俯下身,凑过去亲她。啄一下,给她解释一句。

"没人能享受到江岁宜全部的爱。

"但贺迟晏能。

"而他也,只爱她。"